"Si no estuviera casado con Mary, ¡ya mismo me enamoraría de Marta Pradilla! Esta mujer, la bellísima presidente de Colombia, tiene que tomar difíciles decisiones políticas que acaban salvando a los Estados Unidos de los terroristas. Hace mucho tiempo que no veo a un personaje femenino tan fascinante en un thriller."

—James Carville, asesor político, autor y comentador de CNN

"No es por nada que Peter Schechter hace que el lector sienta que está en una habitación con los líderes mundiales tomando decisiones: él mismo ha estado allí, y ahora lo cuenta vívidamente en *Fronteras Imposibles*. El libro avanza con el suspenso de John Grisham, el ingenio de Nelson DeMille, y la atención al detalle de Patricia Cornwell. Todo eso, con una protagonista que vive en la mente de lector, mucho después de que el libro haya llegado a su increíble conclusión."

—Brian McGrory, autor de *Dead Line*, *The Nominee*, y *The Incumbent*

"El fuerte de *Fronteras Imposibles* es que parece un libro de no-ficción, un fantástico libro de no-ficción. Es una historia aterradora en la que un grupo de terroristas y de traficantes de drogas explotan las débiles medidas de seguridad de los Estados Unidos. La presencia de una mujer presidente latinoamericana es un elemento a la vez sorprendente e inesperado en este apasionante e intrigante libro. Los vívidos detalles dados acerca de los corredores del poder reflejan claramente la experiencia que tiene Schechter como asesor de importantes líderes mundiales. Es un libro que tiene que leer quien esté preocupado por la porosidad de nuestras fronteras y por las amenazas terroristas."

—Jorge Ramos, autor bestseller de *Morir en el Intento* y *Atravesando Fronteras*

"Si como yo, usted es adicto a las novelas políticas, *Fronteras Imposibles* es un libro narcótico. Peter Schechter lo cuenta todo con singular destreza, desde la Casa Blanca a congresos internacionales en este libro inteligente, intrigante y cosmopolita. Demuestra que es un destacado narrador de los más altos niveles del poder político."

—Mike McCurry, secretario de prensa
para el presidente Clinton

"*Fronteras Imposibles* seduce al lector con una trama deliciosamente ingeniosa. Se desarrolla en lugares exóticos y corredores internacionales de poder que Peter Schechter describe con autoridad porque ha estado en ellos. Su exhaustiva comprensión de la política internacional y de los personajes que la manejan hacen que todo parezca real. El sorprendente final nos recuerda que en una era en la que aquellos que constituyen la mayor amenaza internacional podrían decidirse a unir fuerzas, la cooperación internacional puede ser la única manera de salvar nuestra civilización. Un thriller muy actual que debería estar en la lista obligatoria de lectura del departamento de Seguridad Nacional."

—Richard Whittle, corresponsal del Pentágono,
The Dallas Morning News

"*Fronteras Imposibles* es puro placer. El entendimiento que tiene Peter Schechter de las intrigas políticas fue desarrollado a lo largo de quince años de consultoría política. El resultado es un libro de intriga política internacional que me tuvo leyendo sin parar. ¡Es un espejo del palacio presidencial! La conclusión de la novela es brillante e ilustra el papel de héroes que jugamos cada día en Colombia en nuestra lucha contra el tráfico de drogas."

—Cesar Gaviria, ex -presidente de Colombia y
ex-secretario general de las OEA

"No podía parar de leer *Fronteras Imposibles*. Es un libro que tiene que leer todo aquel que disfrute de la buena ficción y una escritura impecable. En esta época en la que existen terroristas internacionales que causan pánico y terror sin respetar fronteras internacionales, y aquellos que los persiguen, Peter Schechter enseña, educa, pero más que nada, entretiene. Siempre he respetado a Peter Schechter como un fantástico estratega político, que tiene mejor entendimiento de los jugadores internacionales que cualquier otro. *Fronteras Imposibles* lo pone al nivel de talentosos escritores como Daniel Silva y Nelson DeMille. La intriga que envuelve a Siria, Pakistán, Colombia, Cuba y la ex Unión Soviética . . . no falta nada. Mientras lo leía, no podía parar de pensar: ¿Será que esto podría suceder? ¿Será que va a suceder? ¿Cuándo? ¿Podremos detenerlo?

—Ed Rollins, autor bestseller en el *New York Times* de
Bare Knuckles and Back Rooms, fue el gerente de la campaña de
reelección de Ronald Reagan en 1984, donde sirvió
como Asistente del Presidente y
Director Político de la Casa Blanca

FRONTERAS IMPOSIBLES

UNA NOVELA

PETER SCHECHTER

Traducido del inglés por Santiago Ochoa

HarperTorch

rayo

Una rama de HarperCollins*Publishers*

Esta es una obra de ficción. Los nombres, personajes, lugares y hechos son producto de la imaginación del autor y no se deben interpretar como hechos reales. Cualquier semejanza con hechos, lugares, organizaciones o personas, vivas o muertas, es pura coincidencia.

HARPERTORCH/RAYO
Una rama de HarperCollins*Publishers*
10 East 53rd Street
New York, New York 10022-5299

Copyright © 2006 por Peter Schechter
Traducción © 2006 por Santiago Ochoa
ISBN-13: 978-0-06-084545-2
ISBN-10: 0-06-084545-7
www.rayo.com
www.harpercollins.com

Primera edición Rayo: Enero 2006
Primera edición en inglés de Rayo: Enero 2006

Para mis cinco chicas—Rosa, Alia, Marina y Gerda.
Sí, y para ti también, Salsa.
Y para mi padre, que se ha ido, pero siempre me acompaña.

Raras veces se hallan juntas una gran belleza y una gran virtud.

Petrarca (1304–1374)
De Remedies

Agradecimientos

En octubre del 2003, un sudor frío me bajó por la espalda. Ese fue el mes en que decidí sentarme a escribir mi primera novela.

Lo que me tenía preocupado no era el reto creativo. Sentía que podía perdonarme a mí mismo si mi alma resultaba incapaz de producir una buena historia, personajes reales, y una trama que acelerara el pulso. Si, eso lo podría superar.

Lo que me preocupaba era que para escribir este libro, a solas tendría que enfrentarme a la pantalla blanca del computador, y obligarla a tomar vida. Era la primera vez en mi vida que no tendría una fecha de entrega, un cronograma, o una lista de cosas que hacer. Es más, no tendría ni jefes ni clientes ni colegas.

Algo muy miedoso para alguien como yo.

Pero finalmente, salió bien. Más que bien. Me divertí muchísimo. Lo que más me gusto fueron las partes inesperadas. Los sentimientos entre dos personajes tomaron vida propia y se volvieron más profundos de lo esperado. Un personaje que no había pensado matar, terminó siendo asesinado inesperadamente. Amigos, que en un principio quise que fueran un símbolo de una cercanía profunda, súbitamente resultaron gritándose el uno al otro, y su amistad peligrando ante un enorme abismo.

El proceso de escritura de esta novela fue uno de los mejo-res, y más divertidos momentos de mi vida. Pero el libro que usted está punto de leer jamás hubiera existido si no fuera por el apoyo de algunas personas que deben ser mencionadas.

Un enorme beso de gracias a mi bellísima esposa, Rosa. Ella fue la primera en decirme que escribir este libro era una buena idea. Nunca dejó de apoyarme, ni siquiera cuando la obligué a leer el manuscrito una y otra y otra vez. Cada vez, en su estilo muy español, me decía toda la verdad. Hasta cuando creía haber arreglado ciertas cosas, Rosa todavía me mostraba los puntos de la historia que aún no estaban lo suficientemente desarrollados, o que aún no eran creíbles. Y siempre tenía razón. Siempre.

A mis padres, Edmund y Gerda, sólo quisiera decirles que sin ustedes, jamás habría tenido esta sed de cultura, idiomas y viajes. No habría sabido apreciar una buena historia si no hu-biera escuchado los apasionados y divertidos cuentos que contaba mi padre sobre la vida, la amistad y el fútbol. Sólo puedo esperar que dentro de cuarenta años, mis hijas sientan por mí lo mismo que yo siento por tí.

Gracias a algunos de mis viejos amigos, que tuvieron la gentileza de leer algunas de las primeras versiones del ma-nuscrito—Ornella, Carlo, Marianne, entre otros—y ani-marme a seguir adelante. Miguel es uno de ellos, pero le debo un agradecimiento especial a él por haber revisado la versión en español.

A mis socios, Bob y Charlie, gracias por comprender mi deseo de escribir este libro. Gracias por ser flexibles, por tener una visión amplia y por sus muchos años de amistad.

Gracias, Rosario por presentarme a mi editora, Andrea Montejo. Algunos dicen que los editores de hoy en día no son sino burócratas y gerentes de cuenta. Eso no es verdad. An-drea le dio profundidad y análisis al libro. Le dedicó tiempo. Lo pensó. Lo trabajó y retrabajó y el resultado fueron conse-jos serios e inteligentes. Gracias por creer en el manuscrito, Andrea.

Mis más sinceros agradecimientos al resto del equipo de HarperCollins/Rayo. En particular a Rene Alegría, quien pensó que sería divertido sumarle un thriller a la excelente colección de libros que publica Rayo. Rayo se ha convertido en una realidad y un éxito gracias a la energía de Rene, y eso se ve desde el instante en que uno lo conoce.

A mi agente, Cullen Stanley de Janklow Nesbitt, muchas gracias por aceptar a un nuevo autor y por compartir tu sabio conocimiento de la industria conmigo.

Por último, quisiera dar las gracias a las muchas personas que he conocido en Colombia a través de los años. Situada al norte del continente suramericano, Colombia es un país conocido por sus problemas. Esto es una lástima por que en realidad, es un país magnífico y polifacético poblado de una gente dinámica y abierta. He tenido el privilegio de trabajar con cuatro presidentes colombianos, y he conocido a innumerables consejeros y ministros. Muchas eran mujeres. A diferencia de muchos otros países en los que los consejos políticos de este extranjero fueron recibidos con reticencia, los colombianos me escucharon y estuvieron de acuerdo o en desacuerdo con el mérito de lo que les decía. Es un lugar más adulto que muchos otros. Tengo muchas amistades en su país. Gracias a todos esos colombianos que me trataron como si fuera uno más de sus ciudadanos. Me siento honrado.

Peter Schechter
Agosto 2005

En un Futuro no Muy Lejano . . .

PRÓLOGO

Aeropuerto Internacional El Dorado

Bogotá, Colombia

6 de agosto

"Atención Bogotá, Cuba Dos comunicándose con ustedes, nivel de vuelo 2-1-0, comenzamos el descenso."

Pablo Vásquez, el administrador del Aeropuerto El Dorado de Bogotá, era un hombre orgulloso del profesionalismo alcanzado después de 25 años de manejar los diferentes servicios para las aerolíneas que aterrizan en la capital colombiana. También se sentía patrióticamente orgulloso de aquel día tan importante en la historia de su país. Los controladores aéreos más experimentados, dirigidos por Pablo, ya habían coordinado con destreza el aterrizaje del Airbus 340 del presidente francés Jacques Rozert; el del impecable Bandeirantes del presidente brasileño Roberto Flamengo, y del Air Force One, el Boeing 747 que traía a John Stockman, presidente de los Estados Unidos.

Había dieciséis aeronaves más—en el aire y acercándose al aeropuerto—cada una con un jefe de estado a bordo. Más de cincuenta aviones adicionales con los ministros de Relaciones Exteriores y de Economía de la región, con el secretario general de las Naciones Unidas y el de la Organización de Estados Americanos, con los presidentes del Banco Mundial y del Banco Interamericano de Desarrollo, con estrellas del

cine y con muchos otros dignatarios, eran esperados ese día.
Pero en aquel instante, los radares del aeropuerto localizaron
a Cuba Uno, el avión de Fidel Castro, mientras cruzaba los
verdes Andes y se dirigía hacia el alineamiento final en la
pista de aterrizaje de El Dorado.

"¿Cuba Dos?" gritó Pablo, repasando el registro de los
vuelos anunciados, aunque no tenía ninguna necesidad de hacerlo, pues había planeado este día durante varios meses. Estaba al tanto de cada uno de los aviones que aterrizarían, del
minuto en que cada uno ingresaría al espacio aéreo colombiano y del tiempo exacto que tardaría en hacerlo aterrizar. El
Cuba Dos no figuraba en su lista. "¿Quién diablos es el Cuba
Dos?" preguntó a sus subalternos.

"Atención Bogotá, este es Cuba Uno. Nos permitimos informarles que Cuba Dos es parte de nuestra delegación presidencial," anunció el capitán Osvaldo Torres, quien llevaba
muchos años como piloto personal del presidente Fidel Castro. "Trae el regalo que quiere ofrecer el Comandante al
nuevo jefe de estado colombiano. A propósito, ¿ya puedo aterrizar?" preguntó el piloto con voz irritada, dejando entrever
que no estaba acostumbrado a dar explicaciones.

Pablo Vásquez mantuvo la calma y dijo a los controladores
que dieran luz verde a los dos aviones. Sacó su teléfono celular y llamó a Lucía Ramírez, la hermosa y elegante jefa de
protocolo, encargada de recibir a los dignatarios extranjeros
que asistirían a la inauguración presidencial. Acababa de evacuar del aeropuerto a los doce automóviles que conformaban
la caravana del presidente estadounidense Stockman, constan-
tando que avanzara a buena velocidad hacia la embajada
americana en el centro de Bogotá. Estaba dirigiendo la caravana más pequeña que escoltaría a Castro, cuando Vásquez le
informó del segundo avión cubano.

"Lulu, algo extraño está sucediendo. Castro aterrizará en
tres minutos, pero viene con otro avión del que nadie tenía
conocimiento. Ahora estoy en camino," dijo Vásquez y bajó

apresurado las escaleras. Sabía que tenía tiempo para resolver este problema, pues el próximo avión, con el primer ministro canadiense Claude Sambert a bordo, aterrizaría dentro de una hora y cuarenta y tres minutos.

"¿Qué diablos hacemos?" exclamó Lulu. Fue más un grito que una pregunta. "¡Eso viola todas las normas del protocolo! No puede aterrizar con otro avión sin avisarnos. ¡No estamos en Cuba!"

Mientras oía el ruido del aterrizaje del avión de Castro, Pablo Vásquez abrió una de las puertas oxidadas que conducían a las rampas. Se escabulló debajo del Airbus francés, con el teléfono celular pegado a su oreja. Estaba lo suficientemente cerca como para que Lulu pudiera escuchar su voz tronando tanto en el aire como en el auricular de su teléfono.

"Eso para no mencionar que no tenemos ni un maldito espacio de estacionamiento para otro avión," se quejó el administrador del aeropuerto. Se encontraba a unos cinco pies de Lulu y seguía gritando por el teléfono; ella había guardado ya el suyo.

"Se me ocurre algo," dijo Lulu Ramírez, "¿qué tal si autorizamos el aterrizaje del segundo avión y les decimos que lo reabasteceremos de combustible como un gesto de buena voluntad? Pero sólo si despega de inmediato."

Esta mujer sí es diplomática, pensó Pablo, y asintió en señal de aprobación a su razonamiento lógico.

Los dos colombianos se pararon al lado de la limosina negra, junto a la escalera corrediza que cada vez estaba más cerca de la puerta del viejo Antonov ruso que ya había estacionado. Supusieron que el primero en salir sería Esteban Montealegre, el ministro cubano de Relaciones Exteriores. Los colombianos se disponían a exigir una explicación y a presentar su protesta oficial.

La puerta se abrió y el Comandante de las Fuerzas Armadas, de setenta y cuatro años, Presidente de la República de Cuba y artífice de la Revolución, salió del avión. Llevaba un traje militar. Como ya era costumbre, tenía la misma barba desaliñada de siempre. Castro esbozó una radiante sonrisa mientras descendía por las escaleras, y antes que Lucía Ramírez pudiera decirle "Bienvenido a Colombia," Castro abrazó a los dos colombianos.

"Sí, sí, deben estar enojados conmigo," dijo Castro, con ojos chispeantes. "Hace quince años, cuando su presidente estudió Relaciones Internacionales en la Universidad de La Habana durante un año, ofrecí un banquete para algunos estudiantes extranjeros y sus profesores. En ese entonces, su futura líder era miembro de la Asociación de Estudiantes Extranjeros de la Universidad," dijo Castro, reviviendo los hechos sucedidos tres lustros atrás.

"Recuerdo muy bien que cuando terminamos de cenar, me senté junto a esa colombiana encantadora," continuó Castro. "Y mientras bebíamos un ron, le pregunté: '¿Qué es lo qué más te ha gustado en este año que has vivido en Cuba?' ¿Y saben qué me contestó su nueva presidente? 'El helado de mango que acabamos de comer, Comandante. ¡Es buenísimo! El mesero me dijo que no quedaba más, pero es posible que usted pueda utilizar su influencia para conseguirme otra porción.' "

Castro se rió, inclinando su cabeza hacia atrás, y los dos colombianos tuvieron que taparse los oídos, pues el maldito Cuba Dos aterrizó estruendosamente. Los tres observaron a la nave acercarse y estacionarse a un lado del avión presidencial de Castro.

Mientras el segundo avión apagaba motores, Castro abrió la puerta de la limosina que lo esperaba, le guiñó el ojo a Vásquez y le dio una palmadita a Lucía en el brazo. "Así que, mi estimada, antes de que me preguntes qué hace este avión aquí, déjame decirte que sería una buena idea si pudieran estacionarlo a la sombra. Aunque cuenta con equipos de refrigeración, no queremos que se derritan los doscientos cincuenta kilos del mejor helado de mango de Cuba que traigo de regalo a su presidente antes de que pueda probarlo."

Castro cerró la puerta de su limosina y se alejó en medio de carcajadas.

Vásquez y Lucía Ramírez se miraron. Ambos pensaron exactamente lo mismo y de manera simultánea: "De modo que así serán las cosas durante los próximos cuatro años en que Marta Pradilla será la presidente de Colombia."

PARTE I: COLOMBIA

DIGNATARIOS EXTRANJEROS ACUDEN MASIVAMENTE A LA TOMA DE POSESIÓN DE LA NUEVA PRESIDENTE DE COLOMBIA

Bogotá, 6 de agosto. Después de una victoria abrumadora, Marta Pradilla juró hoy como la primera mujer presidente de Colombia.

Pradilla, soltera de cuarenta y tres años, asumió las riendas de esta nación suramericana cansada de la violencia y no tardó en prometer un nuevo rumbo. Diecinueve jefes de estado—entre ellos John Stockman—presidente de los Estados Unidos, así como millones de colombianos, parecían tener un solo propósito en el día de hoy: respaldar a la nueva presidente. Pradilla ha sido Miss Universo, ha obtenido la prestigiosa beca Rhodes y ha sido senadora durante seis años.

Pradilla no es la primera mujer en haberse postulado como candidata presidencial de Colombia. Noemí Sanín, la conocida ex ministra de Relaciones Exteriores, lo hizo anteriormente y estuvo cerca de llegar a la presidencia. Colombia es un caso inusual en Latinoamérica, pues cuenta con un número significativo de mujeres que participan en el gobierno y la política.

Pradilla asume el poder en un momento delicado. Colombia, un país de cuarenta y cinco millones de habitantes, desafía los estereotipos más comunes. Se enorgullece de contar con enormes conglomerados financieros y con un sector muy dinámico de exportación de flores, textiles, mariscos y recursos naturales. Es cuna de escritores reconocidos mundialmente y de importantes compañías editoriales. Tiene una de las tradiciones democráticas más sólidas de la región y, sin embargo, continúa padeciendo las consecuencias de un interminable ciclo de violencia derivado de la guerrilla y de las drogas. Las negociaciones con los rebeldes se rompieron a finales del año pasado y los electores se inclinaron por la línea dura de Pradilla.

La nueva presidente, quien habla cuatro idiomas, fue educada en Francia desde los dieciséis años por su tío Francisco Gómez y Gómez, luego de que terroristas pertenecientes a una de las principales organizaciones subversivas asaltaran la hacienda de su familia a comienzos de los ochenta. Su madre y su padre, entonces ministro de Relaciones Exteriores, fueron asesinados en el ataque.

Pradilla, conocida como una persona directa, es difícil de clasificar en términos políticos. Su discurso inaugural no tardó en despertar controversias al anunciar una línea dura contra la violencia perpetrada por los diferentes bandos.

"Seamos claros con nosotros y con el mundo sobre lo que pensamos en Colombia," dijo la nueva presidente. "Los colombianos creemos que ya es hora para que quienes siguen combatiendo de manera ilegal y generando violencia tanto desde la izquierda como desde la derecha depongan sus armas. Si así lo hicieran, les ayudaremos a reintegrarse a la sociedad y a llevar una vida normal. Pero si no lo hacen, el gobierno colombiano está en todo su derecho de encontrarlos, combatirlos, capturarlos y, de ser necesario, extraditarlos a otros países para que sean juzgados allí. La impunidad dejará de ser un hecho aceptado en Colombia," dijo la nueva presidente.

El anuncio de Pradilla acerca de su intención de reinstaurar la extradición de delincuentes violentos a terceros países sorprendió a los observadores. La extradición de poderosos narcotraficantes y de líderes guerrilleros a los Estados Unidos y a otros países ha sido un tema muy polémico en Colombia. Los presidentes anteriores han evitado abordar el tema de la extradición, ya que eso equivaldría a admitir la ineficiencia del sistema judicial colombiano.

La presidente también desató una serie de controversias al dirijirse a Europa y a los Estados Unidos.

Refiriéndose a la incapacidad que tienen los países en vías de desarrollo para convencer al mundo industrializado de desmontar la protección a la agricultura y a los textiles, Pradilla dijo: "Es hora también de que el mundo considere un nuevo pacto con nuestro país que vaya más allá de la asistencia militar. Mi gobierno buscará un tratado comercial integral y de puertas abiertas con las economías más prósperas del mundo. Imaginen la esperanza que podrían albergar los habitantes de Nairobi, Río o Nueva Delhi, si los colombianos nos convertimos en el símbolo de lo que es posible, en los pioneros de un pacto diferente a los negociados en el pasado. Un acuerdo como éste tendría más párrafos de consenso que cláusulas de excepciones."

"Finalmente, no podemos dejar de preguntarnos si ha llegado el momento de explorar otros caminos, incluyendo la legalización de algunas sustancias narcóticas. De esta forma, los países consumidores de drogas podrían supervisar y regular lo que hasta ahora ha sido un problema imposible de controlar, y Colombia dejaría de ser la fuente de un negocio ilegal que genera una enorme corrupción gracias a sus miles de millones de dólares. Si los adictos norteamericanos, franceses u holandeses necesitan heroína, quizá podamos permitir que laboratorios como Merck, Pfizer o Aventis fabriquen esas drogas, para la satisfacción de todos," declaró Pradilla.

Allyson Bonnet, la secretaria de prensa de la Casa Blanca, no hizo ningún comentario oficial sobre el discurso de Pradilla, pero una alta fuente oficial del gobierno de los Estados Unidos dijo, "Cualquier insinuación de legalizar las drogas no encontrará amigos en los Estados Unidos."

La ceremonia de inauguración concluirá con una fiesta de gala que se llevará a cabo esta noche en el Palacio presidencial de Bogotá.

Embajada de los Estados Unidos

Bogotá, 6 de agosto

2:50 p.m.

El Presidente John Stockman detestaba viajar al extranjero. No eran los viajes en sí lo que le molestaba sino las personas con las que se encontraba. Los extranjeros eran demasiado complicados para su pragmatismo de los grandes llanos norteamericanos. Hablaban demasiado, desperdiciaban mucho tiempo y tenían un lenguaje muy florido.

"Si necesitamos decisiones, tomémoslas y pasemos al próximo asunto," así era como John Stockman veía su labor.

De camino a la embajada de Estados Unidos después de la ceremonia inaugural, Stockman se detuvo un momento y miró a través de la ventana de la limosina negra. Estaba en una lejana capital suramericana, y por segunda vez, en menos de 3 horas, se encontraba confinado en el convoy de doce vehículos. Apenas si percibía las sirenas de la caravana—desde hacía tiempo, el presidente de los Estados Unidos se había acostumbrado a transitar escuchando el insoportable ruido de los autos policiales.

Estaba de mal humor. Se sentía irritado consigo mismo por haber viajado a Colombia para la toma de posesión de esta mujer. Dos meses atrás, sus consejeros—incitados por Nelson Cummins, su asesor de seguridad nacional—le habían recomendado de manera casi unánime que fuera a Colombia.

"Su ausencia será muy visible, ya que muchos mandatarios asistirán a la toma de posesión," le había dicho Cummins en la reunión sobre seguridad nacional que se realizaba todos los días. "Pradilla parece ser una persona admirable y creo que vale la pena asistir. A fin de cuentas, Estados Unidos es un aliado incondicional de Colombia en la lucha contra las drogas y el terrorismo. Por ello, muchos de nosotros creemos que no se puede desaprovechar esta oportunidad."

¡Mierda! ¿Por qué se había dejado convencer?

El juramento presidencial había sido rápido; sólo tardó cuarenta y cinco minutos. Sin embargo, tres cuartos de hora fueron suficientes para que la Srta. Pradilla le pusiera los nervios de punta. ¿De dónde había sacado las agallas para sugerir la legalización de las drogas y la revisión de los tratados comerciales?

Pero Stockman notó que no había sido el único en molestarse con el discurso de Pradilla. Vió que algunas de las personalidades políticas colombianas no aplaudieron la intención de la nueva mandataria de revivir la extradición de criminales. El presidente se reclinó en la silla del auto y miró su reloj.

No obstante, tenía que admitir un pequeño indicio de admiración, así fuera a regañadientes, por el discurso de la nueva presidente de Colombia. *Estaba claro que esta mujer no le teme a la controversia,* concluyó Stockman.

Sintió un deseo irresistible de regresar a su país—para trabajar de verdad—y por un instante contempló la posibilidad de decirles a los agentes que se dirigieran al aeropuerto. Al diablo con la gala nocturna. Sin embargo, sabía que no podía hacerlo; los periódicos de todo el mundo se deleitarían explayándose sobre el desplante del presidente de Estados Unidos.

Así que más bien farfulló su disgusto para sus adentros. "Siete horas en este país y casi todas en un maldito automóvil," gruñó.

Stockman se resignó, y descargó su peso en la silla de

cuero, recostando su cabeza en el respaldo de la silla. Cerró los ojos y se relajó. La mente del presidente divagó—como ocurría a menudo—hacía su esposa fallecida. Stockman celebraba su decimotercer aniversario en el Senado de los Estados Unidos, cuando Miranda fue diagnosticada con un linfoma no Hodgkins. Sufrió un año infernal de quimioterapia y radiación, pérdida del cabello, dolores musculares y un agotamiento infinito.

Durante la montaña rusa emocional que padeció Miranda en esos doce meses, Stockman pasó de tener un historial de votos casi perfecto, a perder casi la mitad de los sufragios en el Senado. Acompañó a su esposa a cada una de sus citas médicas, al Hospital John Hopkins, a la Clínica Mayo y a la medicación por vía intravenosa que le hacían en los centros de quimioterapia, y lentamente fue constatando que los tratamientos no surtían efecto. Nada funcionaba. El cáncer siguió expandiéndose y Miranda falleció una lluviosa noche de mayo.

A lo largo de esa terrible experiencia, Stockman se preguntó muchas veces qué habría hecho si Julia no hubiera estado a su lado. Su hija de diecinueve años, que estudiaba en una universidad de San Francisco, regresó a casa para estar con su madre pocos meses después del diagnóstico inicial. Sus padres trataron de convencerla para que no viniera, pues la universidad debía ser lo más importante para ella en ese momento. Le insistieron que no debería atrasarse en sus estudios.

"Si tu estás faltando a las votaciones, yo puedo faltar a mi curso de historia del arte," le dijo Julia a su padre. Stockman lo pensó un segundo y concluyó que nadie podría discutir con esa lógica impecable.

Julia viajó a Washington para estar con su madre, pero fue su padre quien más se benefició con su presencia. Durante dos meses, padre e hija lloraron juntos. Todos los días regresaban del hospital y se sentaban a la mesa mal puesta a tomar

sopas enlatadas. Se encontraban en la mañana para el desayuno silencioso y lúgubre, sabiendo que tendrían que enfrentar de nuevo la misma trágica rutina.

Treinta días después de la muerte de Miranda, Julia comenzó a sugerir la posibilidad de retirarse de Stanford y
transferirse a la Universidad de Georgetown o a la George
Washington para estar más cerca de su padre. A este punto, el
senador Stockman decidió que su hija ya había hecho más
que suficiente. Era hora de que regresara a San Francisco.

En octubre, y para sorpresa de todos, John Stockman tomó
una decisión que cambiaría su vida. En parte para aliviar su
soledad y en parte debido a su patriotismo, anunció su candidatura a la presidencia.

La campaña de Stockman atacó fuertemente al gobierno
durante un año. No es que hubiera grandes diferencias entre
Stockman y la administración, de hecho, no las había. Pero
los crecientes escándalos sobre malversaciones de fondos
entre las grandes corporaciones y miembros del gabinete,
que incluso llegaban hasta al vicepresidente, se convirtieron
en un blanco fácil para su campaña.

Aunque Stockman se mantuvo al margen de la controversia, su campaña lanzaba bomba tras bomba. Los anuncios te-
levisivos acusaban al presidente y a sus colaboradores de estar
involucrados en diversos conflictos de intereses, de sobrepre-
cios en contratos del Pentágono, negocios sin licitaciones pre-
vias, distribución ilegal de documentos de ofertas públicas a
contribuyentes corporativos y de excluir a compañías extranjeras en la adjudicación de contratos importantes. A los medios les encantó esa avalancha de acusaciones y no vacilaron
en difundir el eco ni en repetir todos los giros y variantes de
los escándalos. En pocos meses, la popularidad del presidente
y de su administración cayó casi al veinte por ciento. Pocas
semanas después, Stockman ganó las elecciones.

John Stockman se sacudió de su ensueño cuando sintió que
la limosina giró a la izquierda para tomar la autopista que ro-

deaba la montaña y que servía como ruta rápida para quienes se dirigían desde el centro hasta el norte . La vista de la ciudad desde aquella vía elevada era sencillamente deslumbrante; los altos edificios de Bogotá se entremezclaban con antiguos barrios residenciales, creando una mezcolanza arquitectónica oscilante y demencial. Una llovizna fresca y pertinaz mojaba los andenes. Los pocos peatones que se detenían a mirar la caravana oficial vestían suéteres y abrigos impermeables. Stockman se sorprendió de lo verde que era Bogotá; los pinos de color verde oscuro y el pasto esmeralda hacían resplandecer las majestuosas montañas que rodeaban la vibrante ciudad. Estaba sorprendido y un poco irritado; ¿no se suponía que Suramérica era muy calurosa? Nunca se le hubiera cruzado por su mente que lo más cercano al clima de Bogotá fuera la fría humedad de Irlanda.

Stockman había viajado poco en sus años de juventud. No eligió una carrera política porque le importara recorrer el mundo—llegó al servicio público gracias a un profundo sentido del deber hacia su patria. John Stockman, un chico granjero de Nebraska, fue educado en casa por sus padres, luteranos devotos. No estudió latín, nunca aprendió otra cosa de geografía que no estuviera en el mapa de carreteras de Norteamérica publicado por Rand McNally, y tampoco leyó a Milton. A pesar de su alta estatura y de su atractivo físico, casi nunca salió con chicas. Miranda fue su novia desde los quince años.

Sus padres le dieron una rígida educación centrada en la disciplina, el trabajo duro y el servicio a los demás. En consecuencia, Stockman maduró con certezas que iluminaron su vida. Durante su juventud, fue su devoción a los Boy Scouts. Más tarde, lo fueron su dedicación al país, gracias a los cinco años que estuvo en los Marines, su matrimonio y su creencia en Dios.

Las dudas debían reservarse para los profesores universitarios que tenían tiempo para filosofar, pero no para él.

Sabía que algunas personas creían que su claridad lo hacía parecer superficial. Él creía que sus certezas eran algo que le confería una imagen de firmeza.

Stockman escuchó la lánguida sirena del auto policial que comandaba la caravana cuando ésta se detuvo frente a la residencia del Embajador de los Estados Unidos. El Embajador Morris Salzer estaba allí para recibirlo y levantó un paraguas grande cuando el presidente bajó de la limosina.

"Sr. Presidente, nos alegra tenerlo en nuestra residencia, así sea por unas cuantas horas. Lo cierto es que casi nunca tenemos el honor de recibir una visita presidencial que dure toda la noche," dijo el embajador. Stockman estaba al tanto de la reputación de Salzer; su nombramiento en este país seria el último de su exitosa carrera diplomática. Le gustaba el sentido del humor del embajador.

"Sr. Embajador, me complace que sea mi anfitrión, aunque no sé qué demonios estoy haciendo aquí. Parece ser un viaje muy largo para una invitación a pasar la noche.

"Bueno, a decir verdad, me sorprende que haya venido," contestó el Embajador. "Sinceramente, no me atrevería a decir que la joven Srta. Pradilla vaya a ser una buena amiga de los Estados Unidos. Es obvio que tiene agallas, pero ya veremos."

Entraron al vestíbulo y el embajador condujo a Stockman a un salón de dos puertas grandes.

"Sr. Presidente, su asesor de seguridad nacional me ha preguntado si pueden reunirse en la sala," añadió Salzer. "Lo está esperando aquí." El Embajador abrió una de las puertas, entró con el presidente y le dio la mano.

"Sr. Presidente, lo esperaré para llevarlo a la fiesta. Saldremos un poco antes de las siete de la noche."

El Presidente atravesó la sala de la embajada para reunirse con Nelson Cummins, su asesor de seguridad nacional. Estaban solos en la majestuosa—en la ridículamente majestuosa—sala, donde había al menos diez sofás. ¿Para qué diablos se necesitaban diez sofás, especialmente en un edifi-

cio protegido por muros de concreto de diez pies de altura a
prueba de bombas, y coronados con pedazos afilados de vi-
drio para disuadir a posibles escaladores? La embajada de los
Estados Unidos en Colombia tenía centenares de diplomáticos, pero necesitaba más de cien guardias, personal de seguridad y *marines* para su protección.

"Sr. Presidente, necesito hablar con usted acerca del comunicado de prensa sobre Siria. Ya que asistirá a la fiesta inaugural con el embajador, pensé que podríamos hablar ahora,
pues probablemente no lo vea de nuevo hasta el viaje de regreso."

Cummins era una de las pocas personas en la Casa Blanca
que conocían al presidente lo suficiente como para dejar a un
lado las sutilezas de rigor. Se habían conocido once años
atrás, cuando Cummins era director del Comité de Inteligencia del Senado y habían trabajado juntos desde entonces. A
Nelson le gustaba la libertad que le daba trabajar para un
hombre que no se consideraba un experto en política exterior.
Al menos casi siempre. Sin embargo, de cuando en cuando, a
Cummins le molestaba la terquedad del presidente y su incapacidad para ver que el mundo no estaba pintado exclusivamente en blanco y negro, sino que también tenía muchas
tonalidades de grises.

"Está bien," dijo Stockman y se sentó en uno de los diez
sofás, "Hay que redactar el comunicado de una manera directa, sin rodeos, para que no haya mensajes ambiguos. Me
preocupa el tema de Siria y quiero que los sirios lo sepan."

Cummins sintió náuseas pero trató de ocultarlas. Lo sacaba
de sus casillas la tacañería intelectual de Stockman. Las buenas ideas de los demás pasaban como por arte de magia al cerebro de Stockman, quien raramente compartía el crédito por
ello. Como de costumbre, el presidente pareció volver a olvidarse que la recomendación de llevar el asunto de Siria al
Consejo de Seguridad de las Naciones Unidas había sido idea
de Cummins.

Durante varios años, Siria y Bashir al Assad, su joven presidente, habían hecho todo lo posible por perturbar y hostigar a la misión militar de los Estados Unidos en Irak. Siria seguía encubriendo bases terroristas y servía como embudo por donde se filtraba dinero a Hezbolá, a la Jihad Islámica y a otros grupos extremistas.

Informes de inteligencia recientes, provenientes de importantes prisioneros de al-Qaeda, corroboraban la participación de oficiales de inteligencia sirios y/o de grupos asentados en Siria en el reciente ataque al avión de Continental Airlines en Madrid. Dos terroristas saudíes habían lanzado un misil manual contra la aeronave que no dio en el blanco. Iban a lanzar un segundo misil, pero el mecanismo de disparo se atascó. La policía española capturó a los terroristas con ese armamento que la inteligencia de Estados Unidos identificó como proveniente de Damasco.

Cuatro meses atrás, Cummins había recomendado que los Estados Unidos propusieran una resolución en las Naciones Unidas para enviar un ultimátum contundente a Siria, para que suspendiera sus actividades o sufriera las consecuencias. A pesar del fracaso del Presidente Bush en la ONU antes de la invasión norteamericana a Irak, Cummins estaba seguro de que esta vez, una ofensiva diplomática bien orquestada obtendría los votos necesarios en el Consejo de Seguridad.

La decisión de acudir de nuevo a las Naciones Unidas para conseguir el apoyo mundial a la política de los Estados Unidos era un tema que había despertado gran controversia entre las siete personas que conformaban el equipo de seguridad nacional de John Stockman. Por un lado, el secretario de Defensa advirtió que los Estados Unidos se quedarían atascados de nuevo por la indecisión de la ONU. Por el otro, el secretario de Estado creía que Norteamérica no podría darse el lujo de otro enfrentamiento con sus aliados y sugería abstenerse de cualquier tipo de ultimátum. Todos tenían objeciones.

"Díganle al Pentágono que no quiero leer en el *Washington Post* filtraciones que sostengan que algunos sectores de mi gobierno aún piensan que acudir a la ONU es un grave error," dijo el presidente, consciente de que muchos de sus asesores todavía albergaban dudas. "Quiero lealtad en esto, Nelson. Transmite el mensaje."

"Sí, señor. Lo transmitiré, aunque no me atrevería a decir que el Pentágono se cruzará de brazos ni permanecerá en silencio. Esos militares son tan convincentes cuando se refieren a la lealtad y al patriotismo, pero son los burócratas más astutos de Washington."

"Dile al secretario de Defensa que discutimos este asunto hace algunas semanas y que está cerrado. Dijo lo que tenía que decir y perdió. Dile también que sigo totalmente convencido de que seremos capaces de obtener una resolución enérgica por parte del Consejo de Seguridad. Puedo darle diez razones sólidas y convincentes sobre por qué esta vez el Consejo de Seguridad de la ONU aprobará lo que queremos, pero en última instancia, tendremos éxito por la razón más simple de todas."

Stockman hizo una pausa dramática para disfrutar de su tono de experto.

"Concretamente, la ONU, y los europeos en particular, están cansados de discutir y pelear con los Estados Unidos. Existe una "fatiga de contienda," no hay ánimo para otro escupitajo transatlántico," concluyó el presidente.

Cummins volvió a sentir náuseas. Esta vez se aseguró de que el presidente notara su disgusto. Y es que no podía evitarlo: esa sofisticada expresión, "fatiga de contienda," era suya, no de Stockman. Y ahora el presidente hacía alarde de ella en su arsenal retórico, como si acabara de ocurrírsele.

Cummins trató de olvidar su enojo. *Este tipo me paga el salario; así que mis ideas las hace pasar como suyas. Así funcionan las cosas en Washington,* pensó Nelson para sus adentros.

El Presidente John Stockman tenía razón en lo referente a la ONU. Esta vez, la organización mundial seguramente aprobaría la resolución de Estados Unidos. Y una vez aprobada, la línea dura contra Siria tendría una gran cantidad de repercusiones positivas. La primera y más importante era que un triunfo en el Consejo de Seguridad señalaría el fin de las disputas transcontinentales entre los aliados occidentales. Pero también dejaría al descubierto las importantes diferencias entre el Presidente Stockman y las administraciones anteriores. Pocos años atrás, un gobierno norteamericano exasperado había decidido invadir Irak. Stockman, por el contrario, demostraría que era capaz de liderar el mundo y que a su vez, el mundo aceptaría el liderazgo del presidente de Estados Unidos. Semejante éxito tendría un precio incalculable en términos políticos.

"¿No podríamos aprovechar este encuentro en Bogotá para reagrupar las tropas?" preguntó Stockman, emocionándose con su propuesta ante la ONU. Esta preocupación con la política exterior era algo muy inusual en él.

"¿Por qué no organizar un encuentro aquí en Bogotá para negociar una resolución de la ONU, sin la presencia de Castro, claro está?" continuó Stockman, adentrándose un poco más en el tema. "Jacques Rozert está aquí. El secretario británico de Relaciones Exteriores también. Colombia, Costa Rica y Brasil están en el Consejo de Seguridad este año y aquí están todos. ¿Por qué no intentamos reunirlos y salimos de aquí con un plan de acción?" insistió Stockman.

Nelson Cummins hizo lo que los subalternos de cualquier presidente tenían que hacer ocasionalmente en cualquier parte del mundo, sin importar su rango: mentir para complacer a sus jefes.

"Sr. Presidente, su idea acerca de la ONU y Siria es brillante. Pero este no es el momento adecuado para llevarla a cabo. Desde la invasión a Irak, el gobierno de los Estados Unidos ha sido acusado de obligar a sus amigos a asumir una posición con respecto al Medio Oriente. La percepción es que a nosotros realmente no nos interesa el resto del mundo ni sus asuntos, y que lo único que nos importa es conseguir apoyo para nuestras políticas sobre el Medio Oriente," le recordó Cummins.

Stockman guardó silencio para que Cummins continuara.

"Hagamos algo diferente. Demostremos que queremos hablar sobre asuntos que interesan a los latinoamericanos. Comencemos por hablar sobre la inmigración, el comercio, la deuda, las reformas económicas, la erradicación de la pobreza. A excepción de Castro, todos los jefes de estado latinoamericanos que están aquí han sido elegidos por vía democrática. Busquemos un consenso hemisférico sobre los temas que ellos elijan."

Cummins continuó con su argumento. "Fíjese, la rotación azarosa del Consejo de Seguridad hace que cuatro naciones latinoamericanas sean parte de él: Colombia, Costa Rica, Cuba y Brasil. Necesitamos su apoyo y no es nada fácil. Recuerde que cuando se presentó el debate sobre Irak en las Naciones Unidas, México y Chile estaban en el Consejo y votaron contra nosotros."

"Ya lo sé. ¿Qué estás tratando de decir, Cummins?" interrumpió el presidente.

"No intimide a los latinoamericanos," advirtió Cummins. "Causará muy buena impresión si por lo menos parece estar interesado en sus asuntos. Le garantizo que en un par de semanas podremos consultarles sobre la resolución contra Siria."

"¿Y qué hago con Castro?" preguntó Stockman, cambiando de tema.

Cummins sabía que había ganado esta vuelta. John Stockman no concedía méritos intelectuales a nadie. Este presidente no era un hombre que se rascara la barbilla con aire pensativo y dijera: *Nelson, lo he pensado detenidamente y he concluido que tienes razón. Quiero que hagamos lo que propones.* No, la mejor victoria que se podía obtener de Stockman era que cambiara de tema.

Cummins respondió, aprovechando su ventaja. "Sr. Presidente, ¿y por qué no reconocer su presencia? Eso no quiere decir que usted tenga que abrazarlo o elogiarlo en público. Pero si él quiere darle la mano, estréchesela. Todo el mundo sabe que es un dictador anciano y anacrónico. Pero aquí las personas lo quieren, especialmente porque nosotros lo odiamos. Cuarenta años de rechazos no nos han conducido a ninguna parte. Demostrémosle a la gente que John Stockman hace las cosas de forma diferente," concluyó Cummins.

El presidente miró a su asesor, y pensó que en algunas ocasiones, Cummins se transformaba de genio en política exterior a idiota. ¿Es que acaso su asesor no entendía nada acerca de la política americana? Podía ser un experto en Turquía o Trinidad, ¡pero no sabía nada de Tallahassee! ¿Acaso no sabía que existía un lugar llamado Florida lleno de cubanos y que tenía por tanto una gran importancia política? ¡Qué imbécil!

"Vete a la mierda," le dijo el presidente a su asesor de política exterior, mientras se levantaba para vestirse para la cena inaugural.

Gala de Toma de Posesión

Bogotá, 6 de agosto

6:30 p.m.

Era la primera vez, aquel día, en que la Presidente Marta Pradilla estaba sola. Se encontraba en la residencia privada, situada en el tercer piso de la Casa de Nariño, la mansión presidencial colombiana. La fiesta de la toma de posesión presidencial comenzaría en media hora. La Casa de Nariño era una extraña construcción de finales del siglo XIX con fuertes matices coloniales; algunos de sus cuartos y salones eran hermosos y elegantes, pero otros eran grises, apagados, y su decoración carecía de ritmo y lógica.

Afuera, los guardias del Palacio pertenecientes a un pelotón especial del ejército colombiano bajaban la bandera. Recordó la primera vez que había visto esa ceremonia. Los soldados, vestidos de azul como si fueran guardias pretorianos alemanes con cascos metálicos en forma cónica y lanzas medievales, marcharon a paso de ganso por la calle, giraron a la izquierda, entraron al patio del Palacio y se dirigieron hacia el mástil de la bandera. La banda del Ejército tocó una música marcial indescifrable, que supuestamente sincopaba con el ritmo de los pasos de los guardias. Este espantoso ritual se realizaba dos veces al día.

La primera vez que había visto esa escena surrealista había sido quince años atrás, junto al presidente Virgilio Barco, el anciano patriarca colombiano que tenía un doctorado en ingeniería de Yale. Había cerrado la ventana malhumorado cuando la música marcial empezó a sonar. "Pradilla," dijo Barco, quien nunca llamaba a nadie por su nombre propio, "así es la vida en el trópico; lo sublime se confunde con lo ridículo."

Marta se rió tras preguntarse si el viejo ex presidente habría catalogado su situación actual como ridícula o como sublime. Llevaba ya cuatro horas como presidente de Colombia. Sin embargo, no estaba firmando decretos ni nombrando ministros. Estaba casi desnuda frente al espejo, preguntándose, al igual que millones de mujeres alrededor del mundo, qué se pondría esa noche.

Era hermosa. De eso no había la menor duda. Su cabello castaño le acariciaba los hombros, tonificados a lo largo de varios años de competencias de natación. A los cuarenta y algo, su cuerpo ya no era el que le garantizó el título de Miss Universo, pero aún se veía muy, pero muy atrativa. Sus pechos eran un poco más pequeños de lo que hubiera deseado, pero eso tampoco era motivo para que ningún hombre jamás hubiera dejado de mirarla.

Su belleza era una espada política de doble filo y ella lo sabía. Muchas personas atribuían su triunfo a sus atributos físicos. "Claro," decían, "si parece una actriz de cine. Un país con tantos problemas como Colombia necesita ocultar sus penas en un pozo artificial de belleza. Por eso la eligieron." Eso fue lo que escuchó un sinnúmero de veces durante su campaña, pero Marta Pradilla era demasiado pragmática como para permitir que aquello le preocupara.

Se vestía muy bien. Diez años con su tío en París le enseñaron el arte francés de convertir a una mujer hermosa en un espectáculo irresistible. Marta sacó un vestido azul, confeccionado por el diseñador español Lorenzo Caprile, quien pocos años atrás había diseñado el vestido que Letizia había llevado para casarse con el príncipe Felipe, heredero de la corona española. El vestido hacía honor al estilo único del diseñador, y lograba combinar lo sexy y lo formal en una sola prenda.

Era de escote bajo y recortado en los hombros. Tenía dos tajos—pues uno solo no sería suficiente para aquella noche—aunque no adelante y atrás, sino a ambos lados de sus muslos firmes y tersos. Iba a seguir el protocolo y se pondría medias veladas, aunque detestaba cubrirse las piernas. En su opinión, las piernas tenían que estar libres, y Marta Pradilla siempre había pensado que eran lo que definían el encanto de una mujer.

Terminó de componer su atuendo con un chal de cachemira de Burberry's, rosa y púrpura, que había comprado en Londres. Se lo puso en los hombros pero tuvo cuidado en que no quedaran completamente cubiertos. "¡Qué maravilla haber sido Miss Universo!" murmuró satisfecha. "Los diseñadores siguen vistiéndome gratis." Mientras el espejo reflejaba lo bien que le quedaba el vestido en su cuerpo ágil, primero de un lado y luego del otro, Marta se preguntó qué sería de su ropero durante su presidencia.

Abrió la puerta de su dormitorio, lista ya para la celebración de esa noche, y vio a Manuel Saldívar, su secretario de prensa y asesor más confiable, sentado—o más bien, inclinado—en uno de los sofás que había afuera de la habitación presidencial. Estaba exhausto. Había dado cuatro conferencias de prensa oficiales en las últimas seis horas, una para la élite periodística de Bogotá, otra para la radio y la televisión, otra para los medios de comunicación de otras ciudades de Colombia y una para los corresponsales de prensa extranjeros. También había concedido veinte entrevistas personales, entre las que se destacaban las ofrecidas a periódicos como *The New York Times, The Financial Times, El País, Le Monde, Frankfurter Allgemeine* y *The Economist*.

Manuel Saldívar era uno de varios jóvenes que Marta Pradilla había nombrado en su gabinete. Aun no había cumplido los treinta años y ya era parte de lo que uno de los columnistas más leídos y tradicionales del país había definido peyorativamente como "el kínder," es decir, el puñado de jóvenes que la presidente había nombrado. Manuel se preguntó si el ministro de Justicia, quien tenía 35 años, sería considerado por ese viejo columnista cascarrabias como ya viejo para el kínder.

Saldívar era un niño genio. A los veinticuatro años escribió una novela titulada *Atrapado,* que tuvo un éxito descomunal, cuyo tema central era la conversación entre un pez y un buzo (contada desde el punto de vista del pez), aunque el autor le tenía miedo al agua en la vida real. Los críticos y los intelectuales alabaron el libro y señalaron que era un espejo metafórico a la realidad colombiana, donde la élite blanca vivía en medio de un océano de mezclas raciales. Saldívar siempre negó dicha afirmación. *"Los peces tienen muchas cosas qué decir, y el libro no tiene por qué ser una metáfora de ningún grupo humano,"* había replicado con una sonrisa.

A los veintiséis años fue nombrado director de la unidad investigativa de *El Tiempo,* el periódico más grande y prestigioso de Colombia. Saldívar dirigió personalmente una revolucionaria investigación periodística que narraba en detalle las amplias conexiones entre el tráfico de drogas y la compra de armas ilegales por parte de los grupos guerrilleros colombianos. Sus artículos investigativos sobre la importancia del narcotráfico en los grupos guerrilleros fueron muy elogiados, traducidos a ocho idiomas y publicados en revistas como *L'Espresso* de Roma, y *New Republic* de Washington.

Conoció a Marta Pradilla, senadora en aquel entonces, mientras trabajaba en el periódico. La visitó para preguntarle si podía utilizar el asesinato de su padre como telón de fondo para una de sus denuncias sobre las compras ilegales de armas por parte de los grupos guerrilleros. Al llegar a su casa, de inmediato, Saldívar se sintió muy cómodo en el apartamento moderno y minimalista de Pradilla. En vez de realizar una entrevista formal, hablaron sobre música rock durante varias horas. Ella le dijo que su colección de compactos y acetatos era la mejor de Colombia, e invitó a Manuel a que lo comprobara mirando los estantes. Él por su parte, lo negó categóricamente, señalando que su colección de acetatos, que pasaba de los mil ejemplares, era sin duda la más completa del país.

Él tenía el primer álbum de Iron Butterfly, que era muy escaso. Ella tenía un álbum de edición limitada de un concierto que los Rolling Stones habían ofrecido en 1975 en un pequeño teatro de Tokio con capacidad para doscientas personas. Y así surgió entre ellos un tema de discusión en el que todavía se enfrascaban, pero que también dio paso a una relación de confianza y amistad mutua que sería la envidia de toda Bogotá. Pradilla consultaba todos sus discursos y alocuciones políticas con Manuel. A la primera persona que llamó cuando decidió postularse para la presidencia fue a Manuel Saldívar, quien aceptó ser su jefe de campaña y director de comunicaciones. Ahora, cuando le faltaba menos de una semana para cumplir treinta años, ya era el jefe de gabinete y el secretario de prensa. Casi no podía creerlo; la campaña, la victoria, la inauguración, todo había sucedido tan rápido.

"Este es un país de locos," repetía Manuel Saldívar para sus adentros.

Manuel se sacudió del agotamiento al ver a su amiga salir de sus aposentos privados.

"Marta," exclamó Manuel, "te ves espectacular. Un poco demasiado sexy para ser la nueva presidente de un país tan conservador, pero supongo que no hay nada que hacer, así eres tú." Manuel fue sincero en su elogio. Las creencias políticas y la agudeza implacable coexistían sin problema con la sensualidad insinuante de Marta Pradilla. No tenía sentido decirle a su amiga que optara por algo más tradicional para su primera aparición presidencial.

Caminaron hacia el ascensor que los conduciría al salón de baile, y los dos se rieron cuando Manuel le contó a Marta que el personal del palacio no sabía cómo decirle. Como periodista innato que era, Manuel había espiado a Juan Pablo Ortiz, quien llevaba veinte años como mayordomo del Palacio, debatir con el personal acerca de si deberían decirle

"Sra. Presidente," *"Srta. Presidente,"* o sólo *"Señora."* ¿Quién sabría? Colombia era un caso especial en América Latina, ya que tenía una gran cantidad de mujeres que descollaban en la política y en los negocios. Sin embargo, tener a una mujer como jefe de estado era algo completamente nuevo para todos.

Mientras descendían en el ascensor, don Ignacio, el afable ascensorista de setenta años, resolvió el problema con un simple: "Buenas noches, Presidente." Había utilizado ese mismo calificativo para referirse a todos los presidentes masculinos que la habían antecedido. Zanjó la cuestión de género utilizando la forma masculina, y tenía razón. ¿Por qué no llamar a la actual poseedora del cargo con el mismo título que tuvieron todos los antecesores? Encantada, Marta le guiñó el ojo a Manuel cuando se abrieron las puertas del ascensor.

Antes de entrar al salón de baile repasaron los planes para esa noche. Por supuesto, la idea era impresionar favorablemente a los dignatarios locales y extranjeros. Sin embargo, el objetivo principal era, por supuesto, el presidente de los Estados Unidos. Marta le daría dos golpes; primero con sus conocimientos de economía y comercio, para solicitarle un calendario flexible de seis meses de duración para firmar un tratado de libre comercio entre Colombia y los Estados Unidos. Y el segundo, ahhh . . . el segundo implicaría una pequeña travesura que no tardaría en hacer muchos titulares.

Marta entró al salón con un minuto exacto de retraso, a las 7:01 p.m., y fue recibida con los aplausos de sus ciento cincuenta invitados. Mientras saludaba personalmente a cada uno de ellos, los aplausos se prolongaron durante más de diez minutos. La mayoría de los dignatarios la besaron en la mejilla, pero unos pocos la saludaron a su manera. Roberto Flamengo, el héroe de la clase trabajadora y presidente del pueblo brasileño, le dio los besos de rigor y un abrazo tan apretado que seguramente tenía por objeto sentir sus pechos más que su tacto político. El presidente francés Jacques Rozert inclinó su cuerpo largo y desgarbado y besó su mano derecha en el más puro ademán de formalidad. Yunichiro Hazawa, el ministro de Relaciones Exteriores de Japón, le hizo una venia profunda, y John Stockman, el presidente de los Estados Unidos, todavía molesto por los comentarios en torno a la legalización de las drogas que había realizado en su discurso, y ansioso de que todos los presentes notaran su disgusto, se limitó a estrecharle la mano.

No todos los invitados la admiraban. Juan Francisco Abdoul, el presidente del Senado de Colombia, no aplaudió ni le sonrió. Representaba a la numerosa comunidad árabe, compuesta en su mayoría por descendientes de sirios que vivían en Barranquilla, una ciudad en la costa caribe de Colombia.

Después de dos décadas brutales en las que fueron asesinados numerosos fiscales, detectives y periodistas, Colombia finalmente comenzaba a ganar la guerra contra la corrupción de las dinastías políticas. Estaba surgiendo una nueva generación de líderes políticos y Marta Pradilla era un buen ejemplo de ello, pero no el único. Al otro lado del salón, dos hombres apuestos, el actual alcalde de Bogotá y el anterior, bebían una copa y reían juntos. Los dos habían logrado reducir notablemente las tasas de criminalidad, los problemas de basuras y los enormes problemas de tráfico vehicular en la capital. Gracias a unas políticas económicas acertadas y a unas sofisticadas conexiones internacionales, devolvieron Bogotá a sus habitantes construyendo ciclo rutas, parques y lo más importante de todo, redes de seguridad social para las clases más pobres.

Sin embargo, Juan Francisco Abdoul era un representante de la antigua clase política. Junto a su hermano Ricardo, el actual alcalde de Barranquilla, la familia Abdoul representaba lo peor de la clase política colombiana; una mezcla de nepotismo, tácticas propias de la mafia y una criminalidad que extendía sus actividades al narcotráfico. El alcalde Ricardo Abdoul fue derrotado por Marta Pradilla en las elecciones internas del Partido Liberal para escoger su candidato presidencial. El proceso de elección del partido fue ardua-

mente disputado, pero Marta terminó ganando debido a su
sinceridad y luego de catalogar a los hermanos Abdoul exactamente como lo que eran: lo peor de Colombia.

Juan Francisco Abdoul había sido invitado a la fiesta de
gala simplemente porque era de rigor invitar al presidente
del Senado, y él había asistido porque su trabajo se lo exigía,
sin embargo, la familia Abdoul había jurado no perdonarle
nunca aquel insulto a la nueva presidente.

Marta Pradilla estaba terminando de saludar a su larga
fila de invitados cuando llegó donde se encontraba Abdoul y
le extendió la mano. Abdoul, quien llevaba un traje negro, camisa blanca, una corbata color crema, además de tres anillos
en su mano, le dio la suya.

"Marta, ¿qué le dice uno a una ex Miss Universo que ha es-
calado hasta las cimas más altas de manera tan sorprendente?" le preguntó Abdoul lo suficientemente fuerte como
para quienes estaban cerca escucharan su profundo desdén.

Marta Pradilla siguió estrechándole la mano y lo miró fijamente . . . —no, lo atravesó con sus ojos verdes oscuros por
lo que pareció una eternidad. No se rió pero tampoco frunció
el ceño; siguió mirándolo con una mirada penetrante. Pasó el
tiempo. Abdoul se sintió incómodo después de notar que habían transcurrido quince segundos, luego treinta, y ella no lo
soltaba ni le decía nada. El silencio se apoderó del salón y
todos los asistentes advirtieron lo que sucedía. Las conversaciones entre los presidentes, ministros de Relaciones Exteriores, sacerdotes, diáconos, políticos y artistas se detuvieron
súbitamente y todas las miradas cayeron sobre los dos colombianos.

Después de lo que pareció una eternidad, Marta le dijo a
Abdoul muy lentamente: "Uno dice: *Buenas noches, presidente.*"

Luego retiró su mano y se dio vuelta para saludar a Alberto
Granada, el presidente de México.

Después de la Cena

Bogotá, 6 de agosto
9:45 p.m.

"Sr. Presidente, necesitamos cambiar de rumbo si queremos que este hemisferio prospere," le dijo Marta Pradilla a John Stockman en perfecto inglés. "En los últimos veinte años hemos declarado la guerra contra las drogas, la batalla contra la pobreza y la lucha contra la corrupción. Y sin embargo, actualmente el continente americano produce y consume más drogas que nunca, sus índices de pobreza aumentan a diario y padece la misma corrupción. No podemos seguir haciendo lo mismo y creer que dará resultados cuando sabemos que no es así. Aprovechemos esta oportunidad e intentemos hacer algo diferente."

Estaban en una pequeña habitación al lado del inmenso salón de gala. La cena había sido todo un éxito. Marta Pradilla se había descartado la consabida cena pseudofrancesa servida en las reuniones diplomáticas y le había encargado la cena a Harry Ricart, el chef superestrella de Colombia. Su gastronomía era moderna y de avanzada. La sopa se servía caliente y se terminaba fría, el foie gras era reducido casi a una espuma que coronaba sutiles trozos de mollejas y era servido en tazas de capuccino, las espinosas langostas caribeñas eran rociadas con vinagre balsámico reducido y, a manera de postre, frutas tropicales ahogadas en un lago de cocoa cien por ciento colombiana apenas derretido en un baño maría y servido congelado en lamesa.

Marta había usado la cocina de Harry Ricart para expresar su visión de Colombia. Su país podría ser conocido por padecer varios males graves—pobreza, violencia, narcotráfico y terrorismo—pero también era un país lleno de gente joven, creativa, talentosa y más importante aun, con esperanza. Marta quería que la cena fuera una declaración política y que los invitados supieran que se avecinaba una nueva Colombia. La política gastronómica era sutil; pero el mensaje fue claro y contundente.

Mientras los invitados se agrupaban para beber digestivos y conversar, ella tomó al presidente John Stockman del brazo y lo condujo lentamente al pequeño salón adjunto, decorado con enormes óleos de Fernando Botero, el artista colombiano mundialmente reconocido que pintaba figuras de proporciones descomunales. Tenía los minutos contados, pues no sería amable ni diplomático que los demás invitados permanecieran solos durante demasiado tiempo.

"Aquí en Colombia entendemos que los Estados Unidos se preocupen por otras regiones. Sabemos que están luchando en el Medio Oriente en el nombre de los valores y las creencias que son valiosas para todos nosotros en Occidente," continuó la Presidente Pradilla. "Pero, a veces, parece que los Estados Unidos ha olvidado que fue fundada y construida con base en la esperanza. Una de las palabras más utilizadas por el gobierno de los Estados Unidos es 'terrorismo,' pero ustedes no podrán consolidar un verdadero liderazgo si sólo hablan acerca de lo que temen *del* mundo. Necesitan hablar también de las esperanzas que tienen en él."

Stockman ya estaba comenzando a enojarse. Lo último que quería era escuchar consejos de una mandataria inexperta que llevaba menos de ocho horas en el poder. Decidió que la mejor estrategia sería no proponer ni comentar nada. Sabía que ella tendría que regresar a la reunión y que el sermón no podía durar mucho.

Por lo menos es bonita, pensó para sus adentros.

Marta continuó, aunque era perfectamente consciente de que lo estaba sacando de casillas. Lo había estudiado detenidamente: sus discursos, sus entrevistas por televisión, sus opiniones y su obsesión por la lealtad. "El tipo no es muy receptivo a las propuestas idealistas," le había dicho a Manuel. "Sólo le interesa el mundo de la política, y en lo más profundo de su ser, no cree que las mujeres sean lo suficientemente pragmáticas para destacarse en ese mundo."

Así que para lograr cautivar su atención, haría exactamente lo que Stockman esperaba y lanzaría una declaración etérea sobre la esperanza. No es que creyera en ella, pues pensaba que los múltiples temores de Norteamérica ponían en riesgo el magnetismo positivo y la actitud optimista arraigada en lo más profundo de la idiosincrasia estadounidense. Sin embargo, sabía que él detestaría escuchar algo tan florido. Así que su plan fue complacerlo y confirmarle que ella era la típica mujer que él esperaba que fuera, para luego sorprenderlo con peticiones mucho más concretas. Hacía mucho que había aprendido que la política era un juego de expectativas. Si se logra algo mejor de lo esperado, simplemente se ganan más puntos a favor.

"Aquí en Latinoamérica todavía queremos tener esperanzas, Sr. Presidente," dijo Marta. "Hemos sido sus aliados en la lucha contra las drogas y hemos apoyado a los Estados Unidos en la guerra contra el terrorismo. Les pedimos que ustedes también sean nuestros aliados."

Stockman desvió la mirada para ocultar su exasperación. ¿Qué demonios quería esa novata? Iba a pregontarle si los $7 mil millones que Estados Unidos le había dado a Colombia en ayuda militar y policial a lo largo de los tres últimos años no eran buena prueba de su compromiso con esta nación? Pero apenas comenzó a articular la frase, ella continuó como si nada.

"Quiero proponerle una idea. Unámonos y firmemos un tratado de libre comercio entre nuestros países que no tenga restricciones para cosas como la agricultura, los textiles y los productos manufacturados," dijo Marta, al apoyar su mano en el brazo del presidente.

"Sr. Presidente—John, si así me lo permite—ya no se trata de proteger a los Estados Unidos de los productos extranjeros. Lo cierto es que si ustedes no firman un tratado con nosotros, su economía se verá inundada de productos chinos. Es una elección que tiene que hacer; si quieren que sean sus vecinos amigos y latinoamericanos quienes los provean de sostenes para sus señoras, cultiven la soja que ustedes consumen y ensamblen los aparatos de televisión que ustedes ven, o si prefieren que lo haga la China. Y si nos va a elegir a nosotros, necesitamos un tratado más justo, renovado y ambicioso."

A Stockman le molestó constatar que estaba prestándole atención. *Ahora parece mucho más segura de si,* pensó para sus adentros, preguntándose qué tendrían sus palabras para que estuviera escuchándola con atención. Los pensamientos comenzaron a apilarse en su cabeza, cuando advirtió que ella seguía hablando sin pausa. Se esforzó en concentrarse de nuevo.

"Los Estados Unidos se han transformado en una economía de servicios. Los antiguos estados textileros como Carolina del Sur presentan actualmente altos niveles de productividad en otros sectores." Marta estaba acelerando a pasos agigantados. Notó que algo cambió en los ojos del presidente—el azul de su iris se había acentuado y enfocado, y la mirada vidriosa, lejana e irritada parecía haberse esfumado. En ese momento comprendío lo que habían visto millones de electores en aquel hombre, pues cuando parecía interesarle algo, lo demostraba, perfectamente.

"Su país puede firmar un tratado comercial serio con un país como el nuestro y a la vez obtener beneficios," continuó ella. "No tiene que responderme ahora, pero quiero que piense en crear una zona completamente libre, donde los productos agrícolas, los textiles y los bienes manufacturados crucen nuestras fronteras sin impuestos, aranceles ni restricciones. Más que un tratado de libre comercio, sería un pacto de desarrollo hemisférico. Y lo mejor sería que lo negociáramos y lo acordáramos en menos de seis meses. Eso les dará esperanzas a los colombianos y les hará creer de nuevo en los Estados Unidos." Al decir estas palabras, su chal se deslizó un poco, dejando al descubierto el corte profundo y elegante de su hombro derecho.

Stockman no pudo desviar su mirada. Era una mujer preciosa y terriblemente inteligente. Había transformado un sermón irritante en un argumento convincente sobre la prosperidad y la erradicación de la pobreza. Había terminado incluso con una clara recomendación en materia de política. Stockman tenía que admitir que a pesar de todo, lo había impresionado. Fue entonces cuando advirtió que ella no había retirado la mano de su brazo. Sintió un hormigueo cálido y fugaz. Al fin y al cabo, el mundo no estaba lleno de presidentes hermosas.

"Presidente Pradilla," comenzó Stockman, "Estados Unidos necesita hacer lo que está haciendo en el Medio Oriente porque creemos que el mundo occidental y las democracias laicas están en peligro. Espero que así lo entienda. Tendré en cuenta su sugerencia porque sé que el intercambio comercial es la única puerta posible para el crecimiento económico y la paz social en nuestro hemisferio, pero no se haga demasiadas ilusiones. Los textiles y la agricultura aún tienen una gran importancia política en mi país y no podemos perjudicar a estos sectores con un tratado relámpago que puede llegar a ser muy nocivo para nuestra economía.

"Creo que en los próximos meses, usted también aprenderá que un presidente tiene que soportar muchas presiones," añadió Stockman, sin poder evitar asestar ese golpe.

El presidente norteamericano notó que Pradilla ignoró el sablazo y que no retrocedió ni una pulgada. *Cielos, todavía no me suelta el brazo,* pensó Stockman. Siempre trataba de evitar el contacto físico, y el suave roce de su mano lo estaba haciendo sentir bastante incómodo.

Por otra parte, Pradilla estaba sorprendida de lo fácil que había sido captar la atención del presidente norteamericano. A pesar de su impaciencia y exasperación, no había sido difícil encontrar una ruta de diálogo que lo mantuviera concentrado. Se preguntó si había algo más allá de la fachada de conservador pragmático que con tanto ahínco trataba de proyectar Stockman. En los pocos minutos que habían estado juntos, pudo ver en aquel hombre un destello de alguien dispuesto quizá a traspasar las barreras del tradicionalismo cauteloso.

Marta decidió cambiar de tema. Ya se había extendido lo suficiente sobre el asunto del libre comercio. No obstante, era muy probable que lo que sucedería a continuación le restara los puntos que se había anotado con Stockman en aquella conversación.

"Quiero presentarle a alguien," dijo Marta. Y en vez de regresar al salón principal, condujo a Stockman a través de una puerta estrecha que daba a una oficina pequeña, pobremente iluminada, con un escritorio elegante, un teléfono y una computadora. Un hombre estaba sentado en la silla grande de cuero, de espalda hacia ellos. Leía *Gatopardo,* una nueva revista al estilo de *Vanity Fair* que había cautivado a toda América Latina con sus fotos audaces y sus artículos incisivos. Su barba larga y gris se destacaba con claridad entre la penumbra.

De inmediato, Stockman reconoció a Fidel Castro y retrocedió. Intentó salir, pero la mano de Pradilla se tornó de hierro, y lo sostuvo firmemente del codo.

"Jamás se lo perdonaré," le dijo en voz baja. Pero ya estaba atrapado, y si quería irse, tendría que forcejear físicamente con la bella presidente de Colombia.

"John, quiero presentarte a Fidel Castro. Creo que ustedes dos nunca han hablado," dijo Marta Pradilla. Si había escuchado la amenaza de Stockman, no lo demostró en absoluto.

"Supongo que no tendrán mucho de qué hablar ahora," dijo la Presidente Pradilla con una sonrisa irónica. Stockman notó que el tono le había cambiado—ella, por su parte actuó de inmediato y se dirigió a Castro.

"El Presidente Stockman y yo estábamos conversando sobre la necesidad de restablecer la esperanza por medio de nuevas políticas que cambien la vida de las generaciones futuras. Coincidimos en que a veces, los actos políticos audaces pueden impulsar los cambios mas importantes para un país." La Presidente Pradilla habló con rapidez. "Pocas cosas requieren de tanto valor como la política americana hacia Cuba y el embargo que se le ha hecho a esa nación. Han pasado cuarenta años y nada ha cambiado. Ya es hora de que Cuba y Estados Unidos empiecen a cambiar."

Stockman protestó, pero ella levantó la mano y lo frenó en seco. "Ha llegado el momento de terminar el embargo a Cuba, Sr. Presidente," dijo Pradilla. "Los nuevos tiempos requieren nuevas políticas y plantean nuevas necesidades. Usted bien lo sabe, porque también tiene una nueva necesidad."

No había terminado de hablar y los dos enemigos lo sabían. Castro escuchó. Stockman permaneció callado ante su audacia.

La presidente colombiana apartó un molesto cabello que se le había incrustado en sus ojos verdes. "Así es como veo las cosas, John," continuó Pradilla. "En el Consejo de Seguridad de la ONU hay cuatro países latinoamericanos que permanecerán allí durante ocho meses más. Cuba es uno de ellos. Sé que Estados Unidos tiene la intención de proponer próximamente una resolución al Consejo para que apruebe un ultimátum político, militar y económico a Siria con el fin de hacer que ese país deje de brindarle refugio a los terroristas. Yo personalmente, le garantizo los votos latinoamericanos—incluyendo el de Cuba—a favor de dicha resolución," sentenció Pradilla.

Castro se puso de pie, no sin antes trastabillar, pues giró la silla demasiado rápido. "Marta, usted no tiene derecho a comprometer a mi país con nada, y mucho menos a respaldar una expedición militar norteamericana," gritó Castro.

Pradilla hizo con Castro exactamente lo mismo que había hecho pocos minutos atrás con Stockman: ignorarlo. Luego expuso un argumento irrebatible.

"Esto lo lograrán si Estados Unidos presenta la propuesta sobre Siria junto a una resolución paralela que manifieste la intención de ponerle fin al embargo a Cuba. Haga esto y el mundo lo aplaudirá. Lo más importante de todo, Sr. Presidente, es que lo respaldarán," concluyó Marta.

Eso era todo. No había nada más qué decir. La pequeña oficina quedó en completo silencio y entonces Marta hizo exactamente lo que tenía planeado. Sabía que aquellos dos viejos zorros no hablarían entre sí, de modo que necesitaba ponerle fin al encuentro dándoles a ambos algo qué hacer. Dejó que su pequeña cartera se desprendiera de su hombro y cayera al suelo con un golpetazo que rompió el silencio reinante. Los dos hombres hicieron exactamente lo que haría cualquier caballero. El anciano presidente de Cuba y el brusco presidente de los Estados Unidos se inclinaron para recogerla. Fue Castro quien la alcanzó primero.

Ella sonrió, tomó la cartera y se maravilló una vez más ante aquella verdad innegable: dale a un chico enfadado algo qué hacer por una chica hermosa y se olvidará momentáneamente de su resentimiento.

"Muchas gracias. Creo que tenemos que regresar," dijo Marta con una amplia sonrisa. "Es una gran descortesía ausentarse durante tanto tiempo. Y en cuanto a este encuentro, es probable que no podamos ocultar que los demás sepan que hemos hablado. Pero nadie debería saber qué hemos conversado. No diré nada si ustedes prometen no decir nada tampoco."

Abrió la puerta y vio que los demás invitados quedaron boquiabiertos al ver que el presidente de los Estados Unidos y el presidente de Cuba, dos de los enemigos más antiguos del mundo, reingresaban al salón del Palacio acompañados por la recién electa presidente de Colombia.

Aeropuerto Internacional Ernesto Cortissoz

Barranquilla, 6 de agosto

10:00 p.m.

En Barranquilla, un puerto a más de mil kilómetros al norte de la fanfarria del palacio presidencial, Alicia Ortega se encontraba en la puerta de embarque número seis, lista para abordar el vuelo 073 de Avianca con destino a Miami. Era atractiva, de ojos oscuros y penetrantes, y tenía veintitrés años. Era la cuarta vez que realizaba aquel viaje, así que sabía muy bien adónde ir y qué hacer.

Se sentía culpable de abandonar a su pequeña bebé de tres meses. Aunque se ausentaría menos de una semana, le dolía dejarla con su hermana Gabriela, quien tenía sus propios problemas y trabajaba casi cincuenta horas a la semana para que el dinero le alcanzara. Gabriela había insistido que no viajara, pero Alicia la convenció de que no podía darse el lujo de desperdiciar esa oportunidad. Con lo que iba a ganar, Alicia prometió que contrataría a alguien para que cuidara a su hija y les cocinara. Le dijo que con ese dinero podría pagar incluso algunos meses de alquiler por adelantado y así Gabriela podría renunciar a su trabajo de camarera para buscar otro mejor y menos extenuante.

Alicia sabía que en su mismo vuelo irían cinco o diez mujeres más como ella. Algunas irían acompañadas por con sus esposos, otras con sus madres o sus padres. Algunas eran más viejas y otras más jóvenes. En alguna ocasión, una de las mujeres se había disfrazado de monja.

Todas llevaban aproximadamente una libra de heroína de alta pureza en sus estómagos.

En los viajes anteriores siempre le había ido bien. Se decía que era muy difícil ingerir la droga, pero Alicia no había tenido mayores problemas. Había ingerido más de cien cápsulas, cada una de uno o dos gramos, en una bolsa de látex que se asemejaba al plástico de los condones.

Había adquirido una experiencia notable. Al comienzo, y con el pretexto de "enseñarle" a Alicia a manipular los narcóticos, los traficantes la habían observado durante un tiempo pero ahora ya se había ganado su confianza y podía viajar sola.

Cuatro horas antes del vuelo, Alicia cortó con cuidado los dedos de los guantes de cirugía que le dieron. Acomodó un par de cápsulas en el fondo de uno de los dedos y le hizo un nudo que apretó con seda dental. Repitió la operación y cada dedo del guante quedó dividido en cinco compartimientos pequeños, cada uno amarrado con seda dental.

Al terminar de preparar un dedo, lo doblaba cuidadosamente en dos y lo amarraba por las puntas, formando una bola del tamaño de cuatro o cinco uvas juntas. Las bolas eran difíciles de tragar, pero ella había aprendido a pasarse cada bola con grandes tragos de Coca Cola dietética a medida que las iba preparando, en vez de tragárselas todas a la vez. Cuando terminó el procedimiento, había ingerido veintiuna bolsas que equivalían a unos 450 gramos, es decir, casi una libra. Reconoció aquella extraña sensación en la tripa. La única diferencia era que esta era la primera vez que llevaba heroína, ya que en los otros viajes siempre había llevado cocaína. En los Estados Unidos, una libra de cocaína costaba alrededor de $6,000. Ahora tenía la confianza de sus jefes, quienes la ascendieron a un negocio más lucrativo. La heroína que llevaba adentro tenía un valor que fluctuaba entre $30,000 y $40,000 en las calles norteamericanas.

Alicia era una "mula," una transportadora, una pieza en la gran maquinaria del narcotráfico perteneciente a la familia Abdoul. Su jefe inmediato llegó a su casa con la droga, un pasaporte falsificado, algunas cartas enviadas por un hermano ficticio, quien supuestamente vivía en Charlotte, Carolina del Norte, y con las que ella demostraría que viajaría para visitarlo. Las cartas estaban escritas a mano y tenían incluso sellos postales de la ciudad en cuestion. *No se les escapa un solo detalle,* pensó Alicia.

Le habian dado $1,000 para el viaje. Le darían otros $5,000 cuando entregara la mercancía y $2,500 cuando regresara a Barranquilla. En total, era casi un cincuenta por ciento más de lo que había ganado por llevar cocaína.

Alicia sabía que el viaje encerraba muchos peligros, y que el más grande de ellos se presentaría al final. Las aerolíneas acostumbraban hacer preguntas para detectar a las personas nerviosas. Pero ella no se preocupaba. Tenía buenas respuestas para preguntas como *¿A quién va a visitar? ¿Cómo hizo para pagar el tiquete? ¿En dónde trabaja?*

Cuando llegó a la línea de control de documentos, los agentes del DAS—el equivalente colombiano del FBI— revisaron sus documentos y le preguntaron dónde vivía y adónde se dirigía. Buscaban pasaportes falsos y personas con historias sospechosas.

Una vez en el aire, los auxiliares de vuelo le ofrecerían comida y bebidas. Aunque recibiría la comida para no llamar la atención, no podía—bajo ningún concepto—comer ni beber nada, salvo agua. Había comprado unas bolsas de café ciento por ciento colombiano con la imagen de Juan Valdez en la tienda del aeropuerto y había vaciado el contenido en el baño de mujeres que estaba a un lado de la puerta de abordaje. Pondría la comida del avión en las bolsas de café para evitar cualquier sospecha por parte de la tripulación.

Alicia podía superar ese, y todo tipo de obstáculos. Sin embargo, el mayor riesgo se presentaba luego de aterrizar en el Aeropuerto Internacional de Miami; el tiempo se hacía eterno. Conocía el funcionamiento del aeropuerto gracias a sus viajes anteriores. A diferencia de los vuelos procedentes de otros países, los agentes de Inmigración, de la Aduana y de la DEA esperaban a los pasajeros colombianos en la puerta del avión. Varios agentes conocedores de las tácticas de los traficantes se dedicaban a estudiar los rostros y pasaportes de los pasajeros. En el corredor que conducía al control de pasaportes, donde los funcionarios de Inmigración hacían muchas preguntas, había cámaras cada treinta metros.

El equipaje de los vuelos procedentes de Colombia era descargado en una sala especial, separada de las demás. Los funcionarios de la Aduana y agentes de la DEA sometían tanto a los pasajeros como a sus equipajes personales al escrutinio de perros entrenados. Con mucha frecuencia, les pedían a los pasajeros colombianos que los acompañaran para interrogarlos en pequeños cuartos, y muchas veces los hacían desnudarse para registrarlos.

Alicia no podía culpar a los gringos por semejante despliegue de vigilancia, pero la verdad es que era una práctica ridícula y fútil. Aunque hacían las cosas bien, no lograban confiscar las inmensas cantidades de droga que ingresaban a su país. Cientos de libras de narcóticos entraban todos los días a los Estados Unidos desde Suramérica y el Caribe a través del Río Grande, a bordo de aviones, autos, botes, embarcaciones teledirigidas, por correo aéreo y hasta por FedEx. El flujo de drogas era imparable simplemente porque Norteamérica era adicta a ellas. Era algo imposible de detener.

Una de las tácticas preferidas de la familia Abdoul era utilizar mulas. Esta familia era una mafia diversificada entre cuyos negocios estaban el control de puertos, tiendas de Duty Free y un banco a nombre de compañías ficticias utilizadas para lavar dinero. Como sus negocios no se limitaban a las drogas, sus actividades de narcotráfico no operaban como los legendarios carteles de Medellín y Cali. Los Abdoul no tenían su propia flotilla de aviones, pistas de aterrizaje ni agentes comprados, sino que camuflaban la droga en barcos y aviones de carga. La enviaban a México, donde era recibida e introducida a los Estados Unidos por el Río Grande.

Sin embargo, su mecanismo preferido para el contrabando de drogas eran las mulas, muchas mulas. La lista de candidatos era interminable. Y en el mundo de las mulas, había un poco de todo.

Algunas llevaban droga porque tenían alguna deuda con la familia Abdoul. Otras—especialmente las mujeres—porque necesitaban dinero. Había quienes lo hacían hasta por diversión. Una vez, Alicia conoció a una chica de veintiún años con un apellido pomposo que viajó a Miami casi como una excepción. "Prefiero Madrid porque es donde me gusta comprar ropa," le había dicho a Alicia.

Las mulas son fáciles de manejar. Obedecen las órdenes. Una vez que pasan la inspección de la Aduana, se alojan en hoteles previamente establecidos. Llegan y permanecen en sus habitaciones hasta que la naturaleza siga su curso. Cada mula defeca, saca los excrementos del sanitario y recupera cuidadosamente las bolas recubiertas de látex. Tienen que limpiar y abrir cada bolsa con mucha paciencia, así como contar y responder por cada una de las cápsulas ingeridas. Es muy importante contarlas bien, pues todas las cápsulas que se ingieren tienen que salir.

Algunas veces toman Lomotil para no evacuar durante el viaje. Eso supone un gran inconveniente, pues quienes esperan la droga quieren recibirla en las pocas horas siguientes al arribo de las mulas. Naturalmente, quienes toman el poderoso antidiarreico tienen que esperar más tiempo que las demás personas para ir al baño, cosa que irrita bastante a los intermediarios, quienes obligan a las mulas "retrasadas" a tomar enormes cantidades de aceite de hígado de bacalao para obtener la droga. Esto les ocasiona serios trastornos digestivos cuyos efectos duran varias semanas.

Algunas veces las cosas salen mal y una mula es descubierta y arrestada, pero la mayoría logra su objetivo. Ocasionalmente, se revienta una de las bolsas de látex lo que produce una muerte rápida pero dolorosa, ya que el organismo recibe grandes cantidades de sustancias narcóticas de alta pureza. Es algo que no ocurre a menudo, pero ha pasado. Ese tipo de pérdidas tiene poca importancia para la familia Abdoul o para cualquier otra de las organizaciones criminales colombianas que trafican drogas. Como existen tantos drogadictos, hay muchas personas interesadas en llevar droga a Europa o a Estados Unidos, pues ganaban entre $5,000 y $10,000 en cada viaje.

Alicia le entregó su tarjeta de embarque al funcionario y subió al Boeing 757 de Avianca. Se sentó al lado de la ventana y se acomodó para el viaje que duraría dos horas y media. Durmió hasta que sirvieron la comida, y aceptó sonriente un plato de lasaña. Como planeado aprovechó un descuido de los pasajeros que iban a su lado y metió la lasaña en una de las bolsas de café. Cuando faltaba casi media hora para aterrizar, Alicia pidió disculpas a los dos americanos de la British Petroleum que iban a su lado y se dirigió al baño.

Escuchó al piloto anunciar el descenso inicial al Aeropuerto Internacional de Miami. Sintió un poco de nerviosismo pero logró controlarse. Abrió la puerta para regresar a su asiento y escuchó unos gritos en el pasillo.

"Regresen ahora mismo, gritó una mujer gorda a sus hijos mellizos de seis años, quienes se dirigían a la sección de Primera Clase. Ambos chocaron contra Alicia, golpeándola en el estómago y lanzándola contra los carros de comida que los auxiliares de vuelo comenzaban a retirar. Se hizo un pequeño corte arriba del ojo izquierdo y le salió un poco de sangre.

John Ribeiros, el jefe de los auxiliares de vuelo, la ayudó. Alicia se sentía bien, aunque le dolía la cabeza. Agradeció que la hubiera ayudado a levantarse del suelo. El auxiliar le dio un Kleenex y la acompañó a su puesto.

Alicia se abrochó el cinturón de seguridad, les sonrió lánguidamente a los dos hombres y les dijo algo así como que los niños eran incontrolables. Y justo cuando estaba pensando que lo último que necesitaba era que la golpearan, un dolor punzante le atravesó el abdomen y la hizo contraerse. Alicia dejó escapar un grito.

"No puede ser," gritó, intentando calmarse. Debió haberse golpeado más fuerte de lo que pensaba, aunque creyó que no era nada grave. Sin embargo, el dolor inicial disminuyó y una segunda punzada de dolor se instaló en sus entrañas.

Los alerones del 757 se replegaron, el avión se desplazó a la derecha para alinearse con la Pista 27 de Miami, y Alicia comenzó a sudar de manera incontrolable. Nada estaba bien; sabía perfectamente lo que le estaba sucediendo, y que no podía hacer nada. Su frente se llenó de sudor, y su cuerpo y sus brazos comenzaron a temblar incontrolablemente. Su vecino oprimió el botón de ayuda, pero el avión ya estaba sacando el tren de aterrizaje y nadie acudió a su auxilio.

Alicia perdió el control de sus funciones corporales. Comenzó a manar espuma, saliva y mucosa por la boca. Los narcóticos se esparcieron por su organismo y entró en estado de shock. Comenzó a temblar de manera incontrolable y no sintió cuando las llantas del avión tocaron la pista de aterrizaje. Posteriormente, los empleados de la compañía petrolera le dijeron a la policía que parecía como si hubiera sufrido un ataque de epilepsia.

Mientras el piloto empujaba la palanca de velocidad hacia adelante para invertir el impulso de las turbinas del avión, Alicia no pudo sacarse un pensamiento final de su cabeza.

"Maldita sea, se rompieron las bolsas," repitió mientras respiraba por última vez.

PARTE II: COLOMBIA

Casa de Huéspedes Ilustres

Cartagena, 15 de agosto

11:10 a.m.

Manuel Saldívar estaba seguro de que ninguna casa podía estar a la altura de un nombre tan pretencioso. Pero dos minutos después de entrar a la Casa de Huéspedes Ilustres de Cartagena se dio cuenta de que estaba completamente equivocado.

Cartagena de Indias, la mágica ciudad colonial de la costa caribe de Colombia, evoca imágenes de piratas y bucaneros. Y no es para menos. Cartagena fue el puerto más importante del imperio español en América del Sur; el sitio donde embarcaban todo el oro saqueado a los incas. Miles de tesoros increíbles pasaron por sus dos entradas navales durante más de un siglo.

Bocagrande—una de sus bahías—era indefendible. Su entrada era demasiado grande para hacer frente a un ataque bien organizado por piratas o enemigos extranjeros. Por tanto, a finales del siglo XVII, el virrey español ordenó el sellamiento de Bocagrande. Cientos de embarcaciones fueron hundidas en las aguas poco profundas de la bahía en una línea de un poco más de un kilómetro de ancho, impidiendo para siempre el acceso desde el mar Caribe. Hoy día, aquella barrera aún bloquea Bocagrande.

En cambio, sí se podía proteger a Bocachica . Un estrecho

canal entre dos puntos apartados entre sí por unas cuantas decenas de metros conducía a la espléndida bahía circular de
Cartagena. A cada lado de la entrada, los españoles constru-
yeron magníficos fuertes con los arsenales más modernos de
la época. Los barcos que se atrevían a ingresar sin permiso
eran recibidos por cañonazos y bombas incendiarias lanzadas
desde ambos lados.

Más allá de esos castillos de trescientos años de antigüedad, el que se alzaba en el flanco oriental de Bocachica, se
levantaba la Casa de Huéspedes Ilustres de Cartagena. Construida a comienzos de los años setenta y comisionada por el
ex presidente Julio César Turbay, era utilizada por el Gobierno de Colombia para realizar reuniones internacionales y
servir de inspiración a visitantes importantes. La casa se convirtió en una residencia de fin de semana para los presidentes
colombianos, algo así como un Camp David caribeño.

Manuel entró a la casa y respiró profundo. Pocos días atrás,
Marta había anunciado que quería pasar su primer fin de semana como presidente en la famosa casa de Cartagena. Invitó
a Manuel, quien llegó un día después.

La Casa de Huéspedes Ilustres no era lo que Manuel había
imaginado, pues creía que se trataba de una construcción reluciente y desmedida para impresionar a los ricos, opulentos
y famosos, pero en realidad la edificación no podía ser más
diferente.

Construida por el renombrado arquitecto Rogelio Sal-
mona, la casa impactaba a los invitados porque dejaba que la
naturaleza expresara su propio lenguaje. Era de ladrillos
rojos, lisos y expuestos a la vista, y el ala principal tenía ventanas y patios con panorámicas de casi 270 grados que daban
a la bahía de Cartagena y a la ciudad colonial. Para ir de un
espacio a otro, los visitantes atravesaban pórticos que los llevaban afuera, adentro y de nuevo al exterior, donde había canales de agua y pequeños riachuelos en todos los corredores.
Por todas partes había agua.

Un joven oficial de la marina condujo a Manuel a su habitación cuyo monasticismo ascético lo impactó de inmediato. Ladrillos rojos, pisos de baldosas y una vista increíble. Eso era todo. Vio que los techos tenían fácilmente siete metros de altura. La austeridad arquitectónica se extendía al baño que era pequeño, estrecho y de techos altísimos que se elevaban sobre la ducha, el sanitario y el lavamanos escueto.

Manuel comenzó a desempacar lentamente y se preguntó qué estaría haciendo Marta cuando vio una pequeña nota en su escritorio. La leyó y sintió pánico. El hecho de que la nota fuera corta no importaba; lo que era claro para él era que a pesar de su carisma, Marta Pradilla a veces era ciega en cuestiones políticas.

La nota decía: "Bienvenido, Manuel. Recuérdame que hablemos sobre las opciones que tengo en materia de extradición. Necesito que te reúnas el lunes con los especialistas en asuntos legales. Quiero saber concretamente cuáles son los procedimientos para despojar de su inmunidad a funcionarios públicos y lograr su extradición. Almorzaremos juntos cuando termines de desempacar."

Extraditar políticos: ¡Marta estaba loca! En un país tan complicado como Colombia había quince emergencias diarias que requerían la atención presidencial: violencia paramilitar y guerrillera, desplazados, asuntos de derechos humanos, la tensión en la frontera con Venezuela el tráfico de drogas. Y como si esto fuera poco, ningún presidente podía ignorar situaciones tan normales y cotidianas como la pobreza, la infancia, los servicios de salud, las pensiones y la educación.

No importa cuál sea el problema, este país lo tiene, pensó Manuel. Y ahora, la presidente quiere atacar los intereses de políticos poderosos y corruptos, amenazándolos con extraditarlos. Eso sería abrir un nuevo frente de batalla innecesario y altamente riesgoso en términos políticos.

¿Acaso cree que no estará bastante ocupada? se preguntó irritado.

Manuel decidió desobedecer sus instrucciones de desempacar y almorzar con ella. Sin quitarse la chaqueta ni la corbata, tomó la nota y salió disparado de su habitación. Su apariencia elegante se veía completamente fuera de lugar en el intenso calor de Cartagena. Encontró a Marta en el pequeño estudio al lado de la sala principal.

Miraba la bahía y llevaba una falda blanca que era más corta adelante que atrás. Tenía una blusa que parecía de tela vaquera, pero que una mirada más atenta revelaba como un ligero lino. Fumaba un cigarrillo, algo que hacía muy rara vez, y sólo cuando estaba contenta.

Manuel entró sin anunciarse.

Marta Pradilla sonrió, se puso de pie y le dio la bienvenida. Lucía espectacular.

"Quiero que hablemos de tu nota," dijo Manuel, ignorando la disposición alegre de la mandataria.

"Bienvenido a Cartagena, Manuel. ¡Cuánto me alegra verte!" le respondió la presidente, todavía sonriendo.

La conocía demasiado bien, y no iba a dejarse arrullar con caricias verbales.

"Marta, no puedes hacer esto. En tu campaña ni siquiera tocaste el tema de la extradición. La semana pasada anunciaste una política dura contra las guerrillas. Tenemos tres nuevos decretos que entran en vigencia a partir de hoy: almuerzos escolares, derechos humanos y la reforma comercial. Te lo pido, no abras otro frente de batalla político."

La Presidente Marta Pradilla suspiró profundamente. Evidentemente, no iba a poder evitar esta discusión.

"Mira Manuel, no tendré mas de cien días de luna de miel. Después de eso, seré otra presidente más; me culparán por las inundaciones, por los huecos de las carreteras y sabrá Dios por qué cosas más. Para cambiar realmente a este país, necesitamos perseguir a los políticos corruptos y la única manera de hacerlo es mediante la extradición.

Ambos sabían que ese recurso era la madre de todas las armas jurídicas. Consistía en arrestar a una persona si ésta tenía alguna acusación pendiente en un país extranjero y enviarla para ser juzgada allí. Era un tema sumamente polémico.

"Marta, sé que tenemos acuerdos de extradición con los Estados Unidos y con la Unión Europea, pero los presidentes anteriores los han aplicado esporádicamente. ¿Y por qué? Porque todas las encuestas realizadas en este país demuestran que los colombianos son muy reticentes a que nuestros compatriotas, sin importar sus faltas, tengan que someterse a cortes extranjeras."

"Ya lo sé," respondió Marta, completamente concentrada en la conversación. "En muchos países sucede lo mismo y rechazan tajantemente la extradición de sus ciudadanos. Nosotros no podemos darnos ese lujo. Lo cierto es que nuestras cortes no son ajenas a las amenazas y a la corrupción de los poderosos criminales de esta nacion. ¿Qué puede decir un juez cuando recibe una llamada en la noche y le dicen que van a matar a su hija?"

Los ojos de Marta destilaban rayos de furia. Le apuntó con el dedo a Manuel.

"No, Manuel; tenemos que hacerlo."

Pero él no se iba a rendir.

"¿Entiendes que este asunto opacará a todos los demás? Cuando se sepa que quieres comenzar a extraditar a las familias de políticos corruptos a Miami o a Madrid, todo el país se enfrascará en el debate. Aunque tu quieras hacer esto en nombre de la justicia, los medios te acusarán de entregar la soberanía nacional, y cualquier otro tema que quieras abordar pasará a un segundo plano!"

"No creo que eso suceda. La mayoría de los colombianos entienden que para romper con el pasado hay que tomar algunas decisiones difíciles. Será más fácil de lo que crees."

Manuel quiso seguir discutiendo, pero le pareció inútil, y más bien intentó desviarla.

"Está bien, Marta. Preguntaré en el Ministerio de Justicia y en la fiscalía para que me den las listas de solicitudes de extradición de Estados Unidos y Europa. Podemos reunirnos para discutirla el lunes.

Marta Pradilla miró a Manuel por lo que pareció ser una eternidad.

"Eso no fue lo que te pedí en la nota," replicó ella con los ojos llenos de furia. "No quiero estudiar la lista de solicitudes de extradición en curso, pues ninguno de los pedidos actuales es realmente importante. Lo que quiero es entender los procedimientos necesarios para despojar a los políticos corruptos de su inmunidad. Sabes muy bien que cualquier funcionario que haya sido elegido para un cargo por voto popular no puede ser extraditado sin ser despojado previamente de su inmunidad. Por eso, nunca podremos cambiar este país si no desenmascaramos y perseguimos a políticos como Abdoul. Él y su hermano son emblemas de la conexión que existe entre la mafia y la política en este país."

Manuel se quedó mudo. Era peor de lo que había pensado. Lo que ella pretendía hacer no sólo era insensible en términos políticos, era un suicidio, un haraquiri.

"Marta, una cosa es reinstaurar la política de extraditar a colombianos que tienen órdenes de arresto en otros países, cosa que en mi opinión ya es problemático de por sí. Pero lo que estás proponiendo es perseguir a algunos de tus enemigos más acérrimos, despojarlos de su inmunidad política y allanar así el camino para las peticiones de extradición que puedan expedirse en su contra."

La osadía de su propuesta no pareció molestarla en absoluto. Se quedó mirándolo fijamente con una expresión muy calmada.

Manuel continuó.

"Marta, ¿entiendes que te acusarán de tratar de vengarte de tus rivales políticos? Piensa lo que dirá Abdoul: 'Está atacando a mi familia porque fui su rival en las elecciones primarias del partido.' Aunque no sea cierto, logrará poner el dedo en la llaga y sembrar la duda. La gente se preguntará si

Marta Pradilla realmente es la abanderada idealista del cambio por la que votaron."

Marta se levantó, caminó alrededor de la silla, y pasó su brazo izquierdo por los hombros de Manuel Saldívar, y le acarició juguetonamente el cabello con la mano derecha.

"Tienes que empezar a confiar en tus compatriotas, Sr. Saldívar; son las mismas personas que votaron por una mujer soltera para que fuera su presidente. Quieren acción y no cautela. No pierdas la esperanza. Conseguiremos el apoyo que necesitamos. ¡Anda y termina de desempacar para que almorcemos juntos!"

La presidente tuvo casi que llevar a Manuel hasta el corredor. Cerró la puerta y respiró profundo. Sintió nudos en el estómago. Era la primera vez que le hacía una escena semejante a su asesor más cercano. No había sido fácil.

Aunque Marta había logrado transmitir una certeza que no sentía, pudo entender la desesperación de Manuel; lo que ella proponía era bastante peligroso en términos políticos. Sin embargo, la menor referencia a sus propias dudas le hubiera dado a Manuel razones suficientes para convencerla de que desistiera de su plan, y eso era algo que ella no quería arriesgar. Marta Pradilla siempre había pensado que el futuro de Colombia descansaba en la creación de una nueva clase política. El país estaba cambiando; en la última década, muchos jóvenes que no tenían nada que ver con la corrupción habían alcanzado posiciones de liderazgo. Su propia victoria no había sido otra cosa que un paso considerable en esa dirección.

Sin embargo, el encuentro que sostuvo durante dos minutos con Juan Francisco Abdoul en la fiesta inaugural la convenció de que el lento proceso de transformación política necesitaba un cambio radical. Al mirar a Abdoul a los ojos, Marta súbitamente comprendió que no podía esperar a que murieran y desaparecieran los Abdoules de su país. No, eso no serviría de nada. Ese tipo de personas se aferraban al poder con todas sus fuerzas. Después de la fiesta y durante su primera noche en Palacio, tomó una decisión irrevocable: iba a encargarse de acelerar la caída de Juan Francisco Abdoul y de su familia mafiosa. Era su responsabilidad. Era algo que debía hacer por las generaciones futuras de Colombia.

Tenía la boca seca. *Maldita sea, todavía siento un nudo en el estómago,* dijo mentalmente. Cogió una botella de agua y se sirvió un vaso. Los nudos en el estómago le hicieron recordar su primer encuentro con el senador Juan Francisco Abdoul.

Había sucedido veintiún años atrás, cuando llevaba casi diez meses como Miss Universo.

Marta recordó con claridad el momento en que miró alrededor de la sala principal de eventos del Gun Club y se preguntó por qué casi cien miembros de la Cámara Colombiana de Comercio—la mayoría de ellos hombres bastante maduros y conservadores, vestidos con trajes de rayas finas y camisas blancas inmaculadas—habían asistido a un almuerzo para escuchar a una reina de belleza de veintidós años. No habían ido por su belleza, que podrían admirar en las múltiples revistas en las que había aparecido. Vinieron por que algunas de sus francas declaraciones habían causado un revuelo considerable.

Se puso de pie y sonrió cuando el presidente de la Cámara pronunció su nombre. Lo había hecho innumerables veces durante el último año y sin embargo seguía sintiendo ese pequeño asomo de nerviosismo antes de hablar en público. Después de recibir la corona, la nueva Miss Universo, al igual que sus antecesoras, tomó un curso de dos días con un instructor cuya hoja de vida indicaba que había preparado a políticos, líderes empresariales e incluso a actores de Hollywood, para enfrentar las vicisitudes de las apariciones públicas y ante los medios.

"Marta," le había dicho el instructor, "es completamente normal sentir un vacío en el estómago antes de hablar en público. Es bueno sentir esas punzadas. El objetivo de este curso no es evitarlas, sino que aprendas a controlarlas."

Marta Pradilla besó al presidente de la Cámara de Comercio en la mejilla, quien la abrazó efusivamente. Bebió un sorbo de agua y trató de controlar los nervios. Ajustó el micrófono a su alta estatura.

Recordó que debía comenzar lentamente y sin esfuerzo. Aprendió que tenía que animar al público, especialmente si se trataba de un grupo de viejos que debían escuchar una mujer joven. Les dijo que se sentía orgullosa de representar a Colombia a nivel mundial; y les contó adónde había ido y qué había aprendido. Su discurso era agradable, inocente y acertado. Pero súbitamente y sin previo aviso, endureció el tono.

"Sin embargo, debo confesar que viajo alrededor del mundo cargando a mis espaldas la tragedia de nuestro país. Cuando los taxistas, meseros y hombres de negocios de Nueva York, París, Londres y de muchos otros lugares me preguntan de dónde soy, permanecen callados y asienten ligeramente cuando escuchan mi respuesta. 'Oh, sí. Colombia.' Eso es todo lo que dicen.

"Los colombianos siempre nos sentimos solos, no importa en dónde estemos ni con quién. Sabemos muy bien cómo nos miran cuando confesamos que somos colombianos. Cuando los funcionarios de aduanas de todos los países examinan nuestros documentos con particular cautela para asegurarse que sean legítimos, la expresión de sus rostros fluctúa entre la lástima y el temor.

"Sé lo que están pensando, pues saben muy bien cuáles son los problemas de Colombia: la violencia, los narcotraficantes, los grupos guerrilleros y los paramilitares de extrema derecha. Antes, yo solía reconocer en público la existencia de esos problemas y trataba de ofrecer disculpas por ellos.

"Pero ya no. Prefiero hablar de nuestros mares y de nuestras montañas, decir que nuestro país es tan grande como la suma de España, Francia y Portugal, y hablar de nuestras dinámicas exportaciones de flores, libros y ropa.

"Tenemos problemas muy delicados por resolver, pero no podremos encontrar soluciones si nos avergonzamos de nuestra nacionalidad. No podemos cambiarla y eso es indiscutible. Ustedes—nosotros—todos somos colombianos. ¡Es hora de deshacernos de una vez por todas de la vergüenza que arrastramos adondequiera que vamos!"

Todos permanecieron mudos. Nadie dijo nada. El salón se sumergió en el silencio.

"Cuando un norteamericano le regala una flor a una norteamericana, existe una probabilidad superior al setenta por ciento de que esa flor haya sido cultivada en Colombia, quizá a tan solo unas pocas millas de Bogotá. Hemos desarrollado un sistema muy eficaz para cortar, empacar, transportar y entregar las flores en menos de dieciséis horas. ¿Por qué entonces nuestros exportadores quieren que el empaque parezca y se confunda con el de las flores holandesas? ¿Por qué no gritamos: esta flor es colombiana y es mejor que cualquier otra que hay en el mercado?

"Y nuestro café: no sólo es el mejor del mundo sino también el más justo. Dentro de poco tiempo, el mundo comenzará a buscar algo más que buen sabor. Buscará otros factores como el respeto por el medio ambiente o la inversión social, todas cosas que ya hemos logrado aquí en Colombia. Este es el único país del mundo que protege y apoya a la comunidad cafetera—desde los recolectores hasta los propietarios—con préstamos, educación y servicios médicos. ¿Por qué es que nunca hablamos de eso?

"No tengo la menor duda de que todos debemos hacer más por resolver nuestros problemas, que son, por cierto, graves y complejos. Uno casi ni sabe por dónde empezar. Pero no somos el primer país ni el último en tener problemas. Y si nos lamentamos porque no nos respetan en ninguna parte, es porque hasta ahora nunca lo hemos exigido. Hoy nos ha llegado la hora de exigir."

Es difícil saber qué es lo que mueve a un salón lleno de adinerados hombres de negocios maduros, a saltar de sus sillas y felicitar a una joven reina de belleza. Es una escena extraña. Pero, ahí estaban—más de cien de los hombres más ricos y poderosos de Bogotá—aplaudiéndola y manifestándole su respaldo. Una joven que hablaba su idioma, que tenía el mismo acento, pero que parecía de otra raza, les había dado una lección. Y estaban encantados.

La pequeña recepción que se realizó después de su discurso fue bastante sencilla. La Junta Directiva de la Cámara de Comercio organizó una reunión privada de treinta minutos con Marta Pradilla. Aunque el motivo aparente era agradecerle su intervención, la verdad era que los siete caballeros querían estar a solas con Miss Universo.

El Gun Club de Bogotá es un sitio extraño, un club elegante en la más antigua de las tradiciones británicas. Sus tres pisos son una panoplia de rincones adaptados como salones privados para cenar, amueblados con sofás de cuero oscuro, mullidas alfombras orientales y, lógicamente, toda la parafernalia de cacería imaginable. Hay rifles árabes, pistolas de la Rusia zarista del siglo XVIII, armas de antiguos generales prusianos, además de extravagantes armas que pertenecieron a los personajes más destacados de la historia de Colombia.

Los siete hombres y la joven se sentaron en un pequeño salón decorado con cuadros escoceses de escenas de caza y con rifles de un siglo de antigüedad expuestos en urnas de cristal. Los hombres le hicieron preguntas acerca de sus viajes y su percepción de los otros países en comparación con Colombia. Charlaron amigablemente sobre las presiones de su labor. Uno de ellos le hizo la pregunta inevitable de si era una carga ser tan hermosa. A todos los hombres les encanta esa pregunta y todos tienen la certeza de que eran los primeros en hacerla.

El presidente de la Cámara de Comercio organizó el pequeño encuentro porque creyó importante honrar a Marta con algo más que un podio para hablar. Esto reflejaba la lógica retorcida de las élites latinoamericanas, es decir, que ofrecerle a alguien la oportunidad de hablar ante cien invitados no garantizaba necesariamente su entrada al mundillo de las altas influencias. No; la prueba definitiva de acceso consistía en concederle unos cuantos minutos de charla insípida en un sofá de cuero con unos cuantos representantes del poder.

Cuando el presidente señaló el fin del encuentro levantándose y agradeciéndole formalmente por su tiempo y su visita, ella notó que uno de los hombres, Juan Francisco Abdoul, se había rezagado para ser el último en despedirse de ella con un beso en la mejilla. No lo conocía; era un miembro del Congreso nacido en Barranquilla y había oído que tenía dinero de sobra.

Aunque era veinte años mayor que ella, era uno de los miembros más jóvenes de la junta directiva, así que de inmediato ella se había sentido más cómoda con él. Durante el breve encuentro se mostró particularmente afable y la halagó por su discurso.

"Ha sido un placer, Srta. Pradilla," dijo Abdoul, tomándole la mano un poco más de lo debido. "Usted no sólo es hermosa, sino que sospecho que nosotros los colombianos tendremos que enfrentarnos a su inteligencia cuando entregue la corona."

Marta recordó haber sonreído plácidamente. Fue un cumplido agradable y bien expresado.

"Yo también estoy de salida. ¿Puedo llevarla a algún lado?" le propuso Abdoul.

Marta tenía su propio chofer, que estaba esperándola, pero la oferta le agradó. Podría seguir adulándola en el auto. Ella aceptó.

El viaje en el Mercedes comenzó bien, una versión más animada de la charla insípida del Club. Había escuchado historias sobre los hermanos Abdoul y acusaciones de que su dinero provenía del contrabando y del tráfico de drogas. Sin embargo, el hombre que iba con ella en el automóvil no parecía ser un criminal. Era encantador, contaba buenas historias y era inmensamente divertido. Le habló de su rancho y de sus caballos, de los botes de carreras que tenía en Barranquilla y la hizo reír con las anécdotas de su primera campaña política.

"Es increíble lo que te pide la gente en las campañas," comentó Juan Francisco Abdoul entre risas. "¿Puede darle trabajo a mi hermano? ¿Puede ayudarle a mi hermana a sacar la visa para Estados Unidos? ¿Puede sacar a mi papá de la cárcel? Un día, cuando estaba en un barrio pobre, una mujer me invitó a comer a su casa. ¡Qué error cometí! Me pidió que le consiguiera quinientos globos para el cumpleaños de su hijo."

Estaba muy cerca de ella, en el asiento de atrás del Mercedes Benz negro. Y cuando había transcurrido la mitad del viaje, la conversación tomó un giro inesperado. Juan Francisco Abdoul se inclinó a poca distancia de su cara.

"Dime, belleza, ¿qué vas a hacer dentro de tres meses, cuando termines con esta aventura?" le susurró Abdoul. "Creo que ya sabes que las reinas de belleza tienen una vida de glamour bastante corta. Tienes que pensar en el futuro."

Ella se sorprendió un poco por el nuevo tono casi agresivo del senador, y no se dio cuenta que el auto estaba dando una curva peligrosa.

"¿Quién sabe?" respondió con frivolidad. "Obtendré mi título de abogada y trataré de convencer a alguien para que le de trabajo a una ex Miss Universo."

Él se acercó más. No fue un movimiento espontáneo y desprevenido, y no hizo nada para ocultar su aproximación cruzando las piernas o tosiendo ligeramente. Se trataba de algo diferente; quería que ella notara que se había acercado, quería que ella sintiera que la distancia se había reducido. Su objetivo era incomodarla.

"Marta, sabes muy bien que no tienes necesidad de hacer nada de eso. ¿Por qué habría de estudiar o de trabajar una mujer como tú? Te has acostumbrado a vivir de cierta manera y no tienes por qué cambiar el estilo de vida que llevas. Sé que tu tío tiene dinero, pero no creo que pueda darte lo que realmente quieres."

Abdoul hizo una pausa. Estaba muy cerca del rostro de Marta.

"Pero yo sí puedo," dijo. "Y lo haré."

Ella se sobresaltó, pero trató de interpretarlo como una broma.

"¡Qué estás diciendo!" y sonrió, resintiendo el esfuerzo de tener que normalizar la conversación. "No tienes idea de qué es lo que quiero."

"Sí. Te daré todo lo que quieras e incluso más. Todo lo que tu corazón desee estará a tan sólo una llamada de distancia, Marta. Te diré cómo."

Abdoul le pasó el brazo por los hombros, y ella comprendió hasta dónde había llegado la situación.

"Entregarás la corona en tres meses. Te daré una casa que decorarás como quieras, el auto que escojas, tiquetes aéreos de primera clase adonde sea que quieras ir en el mundo. Y te daré una mensualidad para que la ahorres o la gastes como te plazca."

Marta intentó retirarle el brazo pero sintió que él la apretaba más fuerte.

"¿Y qué tengo que hacer para tener todo eso?" recordó haberle preguntado.

"Sólo una cosa. Tienes que ser mía."

Marta Pradilla aprendió algo en ese instante. Era la primera vez que sentía miedo. Cada fibra de su cuerpo la empujaba hacia atrás, como si una flecha le hubiera atravesado el sistema nervioso.

También aprendió otra cosa; que ella pertenecía al grupo relativamente pequeño de seres humanos que cuando tenían que enfrentar el peligro, echaban mano de todos sus recursos y apelaban a sus reservas para prevenir un ataque de pánico. No dijo nada. Se puso pálida. Su cuerpo permaneció casi inmóvil. Su mente entró en estado automático.

Vio que las puertas del auto no tenían seguro. Respiró hondo y alcanzó a ver que un poco más adelante, el semáforo estaba en rojo, y le lanzó una mirada fulminante al congresista.

"Todo eso suena muy atractivo. Pero si el precio que tengo

que pagar es ser tu premio, prefiero comer mierda por el resto de mi vida."

El auto se detuvo en el semáforo. Marta hizo un movimiento rápido y fuerte, se apartó de él, abrió la puerta y se bajó. Abdoul nunca lo hubiera imaginado; saltar del auto de un político prominente en medio del tráfico no era precisamente un gesto común, por lo menos no en Bogotá.

Su rostro se contrajo en una mueca de ira. Agitó sus brazos para tratar de detenerla y logró agarrarla por la blusa, pero la tela era muy delgada y se rompió al instante. Sintió el eco de la tela rasgada en el auto y la soltó. Era todo lo que Marta necesitaba.

Cerró la puerta y recordó haber mirado hacia atrás antes de gritarle.

"Todavía hay ciertas cosas en este país que simplemente no están para la venta."

Se dio vuelta y avanzó en medio del tráfico de Bogotá. Abdoul le ordenó a su chofer que se detuviera y salió disparado de su Mercedes Benz. Pero ya era demasiado tarde. No pudo alcanzarla.

En el mismo instante en que pisó la calle, un peatón la reconoció. Segundos después, ya estaba rodeada de admiradores y de personas que se apretujaban para estrechar su mano. Dos o tres peatones tenían cámaras. Se vio el resplandor de flashes. Una madre y su pequeño hijo pasaron por allí y notaron la multitud.

"Es Marta, la Miss Universo colombiana," gritó el niño.

El comprometedor artículo que salió al día siguiente en primera página tenía como título "No estoy para la venta" y mostraba fotos de Miss Universo rodeada de admiradores en una agitada calle bogotana. La rasgadura de su camisa a la altura del hombro derecho era visible, y al fondo de la foto, Juan Francisco Abdoul aparecía al lado de su Mercedes negro, con expresión de mal humor, atascado en el tráfico.

Abdoul había caído en desgracia. Uno de los testigos tomó fotos e informó a la prensa del incidente. En una sola imagen, dos fuertes y aparentemente antagónicos tabúes latinoamericanos habían sido derribados. Por una parte, incluso en los países machistas, la violencia manifiesta contra las mujeres era sinónimo de la violación de ciertos códigos, y la blusa rasgada era fiel prueba de ello. Por otra parte, las costumbres dictaban el respeto a las personas prominentes. Sin embargo, una chica muy joven acababa de reprender a un líder político muy conocido, y todo el país tuvo noticias del incidente.

El Senador Juan Francisco Abdoul se convirtió en blanco de burlas degradantes. Cada discurso pronunciado, cada artículo escrito, cada entrevista concedida era seguida de rumores casi imperceptibles.

"¿No es ese el político a quien la reina de belleza puso en su sitio después de que le rompiera la blusa en plena calle?" preguntaba siempre alguien.

Marta sabía muy bien que Abdoul nunca le perdonaría ese momento de ridiculización absoluta. Fue entonces cuando aquel hombre había jurado destruirla. Sin importar el costo.

PARTE III: ITALIA

Ristorante La Carbonara

Roma, 26 de agosto

1:05 p.m.

===

Al embajador sirio Omar bin Talman le encantaba el restaurante La Carbonara, situado en la Piazza Campo de' Fiori de Roma. No tenía que decirle a su chofer adónde iba. Cuando se subía a su Mercedes Benz 450 SL, todo lo que tenía que decir era "comida."

Hamid Tarwa, el veterano chofer de la embajada Siria, condujo el auto con pericia a través de las confusas calles de la Piazza Venecia, la enorme plaza que funcionaba como el epicentro vehicular de Roma. Tarwa ignoró las señales que decían "sólo taxis y autobuses" y giró a la derecha en Corso Vittorio.

La embajada de Siria, cercana al ghetto judío de Roma, estaba tan sólo a diez minutos de la hermosa plaza medieval de Campo de' Fiori. Mientras el embajador leía los mensajes electrónicos provenientes de Damasco, Tarwa giraba, como todos los días, en torno al mismo pensamiento: La Carbonara no parecía ser un restaurante del estilo del embajador Omar bin Talman.

¿Por qué bin Talman habría elegido ese restaurante si era un esnob incorregible?, se preguntaba Tarwa mientras disminuía la velocidad para permitir que el Fiat blanco y azul de la policía italiana siguiera a sesenta millas por hora. Lo más seguro es que no hubiera ninguna emergencia, pero los italianos parecían tener una necesidad genética de conducir a aquellas velocidades alarmantes.

Tarwa continuó realizando una disección silenciosa de la personalidad de su jefe. El embajador bebía Johnnie Walker Sello Azul, cuya botella costaba doscientos dólares. Gastaba miles de euros en cenas increíblemente costosas que acompañaba con elegantes vinos franceses de veinte años. *Me da $10,000 cada mes para que le pague a la rubia por las pocas horas de placer semanal que le brinda. ¿Por qué le gustará entonces almorzar en La Carbonara?* Esas eran las preguntas que se hacía Tarwa mientras avanzaba hacia el Campo de' Fiori.

El embajador se bajó del auto y se dejó absorber por el refinado espéctaculo de la plaza oval, en el centro histórico de Roma. Localizada entre dos de los lugares más espléndidos y conocidos de la ciudad, Campo de' Fiori no tenía la magnificencia arquitectónica de la Piazza Navona ni el apacible esplendor francés de la Piazza Farnese, que quedaba un poco más abajo. Haciendo honor a su nombre, el Campo de' Fiori había funcionado durante los últimos cuatrocientos años como el mercado de flores de la capital italiana. Todos los días se llenaba de vida con artistas, mujeres hermosas y con el barullo y la actividad de los vendedores de flores que pregonaban el precio de los ramilletes. El embajador se sentía revivir al llegar a aquel lugar.

Caminó lentamente hacia La Carbonara, ubicado en un extremo de la plaza. Sus manteles rojos eran fáciles de distinguir y, como siempre, el lugar estaba lleno. La Carbonara se preciaba de haber inventado en 1877 el plato de espaguetis que lleva su nombre. Esto ha sido materia de intensos debates en Roma, ya que otros restaurantes también reclamaban la autoría del exquisito plato. Pero, más allá de la posición que tomaran en tan importante debate, todos los romanos coinciden en señalar que La Carbonara nunca ha perdido el carisma que lo había hecho tan popular durante más de ciento veinte años.

Osman Samir al Husseini esperaba a Bin Talman en la mesa preferida del embajador. Había llegado en las horas de la mañana a bordo de un avión de Alitalia, procedente de Newark. Al Husseini había agarrado un taxi en el aeropuerto rumbo al Hotel de Russie, su hospedaje preferido en Roma. El Hotel de Russie era un antiguo palacio perteneciente a una familia noble rusa que se vió obligada a venderlo para poder mantener un estilo de vida que parecía sacado de un cuento de hadas. Sin embargo, su reciente remodelación denotaba un minimalismo marcado, que contrastaba fuertemente con la opulencia arquitectónica de finales de siglo que caracterizaba la construcción. Husseini se duchó rápidamente en uno de los deslumbrantes baños del Hotel de Russie. El catálogo del hotel decía que las duchas de todas las habitaciones tenían 600 orificios.

El pasaporte diplomático de Al Husseini lo identificaba como el encargado de asuntos de la misión siria ante las Naciones Unidas, en Nueva York. Ese era el cargo ficticio. Su trabajo real consistía en ser los ojos y oídos de Siria en los Estados Unidos, pues era el principal espía del presidente sirio Bashir-al-Assad. Al Husseini se sentía orgulloso de que, a diferencia de otras agencias de inteligencia, sus hallazgos no se filtraban a través de una oscura burocracia.

Al Husseini no necesitaba pasar a través de intermediarios. Sólo tenía que comunicar sus descubrimientos a dos personas. La primera era el presidente y la otra era el antiguo mentor ideológico de la familia al Assad y su compañero de almuerzo, el embajador Omar bin Talman.

El espía y el ideólogo se conocían desde mucho tiempo atrás. Al Husseini y Bin Talman eran alauitas, una pequeña facción shiíta reprimida durante muchos años asentada en Latakia, una remota provincia siria. Esta conexión tribal era importante porque, desde el golpe de estado de Hafez al

Assad en 1971, los alauitas pasaron a controlar el gobierno sirio y durante los treinta años siguientes de dictadura familiar fueron los únicos que manejaron los hilos del poder.

Sin embargo, las conexiones tribales y religiosas no eran las únicas razones por las que los líderes sirios habían depositado su confianza en Al Husseini. El experimentado agente de inteligencia contaba con muchos éxitos a su favor a lo largo de su extensa carrera. Fue él quien le advirtió a Hafez al Assad sobre el colapso inminente de la Unión Soviética, protectora de Siria, dos años antes de que Gorbachev anunciara la perestroika. Y más recientemente, en una época en la que casi todo el mundo árabe se reía ante la posibilidad de que los norteamericanos realizaran una intervención directa en el Medio Oriente, le había advertido al joven Bashir, quien asumió la presidencia tras la muerte de su padre en el año 2000, que nada ni nadie podría disuadir a George Bush ni a Donald Rumsfeld en su determinación de invadir a Irak.

Al Husseini había llamado al Embajador Bin Talman el día anterior, desde su oficina del piso treinta y siete del edificio de las Naciones Unidas, para pedirle que se reunieran. Bin Talman aceptó de inmediato; Osman Samir al Husseini no era alguien que solicitara un encuentro para perder el tiempo.

Los dos curtidos compatriotas se besaron en ambas mejillas e intercambiaron algunas palabras sobre el vuelo. Se conocían muy bien y tenían una relación fluida. Habían establecido un protocolo de cortesías que cumplían antes de abordar asuntos importantes.

"Osman, estoy muy enfadado contigo," le dijo el embajador Bin Talman a su invitado procedente de Nueva York. "¿Por qué siempre rechazas mi hospitalidad e invitación a alojarte en la embajada?" le preguntó el embajador con tono jocoso.

"Sr. Embajador, discúlpeme por no aceptar su generosidad," respondió al Husseini. "Si me quedara allí, me vería obligado a rastrear mi habitación en busca de grabadoras que usted hubiera podido instalar. Y si así lo hiciera, estoy seguro de que se molestaría bastante. Pero si encontrara sus artefactos, sería yo quien me molestaría, ¿y para qué arriesgar una buena amistad con semejantes frivolidades?" concluyó al Husseini. Los dos se rieron de esta vieja broma.

Al Husseini agradeció que el embajador le pidiera el almuerzo a Maurizio, el jefe de meseros. Después de todo, era la ciudad del embajador; hablaba italiano y conocía la comida de ese país. Bin Talman ordenó un antipasto de flores de calabacín rellenos con queso mozzarela de entrada, el inevitable espagueti "alla Carbonara" y, como plato principal, un mero a la brasa fileteado y rociado con limón y aceite de oliva que ambos compartirían. Eso sería suficiente.

Una vez que Maurizio trajo el vino y el agua mineral, los dos hombres se miraron con un aire de seriedad. "¿En qué puedo ayudarte, amigo?" preguntó el Embajador Omar bin Talman.

Al Husseini siguió su ejemplo y abordó rápidamente lo que tenía que decir. "Vine para exponerte algunos hechos que me causan gran preocupación."

"Primero, aunque los americanos lo niegan, sus tropas en la vecina Irak han pasado de 110,000 a 150,000 mil hombres." Bin Talman se sorprendió. No tenía noticias de semejante escalada militar.

"Segundo," continuó al Husseini, "la semana pasada, la CIA le entregó un informe a Nelson Cummins, el Asesor de Seguridad Nacional, en el que básicamente consideran a nuestro país como un tigre de papel en asuntos militares. ¿Recuerdas el bombardeo israelí al campo de entrenamiento de Hamas a sólo diecisiete kilómetros de Damasco? Sí era un campo de Hamas, pero es la primera vez en veinte años que los israelíes trasladan el campo de batalla directamente a territorio sirio. El hecho de que no tomáramos ninguna represalia hizo que la CIA evaluara de manera más exhaustiva la preparación de nuestras fuerzas y el armamento que tenemos. Y su informe es bastante duro y vergonzoso, amigo mío."

"Tercero," dijo Al Husseini, "mis fuentes me dicen que los

asesores políticos del Presidente John Stockman creen que las probabilidades de que sea reelegido dependen de su capacidad para caminar por la cuerda floja—deberá apartarse y a la vez emular a los anteriores gobiernos norteamericanos. Quieren continuar con la línea dura del pasado, pero los asesores de Stockman también quieren que los votantes se den cuenta que el resto del mundo seguirá el ejemplo de su presidente. En otras palabras, están buscando cómo demostrar un liderazgo mundial. Denunciar a Siria como un obstáculo para la paz y la democracia parece ser una buena estrategia." Visiblemente impresionado, el Embajador Bin Talman se preguntó cómo se había enterado Al Husseini de todo esto. ¿Sería posible que su colega tuviera unas fuentes tan decididamente confiables?

"Cuarto," dijo Al Husseini con gran seguridad, "la preocupación sobre Siria será algo más que retórica. Dentro de pocos meses, los Estados Unidos presentarán una resolución al Consejo de las Naciones Unidas que aislará de forma instantánea y total a nuestro país en términos políticos, económicos y militares. Comenzarán con un bloqueo económico y apoyarán el uso de la intervención militar si no entregamos a ciertos elementos que viven actualmente en Siria. Ese es el primer paso hacia una invasión de nuestro país.

"Y, mi querido embajador, el quinto elemento de mi lista es que Stockman estuvo hace veinte días en Colombia, cabildeando para que los cuatro países latinoamericanos que están en el Consejo de Seguridad votaran a favor de la resolución. Sumados a los votos de Inglaterra, Rusia, Suecia y Tailandia, podrían asegurar la mayoría.

Omar bin Talman, embajador de Siria, asesor presidencial, erudito, diplomático y estratega implacable, constató en ese instante que el fin de la dinastía Assad estaba cerca si no actuaba con firmeza, señalando así el día en que los enemigos—casi todos pertenecientes a la mayoría sunita de Siria—aprovecharan la oportunidad de perseguir a los alauitas.

¡Qué tristeza!, pensó Bin Talman. En medio del sol ro-

mano, su amigo le había enumerado, en términos cronológicos, el futuro anunciado de su país. El embajador sabía que aquel momento llegaría; no sabía cómo ni cuándo, pero sí que era inevitable. El mundo árabe se estaba desmoronando, no porque careciera de poder, sino porque se resistía a utilizar el poco que aún tenía.

Omar bin Talman llevaba tres décadas tratando de convencer a sus jefes de que el poder se basaba en la voluntad de utilizarlo. Le había advertido a Hafez al Assad que ignorara las irritantes protestas occidentales sobre las libertades y los derechos humanos. Y por años sus consejos fueron escuchados. Hafez al Assad permaneció en el poder debido a su decisión de erradicar la influencia que tenía la mayoría sunita en Siria. Al Assad no se detenía ante nada; en 1982, veinte mil hombres, mujeres y niños fueron asesinados en el cruel sofocamiento de la rebelión de la Hermanad Musulmana Sunita en Hama, la cuarta ciudad más grande de Siria. Luego de la insurrección, dicha ciudad fue destruida por completo. Esta demostración de poderío despertó el miedo que sostuvo la hegemonía de la familia Al Assad, que aún continuaba en el poder.

"Eso es lo que hace un gobernante para conservar el poder," les había repetido una y otra vez Talman a la familia Al Assad.

Sin embargo, el joven presidente Bashir no tenía la determinación de su padre. Titubeaba, era inseguro. Se preocupaba demasiado por la economía y la erradicación de la pobreza—conceptos occidentales de pacotilla—cuando los líderes árabes tenían que ocuparse de frenar el creciente poder político, económico y cultural de Occidente.

El Embajador Omar bin Talman había dedicado toda su vida a terminar con la hegemonía occidental. Treinta años atrás y junto al viejo Al Assad, había fundado el Partido Baas, un movimiento fuerte, laico y marcadamente nacionalista, que protegería a Siria y al mundo árabe del incisivo colonialismo europeo. Pero el experimento del Baas se había hundido en el mismo lodazal de corrupción y de crisis económica que devoraba al estado sirio.

Con el Baas en agonía, el único vehículo ideológico era el Islam. Los árabes ya no respondían a movimientos políticos seculares porque ya no confiaban en sus líderes políticos laicos. Osama bin Laden, Hamas y la Jihad Islámica se habían esforzado en deslegitimar a los gobiernos árabes, captando así el interés de la juventud árabe. Había llegado la hora de que un gobierno árabe tomara la bandera del Islam y la pusiera en acción. En términos personales, Omar bin Talman no era un hombre religioso, pero si la religión era la única forma de demostrarle a Occidente que los árabes estaban dispuestos a luchar, ése sería entonces el camino a seguir.

Bin Talman creía que Siria tenía las condiciones para enarbolar la bandera del Islam y "aceptar" su papel de liderazgo. Egipto, el más grande de los países árabes y tradicional epicentro cultural del mundo árabe, se había vendido a los americanos. Arabia Saudita, sede de ciudades sagradas, era una nación corrompida por una realeza anquilosada. Irak ya no existía. Sólo Siria, conocida como la nación más recalcitrante y aguerrida del Medio Oriente, y ahora blanco de los americanos, podría asumir el liderazgo en la lucha del Islam árabe contra Occidente.

La mente del Embajador Omar bin Talman regresó a la realidad de su almuerzo con Osman Samir al Husseini. Había llegado el momento de desconcertar a su amigo. Pidió más vino y le dijo a al Husseini que se prepara.

"Será una tarde bastante larga," dijo el embajador. "Quiero hablarte de una idea que tengo."

Aeropuerto Fiumicino

Roma, 13 de septiembre

11:35 a.m.

Cuando el Boeing 767 de Avianca aterrizó en el aeropuerto Fiumicino de Roma, Juan Francisco Abdoul, presidente del Senado de la República de Colombia, pensó que sería una lástima que la aerolínea colombiana terminara desapareciendo. Avianca estaba en procedimientos de bancarrota y la mayoría de los colombianos creían que los problemas económicos de la aerolínea eran muy merecidos y que provenían de su mala administración. Sin embargo, el Senador Abdoul tenía una percepción diferente.

Siempre le había gustado el servicio impecable, la cristalería de estilo antiguo y la vajilla Limoges que Avianca utilizaba en primera clase. Mientras sincronizaba su reloj en las 2:05 p.m., hora italiana, recordó una vez más lo mucho que había disfrutado las once horas de vuelo entre Bogotá y Roma.

Apenas ingresó a la terminal aérea vio un aviso en español e italiano que decía "Cumbre Interparlamentaria Europea y Latinoamericana." Mientras avanzaba hacia el cartel, reconoció a Massimo Feliciani, presidente del Comité de Relaciones Exteriores del parlamento italiano.

"Bienvenido a Italia, Juan Francisco," le dijo Feliciani acercándose para abrazar a su colega colombiano. Feliciani, nacido en Milán, llevaba siete años en Roma. Fue decano de la Escuela de Relaciones Internacionales de la prestigiosa Universidad de Bocconi de la ciudad de Milán durante más de veinticinco años, enseñando a sus estudiantes que Italia necesitaba desempeñar un papel más activo en asuntos internacionales. Pero Feliciani era relativamente novato en el mundo de la política. Aunque muchos sectores de la prensa italiana lo consideraban un político serio y brillante, la mayoría de los viejos zorros del congreso italiano lo veían como un académico insoportable.

"Nos complace que hayas venido, Juan Francisco, realmente nos complace. Contigo aquí, el encuentro será todo un éxito," balbuceó Feliciani mientras le entregaba el pasaporte del senador colombiano a un asistente, quien se escabulló para que el político colombiano pasara rápidamente los controles de inmigración.

Una vez concluida la rutina de la revisión de documentos y de aduanas, salieron del aeropuerto. El chofer de Feliciani los esperaba en un Alfa Romeo negro con matrícula parlamentaria. Feliciani y Abdoul se sentaron atrás y el auto salió rápidamente hacia una autopista que conducía al centro de Roma. Abdoul notó que el auto había alcanzado los 150 kilómetros por hora—unas 95 millas—menos de un minuto después de salir del aeropuerto.

"Juan Francisco, esta es la primera vez que se realiza una cumbre entre los presidentes de los parlamentos de Europa y de América Latina," le explicó Feliciani. "Como Italia tiene ahora la presidencia rotatoria de la Unión Europea, este encuentro es la oportunidad ideal para demostrar que nosotros los europeos llevamos a América Latina muy cerca de nuestros corazones y de nuestro futuro. Este encuentro será el primer paso hacia la consolidación de un tratado de libre comercio entre Europa y América Latina. Y a diferencia de nuestros amigos norteamericanos, hablaremos menos y negociaremos más," dijo el presidente del comité de relaciones internacionales del parlamento de Italia.

"Si bien América Latina está cerca de los Estados Unidos, no debemos olvidar que ustedes son hijos de Europa," añadió Feliciani con una seriedad absoluta, mientras le entregaba a Abdoul la lista de participantes y la agenda de los eventos del día.

Todas estas conversaciones entusiastas sobre el futuro prometedor que tenía América Latina con Europa hubieran parecido emocionantes a primera vista. Pero Juan Francisco se aburría. El senador había escuchado muchos discursos como ese durante sus frecuentes viajes: todo el tiempo se celebraban encuentros interparlamentarios, pero los resultados eran prácticamente inexistentes. Casi todas las reuniones eran ejercicios de mera demagogia, y sin embargo, seguían celebrándose. Los organizadores de estos ridículos eventos parlamentarios de "aire refrito," como los llamaba ingeniosamente Juan Francisco, tenían la astucia de organizarlos en los lugares más bellos del mundo, con el objetivo de entretener a las esposas de los parlamentarios y de captar el interés de los congresistas.

"Massimo, es un honor para mí estar aquí y espero que esta valiosa oportunidad sirva para consolidar aún más las relaciones entre América Latina y Europa," mintió Juan Francisco Abdoul. "Veo que has logrado congregar una impresionante lista de asistentes. No siempre se tiene la oportunidad de ver reunidos en un salón a los presidentes de los congresos de Colombia, Brasil, Argentina y Perú." Abdoul había dejado de mentir; la lista era impactante, ya que esos hombres (sumados a la delegada mexicana) representaban más de tres cuartas partes de la población latinoamericana.

Los dos parlamentarios pasaron otros diez minutos hablando del cronograma, los participantes y la programación del día siguiente. Feliciani quería que Abdoul tuviera el prestigioso honor de copresidir una sesión con Romano Arberi, presidente de la Unión Europea, pero Abdoul le prestaba muy poca atención. Tenía su mente ocupada en las vicisitudes propias de las horas que tenía por delante. Todo tendría que funcionar a la perfección, y el acto palamentario del día siguiente le importaba muy poco; pondría su mente en piloto automático para el soporífero evento.

Llegaron a la entrada del Hotel Hassler. Feliciani seguía hablándole y le ofreció acompañarlo hasta el lobby del hotel. Abdoul insistió en que no lo hiciera. "El presidente tiene que hacer muchas cosas importantes como para acompañarme mientras me registro," dijo Abdoul con cierto aire de gentileza. Y una vez se desprendió de las garras amigables de Feliciani, se concentró en la verdadera misión que realizaría en Roma.

Atravesó el elegante lobby y se registró. El Hassler, uno de los hoteles más conocidos de Roma, estaba cerca de las Escalinatas de la Plaza de España, y desde la terraza de su suite del quinto piso, el senador tenía una excelente panorámica de techos, cúpulas y palacios de la Ciudad Eterna. Pocos minutos después, el conserje tocó el timbre para entregarle la botella de Verdicchio que había pedido el senador. Juan Francisco desempacó, colgó cuidadosamente sus trajes—los azules al lado izquierdo y los grises al lado derecho—y se puso su pijama.

Salió a la terraza de ladrillo, sacó el vino de la hielera y se sirvió una copa. No había una nube en el cielo. Se sentó en una mecedora bajo una pérgola de vid y sintió que su cuerpo se relajaba lentamente. Se dejó arrullar por la vista de la ciudad más bella del mundo e hizo una siesta de exactamente una hora.

A las 6:00 p.m., el Senador Juan Francisco Abdoul se despertó bañado en sudor. Había soñado que estaba en la playa con su hermano. Caminaban y charlaban fraternalmente sobre asuntos familiares, cuando Ricardo sacó una pequeña pistola del bolsillo y le disparó en la cabeza.

El senador cogió la servilleta de tela blanca que cubría la parte superior de la botella de vino blanco y la sumergió en el agua fría de la hielera. Se la pasó lentamente por la frente reconociendo con tristeza la verdad innegable revelada por el sueño.

Las tensiones entre los dos hermanos habían aumentado en los últimos meses.

La devastadora derrota de Ricardo Abdoul en la nominación del Partido Liberal ante Marta Pradilla hacía ya casi un año produjo consecuencias muy diferentes en los dos hermanos. Para Ricardo, que siempre hablaba de señales y supersticiones, era señal de que Colombia estaba cambiando y de que no podían seguir comportándose como si el país fuera un feudo familiar. El punto de vista del hermano menor era muy sencillo: "Ya hemos ganado muchos millones—qué digo, miles de millones—de dólares en el juego ilegal, contrabando y tráfico de drogas. Lavemos el dinero e invirtamos en negocios legítimos. Con las conexiones que tenemos, nuestra fortuna no hará sino aumentar."

No obstante, Juan Francisco se amargaba más y más con el paso de los días. Consideraba la derrota electoral en las primarias del partido como una debacle de grandes proporciones, y la victoria arrasadora que había logrado Marta en las elecciones presidenciales señalaba un rechazo personal a su familia. Se obsesionó con derrocarla. Le decía a su hermano que era el momento de aumentar las ganancias, no de disminurlas. Se sobresaltaba cada vez que hablaba con Ricardo y le explicaba a gritos la necesidad de recobrar la posición que le correspondía a su familia.

Las disputas se hicieron cada vez más serias y acaloradas. Juan Francisco acusaba a su hermano menor de debilidad y de cometer actos de traición en contra de la familia. Durante más de veinte años, los dos hermanos habían hablado al menos una vez al día, personalmente o por teléfono. Pero desde las elecciones de mayo, pasaban días y hasta semanas sin que tuvieran ningún tipo de comunicación.

Con razón estaba teniendo pesadillas con Ricardo.

Juan Francisco Abdoul alejó el sueño de su mente y se dirigió a la ducha. Treinta minutos después bajó vestido con una chaqueta deportiva Zegna, una camisa "Polo by Ralph Lauren" color crema y unos pantalones azules que le combinaban a la perfección. Hubiera lucido bien de no ser porque llevaba unas treinta libras de sobrepeso.

Salió del hotel y giró a la izquierda. Si alguien estuviera observando, habría visto al presidente del Senado colombiano hacer lo que haría cualquier hombre, mujer o niño al llegar a la capital italiana: pasear por el centro histórico de Roma.

Juan Francisco caminó durante quince minutos hasta llegar a la Piazza Navona y entró al Caffé Tre Scalini. Lo consideró seriamente y luego se resistió al deseo de pedir el famoso tartufo de chocolate, una mezcla de helado de chocolate recubierto con una capa de chocolate y helado de chocolate negro en el centro. Sin embargo, pidió un campari con soda y pagó de inmediato. Sabía que en menos de media hora tendría que levantarse e irse al instante.

Caminó alrededor de la plaza y recordó la primera vez que había visitado esa ciudad, muchos años atrás. Recordó que le habían parecido muy divertidas las historias de las discusiones entre los arquitectos de las iglesias y de las fuentes de la plaza, construidas en el siglo XVII. Sonrió al ver de nuevo la fuente en el centro de la plaza. La fuente, esculpida por el célebre Giovanni Lorenzo Bernini, tenía una estatua perfecta de un hombre barbado en el centro, cubriéndose los ojos con la mano, algo que le había causado mucha gracia al senador. Contaban que Bernini había esculpido la mano en esa posición para que el hombre no tuviera que ver la horrorosa iglesia de Sant'Agnese, ubicada a cincuenta pasos y diseñada por Lorenzo Borromini, el más enconado rival de Bernini.

Abdoul se forzó a sí mismo a volver a la realidad. Era bastante probable que los italianos se valieran de sutiles gestos insultantes para enfrentar a sus enemigos, pero ese no era su método predilecto; le parecía demasiado refinado e indirecto. Según él, los enemigos tenían que sumarse a la causa o ser eliminados—ésa era la norma por la que Juan Francisco Abdoul había vivido su vida entera. Algunos no ameritaban mayores consideraciones, y Marta Pradilla era uno de ellos; tenía que ser eliminada y era para eso que había viajado a Roma. Exactamente a las 7:30 p.m., un Mercedes 450 SL con matrícula diplomática llegó a la histórica plaza. Aunque el tráfico de vehículos estaba prohibido en la Piazza Navona, nadie reparó en ello, pues era habitual que los vehículos diplomáticos desobedecieran las normas de tránsito romanas. El auto se detuvo enfrente de Tre Scalini.

Hamid Tarwa se bajó y dio la vuelta para abrir la puerta trasera, y el Senador Juan Francisco Abdoul se subió al auto de la embajada Siria. El chofer puso el Mercedes en primera velocidad y dijo, "Tengo órdenes de llevarlo a nuestra embajada Sr. Abdoul."

Embajada de Siria

Roma, 13 de septiembre

8:05 p.m.

Era la tercera vez en dos años que Chibli Farkish se encontraba en el sótano de la embajada siria en Roma, y comenzó a considerar seriamente si aquello duraría toda la noche.

Lo habían desnudado por completo, le arrojaban agua helada cada cinco minutos y lo azotaban en los genitales y los glúteos con un látigo de caballería. El cuarto era frío y oscuro, y las paredes eran de concreto blanco y el piso de linóleo verde lima. Ambos materiales eran fáciles de lavar. Un hombre enmascarado le hacía preguntas sobre sus relaciones con otros exiliados sirios en Roma, lo golpeaba y lo metía bajo la ducha de agua helada. Era básicamente lo mismo que le habían hecho en ocasiones anteriores.

El Embajador Omar bin Talman había entrado al cuarto hacía cinco minutos. Chibli sabía que mientras el embajador permaneciera allí, las cosas no podrían empeorar mucho más.

Dejando a un lado sus tres visitas obligatorias a la embajada siria, Chibli Farkish era un hombre feliz. Tenía treinta y dos años, hacía exactamente lo que le gustaba y estaba enamorado de la mujer más hermosa del mundo. Sus padres, diplomáticos sirios, habían vivido en Roma en sus años de adolescencia y Chibli por su parte nunca regresó a Damasco. Apuesto y de figura atlética, estudió Educación en la Universidad de Roma, donde obtuvo una maestría. Comenzó a trabajar a los veintisiete años como profesor de sexto grado en la Escuela Internacional de St. George, en Roma. Un año después, se enamoró de Susana Saldívar, su jefe y directora de la escuela. Susana, una mujer bellísima, alta y cuatro años mayor que él, llegó a Roma para continuar su promisoria carrera en varias escuelas internacionales, después de trabajar en Ankara, Turquía, y en Quito, Ecuador.

Susana, quien era hija de diplomáticos colombianos y hermana del actual jefe de gabinete de la nueva presidente colombiana, había tomado a St. George, una escuela pequeña, y la había transformado en una de las escuelas más prestigiosas de Roma. Actualmente, los graduados de St. George eran afanosamente disputados por las universidades más reconocidas del mundo: Oxford, Cambridge, La Sorbona, Harvard y Heidelberg.

Susana y Chibli tenían muchas cosas en común. Como solía suceder con los hijos de diplomáticos que habían pasado su juventud yendo de un lado a otro, ambos compartían dos aspectos de su personalidad; se consideraban verdaderos ciudadanos del mundo y se sentían cómodos en donde fuera. Y sin embargo, también sabían que no pertenecían a ninguna parte.

Una vez que se conocieron, no tardaron en unir sus vidas. Eso se manifestaba claramente en lo bien cuidado que tenían su hermoso apartamento, en el amor con que preparaban cenas para sus frecuentes invitados y en sus largas conversaciones antes de dormir. Ninguno de los dos tenía un país en el cual quisiera vivir, pero se tenían el uno al otro.

Chibli era un profesor fuera de serie. Los estudiantes lo adoraban. Susana bromeaba y decía que las estudiantes lo querían por su apariencia, no por su metodología, y que los chicos lo respetaban porque era el centro del afecto irrestricto de las chicas. Para sus estudiantes, Chibli era una persona optimista que creía en que los jóvenes solucionarían los problemas del mundo. Pero más allá de las sonrisas que dejaba escapar en sus clases, vivía molesto con su país, con el mundo árabe y con el ciclo de violencia interminable que asolaba a esa parte del mundo.

Dos años atrás, Susana había comenzado a animar a Chibli para que expresara su inconformidad por escrito, pues siempre había hablado con visión y con pasión acerca de su país en diferentes círculos. Le dijo que debería permitir que otras personas conocieran sus ideas, y él comenzó a escribir artículos sobre la situación siria en publicaciones británicas e italianas.

Ese era precisamente el motivo de las visitas forzadas al sótano de la embajada siria. Los artículos mordaces habían llegado a manos del embajador, quien decidió encargarse personalmente del asunto.

"Tus padres lloran no porque te extrañen, sino por las vergüenzas que les haces pasar. ¿Cómo es posible que el hijo de unos diplomáticos honorables haya caído tan bajo?" le preguntó el embajador Omar bin Talman al joven desnudo y aterido de frío que estaba frente a él.

"Me llamaron de la embajada para decirme que necesitaba renovar mi pasaporte. Sabía que no era cierto, pero vine porque necesito mi documento. Ya llevan dos horas golpeándome. Suéltenme ya," imploró Chibli, tratando de desviar la conversación.

"No me ignores. Eres sirio," gritó Bin Talman con el rostro descompuesto por la rabia. "Nuestro país está rodeado de enemigos por todos lados. Los americanos están en el este, en Irak. Los turcos en el oeste. Los sionistas en el sur. Han transcurrido cincuenta años desde nuestra liberación nacional, pero seguimos enfrascados en la misma guerra contra los judíos y contra los poderes coloniales que quieren apoderarse de nuestro territorio y exterminar nuestra cultura. Y tú, hijo de personas respetables, escribes artículos que acusan a nuestro gobierno de cometer actos indebidos. ¡Cómo te atreves!"

Chibli estaba a la vez enfadado y preocupado. Siempre

supo que sus artículos podrían resultar en interrogatorios ocasionales e incluso en castigos físicos. Pero también sabía que era un simple profesor de poca importancia para el gobierno de su país. ¿Entonces por qué estaba tan furioso Bin Talman? La furia del embajador lo llenó de pánico.

"Sr. Embajador, lo único que he dicho en mis artículos es que los árabes tenemos que dejar de buscar chivos expiatorios en el exterior y que es responsabilidad de nuestro gobierno solucionar los males que aquejan a nuestra sociedad. He citado como ejemplo que 65 millones de árabes y casi dos terceras partes de nuestras mujeres son analfabetas. ¿Sabía que las Naciones Unidas informaron que durante los mil años que han transcurrido desde el califato de Mamun, los árabes han traducido el mismo número de libros que se traducen cada año en España? Soy profesor y creo que eso es un pecado contra nuestros hijos."

"Al diablo contigo y con tu obsesión por la educación. El único camino hacia la libertad es concluir nuestro proyecto de liberación nacional. Las libertades personales o individuales no valen nada," dijo Bin Talman. "¿A quién le importa si la hija del carnicero puede leer o no?" señaló el embajador.

Chibli, todavía desnudo, tiritando y chorreando agua, no pudo contener su sorpresa ante un comentario que denotaba tanta ignorancia. Después de todo, el embajador era un asesor presidencial muy respetado. ¿Acaso no era capaz de percibir la verdad?

"Sr. Embajador, nos estamos convirtiendo en un anacronismo para el mundo," dijo Chibli. "Los árabes, que una vez lideraron el universo de las ciencias, las matemáticas y la astronomía, se han convertido en campesinos pobres e ignorantes. La verdad no depende del lado del barril de un rifle, depende de lo que dijo Imam Alí abi Taleb hace mil quinientos años: Si Dios decidiera humillar al hombre, le negaría el acceso al conocimiento."

Sonó el teléfono. Bin Talman agarró rápidamente el pequeño aparato metálico y dijo: "Acompañe al senador a la sala de conferencias del sótano. Nos encontraremos allí," farfulló Bin Talman y colgó.

Se dio vuelta hacia el hombre enmascarado y le ordenó, "Mantén encerrado a este cerdo toda la noche y déjalo desnudo. Este imbécil necesita aprender un poco de humildad. Mañana le entregarás su ropa." Se volvió hacia Chibli, se acercó a pocos centímetros de su rostro, lo miró fijamente a los ojos, carraspeó su garganta con fuerza, y escupió en la cara del apuesto joven. La saliva le resbaló por su mejilla derecha. "Dile a Imam Alí que así comienza la humildad," dijo Bin Talman y salió del cuarto.

El hombre de la máscara caminó silenciosamente hacia Chibli y sin decir una palabra alzó el látigo y le dio tres azotes en los muslos. Le levantó los brazos, lo esposó y sus manos quedaron atadas a una argolla, por encima de su cabeza. Abrió la llave del agua para que durante toda la noche le cayera un hilo de agua helada en el hombro derecho y descendiera por su estómago y sus piernas.

El hombre salió del cuarto sin decir una sola palabra. Chibli sintió alivio, pero también temor. Nunca lo habían obligado a pasar una noche en la embajada. Bin Talman había sido inusualmente agresivo, y Chibli había esperado con todas sus fuerzas que la irritación del embajador no reflejara una nueva determinación de silenciarlo, pues sabía muy bien que cuando el gobierno sirio decidía silenciar a alguien, la víctima podía atravesar rápidamente la línea invisible que separaba a un gélido interrogatorio de una morgue helada.

Chibli trató de pensar en Susana. Recordó que habían dormido juntos la noche anterior, acurrucados, su cara en el cabello negro y grueso de Susana; su cuerpo encajando perfectamente en sus curvas. Una oleada de tristeza lo invadió; sabía que Susana se desgarraría cuando supiera que lo habían golpeado y se culparía a sí misma por haberlo incitado a expresar sus opiniones políticas por escrito.

El sonido de unos pasos lo sacó de sus pensamientos sombríos y sobresaltados. En sus tres estadías anteriores en la embajada, Chibli no había advertido que podía escuchar sonidos provenientes de otros recintos. No había reparado en ello porque nunca antes lo habían dejado solo y siempre lo habían liberado al cabo de pocas horas. Era la primera vez que estaba solo allí y la primera que escuchaba algo que venía de afuera.

Los pasos se hicieron más cercanos. Al comienzo, parecían dirigirse hacia su celda, pero pronto se detuvieron y una puerta se abrió. Chibli supuso que era el salón de conferencias de al lado. Había visto la puerta abierta y el salón le había llamado la atención, pues estaba lleno de alfombras lujosas tanto en el piso como en las paredes. Comprendió entonces que el objetivo de las alfombras era sofocar los ruidos provenientes de la celda.

Luego escuchó unas voces. "Bienvenido, senador. El viaje desde Bogotá es largo. ¿No está cansado?" Chibli escuchó claramente como Bin Talman hablaba en un inglés perfecto. Luego, una voz desconocida y con acento latino, respondió con un inglés rudimentario. "Embajador, no me siento cansado porque vengo a realizar la misión más importante de mi vida. Vayamos al grano; quiero estar de regreso dentro de una hora."

La puerta se cerró y Chibli no escuchó nada más. Se preguntó qué rayos hacía un senador colombiano en el sótano de la embajada siria en Roma y quién sería. Si se trataba de una visita diplomática, ¿por qué no lo recibieron entonces en la sala de arriba? ¿Qué podría ofrecerle Siria a un político colombiano para que se tratara de la misión más importante de su vida? El interés de Chibli se multiplicó exponencialmente por el hecho de que este caso misterioso involucraba a una persona del país de Susana. Quizá ella sabría quién era aquel hombre.

La habitación estaba completamente sumergida en la oscuridad, que terminó por envolverlo. Sintió que el agua fría le entumecía los músculos y le quemaba la piel. Estaba adolorido y temblaba. Trató de concentrarse en escuchar más detalles de la reunión en el salón contiguo, pero el silencio era total. Sentía el goteo del agua como un martilleo en sus músculos, que se contraían en espasmos producidos por el agua helada. Sintió un profundo malestar.

En el Sótano de la Embajada

Roma, 13 de septiembre

11:15 p.m.

Chibli había perdido la noción del tiempo cuando escuchó que abrieron la puerta de su celda. El rayo de luz de una linterna atravesó la oscuridad y fue a posarse en él. Sólo veía la luz moviéndose hacia él, escuchó el sonido de unas llaves y sintió sus brazos adormecidos por el poco flujo de sangre caer sobre sus piernas cuando le quitaron las esposas. Le lanzaron una toalla a sus pies.

"Séquese y venga conmigo. Vístase." Chibli creyó reconocer que esa voz era la misma del hombre enmascarado que lo había azotado. Estaba asustado. No sabía si lo iban a liberar o a matar.

Salió de la habitación siguiendo el rayo de luz y encontró su ropa en la puerta. Se puso su camisa y sus calcetines, comenzó a ponerse los jeans e inmediatamente sintió una mezcla de dolor y ardor debido a los azotes que le habían dado en los muslos y gluteos. Caminar con los jeans sería sin duda bastante doloroso, pero ponérselos parecía una tarea casi imposible. Logró acomodárselos lentamente y luego se calzó los mocasines.

Chibli salió y pasó frente al salón de conferencias donde había escuchado unas pocas frases de la misteriosa reunión entre Bin Talman y el colombiano. La puerta estaba abierta;

pero ya no había nadie. El corredor estaba oscuro, pero pudo ver la máscara de su interrogador. Siguió al hombre, subió las escaleras y llegaron a un corredor desierto. En lugar de llevar a Chibli a la entrada principal de la embajada, el hombre giró a la derecha, en dirección a la cocina. Chibli sintió pánico. No lo iban a soltar.

El hombre enmascarado lo agarró del brazo, lo condujo a través de la cocina y abrió una puerta auxiliar utilizada para recibir suministros y sacar la basura. El corazón se le quería salir del pecho. Cuando el hombre abrió la puerta, Chibli cerró los ojos e hizo una mueca. Imaginó que dos hombres de barbas ralas, vestidos con trajes grises y sucios, lo encerrarían en el vagón de un camión negro con matrículas diplomáticas. Lo drogarían y lo subirían a un avión militar sirio que lo conduciría a Damasco, donde sería torturado y asesinado.

Cuando abrió los ojos un instante después, no pudo creer lo que vio. En vez de los dos desaliñados agentes de inteligencia sirios que había imaginado, vio a Susana. Tenía el cabello despeinado y sus ojos oscuros destilaban una mezcla de rabia y preocupación. Vestía una camisa hindú, unos pantalones de dénim color caqui y su collar preferido de madreperlas.

Chibli fue empujado afuera y luego cerraron la puerta. Susana saltó los cinco peldaños de las escalinatas y se acercó a él. "Ven, mi amor, camina con cuidado, pero rápido. Tenemos que irnos de aquí lo más pronto posible," le susurró Susana al oído.

Lo condujo a través de la puerta exterior de la embajada, pasaron junto al guardia sirio que estaba adentro y del policía italiano que estaba afuera, y Susana lo llevó hacia el Fiat Uno azul que estaba estacionado a unos cuantos pasos. Desde las últimas veces que Chibli había "visitado" la embajada, Susana había aprendido que la ausencia de síntomas visibles de golpes no quería decir que no hubieran lastimado a Chibli. Una vez le ayudó a subirse al auto, le desabotonó los jeans e inmediatamente vio las marcas de los latigazos.

Chibli la apartó y le dijo, "Vamos a casa y mientras tanto

explícame cómo hiciste para sacarme. Me iban a dejar toda la noche."

Susana encendió el auto y salió rápidamente de la embajada; a esa hora el tráfico era muy escaso. "Llegué de la escuela y escuché en el contestador el mensaje que dejó la embajada acerca de tu pasaporte. Esperé hasta las 8:00 p.m. y supe que ese monstruo a quien le dicen embajador estaba golpeándote de nuevo," dijo Susana, dejando escapar una lágrima. "Discúlpame, amor mío, siento tanto haberte presionado para que escribieras esos artículos. ¡Perdóname, Chibli!" le imploró Susana.

Chibli sonrió y puso su mano sobre la de ella, que estaba sobre la palanca de cambios. "Tú no tienes la culpa, fui yo quien decidió escribir. Y por respeto a mis padres, dudo que vuelvan a hacer algo semejante. *De hecho, lo que me hicieron fue más que suficiente,* pensó Chibli, retorciéndose del dolor. "Ahora dime, ¿cómo diablos me sacaste de allí?" insistió.

"Fui a la Embajada y pedí hablar con Bin Talman," continuó Susana. "Y por supuesto, la recepcionista eficiente y detestable me dijo que no estaba disponible. Entonces escribí una nota de cinco oraciones y le dije que se la entregara o se la leyera por teléfono."

"¿Una nota?" preguntó Chibli. "¿Y qué decía?"

Susana sonrió. "La nota decía: Embajador, Chibli Farkish es profesor de veintidós chicos en la prestigiosa St. George International School. Sus estudiantes lo adoran, y entre ellos hay hijos e hijas de cinco embajadores, dos ministros italianos, la hija del futbolista inglés David Mulham y la sobrina del cardenal Joseph Ratheuser, secretario de estado del Vaticano. Como directora de la escuela de St. George, llamaré a esos estudiantes y les pediré que me ayuden a rescatar a su profesor. Conozco bien a los estudiantes de sexto, y créame que irán. Y si nos detienen por invasión a propiedad ajena, no tendremos ningún problema en dar declaraciones a la prensa y decir qué hacíamos allí. Le pido que libere a Chibli Farkish. Regresaré a las 11:00 p.m." "Pero eso son seis oraciones,"

Chibli sonrió y se quejó al mismo tiempo. El auto iba por una calle empedrada y el trasero le dolía. *Típico de Susana,* pensó. *Es audaz, dura, apasionada y demasiado creativa.*

Llegaron a su apartamento en el barrio Monteverde. Para llegar allí, había que subir una de las siete colinas de la ciudad y atravesar la hermosa Piazza Garibaldi. Bajo la mirada de la estatua del héroe de la revolución italiana, los amantes se sentaban en la inmensa terraza y se besaban mientras contemplaban la ciudad desde el lugar que ofrecía la mejor panorámica. Era un barrio residencial de clase media. Poco después de haber llegado a esta ciudad algunos años atrás, Susana había rechazado una oferta para vivir en una casa situada en un barrio diplomático más elegante que aquel.

Ese día, Susana ignoró la vista. Era casi medianoche y no había sitio para estacionar. Como no era el momento indicado para hacer caminar a Chibli, subió el Fiat a la acera y lo estacionó entre dos árboles. Los peatones tendrían que darle la vuelta al automóvil para seguir su trayecto, pero así era Roma. Todos los problemas de estacionamiento tenían solución en esta ciudad. Lo más probable fuera que Susana saliera por la mañana y encontrara al policía del barrio esperándola para amonestarla. Ella agacharía la cabeza y escucharía el sermón, sonreiría y le ofrecería disculpas. Él movería las manos fingiendo estar enfadado y se quejaría de que a las mujeres ya no había como hacerles respetar la ley. Sin embargo, no habría multas, penalidades ni citaciones a la Corte. Sería una danza romana hermosamente coreografiada.

Susana ayudó a Chibli a entrar al edificio y subir al ascensor. Cuando entraron al apartamento moderno y minimalista, lo recostó en el sofá y le prometió un té.

"Olvídate del té," dijo Chibli. "Sírveme una copa de coñac. Y siéntate a mi lado porque tengo que contarte algo."

Ella abrió la botella de Hennessy VSOP y sirvió dos porciones inusualmente grandes del licor ambarino. Fue a la cocina por dos aspirinas, que Chibli pasó con el primer trago. Escuchó lo que le contó de los golpes, del látigo, de las duchas con agua helada y de la humillación de estar desnudo. También le habló de la agitación inusual de Bin Talman.

Una nube de culpabilidad la envolvió de nuevo. Eso no habría sucedido de no haber sido por su insistencia. Lo miró fijamente a los ojos, creyendo que no sería capaz de perdonarse nunca si le hubiera sucedido algo grave. Nunca. Realmente amaba a aquel hombre.

"Y luego sucedió algo muy extraño," dijo Chibli, tratando de aplacar el remordimiento de Susana. "Bin Talman interrumpió nuestra conversación cuando anunciaron que alguien había llegado. Era evidente que no querían que se escuchara ningún ruido en el sótano porque inmediatamente dejaron de interrogarme y de golpearme. Bin Talman se reunió con una persona en el salón de conferencias contiguo al cuarto donde me tenían encerrado. Escuché el saludo cuando llego la persona," añadió Chibli.

"¿Y eso qué tiene de extraño?" preguntó Susana, que parecía intrigada. "El monstruo tenía un invitado y no quería que supiera que alguien estaba siendo interrogado y torturado en la habitación contigua."

"¿No te parece extraño que el embajador hubiera recibido a alguien a altas horas de la noche, y en un salón de conferencias oculto en el sótano de la embajada?" preguntó Chibli lentamente presagiando el gran secreto.

"Sí, es un poco extraño, pero . . ." Susana no pudo terminar la frase, pues Chibli la interrumpió.

"Pues bien, escuché quién era el invitado. Bueno, no es que hubiera escuchado su nombre, pero oí que Bin Talman le dijo 'Senador,' " continuó Chibli, hablando despacio y haciendo una pausa para saborear la inminente sorpresa. "Y le preguntó al embajador si no se sentía cansado después del largo viaje desde . . . Bogotá." Súbitamente Chibli se sintió de maravilla. Ver la cara que puso Susana hizo que la experiencia vivida casi hubiera valido la pena.

Susana abrió los ojos de par en par y quedó boquiabierta. ¿Qué hacía un senador colombiano en la embajada de siria en

Roma a esas horas? ¿Quién sería? ¿Por qué estarían allá? ¿De qué hablarían? Las preguntas se sucedieron como cataratas.

"Eso fue todo lo que escuché," dijo Chibli, levantando su mano para que no le hiciera más preguntas. "Cerraron la puerta y creo que debí desmayarme poco después porque no los escuché salir. Pero tenemos que averiguar de qué se trataba pues el senador colombiano dijo que esa era la misión más importante de su vida."

Apartamento de Chibli y Susana

Roma, 13 de septiembre

11:55 p.m.

"Buenas noches, esta es la Casa de Nariño," contestó una voz pausada.

Los operadores telefónicos del palacio presidencial colombiano eran toda un leyenda entre la clase política de ese país. Sin importar qué crisis estallara, qué bomba explotara o qué desastre natural ocurriera, podían localizar al ser más esquivo del planeta y comunicarse con él de una forma eficiente, rápida y serena. Nadie entendía cómo hacían para conseguir el número del teléfono móvil de las amantes de los políticos más famosos de Bogotá, o cómo lograron rastrear al alcalde de Cali hasta el teléfono del apartamento de su desconocido amante gay en Miami.

A través de los años, muchos políticos exhaustos intentaron escaparse unas cuantas horas o días. Pero si el telefonista invisible de Palacio consideraba que era algo importante, se efectuaba la llamada inevitable y la voz decía al otro lado de la línea, "Discúlpeme que lo interrumpa, pero le hablo de la Casa de Nariño y tengo una llamada para usted."

"Buenos noches, habla Susana Saldívar. Estoy llamando de Roma y necesito hablar con Manuel Saldívar, mi hermano," le explicó Susana al operador. Había intentado llamarlo a su teléfono móvil pero estaba apagado. Le había dicho que lo llamara al conmutador en caso de emergencia, pero era la primera vez que Susana lo llamaba por intermedio de los telefonistas. Iba a explicar que su hermano era el jefe de gabinete de la presidente Pradilla, cuando el telefonista la interrumpió.

"Con gusto, Srta. Saldívar. Tenga la amabilidad de darme un número al cual podamos llamarla," respondió el diligente telefonista en Bogotá. Susana le dio el número y el operador le preguntó si era el de su residencia. Una sola vez bastaba para que nunca más volvieran a pedírselo. "Ya la llamamos. Por favor, cuelgue y mantenga la línea desocupada.

Dos minutos más tarde, el mismo telefonista la llamó y la comunicó con Manuel Saldívar.

"Hola, hermanito, ¿qué se siente estar en el poder?" bromeó su hermana.

"Ha pasado sólo un mes y ya tengo deseos de irme a vivir con ustedes dos," respondió Manuel. "No te imaginas los horarios. Trabajamos hasta la medianoche o volvemos antes del amanecer. Olvídate de todas las pestes que he dicho acerca del periodismo."

Susana admiraba la dedicación de su hermano por su país. Era sorprendente que fueran tan diferentes. Al igual que ella, Manuel había pasado su vida viajando de un país a otro con su padre, quien era diplomático, y sin embargo, se sentía muy feliz en su tierra natal. Concluyó que esa era la forma en que Manuel se aferraba a sus raíces.

"Escucha, chiquillo, necesito contarte algo muy serio." Y le dijo lo que le habían hecho a Chibli en la embajada y lo que había escuchado.

Susana notó un gran silencio al otro lado de la línea. Luego escuchó que Manuel respiraba profundo.

"¿Habré escuchado bien, Susana? ¿Acabas de decirme que esta noche un senador colombiano estaba en el sótano de la embajada de Siría en Roma? ¿Es eso lo que me has dicho?" preguntó Manuel.

Aunque vivían a miles de millas de distancia, Susana siempre estaba en contacto con su hermano. Se llamaban y se comunicaban por medio de correos electrónicos. Podía imaginar sus ojos entrecerrados, sus manos buscando el paquete de Marlboro Light en el bolsillo. Esperó un momento y luego sonrió. En efecto, escuchó el sonido metálico de su encendedor Zippo.

"Sí, Manuel, pero Chibli no pudo escuchar el nombre, sólo escuchó la palabra senador," dijo Susana.

Manuel no necesitaba saber el nombre. Había leído el comunicado de prensa emitido por el Senador Juan Francisco Abdoul anunciando su viaje a Roma, en el que declaraba pomposamente su intención de dialogar con parlamentarios europeos sobre asuntos comerciales. Manuel tendría que analizar detenidamente lo que acababa de escuchar.

"Susana, tendré que hacer algunas averiguaciones, pero es posible que se trate de Juan Francisco Abdoul. Ese tipo es un problema, les diré en cuanto sepa algo," dijo Manuel. Al igual que Chibli, Manuel era cuatro años menor que Susana. A pesar de eso tenía una actitud protectora hacia ella.

Hablaron un momento más, Susana colgó y se acercó a Chibli. No podía despojarse de su sentimiento de culpabilidad. Amaba profundamente a ese hombre, mucho más de lo que había querido a cualquier otro. Sonrió y lo besó en el cuello, metió sus manos adentro de su camisa y comenzó a acariciarlo suavemente mientras él cerraba los ojos. Se estremeció de sólo pensar en los horrores que había tenido que soportar.

El teléfono volvió a sonar. "No contestes por favor," le dijo Chibli y ella sonrió en señal de aprobación. Nada estaba más alejado de sus intenciones.

El contestador de la cocina recibió la llamada. "Estamos llamando de la Casa de Nariño, desde Bogotá, Colombia. Tengo al Sr. Saldívar en la línea," dijo la misma voz pausada y diligente que Susana había escuchado pocos minutos atrás.

Luego escuchó la voz de Manuel.

"Susana, sé que es muy tarde. Te estoy llamando porque quiero advertirte que tengan cuidado. Juan Francisco Abdoul es un hombre muy peligroso. Dile a Chibli que se cuide. Haré lo posible por descubrir más novedades, pero no se involucren en esto porque no les puede traer nada bueno."

Entonces se oyó colgar el telefono.

PARTE IV:
EL CÁUCASO

Tbilisi, Georgia

Noche del 29 de septiembre

2:30 a.m.

Cinco semanas después de haberse reunido con el Embajador Omar bin Talman en Roma, Osman Samir al Husseini escuchó el Airbus de British Airways invertir las turbinas poco después de aterrizar en el Aeropuerto Internacional Lochini de Tbilisi. Al Husseini salió por la puerta delantera del avión con los pasajeros que iban en Clase Ejecutiva e ingresó al discreto aeropuerto.

El vuelo llegó a una hora absurda. Le había pedido a su secretaria que le encontrara un horario más cómodo, pero simplemente no lo había. Si querías llegar a Tbilisi el martes por la noche, esa era la única opción.

Un hombre a medio afeitar y medio dormido—supuestamente un funcionario, aunque no había forma de saberlo pues su traje estaba tan arrugado que hacía imposible cualquier tipo de identificación oficial—les señaló una ventanilla oscura con barrotes a los pasajeros. El solitario agujero tenía un aire macabro y nada acogedor. Estaba en dirección opuesta a los cuatro cubículos de plástico que había detrás de un aviso escrito a mano que decía: "Immigrashon."

Cuando uno de los pasajeros que iba adelante de Husseini le hizo una pregunta al hombre desaliñado, éste gruñó: "Viza"—la "z" sonó como un zumbido—y señaló la ventana oscura. Al Husseini trató infructuosamente de explicarle al hombre que él era un funcionario de la ONU y que no necesitaba visa para ingresar al país. El hombre miró a Husseini, señaló de nuevo la ventana y gruñó una vez más: "¡Viza!"

Husseini sacó su visa. La mayoría de los países que exigían un visado acostumbraban preguntarle al pasajero un par de cosas sobre su vida, le pedían una foto tamaño pasaporte o escribían al menos su nombre en un libro de registros antes de expedir el sello oficial. Pero en Georgia, uno llegaba, se dirigía a una ventanilla oscura a las 2:30 a.m., pagaba ochenta dólares a un personaje sin rostro que no preguntaba ni quería saber nada y sólo pegaba la estampilla en el pasaporte.

Al Husseini salía del aeropuerto cuando vio a un hombre alto con un letrero de la ONU. El chofer de las Naciones Unidas no parecía un empleado de dicho organismo; más bien representaba la imagen estereotipada que tenía Husseini de algún sicario al servicio de un jefe de la mafia rusa. El hombre, que vestía una chaqueta de cuero y lentes de sol en plena noche, le dio la mano y le dijo: "Mi nombre es Temuri. No inglés." Y ese fue el final de toda la conversación.

El silencio no le incomodó para nada a Al Husseini. Tendría que dormir así fuera unas pocas horas después de registrarse en el Sheraton. Había viajado oficialmente a Georgia como delegado sirio a la conferencia anual de la ONU sobre los refugiados abjasios. Abjasia era una olvidada provincia de Georgia en la costa del Mar Negro. En la época soviética había sido un bello lugar de veraneo para rusos y georgianos. Durante la última década, y en respuesta a un bombardeo instigado por Rusia, los separatistas abjasios habían hostigado sistemáticamente a los habitantes de origen georgiano que habían vivido desde hacía centenares de años en aquella región. Ahora estas familias desamparadas y sin hogar estaban desperdigadas por el país. Vivían en ciudades de carpas o en pensiones de mala muerte.

La ONU se había interesado en ayudar a los refugiados teniendo en cuenta que de todas las antiguas repúblicas soviéticas, Georgia era la más abierta y democrática. La pequeña Abjasia se convirtió en un problema, y con los problemas internacionales llegaron también los encuentros internacionales. Ése era el supuesto motivo del viaje de al Husseini a Georgia.

En realidad, a él le tenía sin cuidado la tragedia que vivía esta etnia miserable del occidente de Georgia. Viajó valiéndose de su posición como representante de Siria ante la ONU para lograr una meta mucho más importante. Estaría menos de veinticinco horas en Georgia, pero muy posiblemente, la historia del mundo podría cambiar gracias a su visita.

Conferencia Sobre Refugiados

Tbilisi, 29 de septiembre

9:15 a.m.

Osman Samir al Husseini llegó exactamente a las 10:00 a.m. al edificio de la Cancillería, en el centro de Tbilisi. Temur, el chofer de la ONU que no hablaba inglés, no se había presentado en el hotel. Al Husseini no tuvo otra alternativa que subirse irritado a un Skoda checo completamente desvencijado, que el Sheraton Hotel había tenido el descaro de ofrecer como uno de sus taxis.

El chofer tomó una ruta pintoresca. La vista era muy agradable. De día, Tbilisi contrastaba con la lúgubre desolación de la noche anterior. Esa mañana despejada, Al Husseini se sorprendió al ver una ciudad hermosa y agradable. Por todas partes se veían los domos en forma de torreones de las iglesias ortodoxas georgianas. El centro histórico estaba al borde de los riscos que se erigían a un lado del río Kura y los muros fortificados del castillo se veían desde todos los ángulos de la ciudad.

"Tbilisi es una de las capitales más antiguas del mundo cristiano," dijo el locuaz chofer, sin tener la menor idea de que su cliente era musulmán. "Éramos la última escala cristiana de la ruta de la seda. Desde aquí, las caravanas partían hacia las tierras islámicas, camino a Bakú, Tashkent, Bujara y Samarcanda. Esta era una tierra de mercaderes y contrabandistas, nunca hemos sabido quiénes eran nuestros amigos ni nuestros enemigos. Me imagino que es lo que sucede en cualquier tierra de contrabandistas."

Esa actitud tan compleja que tenían los georgianos hacia los extranjeros podía verse en la gigantesca estatua de acero que se erigía en la cima de un pedestal, en la montaña más alta de la ciudad. Era una mujer alada que representaba a la Madre Georgia. El monumento sostiene una invitadora jarra de vino en una mano, y una espada desafiante en la otra; lo cual no era una simbología desatinada, pues durante mucho tiempo, Georgia fue el cruce geográfico entre la civilización cristiana y la musulmana, atrapada entre amigos y enemigos.

Al Husseini sintió una sensación de disgusto. ¿Qué significaba semejante tontería? ¿Una jarra de vino en una mano y una espada en la otra? *En Siria, por lo menos, sabemos quiénes son nuestros enemigos y cómo tratarlos,* pensó para sus adentros.

"Luego," continuó el taxista con pretensiones de guía turístico, "vino la era del dominio soviético y nos encontramos en un cruce de caminos que no conducían a ninguna parte. Georgia se convirtió en una pequeña e insignificante fracción del imperio del Kremlin. Incluso con Stalin, quien nació en Georgia, estuvimos en decadencia. Pero actualmente ha resurgido el contrabando. Contratos petrolíferos, opio, caviar e incluso personas que buscan trabajo en Occidente. Una vez más todo vuelve a pasar de contrabando por Georgia."

El chofer parecía alegrarse de eso, pensó Al Husseini, admirado ante el inglés tan erudito del taxista, quien continuó con su disquisición.

"Sin embargo, nos hemos transformado en un país extraño—en un país en sombras. Vivimos tanto en la luz como en la oscuridad. ¿Sabía que nuestro primer presidente fue Edward Shevardnadze, el último ministro soviético de Relaciones Exteriores? Ante las cámaras de la televisión, era un héroe de la democracia, pero diez años después, su nombre se convirtió en sinónimo de corrupción. ¿Ve esos edificios tan hermosos? Son bellísimos por fuera, pero por dentro son horribles y están completamente dilapidados. ¿Ve qué día tan hermoso? Pues bien, cuando se oculte el sol, llegamos a nuestras casas sin agua ni electricidad. Todo parece agradable, pero no lo es.

Al Husseini le hizo otras preguntas al taxista: ¿Cuál era ese monumento y este edificio? Mientras más hablaba el taxista, más entendía Al Husseini por qué Georgia era el país perfecto para su misión. Era un país cristiano. Era una democracia joven. Era un antiguo satélite soviético que aspiraba a formar parte de Occidente. Todo eso ponía de manifiesto que Georgia era un aliado de Occidente, y los servicios de inteligencia de Estados Unidos y de Europa no buscarían señales de peligro en este país. Sin embargo, y como lo había expresado con creces el taxista, era el paraíso del contrabando.

El taxi llegó al edificio de la Cancillería, la sede del poder de la nación, donde el presidente y sus ministros tenían sus oficinas. Era un monolito de dieciocho pisos de granito y arenisca de estilo soviético, rodeado de guardias y de rejas de hierro forjado.

Desde el exterior, el tamaño descomunal de la Cancillería transmitía poder. Pero en realidad, no era más que una de las muchas contradicciones georgianas sobre las que había discurrido el taxista. El interior del edificio era otra cosa. Todos los pisos eran iguales. Unos ascensores grises llevaban a interminables corredores grises de cientos de metros de extensión. Todos los corredores estaban cubiertos en el centro con alfombras rojas gastadas y carcomidas por las polillas. Una puerta conducía a otra, y cada una daba paso a diminutas oficinas donde se hacinaban tres o cuatro burócratas que no hacían otra cosa que fumar y tomar café.

No obstante, Al Husseini sólo iría al piso dieciocho. El ascensorista tenía instrucciones muy estrictas de abrir las puertas sólo en ese piso. Era el único diseñado para recibir visitantes, y estaba decorado con muebles y obras de arte georgianas de la Edad Media. Afuera de la oficina del presidente había un salón enorme donde se realizaría la conferencia sobre los refugiados de Abjasia.

Al Husseini salió del ascensor y le sonrió al obsequioso joven encargado de recibirlo. Lo siguió por el corredor y cuando el diplomático sirio pasó frente a un espejo se miró con un aire de aprobación. Sólo aceptaría hablar de la miseria humana si estaba vestido con la perfección propia de un diplomático. Su conservador traje de tres piezas engalanaba una reluciente camisa blanca y una corbata a rayas azules. Todo lo de Al Husseini era pequeño. Era delgado y de baja estatura. Llevaba un bigote pequeño, cuidadosamente recortado sobre su boca diminuta. Tenía cabello corto, partido a la derecha y peinado hacia atrás. Entró al salón y se sentó en la silla asignada, detrás de un letrero que decía "República Árabe de Siria."

La mesa de los delegados estaba dispuesta en orden alfabético, con caracteres latinos. Miró y les sonrió a los representantes de Pakistán y Portugal a su izquierda, y a los embajadores de Suecia y Tailandia a su derecha, quienes eran sus vecinos.

Los delegados se sentaron y él los saludó con una leve inclinación y una sonrisa diplomática previamente ensayada. Vio al apuesto representante de Pakistán con su barba entrecana, completamente erguido, sosteniendo con sus manos una pila de documentos que tenía enfrente. *A pesar de las elegantes ropas occidentales, es evidente que el pakistaní es militar,* pensó Al Husseini. Los dos delegados se miraron a los ojos durante una fracción de segundo en la que reconocieron secretamente la verdadera misión que tenían en Georgia. Ninguno de los demás asistentes percibió el menor asomo de reconocimiento entre ellos.

Al Husseini desvió la mirada de sus colegas y se concentró en su agenda. Su boca se contrajo en una sonrisa cuando vio que el programa recibido una semana atrás no presentaba ningún cambio. Los pormenores del encuentro estaban completamente preestablecidos.

Después de la presentación realizada por el representante del alto comisionado para los refugiados, se ofrecería un almuerzo; el ministro de Economía de Georgia hablaría sobre la carga financiera que suponían los refugiados para la economía de la nación y pediría un aumento en la ayuda internacional. Después del almuerzo, cada delegado tendría la oportunidad de realizar un comentario y el encuentro terminaría a las 5:00 p.m.

Una hora después, un autobús recogería a los delegados en el hotel Sheraton y los llevaría a Kakheti, la región vinícola de Georgia, a una hora de la capital. Allí, el ministro de Economía ofrecería una "supra," la comida típica de Georgia, para todos los delegados.

Perfecto. Osman Samir al Husseini se arrellanó en su silla y se acomodó para pasar unas horas. Su verdadera misión no empezaría sino hasta la noche.

En Medio de las Montañas

Desfiladero de Pankisi, 29 de septiembre

7:00 a.m.

El profesor Farooq Rahman, quien se encontraba a muchas millas al norte de la capital de Georgia, no sabía qué era peor: si el agotamiento o el miedo. Llevaba varios días viajando, estaba pasado de peso y no estaba acostumbrado a las difíciles condiciones del terreno ni a dormir en un lugar tan frío. Nunca antes había estado rodeado de hombres desconocidos y armados hasta los dientes. Aquella no era su forma preferida de viajar y, sin embargo, continuaba el camino. No pertenecía a ese lugar, pero estar allí era obra de Dios. Estaba seguro de ello.

Mientras caminaba por una curva en lo más profundo de la imponente Cordillera del Cáucaso, el profesor Rahman se preguntó si volvería a ver su amado laboratorio de Karachi. Era uno de los tres científicos que detonaron exitosamente el primer artefacto nuclear de Pakistán en 1997, y era conocido como el orgulloso padre de la bomba nuclear de ese país. Al igual que muchos pakistaníes, el profesor Rahman creía de manera ferviente que el Islam necesitaba tomar la ofensiva.

Había trabajado diligentemente en la Universidad Técnica de Karachi durante varios años y era uno de los mayores expertos en física aplicada de su país. La Agencia de Servicios de Inteligencia de Pakistán (ASIP) había reconocido su talento desde mucho tiempo atrás y le había dado el dinero necesario para finalizar las investigaciones que convertieron a Pakistán en una potencia nuclear. El dinero sobrante se lo depositaban en una cuenta que tenía en un banco de Zurich, Suiza.

El profesor Rahman siempre se había sentido a gusto con sus intermediarios de la agencia de inteligencia pakistaní. Durante la década de los ochenta y a comienzos de los noventa, los dirigentes de la agencia dijeron ser aliados de los Estados Unidos. Pero la amistad con la CIA y con el Departamento de Defensa de los Estados Unidos sólo tenía como propósito cumplir con una meta limitada y temporal: terminar con el dominio ruso en Afganistán. Muchos de los funcionarios de la inteligencia de Pakistán ayudaban y convivían con los valientes y devotos luchadores por la libertad de Afganistán.

Los miembros de la cúpula de los servicios de inteligencia pakistaní eran nacionalistas orgullosos y musulmanes devotos. Muchos agentes estaban convencidos de que el sueño de una república realmente islámica en Afganistán era posible. El sueño se hizo realidad cuando los talibanes—el grupo de musulmanes más valiente de los que habían luchado contra los rusos—tomaron el poder.

Con los talibanes, los servicios de inteligencia pakistaníes tenían más de lo que podrían pedirle a un vecino: tenían el placer de su amistad, la protección del territorio talibán para sus operaciones y la serenidad de saber que los talibanes dependían de Pakistán. Además, algunos miembros de la cúpula de la ASIP compartían con los talibanes el sueño de crear una nación musulmana que se rigiera por las leyes islámicas y se extendiera desde el Océano Índico hasta el Mar Negro.

El profesor Rahman se obsesionó con ese sueño. Estaba hastiado de la hostilidad de la India y de la condescendencia de Occidente. Los Estados Unidos habían utilizado su país como una base para pasarles armas, dinero e inteligencia a las guerrillas afganas que combatían la invasión rusa. Cuando el Ejército Rojo se retiró y la Unión Soviética dejó de existir, los Estados Unidos mostraron su verdadera naturaleza y desaparecieron de Pakistán, dejando tras de sí miseria, anarquía y despotismo. Y mientras Pakistán se empobrecía cada vez más, la India prosperó y detonó un artefacto nuclear.

Al profesor Farooq Rahman le suplicaron que encontrara una solución rápida para transformar a Pakistán en una potencia nuclear. El dinero fluyó a chorros y las investigaciones se multiplicaron. Él y sus dos colegas dormían cuatro horas diarias, comían en el laboratorio y dedicaban todo su tiempo a examinar una y otra vez los equipos que contendrían el material fisionable para poder producir una explosión nuclear controlada. Finalmente, después de meses de trabajo incansable, los tres físicos tuvieron éxito y lograron la detonación—primero con uranio y luego con plutonio, una sustancia mucho más compleja. Pakistán anunció orgullosamente al mundo que se había convertido en una potencia nuclear.

Después de crear el artefacto nuclear, el profesor Rahman ingresó a la Ummah Tameer-e-Nau, o "Reconstrucción de la Ummah Musulmana" (UTN) una organización aparentemente dedicada a la ayuda y al trabajo con miras al desarrollo de Afganistán. En realidad, la UTN era una organización que servía de fachada para que los científicos y miembros de la inteligencia de Pakistán asesoraran a los talibanes y a sus aliados de Al Qaeda en el desarrollo de posibilidades de enriquecimiento y de capacidad nuclear en Afganistán.

Los avances científicos del profesor Rahman y sus misiones diplomáticas en la vecina Afganistán fueron momentos muy emocionantes de su vida. Sin embargo, los sueños que acompañaron la gran promesa de la prominencia nuclear nunca se materializaron. La India continuó en Cachemira.

Pakistán siguió siendo un país pobre, asolado por el desorden y la corrupción, y el poder de sus servicios de inteligencia comenzó a desvanecerse. Y lo peor de todo, después del 11 de septiembre, los americanos atacaron a los talibanes a causa de la protección que le brindaban a Al Qaeda, y en unas pocas semanas, el sueño de la pureza islámica de Afganistán dejó de existir.

En la primavera de 2002, el nuevo rector de la Universidad de Karachi le dijo al profesor Farooq Rahman que debido a una reducción del presupuesto, la universidad se vería obligada a cerrar el laboratorio. Al cabo de pocos meses, el profesor Farooq Rahman, el hombre que había orquestado el primer artefacto nuclear del mundo islámico, fue retirado de su cargo y enviado a casa.

Fue por eso que el profesor se había entusiasmado tanto cuando, unas cuantas semanas atrás, uno de sus viejos amigos de la Agencia de Servicios de Inteligencia fue a su casa sin anunciarse previamente. El profesor le había perdido el rastro hacía al menos cuatro años. Se sentaron en un sencillo sofá verde en la elegante casa del profesor, en uno de los suburbios al sur de Karachi. La esposa del profesor Rahman les sirvió té y galletas con almendras, y regresó silenciosamente a la cocina.

"¿Qué te trae por aquí?" le preguntó Farooq al hombre de barba entrecana, apuesto y bien vestido a quien desde siempre le decía "el Coronel."

"No soy capaz de mentirle a un viejo amigo," dijo el Coronel, sentado sin recostarse a pesar de estar en el sofá más mullido de la casa. "Las cosas no han salido bien durante los últimos años. Nuestros amigos de Afganistán están en desbandada. El sueño se ha derrumbado. Pakistán se ha convertido en un blanco fácil, pero nosotros—y algunos amigos de la nación árabe—tenemos una idea que puede revertir esta situación tan terriblemente desalentadora.

El Coronel vio que había captado la atención del científico.

"Necesito resolver un misterio nuclear. ¿Estarías dispuesto a ayudarme?"

"Coronel, me complace saber que todavía crea que puedo ser útil" dijo el profesor, quien sintió una creciente emoción en su interior. Lo estaban volviendo a tener en cuenta. Iba a volver a participar en algo importante. Se inclinó para escuchar mejor.

"Profesor, ¿me equivoco al pensar que necesitaría una cantidad relativamente pequeña de material nuclear para fabricar una bomba?"

"No, Coronel, pero eso depende del material que se utilice. Sólo necesitaría unas cuantas libras de plutonio. ¿Recuerda nuestro proyecto en el laboratorio de Karachi? La tarea fue lenta debido al peligro que implicaba trabajar con esa sustancia."

El Coronel levantó la mano para interrumpirlo. "Profesor, ya no trabajo con el gobierno. Tengo una misión que muy pocas personas conocen. No tengo tiempo para disquisiciones. Tendrá que responder mis preguntas rápidamente, ¿entendido?"

El profesor asintió; había entendido perfectamente. Rahman estructuró sus ideas y habló con rapidez y seguridad. "Se necesitan muy pocas libras de plutonio, pero el laboratorio tiene que ser muy sofisticado, porque se trata de una sustancia sumamente peligrosa y tóxica. También se puede utilizar uranio altamente enriquecido, conocido como UAE o como uranio 235. Es menos tóxico, mucho mas estable necesita menos cuidados y su radioactividad es menos peligrosa para quienes trabajan con él. Sin embargo, su tasa de creación de neutrones es tan baja que alguien sin mucha experiencia podría obtener una explosión considerable. Esta sería la mejor opción si no se tiene acceso a un laboratorio sofisticado."

"Sin embargo," concluyó el profesor, "se necesita una mayor cantidad de uranio para lograr una explosión considerable. Treinta libras bastarán para una bomba de buen tamaño."

Gracias, profesor. Ha sido muy claro. Ahora, si yo le dijera que queremos explotar una bomba de uranio en otro país—en un país enemigo—¿cuáles serían los obstáculos para transportar el material?

El profesor Rahman pensó detenidamente antes de responder. "Coronel, un físico con una formación adecuada podrá transportar ese material. ¿Lo harán personas expertas y competentes en asuntos nucleares?"

El Coronel sonrió. Apreciaba a Farooq Rahman porque, además de sus conocimientos académicos y de su experiencia en el laboratorio, era también inusualmente pragmático. Rahman había abordado el asunto más importante por medio de esta última pregunta.

"No, profesor, será transportado por personas completamente inexpertas. Es probable que algunos no sepan siquiera qué sustancia es, y lo llevarán muy cerca de sus cuerpos."

Farooq Rahman estaba poseído por la curiosidad y la admiración. ¿Cómo había hecho el Coronel para encontrar ese tipo de personas? ¿Por qué habrían aceptado llevar uranio en sus cuerpos? ¿Era los Estados Unidos el objectivo?

Rahman se esforzó en responder las preguntas. "El plutonio está fuera de cualquier discusión si se trata de personas inexpertas, así que hablemos del uranio. El problema más importante por resolver es el de la masa crítica. Una pequeña cantidad—digamos que un kilo—de U-235, no es muy radioactiva, pero sí es estable. No es una sustancia letal si se transporta durante un corto trayecto. Pero, mientras mayor sea la cantidad, más inestable será. En cierta instancia, si se le sigue agregando uranio a la masa, los neutrones de su radioactividad no podrán llegar a la superficie y disiparse en el aire. Estos neutrones comienzan a buscar átomos para impactarlos, y todos los átomos divididos producen más neutrones, que a su vez buscarán más átomos para golpearlos. Esa es la reacción en cadena que se busca para obtener la explosión, pero por supuesto, no debe suceder durante el transporte del material.

El profesor Rahman no había terminado. "Discúlpeme si sueno como un científico, pero no tengo otra opción. La calibración de la masa crítica—la cantidad adecuada para lograr una explosión—tiene que ser realizada por un científico que examine la pureza, densidad, temperatura y otras características del material. Si no hay un experto, entonces no se podrá llevar más de media libra de uranio 235 a la vez. En otras palabras, tendrá que llevar 30 libras de U-235, dividido en sesenta partes de media libra cada una. ¿Me explico?"

Rahman estaba disfrutando la explicación. Tenía una gran capacidad para abordar los asuntos más complejos y simplificarlos de tal forma que fueran totalmente comprensibles. A fin de cuentas, era profesor. El Coronel lo había interrumpido para exigirle que fuera breve, y ahora era el profesor quien interrumpía la lección para preguntarle al estudiante si había entendido.

"Todo está muy claro. Ahora dígame, ¿qué tan peligroso es andar con media libra de U-235?" preguntó el Coronel.

"Si el transportador no lleva ningún tipo de protección, es muy probable que a largo plazo se enferme. Pero eso es algo que puede resolverse fácilmente; sólo habría que guardar la media libra de uranio en una valija de tungsteno o de plomo delgado. El peso aumentará, pero le brindará protección al transportador y habrá menos probabilidades de que el material sea detectado por equipos de detección de radioactividad. Además, el material se puede transportar durante algunas horas sin necesidad de llevarlo en una valija.

El Coronel se inclinó y le estrechó la mano derecha al profesor con las dos manos. Se aproximó a muy poca distancia de Rahman y su voz se redujo a un susurro.

"Necesito pedirle otro favor. Se trata de una misión difícil y peligrosa. No es un viaje para enviar a un hombre de sesenta años y a quien nuestra nación le debe tanto, pero no conozco a nadie más que pueda hacerlo."

Miró fijamente a los ojos del científico. "Transportaremos 30 libras de uranio 235 de según sus instrucciones. El uranio proviene de material sustraído de plantas de enriquecimiento rusas. Lo recibiremos en Chechenia, pero necesitamos que un experto verifique que realmente sea lo que los vendedores dicen que es. Los robos y las estafas abundan en este negocio. Si no contamos con alguien como usted, es probable que nos vendan desechos radioactivos médicos y nunca sepamos cuál es la diferencia.

"Pero, profesor, una vez que constatemos que es uranio, lo llevará a Georgia, cruzando la frontera con Chechenia. Es un trayecto sumamente peligroso. No es la misión para un profesor, pero la debe realizar un profesor. ¿Lo haría?"

El silencio invadió la sala. El profesor Farooq Rahman parecía extraviado en pensamientos. Se frotó suavemente la cara con sus manos. Sabía que podía morir en esa misión. No obstante, aquel ex profesor universitario de pasado brillante se emocionó al ser invitado a participar en una operación que podría cambiar el curso de la historia. Ya antes lo había intendado y casi nada había cambiado. ¿Sería que esta vez lo lograría?

"Coronel, cuando trabajé con usted en el programa nuclear en Karachi hice pocas preguntas y me acostumbré a no tener respuestas, pero no quiero que me ordenen a hacer un viaje que podría poner fin a mi vida si la misión tuviera pocas posibilidades de tener éxito. Así que me gustaría hacerle una pregunta.

"Pregunte, por favor. Está en su derecho," respondió el Coronel.

Cuanto más pensaba en ello, más descabellada le parecía la idea a Farooq Rahman. Los ciudadanos de los territorios musulmanes se habían vuelto los más vigilados del planeta. ¿Estaba loco el Coronel? ¿Creía que podría organizar un pequeño escuadrón conformado por contrabandistas árabes, afganos o pakistaníes, conseguir 30 libras del material más buscado en la tierra e introducirlo en Estados Unidos o Europa sin dejar el menor rastro? Era una idea absurda.

"Coronel, después de los acontecimientos del 11 de septiembre, del derrocamiento de los talibanes en Afganistán y de la invasión a Irak, nos hemos convertido en la región más vigilada del mundo. Todos nuestros territorios están atestados de equipos de grabación, de satélites, de personal de inteligencia, de agentes dobles y de traidores. Han logrado penetrar incluso en algunas células de Al Qaeda. La Agencia de Energía Atómica de las Naciones Unidas acaba de publicar un informe en el que le pide al Consejo de Seguridad considerar la posibilidad de imponer un control internacional a la producción y al movimiento de material nuclear que pueda ser utilizado en la fabricación de armas. Con semejante escrutinio internacional, ¿honestamente cree que cincuenta o sesenta musulmanes pueden introducir secretamente 30 libras de uranio a un país enemigo que deduzco es Estados Unidos?"

El Coronel observó a su anfitrión. Bebió lentamente un sorbo de té negro con azúcar y respondió con calma. "No, no creo que sea posible."

El profesor Rahman quedó atónito y dejó caer su taza en la mesa: afortunadamente estaba vacía. ¿Qué querría ese veterano agente de inteligencia de él? *Si la misión estaba destinada al fracaso, ¿para qué querrá enviarme a una muerte casi segura?* pensó Rahman.

La voz calmada del Coronel disipó la inquietud del científico. "Escúcheme bien, profesor. No soy ningún tonto. Quizá sea imposible penetrar el territorio estadounidense desde nuestro país, tiene razón. No podemos esperar que una misión realizada por nuestra gente, por quienes creen en lo mismo que nosotros, pueda tener éxito. Así que tendremos que buscar otra solución . . .

"A veces, a nosotros los musulmanes nos cuesta creer que los demás puedan hacer las cosas mejor que nosotros. Nunca vemos más allá de nuestras narices, querido profesor. Pero lo cierto es que hay un grupo de personas que son capaces de entrar cualquier cosa a los Estados Unidos. De hecho, todos los días introducen grandes cantidades de sustancias ilegales a esa nación, ¡y varias veces al día!"

"¿Quiénes, quiénes?" gritó Rahman.

"Los narcotraficantes colombianos. Entran cualquier cosa a los Estados Unidos, día tras día y hora tras hora. Y esta vez introducirán algo nuestro," respondió el Coronel.

Viaje del Profesor Rahman
18 al 29 de septiembre

La odisea del profesor Farooq Rahman había sido increíble.

Había salido de Karachi once días atrás, en las primeras horas de la madrugada. Un pequeño avión lo llevó a Quetta, una populosa ciudad cerca de la frontera austral de Afganistán. Esa ciudad estaba poblada por los pashtu—un grupo étnico que vivía en Pakistán y en el sur de Afganistán. A pesar de la ocupación de Afganistán por la coalición internacional y los soldados del gobierno del Presidente Hamid Karzai en Kabul, el profesor Farooq Rahman fue transportado en un jeep militar—confortablemente aprovisionado con agua helada y dulces—que cruzó la frontera hacia Kandahar, la segunda ciudad más poblada de Afganistán.

A un cierto punto en el viaje el conductor fue sustituido por otro. Rahman creyó que el cambio se debía a que habían ingresado a Afganistán, pero no estaba seguro. No había una frontera estrictamente demarcada en la carretera montañosa por la que viajaban. Los puestos de control abundaban y eran dirigidos por pashtunes, de tal forma que era imposible saber si eran pakistaníes o afganos. Sin embargo, siempre autorizaban al jeep para que siguiera. Nadie le dirigía la palabra; nadie le hacía una sola pregunta.

Pasó la noche en Kandahar; como huésped silencioso de

una casa hermosa y vacía. Dos hombres lo llevaron a un salón y abrieron la puerta de una habitación enorme con una cama doble, paredes color ocre y muebles con varias tonalidades de naranjas. Sobre la mesa del café había una gran profusión de platos con manjares dulces y salados. Rahman se duchó y se puso la bata que le habían dejado. Comió con voracidad y esperó que sucediera algo, pero como nada pasó, apagó la luz y se durmió.

Se despertó a la mañana siguiente al escuchar que tocaban su puerta. A lo lejos, Rahman oyó la voz del almuecín llamando a las plegarias. Se vistió en silencio y se preguntó cuándo le explicarían cuál sería el próximo destino. Los dos hombres aparecieron a las 6:30 a.m. y le hicieron señas para que los siguiera. Se subió de nuevo al jeep y tomaron calles secundarias y polvorientas.

Vieron numerosos y ocupados mercaderes afganos. Le sorprendió el comercio desprovisto de techos. Una carpa abierta funcionaba como taller de soldadura. Un campesino que sólo vendía habichuelas exhibidas sobre una alfombra sucia regateaba ruidosamente el precio con mujeres de burkas azules que cubrían sus rostros y cuerpos. Cada pocos metros, hombres entrecanos vendían gasolino para motores de dos tiempos en bolsas de plástico, como si fueran estaciones de gasolina ambulantes. Las motocicletas, que llevaban pilas de dos pisos con alimentos, heno y cualquier mercancía imaginable, pasaban zumbando de un lado al otro. El bullicio de la actividad era impresionante.

El profesor Rahman fue conducido a una cancha de fútbol en las afuera de la ciudad. Al cabo de pocos minutos escuchó el estruendo sincopado de las hélices de un helicóptero. El aparato, de tamaño mediano y de fabricación rusa, aterrizó en la cancha y Rahman subió a bordo. No hubo adioses ni palabras para desearle suerte. El ruido llenaba el vacío, pero inmediatamente, la atmósfera que envolvía al profesor Farooq Rahman se hizo huraña y silenciosa.

El ruido producido por las hélices y las vibraciones del helicóptero era casi doloroso. Dos horas después aterrizaron en Herat, una polvorienta ciudad enclavada en el lado afgano de la frontera triangular con Irán y Turkmenistán. El profesor fue conducido de nuevo a otro jeep—mucho más viejo y destartalado—cuyo conductor avanzó hacia el norte sin mediar una sola palabra.

El profesor Rahman vio un aviso en inglés indicando que la frontera con Turkmenistán estaba sólo a siete kilómetros y el jeep se detuvo poco después del aviso. El chofer y los guardias estaban armados hasta los dientes. El chofer dijo en un inglés rudimentario: "Cuando caiga la noche, vas a Turkmenistán. Viajas de noche y duermes de día por seis días hasta llegar al Mar Caspio. Luego pasas a Chechenia en bote. No haces preguntas. No hablas. Los turkmenos son hermanos musulmanes, pero hablar menos es mejor para todos. ¿Está claro?"

Y así fue. Viajó de noche en autos o en jeeps; de Bayramaly a Kaajka y de allí a Ashgabat y luego al Mar Caspio. Pasó por muchos poblados polvorientos. Era probable que Turkmenistán estuviera en mejores condiciones que su vecina Afganistán, pues había formado parte de la Unión Soviética durante más de setenta años, pero cada lugar por el que pasaba el profesor se parecía al último. En las calles principales sólo se veían construcciones de bloques de concreto de la era soviética, calles llenas de latas vacías y colillas de cigarrillo. Motocicletas, autos y camiones pequeños con motores de dos tiempos zumbaban por las deterioradas carreteras como moscas en torno a un pedazo de carroña.

El profesor pasaba de un grupo de personas a otro. Algunas veces lo esperaban taxistas, otras veces tenía que esperar en cafés desolados con desvencijadas mesas y sillas de madera. Sin embargo, el viaje seguía su curso.

Rahman se maravilló ante el despliegue de organización; llevaba viajando ya varios días en autos, aviones, helicópteros y jeeps. Se trataba de una organización musulmana extensa y amorfa que cruzaba fronteras y naciones, idiomas y razas, que había sobrevivido a la represión soviética y que había rechazado los intentos de occidentalización, atravesando desiertos y montañas. Los hombres silenciosos que conducían al profesor no conocían su objetivo pero habían recibido instrucciones para ayudarle a viajar en condiciones seguras.

Cada uno de estos hombres pertenecía a organizaciones, mezquitas, escuelas y grupos adinerados que estaban impulsados por el sueño de la derrota contra un enemigo mucho más poderoso. Cada uno creía en una conspiración antiislámica promovida por cristianos y judíos. Cada uno sabía que la violencia contra el enemigo extranjero ya no era una alternativa sino una necesidad.

De hecho, la violencia perpetrada contra Occidente era cosa de todos los días. Era desagradable, pero no había otra opción. Era el impuesto que los musulmanes tenían que pagar para hacerse respetar de nuevo y recobrar la autoridad. Todos los hombres huraños que el profesor conoció en el camino compartían la creencia de que la juventud islámica tenía que empuñar las armas y defender la religión con orgullo y dignidad. Durante varios años, las fuerzas implacables de Occidente—la televisión, las revistas, la política, la ropa y todo lo demás—habían comenzado a penetrar su civilización. Nadie parecía objetar nada. Esta inacción incubó lentamente la desesperación. Ahora, la juventud islámica se estaba levantando en una Babel de idiomas diferentes con una fuerza que limpiaría y restauraría.

Los occidentales temían que el Islam estaba pasando en manos de quienes pregonaban la destrucción y la muerte. Pero para los creyentes musulmanes que vivían en la Media Luna de las tierras fértiles que se extendían desde el Océano Índico al Mediterráneo, esa muerte de los occidentales—bien fuera selectiva o indiscriminada—había dado paso a un sentido de la valentía y de amor propio que había estado extinto durante varias generaciones.

Luego de pasar seis días en Turkmenistán, el profesor Farooq Rahman finalmente vio las aguas oscuras del Mar Caspio. La carretera bordeaba la orilla del mar durante algunos kilómetros, y Rahman se esforzó para ver el paisaje, pero la oscuridad no le permitió ver mayor cosa.

El auto llegó a una pequeña aldea de pescadores que tenía una sola calle con no más de veinte edificaciones. Los pocos restaurantes, la barbería y la tienda de víveres habían cerrado desde hacía mucho tiempo. Unos pocos hombres fumaban juntos en la calle. Más adelante, había luces que parecían suspendidas en medio del aire, titilando y meciéndose de un lado a otro. Eran las luces de algunos botes en el agua.

Al otro lado del Mar Caspio se encontraba la región más peligrosa del planeta: las provincias islámicas de la Federación Rusa. La frontera rusa en el sur del Cáucaso era una zona remota que se encontraba sumergida en el caos. Las lealtades étnicas y tribales se confundían entre sí, dando paso a una mezcla de nacionalismo enardecido y de disturbios religiosos. Calmucos, Daguestán, Chechenia, Ingushetia, Osetia del Norte y Kabardino-Balkaria eran regiones autónomas e islámicas de Rusia, al igual que, centros de pobreza y resentimiento. Allí, la nueva democracia rusa terminaba abruptamente, dando paso a las dictaduras férreas y a la represión.

Rahman abordó una vetusta embarcación en madera de treinta y cinco pies perteneciente a los vendedores Azeríes que la utilizaban para reabastecer a los cientos de pozos petrolíferos desperdigados a lo largo de las orillas del Mar Caspio con víveres, agua y otros productos. El profesor trató de entablar conversación con la tripulación, pero el capitán y su ayudante eran hoscos y mantuvieron la boca cerrada. Una vez más, el profesor se encontró viajando en silencio.

Llegó a Daguestán después de casi diez horas del bamboleo nocturno; ya estaba en Rusia. La vieja embarcación entró a la ensenada justo cuando el primer rayo del amanecer aparecía para dispersar la noche; dejó al pasajero e inició el viaje de regreso. Hasta ese momento, el balance del viaje no era tan negativo; había sido una mezcla de entusiasmo y aburrimiento. Sin embargo, mientras estaba solo en el pequeño malecón de madera salpicado por las aguas del Mar Caspio, Rahman se preguntó si sabía lo que estaba haciendo. ¡Un hombre de su edad! Tal vez había ido demasiado lejos.

Miró a su alrededor. La luz comenzó a penetrar en la oscuridad y Rahman advirtió que lo único que había en la pequeña bahía era el muelle roto en el que se encontraba. Un pequeño sendero conducía a una colina empinada. Más arriba, Rahman vio una carretera—ocasionalmente escuchaba el chapoteo producido por las llantas de los autos al circular por el pavimento húmedo. Caminó hasta un extremo del malecón, creyendo que allí haría menos frío y no lo salpicaría el agua fría.

Esperó allí sentado casi una hora. Lo invadieron la preocupación y los nervios. Allá estaba él, un científico pakistaní, solo, en un muelle abandonado en un rincón de Rusia. ¡Qué tonto! Comenzó a imaginar que no tardaría en ser capturado por algún escuadrón militar ruso durante un patrullaje de rutina.

Y justo cuando se convenció de que había sido olvidado, escuchó el sonido de un auto. Se detuvo, abrieron una puerta, un hombre casi calvo con un traje occidental gris y bastante usado se asomó y miró desde el acantilado para ver si había alguien en el muelle. Vio a Rahman, sonrió y le hizo un gesto con la mano, indicándole que subiera por el sendero.

El profesor subió y el hombre le dio la mano. "Mi nombre es Yusef. Vienes desde muy lejos y el viaje terminará pronto. Pero esta es la parte más peligrosa. Ven conmigo."

El viejo auto y con forma de cajón salió estrepitosamente por la carretera. Las colinas serpenteantes se perdían bajo la niebla matinal. Allá en la distancia, sobresaliendo de la bruma, se levantaban los majestuosos nevados picos de la cordillera del Cáucaso. Y al otro lado de la cordillera estaba Georgia. Le faltaba poco para llegar.

"Profesor, yo lo acompañaré el resto del viaje. En cinco horas haremos nuestra primera parada donde tomará posesión del material. Tendremos que estar en Telavi, Georgia, mañana a las seis de la tarde. Es decir, nos quedan menos de treinta y seis horas.

El profesor Farooq Rahman se sorprendió al oír el sonido de una voz. Había vivido casi once días en medio del silencio. Nadie había hablado con él. ¡Qué agradable era cruzar palabras con este hombre de un modo amigable! Rahman habló de política, de fútbol, del clima; de cualquier cosa con tal de sostener una conversación.

Subieron y bajaron montañas, viajando siempre por carreteras alternas. El terreno se hizo cada vez más empinado a medida que se acercaban a las montañas. El tiempo volaba. Podía conversar con Yusef siempre y cuando el tema fuera neutral. Una vez, Rahman le preguntó en dónde estaban y no le respondió. Llevaban cuatro horas de camino cuando Yusef le dijo, "Estamos en Chechenia."

Poco antes del mediodía, en medio de una tierra cultivable y abandonada, el auto giró a la izquierda y llegó a un granero deprimente. Dos vacas famélicas y dos cabras que balaban sin parar comían heno afuera de la edificación. Yusef entró al granero y el profesor lo siguió. Cuando sus ojos cansados se adaptaron a la oscuridad, vio varios fardos de heno circulares.

Dos hombres aparecieron detrás de los fardos. Llevaban dos maletas. Uno de ellos, el jefe, era alto, de barba pulida y con una chaqueta de cuero estrecha. El otro tenía un rifle moderno.

"Eres el profesor Farooq Rahman, ¿verdad?" preguntó el hombre en un inglés casi impecable.

El profesor asintió. Estaba agotado y asustado, pero entendió que ese par de maletas podrían contener las 30 libras de uranio 235 que había venido a recoger desde tan lejos. *He viajado tanto para hacer este trabajo. Que Dios me dé fuerzas para hacerlo,* pensó Rahman.

"¿Quieren que vea el material ahora?" preguntó el profesor. Tomó su bolsa y el hombre levantó el rifle. "Tengo que sacar el equipo necesario," le explicó Rahman al joven, tratando de calmarlo.

Abrió las dos maletas en el suelo. Eran muy pesadas— estaban hechas de algún metal, podían pesar fácilmente cuarenta libras cada una. Abrió las dos y las observó detenidamente. Eran idénticas.

Al abrirlas, el profesor vio que estaban recubiertos de un material semejante a la espuma. La espuma tenía unas cavidades perfectamente demarcadas donde encajaban cuatro columnas, cada una con siete pequeñas cajas metálicas. Había veintiocho cajas de tungsteno—un material excelente para aislar la radioactividad. Cada una de las cajas se abría con un cierre de resortes. Cada una contenía aproximadamente media libra de U-235.

Farooq Rahman escogió una caja al azar de cada una de las columnas de las maletas. Comenzó a trabajar despacio y con gran cuidado. Después de levantar con mucha cautela cada una de las cajas, las abrió lentamente y retiró un pedazo metálico y plateado del tamaño de una canica grande. Eran muy pesadas para su tamaño. Hacía muchos años que no veía uranio altamente enriquecido, pero le bastó con mirar el recubrimiento metálico para saber que era auténtico.

Sin embargo, el instinto de un científico no era suficiente. Sacó de su bolsa un espectrómetro de ionización portátil fabricado en los Estados Unidos, con el que mediría las emisiones alfa. Era semejante a un secador de cabello y se le conocía jocosamente entre los científicos nucleares como "el *cutie pie*." La primera versión de este aparato, fabricado años antes de la miniaturización, medía cuatro pies cuadrados y los científicos del Proyecto Manhattan le pusieron ese ridículo nombre en los años treinta porque, incluso en esa época, era una de las pocas máquinas nucleares de tamaño reducido. Cincuenta años después, durante las investigaciones en el laboratorio de Rahman en Pakistán, los "monines" se hicieron cada vez más pequeños y portátiles y se redujeron al tamaño de una pistola, con una pantalla LCD plana y algunos detectores de plástico. Cuando el profesor acercó los detectores a los metales plateados, las rejillas de la pantalla del espectrómetro se encendieron tras identificar las emisiones alfa.

El profesor repitió el procedimiento una y otra vez. Sabía que en el pasado, los contrabandistas habian intentado hacer pasar cesio y estroncio—un par de derivados radioactivos— por .uranio enriquecido. Millones de dólares cambiaban de manos y los estafadores desaparecían antes que los compradores se dieran cuenta que esos materiales radioactivos no servían para obtener una detonación, ya que el cesio y el estroncio eran emisores gamma. El U-235 era un emisor alfa y el espectrómetro detectó la presencia de millones de partículas alfa. El profesor sonrió. No había ninguna posibilidad de que las maletas contuvieran material falsificado.

"No cabe la menor duda," dijo el profesor Rahman mirando las rejillas del espectrómero. "Este uranio tiene niveles de enriquecimiento superiores al 90 por ciento.

El profesor terminó en menos de una hora. No sabía quiénes eran esos hombres ni cómo habían conseguido el uranio. Sabía muy bien que en el pasado reciente, el gobierno ruso había actualizado ampliamente algo que los científicos denominaban como PCRM—Protección, Control y Responsabilidad de Materiales. Todo el uranio y el plutonio de la República Rusa tenían código de barras y doble identificación. Los rusos adoptaron incluso el sistema de consolidación y control de materiales utilizado en el laboratorio nuclear de Los Alamos, lo que significaba que todas las bodegas de almacenamiento tenían cámaras en todas las puertas de acceso, que existían muchos requisitos para realizar cualquier tipo de movimiento o manipulación del material, y que un riguroso registro que describía con exactitud cualquier cambio en el almacenamiento de sustancias nucleares pertenecientes a la Categoría Uno.

Los americanos también prestaban ayuda a las antiguas repúblicas soviéticas con cuantiosas sumas de dinero y tecnología para mejorar el control y la manipulación de materiales nucleares. Kiev, la capital de Ucrania, contaba todavía con uno de los sitios más grandes de almacenamiento, y el gobierno de ese país aplicaba los estándares del PCRM a sus instalaciones. Lo mismo sucedía en Bielorrusia y en otras repúblicas ex soviéticas donde había material nuclear almacenado. Y en países en donde no eran aplicables los estándares de PCRM, se había instaurado un riguroso control internacional a gran escala. Recientemente, equipos norteamericanos, rusos y de la ONU habían confiscado materiales de Categoría Uno en Bulgaria y en Serbia, y habían transportado el uranio a la reconfortante seguridad de los sitios de almacenamiento rusos.

No, pensó Rahman. *No pudieron conseguir este material tan valioso recientemente. Seguro fue extraído hace varios años durante el caos que siguió a la caída de la Unión Soviética.*

Justo antes del colapso del Kremlin, Mijaíl Gorbachev había dado órdenes para que todas las sustancias y cabezas nucleares, los vehículos transportadores y los científicos que vivían en las repúblicas soviéticas musulmanas como Kazajstán, Uzbekistán y Tadjikistán, fueran trasladados a Rusia. Aunque todas las cabezas nucleares y los misiles fueron localizados y recuperados, un porcentaje del uranio se extravió, al igual que varios de los científicos encargados de su manipulación. En vista del caos que se avecinaba, varios de ellos vieron una oportunidad de oro para ganar mucho dinero si se apoderaban de un par de kilos del material más peligroso y costoso que había en el mundo.

Rahman no tenía cómo demostrarlo, pero estaba seguro de que ese material había sido robado en los últimos respiros y que desde ese entonces yacía oculto en alguna república ex soviética. Sin embargo, la historia del material no tenía mucha importancia.

Lo que sí tenía mucha importancia era que en un granero de Chechenia, el profesor Farooq Rahman acababa de recibir treinta libras de una de las sustancias más letales del mundo.

PARTE V:
ESTADOS UNIDOS

La Casa Blanca

El Asesor de Seguridad Nacional Nelson Cummins odiaba ser blanco de andanadas retóricas. Había sobrevivido a las fuertes presiones de graves crisis mundiales y soportado las interminables horas que pasaba en la Casa Blanca, resistía bien el escrutinio de algunos de los personajes más inteligentes del mundo, pero no soportaba el hecho de que las tensiones cotidianas en la Casa Blanca convirtieran a algunas personas en antipáticos insufribles.

Allyson Bonnet acostumbraba sobrepasar el tope del 'antipaticómetro' de la Casa Blanca. Sí, la secretaria de prensa de la Casa Blanca era muy eficiente con los medios—sabía mantener la calma, bromear en las ruedas de prensa cotidianas y tenía un instinto natural para las noticias. También era cierto que contaba con el respaldo del presidente. Sin embargo, y en cuanto cerraba la puerta del salón de conferencias, casi siempre se transformaba en una mandona insoportable.

Las quejas sobre ella se sucedían estrepitosamente. Un mes atrás le había dicho a Barry Sklar, secretario de Transporte—veterano con veinte años de trayectoria en el gobierno—que necesitaba aprender los "procedimientos" de Washington. En días anteriores había arrinconado a Ivan

Jackson, el enlace entre la Casa Blanca y el Capitolio, y le había echado un sermón, diciéndole que no tenía derecho a conceder declaraciones a la prensa sin antes notificarle a ella. Cuando Ivan protestó y dijo que eso había ocurrido durante una cena familiar donde estaba su hermano, un reportero del *Wall Street Journal*, ella le replicó, "Si hablas con un miembro de la prensa, quiero estar al tanto—me importa un carajo si es un marciano o un familiar tuyo."

Ese día le tocó el turno a Nelson Cummins y no le gustó en lo más mínimo. Otra vez se aguantó el mismo sermón sobre el viaje a Bogotá. Ese había sido el tema favorito de Allyson durante las últimas seis semanas. Era como un perro a un hueso, no lo soltaba.

Estaba parado al lado de su Lincoln Town Car negro, que lo esperaba con la puerta abierta. Nelson escuchó con ansiedad, esperando que Allyson hiciera una pausa en su embestida para refugiarse en el asiento de atrás. Pero no; Mike, su chofer, quedó paralizado, mortificado de escuchar la diatriba de Allyson, pero demasiado avergonzado para irse. Las maletas que debía llevar al Air Force One con destino a Nueva York, ya estaban en el baúl.

"¿Qué hiciste allá, Nelson?" preguntó Allyson en un tono sumamente áspero. "¿Beber margaritas? ¿Cómo es posible que le hubieras permitido escaparse durante esa fiesta? Voy a volver a dejarte solo con él, pero más vale que tengas cuidado, Nelson. ¡Todavía nos están exprimiendo!

"Cálmate, Allyson, por favor. Escucha. Tú puedes planear los viajes o informar al presidente sobre casi todos los asuntos. Pero cuando ese hombre está con otros quince jefes de estado, no puedes hacer nada ante ciertos cambios intempestivos. Hay cosas se salen de nuestro control. Si dos jefes de estado quieren conversar solos, no hay nada que hacer."

La idea de más de doscientos jefes de estado llegando a Nueva York durante los días siguientes para las ceremonias de inauguración de la Asamblea General de la ONU le daba vértigo. Si Allyson creía que él había hecho un mal trabajo controlando a Stockman en compañía de un puñado de presidentes y primeros ministros en una capital suramericana, le esperaba entonces una sorpresa desagradable en vista del caos organizado que era siempre la apertura de la Asamblea General.

"Sí, pero tu labor consistía en saber de antemano si esa colombiana tenía planes de embaucar a nuestro hombre. Deberías haberlo sospechado. ¿Cómo demonios hizo para encerrarlo en un cuarto con Castro? ¿Y cómo diablos dejaste que entraran juntos y que todo el mundo supiera que se habían reunido? El estado de Florida está a un paso de la secesión. Algunos de nuestros mejores donantes de la comunidad cubana están furiosos. Están preocupados de que levantemos el embargo, y todos sus aliados se están asegurando de que sepamos que están sumamente molestos. No necesitamos nada de esto, Nelson.

Allyson estaba lejos de haber terminado. "He tenido que responder muchas preguntas desde tu regreso. '¿Qué fue lo que hablaron Castro y Stockman?' Aunque he dicho varias veces que no sucedió nada importante, siguen preguntando lo mismo. Es probable que la prensa nos crea ahora, tras dos semanas de aclaraciones y desmentidos. Pero las preguntas están cambiando. Resulta que ya están menos interesados en lo *que* sucedió que en *cómo* sucedió. Y eso es muy peligroso.

"¿Por qué?" preguntó Nelson Cummins. "¿No significa acaso que los rumores se están diluyendo? No escucharon nada importante sobre el encuentro, así que hacen preguntas de rutina. Escuché que te hicieron un par de este tipo— '¿Quién invitó al presidente Stockman a ver los cuadros del palacio presidencial de Bogotá?' '¿Fue arreglado de antemano, cómo era el salón, cuánto tiempo estuvieron juntos?' "

"¿De qué te quejas, Allyson? El cambio de preguntas es una buena señal—están aferrándose a lo que sea porque no tienen nada qué informar."

"Dios mío, no eres más que un pobre ingenuo. Aprende algo, y apréndelo ahora mismo. Cuando una historia no tiene

base—creo que dijiste que los rumores se estaban diluyendo—los medios dejan de hacer preguntas. La prensa no
apela al gradualismo. Están interesados o no. Y si todavía
hacen preguntas, así sean de otra clase, significa una sola
cosa: que tienen algo debajo de la manga."

Nelson la escuchaba con atención.

"¿Será que no entiendo? ¿Detrás de qué podrían estar?"
preguntó. "Ya explicamos que la nueva presidente de Colombia le mostró al presidente Stockman los cuadros de Botero
que hay en el palacio presidencial, y casualmente entraron a
un salón, donde Castro hacía una llamada telefónica. La presidente Pradilla los presentó, pero no cruzaron una sola palabra, y luego salieron. ¿Qué más queda por decir?"

"Ya te dije, Cummins; el problema ya no es de qué hablaron sino cómo fue que Stockman terminó al lado de Castro. Y
déjame decirte lo que piensan los de la prensa: Piensan que
llegó allí porque permitió que Pradilla lo llevara a dar un
paseo por el palacio que terminara donde estaba Castro. Específicamente, se están preguntando si la nueva sensación latina puso en jaque al enérgico presidente de los Estados
Unidos de América."

Cummins quedó boquiabierto. Era innegable que la nueva
presidente de Colombia le había hecho una bribonada a
Stockman. Cummins habló extensamente con su jefe en el
vuelo de regreso y el asesor de seguridad nacional y Stockman habían concluido que Pradilla trataba de mitigar su debilidad de ser una mujer presidente en una región tan machista
como América Latina. Así que en un vano intento por alcanzar la gloria prematura, había obligado a Stockman a verse
con Castro para que ella pudiera posicionarse como una líder
que no temía adoptar una posición fuerte hacia los Estados
Unidos. Teniendo en cuenta que las ceremonias de la Asamblea General estaban próximas a celebrarse y de la necesidad
del voto colombiano en la ONU, acordaron que sería mejor
no armar problemas en ese momento, dejar que pasara el
tiempo y luego darle una lección en público.

Sin embargo Allyson Bonnet insistía ahora en una conclusión diametralmente opuesta. ¡Mierda! Hasta ese entonces, al asesor de seguridad nacional nunca se le hubiera ocurrido que el asunto de género podía ser manipulado en contra de Stockman.

Ahora parecía que el problema no era que una presidente soltera necesitara proyectar una imagen de fortaleza. En su lugar, el asunto era si un presidente soltero era demasiado débil para la feminidad de alto voltaje que tenía esa mujer. ¿Era posible que Pradilla lo hubiera pensado detenidamente y concluyera que la historia terminaría allí? Sin embargo, desechó esa idea inquietante, pues la presidente era demasiado novata para ser tan astuta.

"Es difícil creer que la prensa pueda ser tan desconfiada y negativa," le dijo Cummins a la secretaria de prensa de la Casa Blanca.

"No trates de ocultar tu sorpresa, Nelson. Vi la cara que pusiste. Sumaste dos más dos y te diste cuenta que esa chiquita le dio tres vueltas al presidente de los Estados Unidos. Ella sabía lo que hacía. Pero como ustedes dos son unos niños, nunca vieron lo que se venía encima."

"¿Y cómo podremos saber con seguridad que esto no se convierta en una bola de nieve?" preguntó Nelson. "Traté de convencerlo antes de la cena para que saludara a Castro porque creo que ya es hora de romper el estancamiento de cuarenta y cinco años en la política hacia Cuba. Pero, una cosa es que tomemos la iniciativa y demos un paso en esa dirección, y otra muy diferente es que la prensa diga que un presidente viudo conoció a esta colega y cayó a sus pies. ¿Cómo acabamos con ese rumor?"

"Sólo hay una forma de hacerlo," respondió fríamente Allyson. "Debemos regresar a la recomendación inicial que le hiciste al presidente. Diremos que fue su propia iniciativa."

"¿Qué quieres decir?" preguntó él completamente confundido.

"Te conseguiré una entrevista exclusiva con Peter Sempter,

el periodista de *The New York Times*. Créeme que te preguntará eso. Seguiremos fiel a la misma versión. Ella le dio un paseo y vieron a Castro hablando por teléfono. Pero, tienes que decir que Stockman le pidió a la Presidente Pradilla que los presentara. Le dirás que el Presidente Stockman había planeado esto con anterioridad. Dile que el jefe te dijo antes de la cena que si las condiciones se daban, le pediría a la Presidente Pradilla que los presentara esa noche."

Ella se rascó la barbilla como si se le hubiera ocurrido otra idea. "Podrías decirle a *The New York Times* que trataste de disuadirlo, pero que él ya lo tenía decidido. Dile que cediste porque no estamos cambiando nuestras políticas, sino más bien haciendo un esfuerzo para no irritar a otros presidentes latinoamericanos. La comunidad cubana de la Florida pondrá el grito en el cielo pero el resto del mundo descansará tras constatar que por lo menos no se trata de un cambio radical en la política de los Estados Unidos.

Cummins negó con la cabeza. No podía creer cómo era que el encuentro con Castro había alcanzado tales proporciones. Hacía un mes y medio, cuando estaban en Bogotá, Cummins le sugirió al presidente que saludara a Castro, y el mandatario le dijo, sin el menor pudor, que se fuera a la mierda. Y ahora se suponía que tendría que decirle al cuerpo de prensa de la Casa Blanca que había sido idea del Presidente Stockman saludar a Castro y que él trató incluso de convencerlo para que se abstuviera.

Sin embargo, más que con la ironía de su propia relación con el Presidente Stockman, estaba impresionado con la forma en que la situación se le había dado a Pradilla. ¿Será que así lo había planeado? ¿Sabía ella que la prensa se preguntaría acerca de su influencia sobre el presidente? Y lo que es peor, ¿cómo había hecho para saber que la única forma que tenía Stockman de no parecer encandilado por ella era convertir el saludo a Castro en su propia idea?

"Allyson, ¿crees que ella lo planeó todo? ¿Crees que concluyó que la única forma de salirse de esto era hacer como si la idea fuera nuestra?"

"De eso no hay ninguna duda, Nelson. Ella lo tramó todo. Espera lo que va a suceder cuando divulguemos esta versión de los hechos. Un día después de que *The New York Times* publique tu entrevista, la prensa bogotana buscará confirmar con la presidente. Apuesto que ella aceptará cedernos el crédito por el saludo a Castro. Su jefe de prensa saldrá a confirmar nuestra versión de los hechos.

"Está bien. Ya veremos. Ahora, ¿quién de nosotros dos le comunicará esto al presidente?"

"Nelson, definitivamente me encantaría verte humillado delante del presidente de los Estados Unidos; sería el mejor espectáculo del mundo. Pero como estoy convencida de que esto es algo realmente urgente, lo haré yo. No podemos arriesgarnos a que el jefe diga que no simplemente porque está enfadado por la forma en que salieron las cosas. Detesto salvarte el pellejo, pero hablaré yo con él.

"Ahora que voy a sacarte las castañas del fuego, déjame hacerte una pregunta," dijo Allyson acercándose a Nelson. "Tú estuviste con él en la fiesta. Eras la persona más cercana a nuestro hombre. ¿Trató de congraciarse con esa gata? Es decir, ¿de qué otra forma se explica que nuestro jefe, que es tan esquivo, difícil y cabrón, haya salido a dar un paseo con ella y terminara encontrándose con Fidel Castro?"

Nelson miró fijamente a Allyson. Jamás imaginó que Stockman hubiera podido sucumbir ante ella. A decir verdad, nunca se le había ocurrido que Stockman tuviera sentimientos, y punto. La pregunta era muy difícil de soslayar.

"¿Stockman fantaseando con alguien? De ninguna manera," dijo Cummins. Subió al auto y cerró la puerta.

Camino a la Apertura de la Asamblea General de la ONU

Nueva York, 28 de septiembre

10:55 a.m.

Nueva York era un hervidero de reuniones, negociaciones, discursos y declaraciones de prensa. La apertura de la Asamblea General es el evento internacional más importante del mundo. Desde la creación de la ONU en 1946, la mayoría de los líderes del planeta viajan a Nueva York para asistir al encuentro. Hacía unas décadas había menos de 100 países, y las cosas apenas si eran manejables, pero con los casi 200 países que la conformaban actualmente, era algo incontrolable. Sin embargo, pocos líderes faltaban a la reunión.

Reunión no es la palabra adecuada; en una reunión, uno se imagina que las personas hablan realmente unas con otras. Sería más exacto decir *asamblea*. Cada jefe de estado tiene la oportunidad de hablar; es la parte coreografiada y repetida que la gente ve en la televisión. Sin embargo, es lejos de las cámaras donde tienen lugar los verdaderos encuentros. Los poderosos se reúnen y sostienen intensas discusiones y negociaciones cara a cara para hablar de asuntos importantes. Los reyes, presidentes, primeros ministros, sultanes, jeques y príncipes que asisten la apertura anual de la Asamblea no lo hacen por los discursos, sino por las conversaciones bilaterales que se realizan tras bambalinas.

John Stockman odiaba ese ritual, pero tenía que asistir. El

protocolo y los discursos oficiales lo irritaban a más no poder. Sr. Director, el Secretario General, tenemos el placer, tenemos el honor. ¡Buac! Definitivamente, no soportaba esa basura diplomática.

No obstante, Stockman detestaba aún más los encuentros individuales que el frío protocolo de la Asamblea General. Eran una romería interminable de desayunos, cafés, tés, bebidas y almuerzos con una sucesión de personajes que hablaban un inglés rudimentario. Cummins le informaba antes de cada encuentro sobre temas importantes que debían tratarse, pero esos tipos no parecían llegar nunca al grano. La amabilidad lo sacaba de casillas. Cada una de estas reuniones estaba programada para que durara unos minutos, pero a Stockman le parecían horas.

Aquel día sería peor que de costumbre.

"Déjeme repetirle la agenda, Sr. Presidente," dijo Nelson Cummins cuando el avión aterrizó en el aeropuerto La Guardia de Nueva York.

"El Sr. Stanislav Radonovich, presidente de Bulgaria, estará esperándonos en su limosina. El tema será el papel de Bulgaria en una OTAN más amplia. Estará con él durante los veinticinco minutos que dura el recorrido hasta el Waldorf Astoria, donde pasaremos la noche."

Stockman gruñó, pero Cummins lo ignoró.

"Cuando lleguemos al hotel, tendrá diez minutos para instalarse. Luego tomaremos un café con el Canciller Schreker de Alemania. Recuerde que él lo solicitó para reparar parcialmente el daño causado por su retórica antinorteamericana durante su campaña presidencial. Después, Schreker lo acompañará usted al almuerzo con los jefes de estado del Grupo de los Ocho. Es un encuentro importante, porque son los ocho países más ricos del planeta y usted tendrá la oportunidad de hablarles de Siria."

Si Cummins creía que a Stockman le alegraría eso, estaba equivocado.

"Después del almuerzo, el Presidente M'Brani de Sudáfrica vendrá a su habitación a tomar un café. Durante quince minutos podián hablar a solas. Acto seguido, Samuel Wolfman, el presidente del Banco Mundial, se unirá a ustedes para hablar acerca de la respuesta internacional a la epidemia del SIDA en África. A las 3:00 p.m. nos dirigiremos al edificio de la ONU. Su discurso está programado para las 4:00 p.m., así que sostendremos un encuentro de cuarenta y cinco minutos con Li Teng, el primer ministro chino, antes que usted entre a la Asamblea General."

Stockman se crispó visiblemente. La última vez que había visto a Teng, éste le había contado chistes en chino durante los quince minutos iniciales. Y hay que ver lo malos que son los chistes chinos cuando pasan por el filtro de un traductor del Partido Comunista. Nelson Cummins continuó imperturbable.

"Su discurso durará veinticinco minutos. Luego hará declaraciones a la prensa durante cinco minutos. Recuerde que queremos expresar nuestra profunda preocupación por la protección que Siria ofrece a los terroristas. Después de la conferencia de prensa, iremos a la oficina del embajador indio para hablar durante media hora con el primer ministro Krishka. Tenemos que estar en el hotel a las 5:15, hora en que tomaremos un café con Claude Sambert, el primer ministro canadiense.

El avión ya se había estacionado. Los policías de Nueva York y los agentes del Servicio Secreto estaban por todas partes, esperando que la limosina que transportaría a los presidentes de Bulgaria y de Estados Unidos se pusiera en movimiento.

"¿Alguien de América Latina?" preguntó Stockman.

Cummins estaba inclinado, acomodando unos documentos en su maletín, pero su cabeza salió disparada hacia arriba al escuchar la pregunta. ¿América Latina? ¿Por qué esa pregunta? Era la primera vez en la historia que Stockman pronunciaba el nombre de esa región sin un impulso previo. Cummins respondió cuidadosamente, "No, señor."

"Bien, temía que hubieras organizado un encuentro con la loca de Colombia."

Cummins sonrió y avanzaron por el corredor. Se preguntó si el presidente estaría siendo completamente sincero. Pensó en las preguntas de Allyson Bonnet y se preguntó si se le habría escapado algo entre Stockman y Pradilla. Contempló la idea durante algunos segundos y luego la alejó de su mente. Imposible.

Organización de las Naciones Unidas

Nueva York, 28 de septiembre

10:15 p.m.

El Presidente John Stockman estaba totalmente exhausto. Había sido un día agotador. Pasó de reunión en reunión, arrastrándose literalmente a sesiones a puerta cerrada con un desfile interminable de extranjeros. Su discurso había estado impecable. Asistieron muchos mandatarios y la prensa realizó un cubrimiento masivo.

Lo más importante fue que en todas y cada una de sus reuniones manifestó que los Estados Unidos endurecerían su posición hacia Siria. Las reacciones fueron silenciosas. Claro, todos los jefes de estado expresaron de manera superficial su preocupación por otra acción militar unilateral de los Estados Unidos en el Medio Oriente. Sin embargo, parecieron coincidir en que Siria era un problema.

El creciente consenso internacional sobre Siria hizo que el día fuera muy provechoso, pensó Stockman.

El presidente mantuvo un talante optimista durante toda la noche. Hasta el banquete inaugural organizado por el Secretario General de la ONU Barak Shampour le pareció mejor de lo esperado. Afortunadamente, Jordan Meyers, la estrella de cine que se desempeñaba como "embajador especial" de las Naciones Unidas, se había sentado a su lado, de modo que la conversación fue liviana y lo mantuvo alejado de la usual necedad diplomática.

Pero había llegado el momento de irse. Ya había sido más que suficiente.

Lentamente se abrió paso entre los asistentes al banquete, despidiéndose y diciéndoles a los líderes allí reunidos que esperaba verlos al día siguiente. Miró a Cummins, quien lo esperaba en la puerta de salida del salón. Cuando finalmente llegó junto al grupo de agentes del Servicio Secreto, le dio una palmadita en la espalda a Cummins y sonrió.

"Estuve bastante bien," dijo Stockman. "Deberías estar orgulloso de lo diplomático que fui. Les dije incluso que deseaba verlos mañana."

Salieron para abordar el auto que los estaba esperando. Cummins sonrió. Stockman era incorregible. Congeniar con líderes de otros países no era un rasgo de su carácter.

"Lo hizo muy bien, señor," dijo Cummins. Stockman subió al auto, pero él no.

"¿No vienes?" le preguntó el presidente.

"Ya quisiera, pero estoy cansado y a las once de la noche tengo una reunión con los asesores de seguridad nacionales de los países del G-8. Tenemos que redactar un comunicado para mañana. Buenas noches, Sr. Presidente."

El auto presidencial tardó cinco minutos en llegar al Waldorf Astoria. El presidente se dejó arrullar por el cuero mullido de los asientos. Pero justo cuando soñaba con estar debajo del impecable cobertor blanco de la cama de su habitación, Tim Ordway, el agente del Servicio Secreto se inclinó hacia el asiento trasero.

"Sr. Presidente, tendremos que dar una vuelta adicional. Lo siento. Tenemos cuatro minutos de adelanto y hay una congestión de tránsito frente al hotel.

Stockman se quejó, aunque no demasiado. No le molestaba estar solo, y entendía además cómo funcionaban este tipo de cosas. Las llegadas y salidas de los jefes de estado eran programadas con anterioridad sin desperdiciar un solo segundo. Durante los tres días de la apertura de la Asamblea General de la ONU, la entrada al lobby principal del Waldorf Astoria se convirtía en un sitio de salidas y llegadas de limosinas tan preciso como un reloj suizo. Stockman había salido de la cena un poco antes de lo previsto y ahora debía esperar a que se despejara el tráfico frente al hotel, para que su limosina pudiera estacionarse en la puerta de entrada.

Dieron una vuelta con las sirenas encendidas. La caravana giró a la derecha en la Avenida Park y disminuyó la velocidad cuando se aproximó a la elegante entrada del antiguo hotel neoyorquino. La limosina negra de adelante salía en ese momento tras dejar a su pasajero. La bandera amarilla, azul y roja del Cadillac negro que estaba saliendo ondeó en el viento a medida que aceleraba la marcha. Stockman aguzó la mirada mientras se disponía a bajar. Aunque sabía que había visto esa bandera antes, no pudo identificarla.

El agente Ordway bajó del auto, le abrió la puerta a Stockman y en compañía de dos agentes más acompañó al presidente, quien se apresuró a entrar al vestíbulo del hotel. Cuando se dirigía a los ascensores, recordó súbitamente que la bandera era la de . . . Colombia.

Stockman no pudo evitarlo. Miró a su derecha y a su izquierda para ver si la veía en el lobby, pero sólo vio a diplomáticos y a miembros de delegaciones de varios países. El único lugar que le faltó por mirar fue hacia adelante, y cuando llegó a los ascensores, Marta Pradilla estaba prácticamente frente a él.

Iba escoltada por un agente de seguridad colombiano y vestía una falda que parecía ser de chifón color durazno, ligeramente abombada en la parte inferior. Le caía discretamente debajo de las rodillas, pero aún así, había kilómetros de piernas descubiertas para admirar. En la parte superior, una blusa de lino con escote en V dejaba al descubierto sólo su elegante cuello. Pero era la belleza de su rostro, el perfil increíble de su nariz aquilina y de su barbilla perfecta la que impactaba.

Tenía el cabello recogido en una cola de caballo que le caía sobre el hombro izquierdo. *Esta mujer es más hermosa aún de lo que recordaba,* pensó Stockman.

"¿Cómo estás, John?" le dijo Marta Pradilla. "Tu discurso me pareció muy bueno y sobrio." Ignoró la mano tendida del Presidente Stockman y le dio un beso en la mejilla izquierda.

Stockman se dio cuenta de que estaba sonriendo y trató de contenerse, pero ya era demasiado tarde. Luchó contra la mezcla de irritación y atracción que le producía aquella mujer. Justo cuando estaba pensando qué decir, el agente Ordway lo empujó suavemente hacia el ascensor. Stockman se sintió como un niño llevado por un padre sobreprotector. La miró mansamente y le dio las buenas noches.

"John, ¿quieres un trago?"

Ordway ya lo había subido prácticamente al ascensor, pero Stockman retiró su brazo y dio un paso en dirección al lobby. Los otros agentes salieron totalmente perplejos.

"Me encantaría," respondió demasiado rápido. Luego, para subsanar cualquier impresión de ansiedad excesiva, añadió, "¿A quién me vas a presentar esta noche? ¿De nuevo a Castro? ¿A Kim Jong II de Corea del Norte? ¿A Moammar Gaddafi?"

Pradilla no vaciló ante la provocación. "Sólo yo, John. No habrá invitados sorpresa."

"Eso es imposible, Sr. Presidente," reclamó el agente Ordway. "El bar está muy expuesto. Necesitaríamos despejarlo y no creo que quisiera hacerle esto a los clientes."

"El agente tiene razón," dijo la presidente Pradilla. "¿Por qué no vienes a mi suite? Es la 3021. Estoy segura que es más pequeña que la tuya pero el minibar es igual de bueno.

Ordway intentó decir algo, pero Stockman ya había tomado el control de la situación. "Está bien, Marta. Te sigo."

Los dos presidentes y los cuatro agentes de seguridad subieron al ascensor y llegaron rápidamente al piso treinta. Marta deslizó la tarjeta electrónica en la cerradura y la puerta de la habitación se abrió. Ordway estaba muy agitado; pues la situación era totalmente fuera de lo normal. Retiró al presidente de la puerta y le susurró al oído que no podía permitirle entrar a esa habitación porque no la habían inspeccionado. El protocolo dictaba que el presidente no entraba a ningún lugar sin la previa inspección del Servicio Secreto. Marta Pradilla comprendió de inmediato. Antes que sentirse ofendida o incómoda, le sonrió a Ordway con desenvoltura.

"¿Por qué no entran sus colegas con mi guardia de seguridad? Pueden mirar donde quieran. Esperaré con el presidente y con usted hasta que sus colegas queden perfectamente satisfechos."

Todo aquello hacía temblar al Agente Tim Ordway. ¿Y las habitaciones de al lado? ¿O las de arriba? ¿Y las de abajo? Todas podrían tener problemas de seguridad. Pero el agente del Servicio Secreto no vio otra alternativa que aceptar la razonable oferta. Ordway vaciló, pero les hizo un gesto de asentimiento a sus agentes.

Pocos minutos después, los dos agentes reaparecieron en la puerta tras examinar la habitación. Los mandatarios entraron y Marta Pradilla se dio vuelta para cerrar la puerta, pero Ordway entró de inmediato. Stockman miró irritado a su jefe de seguridad y levantó la mano; ya era suficiente.

"Ya está bien, Tim. Dejaremos la puerta entreabierta, pero estoy bien solo."

La suite de Pradilla en el Waldorf destilaba el fuerte encanto de los hoteles tradicionales. Gruesas cortinas rojas cubrían las ventanas. La alfombra era afelpada y de una apacible tonalidad crema. Los sofás y las sillas eran abullonadas y tenían la elegancia francesa propia de fines del siglo XIX.

Stockman se dirigió a Pradilla. "Siento lo de mis agentes de seguridad, pero sólo hacen su trabajo."

Ella inclinó su cabeza hacia atrás y se rió.

"Olvídalo. No te preocupes. Siéntate, por favor. ¿Qué te traigo?"

Stockman se sentó rígidamente en el sofá y le pidió un whisky en las rocas. La vió dirigirse al minibar y trató de recordar cúando había sido la última vez que una persona que no cobraba un salario mensual por hacerlo le hubiera preparado un trago. Había olvidado que las bebidas no siempre eran servidas con guantes blancos en elegantes bandejas de plata. La situación se le hizo enteramente novedosa.

Se obligó a salir de sus divagaciones. *No sucumbas,* pensó para sus adentros. *Se cree muy lista. Sabe que es muy hermosa. No olvides la jugada que te hizo en Bogotá,* se dijo a sí mismo.

Marta Pradilla trajo dos vasos de whisky y se sentó al otro lado del sofá. Se dio vuelta hacia él y cruzó lentamente una pierna debajo de la otra. Era un gesto leve y espontáneo que tenía por objeto hacer sentir cómodo a Stockman y denotar que no se dejaba intimidar por el presidente de los Estados Unidos, quien se sorprendió al ver cómo ella tomaba el control de la situación y parecía tan informal al mismo tiempo.

"Me alegra que hayas venido, John, y que nos hayamos encontrado," dijo Marta Pradilla con sencillez.

"Agradezco tu cordialidad, pero después de nuestro encuentro en Bogotá, no estoy muy seguro que tu intención sea ser amiga mía. ¿Por qué hiciste eso?" Se había esforzado en no hablar del incidente con Castro, pero aquello lo había sacado de casillas y tenía que desahogarse.

"John, por favor, acepta mis disculpas si te he ofendido. No era mi intención. Los Estados Unidos han sido un faro de esperanza y de luz para el mundo. Pero muchas personas piensan que el resplandor del faro se está apagando debido a la terquedad de tu gobierno. Castro es un buen ejemplo de ello. Todos tus amigos de la región te aconsejan ponerle fin al absurdo aislamiento de Cuba. Te han dicho que eso sólo contribuye a que Castro se sienta más importante. Pero Estados Unidos no quiere escuchar a sus amigos."

Ella lo miró a los ojos y concluyó. "Así que quería que conocieras a Castro tal como es. No es un símbolo del mal; sino sólo un viejo dinosaurio."

Stockman pensó unos segundos en la respuesta de Marta, y constató que no le agradaba demasiado. El hecho, al fin y al cabo era que una presidente novata de un país latinoamericano lo había manipulado. Sin embargo, su respuesta era sincera. Tenía que decidir en ese instante; podía dejar que aquello lo siguiera envenenando o aceptar la explicación. John Stockman no era conocido precisamente por perdonar a quienes lo ofendían.

Sin embargo, esa vez cedió. ¿Por qué?, se preguntó. Era difícil decirle no a una mujer tan hermosa como ella, y era evidente además que tenía una fuerza persuasiva que iba más allá de sus atributos físicos.

"Está bien. Comencemos de nuevo. Pero la próxima vez te pido que hables conmigo directamente."

Ella sonrió con timidez. "Bueno, es por eso que te he invitado a un trago."

John Stockman le devolvió la sonrisa, aunque no fuera alguien que sonreía con mucha frecuencia. "Bueno, acepté porque no recibo este tipo de invitaciones muy a menudo. Creo que nadie ha tenido el valor de invitarme a un trago."

"No se trata de tener valor. Hace mucho tiempo aprendí que no todo se puede planear ni programar de antemano. Mis padres fueron asesinados cuando yo era una adolescente. Las tragedias golpean sin cita previa, pero las oportunidades también."

Ella sonrió y lo miró fijamente a los ojos.

"Y lo mismo vale para las pequeñas sorpresas de la vida, como haberte visto en el lobby. Hay que aprovechar lo impredecible."

Ella sabía ser brutalmente sincera. Sólo llevaban sesenta segundos juntos y ya le había mencionado la muerte de sus padres. Stockman se vio obligado a decir algo importante acerca de su propia vida. Tuvo que hacer un esfuerzo.

"Bueno yo—es decir, mi familia y yo—hemos tenido una historia diferente, Marta. Crecí en una granja de Nebraska. Recibí mi educación primaria en casa, sin ir a la escuela. Mi padre era pastor luterano. Todo era predecible. Por todas partes había certezas. Dios, la patria, servir a los demás, el estudio y los deberes de la granja. Esa era mi vida. Lo único impredecible eran los tornados."

"Te envidio en muchos sentidos," respondió ella. "Tienes la certeza de los valores inmutables. Eso hace que seas una roca en las aguas tempestuosas de un mundo que cambia a un ritmo vertiginoso. Por otra parte, yo tengo fuertes convicciones políticas debido a las injusticias que he visto, y poseo ciertos instintos. Tienes una mano firme, pero yo soy más adaptable y pragmática. ¿Qué será mejor?"

"No lo sé," dijo Stockman pensando en la pregunta. "Lo que he aprendido me ha servido hasta ahora. Pero a veces me parece que mientras más corremos, más estancados quedamos en el mismo lugar. Lo que me dijiste en Bogotá es parcialmente cierto. Norteamérica necesita permanecer firme ante la embestida, pero también tiene que defender ciertos valores. Sólo que es difícil encontrar la oportunidad para hablar de ello."

Stockman no podía creer que se hubiera adentrado tanto en la conversación. Hacía mucho tiempo que no hablaba acerca de sus sentimientos de manera tan abierta y tan clara. Ni siquiera había tenido una conversación tan espontánea con su esposa Miranda durante los últimos años de su vida, pues el ritmo frenético de la política había abierto una brecha de silencio entre ellos. Y ahora, estaba en la habitación de un hotel desnudando sus sentimientos ante una mujer extraña. Sin embargo, no podía evitarlo.

La conversación continuó. Él no se saciaba. Mejor dicho—no se saciaba de ella. Su aspecto físico hacía que la mirara, y su inteligencia era como un imán que le sacaba cosas de su interior. Hablaron de su juventud, de sus expectativas y desilusiones.

"¿Es difícil la política para una mujer?" le preguntó Stockman.

"John, me han criticado desde que tengo memoria. Es difícil saber si las críticas serían diferentes si yo fuera hombre. Pero ha sido así desde que fui reina de belleza." Stockman la miró con incredulidad.

"Vamos, Marta. Todo el mundo sabe que hablar de política en el mundo de los reinados de belleza es un tema prohibido. Estoy seguro de que no te permitían hablar de política."

Marta soltó una carcajada profunda y gutural.

"John, no hice más que pelearme con ellos. Siempre estaban tratando de silenciarme y nunca los culpé. Sabía que los estaba enloqueciendo, pero cuando logré llamar la atención de la prensa, ya era demasiado tarde. Me picó el bicho de la política y no pude quedarme callada."

Una Miss Universo que no se quedaba callada. A Stockman le pareció que era lo más divertido que había escuchado en años.

"¿Cuál fue el problema más grave que tuviste?"

"No creo que te vaya a gustar la respuesta, John."

"Vamos, Marta, no puede ser algo tan horrible."

"John, en una de las paredes de mi oficina tengo enmarcada una carta de la compañía que organiza el reinado de Miss Universo. Es una reprimenda oficial, y fue la primera vez que tuve problemas por algo que dije. No la colgué en la pared para burlarme de los organizadores del concurso, ni mucho menos. La tengo allí porque cuando la recibí, comprendí que las palabras tienen consecuencias, y creo que eso me ha hecho ser una mejor persona."

Marta hizo una pausa. "La recuerdo casi al pie de la letra. El párrafo principal decía algo así como que, 'Entendemos que en repetidas ocasiones, usted se ha valido del título para adoctrinar al público con opiniones que tienen un marcado acento político.' Sí, esa carta fue un llamado de atención."

"Debiste haberlos sacado de casillas. ¿Qué les dijiste?"

"Durante los seis meses de mi reinado dije muchas cosas.

Pero la gota que rebasó la copa fue una entrevista que concedí."

"¿Cómo fue?"

"Bueno, fue una entrevista con *Vanity Fair*. Querían hacer un artículo sobre los viajes de Miss Universo—estaba segura que sería un artículo condescendiente y repugnante. En el transcurso de la entrevista, la reportera me preguntó, 'Eres colombiana, ¿Qué piensas del problema de las drogas?' Y mi respuesta fue algo polémica."

"Déjate de rodeos, Marta, y dime qué respondiste," dijo Stockman con una sonrisa.

"Le dije: ¿Cuál problema de drogas, el de ustedes o el nuestro? Es diferente. Ustedes los americanos fuman, ingieren, se inyectan, huelen y consumen cualquier cosa con el fin de drogarse. Y en Colombia, damos la vida tratando de frenar el flujo de sustancias que ustedes necesitan para satisfacer su adicción. Los que mueren son nuestros mejores ciudadanos: jueces, periodistas, políticos, policías y académicos son los que caen asesinados en la guerra que ustedes han declarado contra las drogas."

"¡Rayos!" dijo Stockman. "Ya veo por qué llamaste la atención de la prensa, y entiendo también por qué te enviaron esa carta."

"Mira, John, en el instante en que abrí la boca, supe que había traspasado ciertos límites. Mis palabras no fueron falsas ni imprecisas, pero lo cierto es que sonaron hostiles y desagradables. Es por eso que tengo la carta en la pared, para recordarme a mí misma que las palabras sí tienen consecuencias."

"¿Y cuál fue la reacción en Colombia?"

"La prensa quedó encantada. Fue muy extraño. Me convirtieron en una especie de heroína de tiras cómicas."

"Sí, ya me imagino los titulares de prensa—'La Miss Universo colombiana se lanza en ristre contra la injusticia,' " bromeó Stockman, haciéndola reír.

"Ya sé que suena gracioso, pero gracias al artículo de

Vanity Fair aparecí en la radio y en la televisión. Las revistas me hicieron reportajes. Los colombianos de todas las edades no se cansaban de oir hablar de Miss Universo. Una reina de belleza con cerebro les parecía irresistible."

"No sólo fue eso. No es que me guste mucho lo que acabas de decir de las adicciones de mis compatriotas, pero te diré qué es lo que me parece atractivo. El hecho de que lo hayas dicho en un lenguaje simple y directo. Eso es lo más refrescante del asunto. Las personas del mundo noticioso no suelen hablar así. Por lo menos aquí en los Estados Unidos, ni creo que en ningún otro lugar. Es obvio que tienes un don."

La conversación se prolongó durante varias horas. Ella se quitó los zapatos, y él se puso a tono quitándose la chaqueta y aflojándose la corbata. En un momento ella dejó escapar una carcajada mientras sus ojos verdes brillaban con ironía.

"No, John. No voy a jugar a ver quién llega más lejos. Hasta acá llegamos: mis zapatos y tu chaqueta. Tu Agente Ordway está afuera."

Stockman dejó escapar una gran sonrisa. Recordó un fragmento de un libro de Mark Twain sobre la familiaridad implícita en el acto de bromear con un amigo. Hacía mucho que no sentía la intimidad y la calidez de ese hostigamiento amable. Su hija Julia solía tomarle el pelo a todas horas, pero ya no vivía con él. El comentario mordaz de Marta le hizo caer en cuenta de que era algo que extrañaba profundamente.

Ella se levantó para servir otro vaso de whisky y cuando la vio caminar hacia él, finalmente entendió qué era lo que la hacía tan atractiva. No era su belleza despampanante ni su inteligencia, sino el hecho de que se negaba a regirse por las leyes masculinas.

Más que cualquier otro oficio, la política era una actividad masculina. La mayoría de las mujeres políticas hablaban y se comportaban como hombres. Pero Marta Pradilla se negaba a renunciar a su feminidad y le importaba un pepino lo que pensaran los hombres. Y eso la convertía en una adversaria de mucho cuidado.

Ella le pasó el vaso, permaneció de pie frente a él y lo miró a los ojos.

"Alguien me dijo que no te gustan los extranjeros. ¿Es verdad?"

"La mayoría me incomodan. Pero tú no."

"Ten un poco de paciencia, John. Escucha una o dos historias que no sean norteamericanas. Verás que las expectativas y los mitos de los otros países son muy semejantes a los de Estados Unidos."

Pensó en esto durante un momento. Y cuando dejó de hacerlo y la miró de nuevo, le palpitó el corazón.

Ella se había vuelto a sentar en el sofá, pero no al otro extremo sino a su lado. La miró y casi pudo sentir su respiración. Notó las pequeñas manchas brillantes de sus ojos verdes y los rayos de luz en su cabello castaño. No recordaba cuándo había sido la última vez que había tenido a una mujer tan cerca. Stockman comenzó a sentir pánico. Todo estaba sucediendo demasiado rápido.

Marta apoyó la mano en su brazo y la dejó allí, en silencio y sin quitarle los ojos de encima. Giró su cuerpo y pasó la otra mano detrás de su cuello. Stockman sintió su mano en la parte posterior de su cabeza. Stockman se estremeció por completo.

Ella se inclinó y puso su mejilla junto a la suya. John Stockman, el hombre que no confiaba en nadie, cerró los ojos y sintió sucumbir a una extraña sensación de levedad. Sus rostros se tocaron durante unos pocos segundos. Fue un gesto, un beso.

Pero fue un beso de despedida.

"John, no sé si podamos ver de nuevo," le susurró mientras se separaba lentamente y se ponía de pie. Pero quiero que sepas que yo sí quisiera." Tenía el rostro sumergido en las sombras parciales de la iluminación lateral de la habitación. Se veía más hermosa que nunca.

Tenía razón; no podían ir más allá. No en ese momento. Él miró su reloj y vio que eran las 3:30 a.m. ¡Carajo!, se había hecho tarde. Pero sonrió para sus adentros; ella había ganado ese asalto. Había vuelto añicos su noche predecible.

Caminaron hacia la puerta, ella se detuvo en el escritorio y escribió algo en una hoja del hotel. En lugar de entregársela, se la puso en el bolsillo de la chaqueta que él llevaba cuidadosamente doblada en el brazo. Era un simple gesto de intimidad propio de un hombre y de una mujer que se conocían desde hacía mucho más tiempo.

"Es mi correo electrónico, John. No el oficial sino mi dirección de Yahoo. Sólo la saben mis amigos cercanos. Estemos en contacto."

Abrió la puerta y Stockman le sonrió. Se habían dicho muchas cosas y él no se arrepentía de nada; estaba profundamente agradecido por las horas que habían pasado juntos. Ella lo había hecho reír, hablar y examinarse con honestidad. Sin embargo, cuando atravesó la puerta, John Stockman no tuvo el valor para confesarle que no tenía ni idea de cómo se usaba el correo electrónico.

PARTE VI:
EL CÁUCASO

Hotel Sheraton

Tbilisi, 29 de septiembre
5:45 p.m.

Osman Samir al Husseini estaba preocupado. Regresó al hotel una vez que concluyó la reunión sobre los refugiado abjasios y comenzó a hacer su equipaje. Aunque sólo había traído una maleta Samsonite de quince libras para las veinticuatro horas que estaría en Tbilisi, su intención era salir de Georgia con un equipaje mucho más pesado. Sin embargo, el equipaje adicional que pensaba llevar aún no estaba en sus manos—y eso le consternaba.

El día en la cancillería había transcurrido con lentitud. La perorata de la conferencia había sido monótona. Un participante tras otro expusieron el mismo mensaje desde un ángulo ligeramente diferente, pero lo cierto era que se necesitaba vestir, alimentar y dar techo al creciente número de refugiados. Algunas veces la ONU se pasaba, pensó Omar Samir al Husseini. Con todos los problemas que había en el mundo, ¿para qué desperdiciaban un par de cientos de miles de dólares enviando veinticinco delegados a un país lejano para hablar sobre un grupo de refugiados desamparados?

Imposible hacerse cargo de todos, pensó el sirio, permitiéndose razonar por un segundo como si fuera un político que pensara en las prioridades internacionales. Pero la idea pasó rapidamente.

Concéntrate en tu misión, tonto, se recriminó Osman Samir al Husseini, levantado un dedo acusador ante la imagen que tenía frente al espejo del hotel. *Deja de quejarte. Estos encuentros y conferencias de la ONU son precisamente la fachada que necesitas.*

Eran las últimas horas de la tarde y Al Husseini estaba muy preocupado por el éxito de su misión. Abrió la agenda de la conferencia, buscó en la *P* de Pakistán y vio el número de la habitación del Coronel. Era muy cómodo—en todas las agendas de las reuniones de las Naciones Unidas que recibían los asistentes, figuraban los datos de todos sus colegas para que pudieran comunicarse directamente o conversar y negociar en privado. Al Husseini empezó a llamar a la habitación 408, pero colgó luego de oprimir el segundo dígito. Debía ser más cauteloso. Era demasiado peligroso llamar por teléfono—lo más probable era que los servicios de inteligencia de Georgia hubieran intervenido las líneas.

Salió con la maleta, bajó en el ascensor y llegó al enorme lobby del Hotel Sheraton para entregar su habitación. Le entregó su American Express platino al elegante conserje.

"Sr. Embajador, todos los gastos han sido cubiertos por nuestro gobierno. Ha sido un privilegio tenerlo con nosotros," le dijo el joven conserje, devolviéndole la tarjeta de crédito.

El conserje les dijo exactamente lo mismo a los demás delegados que se presentaron a la recepción. No todo el mundo se iría en el vuelo de medianoche de Austrian Airlines; Al Husseini, sin embargo, sí lo haría, y pensar en esto le hizo recordar que no tenía aún aquello que había venido a recoger desde el otro extremo del mundo.

Exactamente a las 6:30 p.m., un gran autobús de turismo avanzó con dificultad por la entrada circular del hotel. Al lado derecho del parabrisas tenía una fotocopia borrosa del emblema de las Naciones Unidas. Un georgiano regordete que sudaba copiosamente saltó del autobús y entró con pasos firmes al lobby. Con un efecto casi operático, habló con una voz estridente que escucharon todos los que estaban cerca.

"Damas y caballeros de las Naciones Unidas. Los llevaré esta noche a la cena en Telavi, en el corazón del hermoso distrito vinícola de Georgia. Comeremos, beberemos y pasaremos una velada agradable," anunció el hombre.

Al Husseini hizo la pequeña fila para subirse al autobús, detrás de los delegados de Francia y Canadá. Súbitamente, y como salido de la nada, el embajador pakistaní de barba entrecana apareció a su lado.

Sr. Embajador, es un placer verlo," le dijo el coronel extendiéndole amigablemente la mano. "Espero que la conferencia le haya parecido interesante."

"Sí. Por supuesto. Pero me preocupan los costos," mintió Al Husseini. A él no le importaban los costos de los malditos refugiados. Quería saber dónde estaban sus paquetes. Sin embargo no preguntó por ellos. Sabía las reglas—necesitaban guardar la compostura.

"Sí, actualmente hay tantos problemas en el mundo que es difícil establecer prioridades," dijo el pakistaní, lanzándole una mirada seria a Al Husseini.

"Bien, Sr. Embajador, algunos de nosotros hemos sido bendecidos con más claridad que otros."

"Eso es cierto. Y es por ello que me place tanto estar aquí," respondió el Coronel.

Luego, con un leve cambio de inflexión, el pakistaní agregó quince palabras de gran importancia.

"Creo que esta noche habrá algo que nos permitirá olvidarnos de nuestras otras prioridades." Y agregó, "Ha sido un placer verlo de nuevo, Sr. Embajador."

Y sin decir una palabra adicional, el Coronel se subió al autobús antes que Al Husseini y se sentó junto al embajador británico, para evitar que su colega sirio se hiciera a su lado. Al Husseini caminó por el pasillo estrecho del autobús y los vio saludarse en medio de sonrisas.

Se sentó solo en el penúltimo asiento y sintió alivio. Después de todo, aquella misión iba a funcionar a la perfección.

En el Desfiladero de Pankisi

Chechenia, 28 de septiembre

11:20 p.m.

El profesor Farooq Rahman, acompañado por Yusef, llegó al Desfiladero de Pankisi al anochecer, veinticuatro horas antes de que el Coronel le asegurara a Osman Samir al Husseini que su paquete estaba en camino. Al profesor le pareció sorprendente que no se hubieran tropezado con un convoy militar ruso ni con una patrulla policial. Es increíble cómo una población desleal puede trabajar hombro a hombro para desmantelar lentamente cualquier rastro de autoridad, pensó Rahman. Yusef, valiéndose apenas de un teléfono móvil, parecía saber exactamente cuáles caminos tomar, y todos estaban sistemáticamente vacíos.

Aunque el Desfiladero de Pankisi comenzaba en Chechenia, en su mayor parte estaba en territorio de Georgia. No obstante, la geografía política del desfiladero no era más que un detalle efímero. Enclavado en el corazón del Cáucaso y rodeado por picos nevados que se erguían a más de 4,000 metros de altura, el cañón zigzagueante era completamente rocoso, como si una feroz serpiente hubiera cavado un tajo profundo en las montañas con su lengua de fuego. La geografía del Desfiladero de Pankisi lo hacía inaccesible para cualquier autoridad y sus leyes.

Era por esto que el desfiladero era considerado como una de las regiones más anárquicas del planeta. Por un tiempo, después del 11 de septiembre, las fuentes de inteligencia occidentales llegaron a especular incluso que Osama bin Laden se ocultaba en los parajes inaccesibles de Pankisi. Y ahora, como en los viejos tiempos de la ruta de la seda, el desfiladero se había convertido de nuevo en un camino de contrabandistas que viajaban del oriente musulmán al occidente cristiano y viceversa. Era la frontera entre dos civilizaciones, y al igual que muchas zonas divisorias donde culturas completamente diferentes vivían una junto a otra, era extremadamente peligrosa.

El desfiladero estaba habitado principalmente por los kists, una tribu montañesa y musulmana que tenía relaciones distantes con los chechenos. La ley tribal de este grupo étnico regía con mano de hierro el desfiladero y las rutas de contrabando. Los jefes kist, quienes ostentaban el control local mediante un despotismo absoluto que aplicaban con una violencia atroz, cobraban impuestos a la heroína que pasaba de Asia a Europa y gravaban los cigarrillos y los licores de contrabando que pasaban de Occidente a Oriente. Monopolizaban el activo contrabando de armamentos. Y, obviamente, controlaban el paso de personas a través del desfiladero.

El profesor Farooq Rahman y Yusef comenzaron a ascender el paso montañoso a las nueve de la noche. Se aproximaron a una aldea fantasmal llena de tiendas de campaña a 3,500 metros de altura, y al profesor casi le da un paro cardíaco cuando seis hombres armados saltaron desde una de las paredes del desfiladero y detuvieron el auto.

Haciendo honor al destacado papel que tenía el desfiladero en el tráfico de armamentos, los hombres le apuntaron al auto con una gran variedad de armas modernas—Kalashnikovs rusos y Berettas italianas y rifles de asalto M-16 fabricados en Norteamérica. Sus ropas eran igualmente eclécticas. Uno podía entender los pantalones tribales abombados, pero también vestían parkas modernas, de colores vivos, con la marca North Face grabada en la parte delantera de las chaquetas. Se cubrían los rostros con bufandas y sus cabezas con turbantes.

Un joven se acercó al auto. Tenía poco más de veinte años e irradiaba un aire de calma y autoridad. Estaba vestido como los otros, pero se quitó la bufanda y mostró una atractiva sonrisa.

"Lo estábamos esperando. No sé quién es usted, pero es obvio que es una persona muy importante. Me llamo Armad y mi padre es el jefe de la tribu Nursultán. Me ha dicho que lo acompañe. Aquí todos saben que soy el primogénito del hombre más importante de todo el desfiladero. Estará seguro conmigo," dijo el joven haciéndole señas de que se bajara del auto.

El profesor Farooq Rahman y Yusef recogieron sus pertenencias. Uno de los hombres armados hizo un un movimiento rotatorio con el pulgar y el índice, indicando que quería las llaves del auto. Yusef se las entregó y el hombre salió en el Lada blanco. La luna iluminaba el cielo impenetrable de la noche, así como las montañas circundantes.

Hacía mucho frío. Los hombres armados los llevaron a una aldea de tiendas de campaña estructura prefabricada en lo que parecía una. Cientos de tiendas se extendían por el paisaje rocoso. Algunas eran semejantes a las utilizadas para camping, otras eran mucho más grandes, de cuatro postes y estilo beduino, como si fueran edificios, y otras que sólo consistían en un techo de lona. El sitio apestaba a una mezcla de excrementos humanos y de cadáveres de animales. El silencio era interrumpido por el balido ocasional de alguna cabra.

"¿Qué es este lugar?" preguntó Farooq Rahman.

"Son refugiados chechenos," explicó Armad. "Casi todos son aldeanos pobres, aunque algunos rebeldes chechenos se ocultan entre ellos. Han huido del Ejército Ruso, que ha bloqueado el suministro de alimentos, agua y medicamentos a varias ciudades. Han llegado a estos parajes tan altos porque es el único lugar inaccesible para los rusos, pero el espectáculo es completamente miserable. Agradezcale a Dios que estamos en la oscuridad."

Armad buscó entre una gran cantidad de ropa y les entregó varias prendas de invierno al profesor y a Yusef. Se pusieron pantalones y suéteres de lana y luego recibieron instrucciones de ponerse las mismas parkas marca "North Face" que vestían los hombres armados que detuvieron el auto. El profesor se preguntó si sería que esa compañía estadounidense de ropa de esquiar les daba un descuento. Por último, Armad les entregó unos zamarros de cuero y se los sujetaron de la cintura. Uno de los hombres que estaba en la tienda les ayudó a amarrarse los zamarros con una correa alrededor de cada tobillo.

"¿Para qué es esto?" preguntó el profesor Farooq Rahman.

Armad sonrió. "Por aquí hay muy pocas carreteras. Continuaremos el viaje en burro. Vamos."

Salieron de la tienda de campaña. Rahman notó con nerviosismo que uno de los ayudantes de Armad cogió las dos maletas y se preguntó si sabría lo que contenían. *Olvídalo*, se dijo. Los kists se ganaban la vida transportando objetos y personas a través del desfiladero y habían aprendido a no hacer preguntas ni a mirar donde no debían. Caminaron durante cinco minutos y llegaron a un extremo del campo de refugiados. Frente a ellos se extendía un paisaje de tierras yermas y montañas iluminadas por la luna. Un hombre de turbante estaba agachado, bebiendo té al lado de una fogata. Farooq se asustó al escuchar un ruido proveniente de la oscuridad, más allá del fuego. Miró y vio a un anciano con ropas de lana que traía cinco burros.

Armad condujo a Farooq hacia un burro bastante peculiar, de pelaje completamente blanco, incluso las pestañas, y que movió la oreja izquierda como un radar cuando ellos se acercaron.

"Te presento a Anis. Es la única burra blanca en todo el desfiladero. Es el orgullo de mi padre y me ha dicho que tú debes ir en ella. Te llevará hasta Georgia."

Emprendieron el camino y el profesor pudo entrever los precipicios. A su derecha estaba la montaña, y a su izquierda no había otra cosa que un abismo de centenares de metros de profundidad. Imaginó las caravanas subiendo por aquellos surcos muchos siglos atrás. Si un camello llegaba a tropezar, caravanas enteras—unidas de cabo a rabo—caerían a las profundidades abismales.

Seis horas después, cuando el sol emergió lentamente por las montañas, el profesor sintió un profundo agotamiento y un deseo irresistible de dormirse arrullado por el hipnótico paso de la burra. Estaba muerto del cansancio; no sabía si podría resistir más y por segunda vez se preguntó por su salud mental. ¿Estaría haciendo lo correcto? Tras sacudirse de la depresión producida por el agotamiento, el profesor se dio ánimos y se dijo que por lo menos aún conservaba la lucidez.

Armad rompió el silencio. "Ya casi llegamos. Falta media hora."

Y al cabo de pocos minutos vieron el valle, después de dar una curva por una montaña boscosa. El paso lento de los burros iba dejando al descubierto el valle que se extendía majestuosamente, y gracias a la creciente intensidad de la luz, el profesor pudo divisar el paisaje.

Súbitamente se sintió muy cerca de Dios. Estaba en la cima del mundo. A su alrededor, los majestuosos picos nevados daban paso a verdes praderas salpicadas de flores silvestres. Las cabañas de los pastores, con sus techos redondos enclavados en los costados de las montañas, eran los únicos vestigios humanos.

Con razón esas montañas habían ejercido tanto magnetismo a lo largo del tiempo. Fue allí donde Prometeo, luego de robar el secreto del fuego, fue encadenado eternamente en el Monte Kazbek, mientras los pájaros picoteaban su hígado. Un poco al oeste, en el Monte Elbrus, la paloma de Noé levantó vuelo hacia el arca encallada en Ararat. Y Jasón y los argonautas navegaron en busca del vellocino de oro en la Cólquida, lugar donde las montañas mueren en el Mar Negro.

Muchos siglos después, el escritor ruso Anton Chéjov y el francés Alejandro Dumas se deshicieron en elogios al referirse a las alturas vertiginosas y a los impresionantes peligros de la majestuosa cordillera del Cáucaso.

La repentina detención de los animales interrumpió sus pensamientos. Era la primera vez que Anis se detenía en casi seis horas. Armad se apeó y fue donde Rahman para ayudarle a bajar. Intentó disuadir al joven pero se detuvo, porque cuando quiso apearse, le temblaron las piernas y tuvo dificultad para mantenerse en pie.

Farooq Rahman miró a la burra. A la luz se veía más blanca—casi albina—y movió sus orejas de nuevo para rastrear cualquier movimiento. El profesor sintió remordimiento de conciencia porque durante toda su vida había despreciado a todos los burros que obstruían las calles y aldeas de las ciudades pakistaníes con sus voluminosas cargas. Le dio unas palmaditas a Anis, sonrió, y prometió en silencio que nunca más le gritaría a un asno.

Estaban en un extremo del bosque. Debajo de ellos, el sendero atravesaba una carretera y seguía hacia unos bosques que había más abajo. Un automóvil Toyota nuevo y rojo estaba estacionado en la carretera. Un hombre que vestía un suéter azul Izod-Lacoste con una insignia del cocodrilo de un tamaño desproporcionado se bajó del auto. Después de viajar casi tres semanas por tierras musulmanas, los ojos del profesor Rahman se centraron en el ocupante del auto, pues era el primer hombre con ropas occidentales que veía en muchos días.

Armad besó al hombre en las dos mejillas. "Le presento a Aslan Tungaridze. Si se ve obligado a entablar amistad con un cristiano, éste hombre es un buen candidato." El hombre le dio una palmadita a Armad en la cabeza y le acarició juguetonamente el cabello.

"Dale mis respetos a tu padre y agradécele por su amabilidad y confianza," le dijo el georgiano con una expresión de absoluta seriedad. "Dile también que ha manifestado con una gran claridad cuán importante es esta misión para él. Acompañaremos a nuestro amigo hasta Telavi; llegará sin ningún problema," dijo el georgiano del suéter Lacoste.

Mientras pasaban sus maletas al auto del georgiano, el Profesor Farooq Rahman se dio vuelta para despedirse de los hombres que le habían servido de guías. Se sorprendió al ver que Yusef también le había extendido la mano. Después de viajar tanto tiempo en compañía de hombres silenciosos, Yusef había sido la única persona con quien había podido hablar y charlar. En tan sólo veinticuatro horas, el científico le tomó aprecio a este hombre que lo había recogido a orillas del Mar Caspio.

"¿Cómo podría un hombre llamado Yusef entrar a la Georgia cristiana?" bromeó Yusef en respuesta a la mirada de interrogación que le lanzó Rahman. "He cumplido mi misión. Ahora cumple la tuya. Que Alá esté contigo."

Rahman se sentó en el auto y se durmió pocos minutos después. El cansancio se había apoderado de él. Intentó resistir, pero el profundo bienestar del asiento delantero del Toyota lo tomó por sorpresa. La silla mullida pareció acariciarlo suavemente. Hacía muchas semanas que no sentía un lujo como aquel. Lo último que recordó fue haberle sonreído al cristiano al que Armad se había referido como su amigo.

Cuatro horas después—alrededor de las doce del día—el hombre le tocó suavemente la rodilla. El científico pakistaní se despertó y leyó un aviso en la carretera que anunciaba la llegada a Telavi, en el corazón de la región vinícola de Georgia. Entraron a la agradable ciudad antigua, con sus palacios rústicos y sus construcciones medievales. El auto se detuvo frente al Hotel Palacio Real de Telavi.

Para los ejecutivos occidentales se trataba de otro vetusto hotel de la ex Unión Soviética. Es probable que alguna vez hubiera sido un palacio, pero setenta años de gobierno comunista habían borrado cualquier vestigio de la palabra "real" del nombre del hotel. Sin embargo, para alguien que llevaba once noches durmiendo en colchones en el piso y en los asientos traseros de automóvil, el palacio le pareció espléndido.

No tuvo que registrarse. Los dos avanzaron por entre un tumulto de trabajadores que cargaban sillas y mesas para un evento que se realizaría más tarde en el hotel. Aslan Tungaridze cargó las dos valijas metálicas y la pequeña bolsa del profesor y subió las escaleras acompañado por el científico.

Rahman entró a la habitación 78 y se maravilló ante el baño y las sábanas blancas, y decidió ignorar los muebles baratos y en serie elaborados con aglomerado de madera. No vio los rasguños en la mesa de noche ni sintió las protuberancias del colchón. Lo único que le importó fue saber que pasaría las próximas horas en una habitación de verdad.

"Aquí lo dejo, profesor," le dijo el enorme georgiano. "Tengo algunas instrucciones para usted. Debe estar listo a las seis de la tarde. Se debe poner esta ropa que le traje. Es la única que puede vestir. Me llevaré su bolsa, pues no podrá tener absolutamente nada que pueda servir como prueba de su viaje. Alguien lo recogerá en las próximas horas. Esta es la llave de su habitación, pero es preferible que no salga de aquí hasta que lo recojan. Pediré que le traigan un café y un pastel cuando baje."

Los dos hombres se dieron la mano. Rahman estaba ansioso, no dejaba de pensar en la ducha. Se desvistió rápidamente y se dirigió al baño casi corriendo. Era la primera vez que se duchaba en varios días—¡y había agua caliente! Se dejó acariciar por el agua. Sintió cada uno de los aspersores de la ducha y jugó mentalmente separando las gotitas que le rebotaban en el cuerpo de las que resbalaban hasta sus pies. No sabía cuáles le gustaban más.

El profesor Farooq Rahman se sintió como si fuera un sultán en los baños turcos de su palacio. Pasó más de media hora debajo de la mohosa ducha. Se secó con una toalla vieja y cuando salió del baño, vio una taza de té y unos ponqués amarillentos en la mesa.

No hay privacidad en la ex Unión Soviética, pensó para sus adentros, y luego sintió un pánico fugaz mientras buscaba sus maletas con los ojos. Se aseguró de que estuvieran exactamente donde las había dejado, se metió en cama a la una de la tarde y se durmió de inmediato.

Hotel Palacio Real

Telavi, 29 de septiembre

5:45 p.m.

Rahman se despertó y vio por la ventana del hotel que estaba oscureciendo. Se duchó de nuevo. Teniendo en cuenta su largo viaje, concluyó con firmeza que un experimentado científico nuclear tenía derecho a dos duchas. Se puso los pantalones limpios y la camisa que le había dejado el georgiano. Encendió una lámpara de madera que iluminó la habitación oscura con una luz amarilla y lúgubre. Aunque había un poco de luz afuera, la habitación estaría sumergida en la penumbra si no fuera por la lámpara.

Encendió un cigarrillo. Ese día terminaría su viaje. La persona que vendría a buscarlo lo llevaría de regreso a Pakistán. Nunca dudó de las instrucciones ni de la promesa de que lo enviarían de regreso a su país. De hecho, nunca tuvo dudas acerca del motivo de su viaje. Esa noche, pondría la letal y destructiva sustancia en otras manos—aunque no sabía quién la recibiría. Sin embargo, sabía por qué, y eso era lo único que importaba.

Sus pensamientos fueron interrumpidos por el ruido de gente entrando al hotel. Miró por la ventana y vio un autobús de pasajeros azul y blanco, del que descendían personas bien vestidas. Parecían ser muy importantes, y estaba claro que no eran georgianos. Era una escena extraña: aquellas personas tan elegantes estaban fuera de lugar en un hotel que, al igual que la ciudad, era hermoso pero estaba sumergido en la desidia y el abandono.

Rahman miró su reloj y vio que eran las 7:15 p.m. Se preguntó si se habría suspendido la operación. Sintió pánico: no tenía pasaporte ni ningún documento de identificación. ¿Cómo saldría entonces de Georgia? ¿Qué haría con el uranio? Las preguntas se agolparon una tras otra, pero se vieron interrumpidas por unos golpes en la puerta.

Rahman supo que había llegado el momento. El fin de su misión lo esperaba en el pasillo del hotel. Apagó el cigarrillo en el cenicero y se levantó para abrir la puerta. Entrecerró los ojos para adaptarse a la oscuridad del pasillo y se sorprendió al ver el rostro barbado y elegante del coronel. Se besaron amistosamente en ambas mejillas.

"Me siento orgulloso de usted, profesor. Pakistán está orgulloso de usted. Si está aquí, es porque ha logrado algo que nadie más ha alcanzado," dijo el Coronel entrando a la habitación y cerrando la puerta.

"Coronel, nunca me dijo que me esperaría aquí. ¿Cómo hizo para venir? Me encanta que sea usted quien me reciba," le dijo el profesor Farooq Rahman a su viejo amigo.

"Amigo mío, no quise que se ilusionara demasiado. Y por favor, no me diga Coronel," lo reprendió con suavidad. "Lo que sucede es que vine como delegado de Pakistán—con rango de embajador—a la conferencia de las Naciones Unidas sobre los refugiados abjasios. Pasaremos juntos mucho tiempo cuando volemos de regreso a Pakistán y espero que me cuente cómo le fue en su viaje. Por favor, cuénteme del material que recogió."

"Coronel—qué digo—Embajador. Inspeccioné los paquetes. Era lo que usted buscaba: uranio 235 altamente enriquecido. Y aquí tenemos aproximadamente treinta libras del material, dividido en porciones de media libra. Cada una está embalado en una protección de tungsteno. Hay dos maletas y cada una contiene quince libras de uranio enriquecido.

El Coronel puso su mano en el hombro del profesor y sonrió. "Estamos en deuda con usted, profesor. Ha hecho un trabajo increíble. Le he traído un pasaporte y otros documentos para que pueda salir de Georgia esta noche."

Rahman sintió que una nube de orgullo se apoderaba de él, mientras el Coronel introducía la mano en su maletín para entregarle los documentos. El Coronel apretó dos seguros y abrió su Samsonite marrón clara. Pero en vez del pasaje aéreo y del pasaporte, sacó un revólver Beretta 515 con silenciador. Como si fuera en cámara lenta, alzó el revólver, lo puso a poca distancia de la sien izquierda del profesor y apretó el gatillo. El arma chispeó y el profesor se desplomó. Todo sucedió tan rápido que Farooq nunca supo ni entendió lo que sucedió.

"Es una lástima, pero no tenía otra opción. No había cómo sacarte de Georgia. Has muerto como un héroe—y eso es más de lo que se puede decir de la mayoría de los difuntos," le murmuró el Coronel al cuerpo inerte.

El agente de inteligencia pakistaní sacó de su maletín una tela que utilizaba para limpiar sus lentes de lectura Giorgio Armani. No había nada mejor para quitar las huellas. Limpió el revólver y lo dejó en la mano del profesor. Le puso los dedos alrededor del gatillo.

El coronel había tenido cuidado en matar al profesor de modo que las dos maletas no quedaran manchadas de sangre. *La experiencia es irremplazable,* pensó. La cama quedó cubierta de sangre y fluido craneal, pero no el corto trayecto hasta el clóset, de donde sacó las dos maletas. Inspeccionó rápidamente la habitación para cerciorarse que sólo quedaba el cadáver.

Recogió su maletín y abrió la puerta. Pensó en echar una última mirada, pero desistió. Salió y cerró con suavidad.

Bajó dos pisos por las escaleras, llevando consigo las maletas y el maletín. El equipaje era muy pesado y respiraba con dificultad cuando llegó al vestíbulo. Se detuvo para normalizar la respiración y se preguntó por qué la cena se llevaría a cabo en medio del lobby. Todos los delegados de la ONU estaban presentes y comenzaban a acomodarse. Un hombre apostado a la entrada saludaba cortésmente a cada delegado. El Coronel lo reconoció; era el ministro de Economía de Georgia que había pronunciado un discurso durante el almuerzo.

El Coronel llegó al centro del lobby. Por un momento, el pakistaní se preocupó al darse cuenta de que no había pensado dónde guardar las dos maletas durante la cena. Pero los años que había pasado en la agencia de inteligencia le habían dado la calma necesaria para optar por las soluciones más lógicas, así que se las dio al botones del hotel para que las guardara en un lugar seguro; el hotel no perdería el equipaje de los delegados a la conferencia de la ONU. Le entregó al portero gordo y de bigote las treinta libras de uranio robado en la Unión Soviética se guardó el recibo y luego se sentó en su silla.

El ministro de Economía ya había comenzado a hablar. "Amigos míos, bienvenidos a una *supra* georgiano. Es una comida especial cuya tradición data de hace varios siglos. Es una manera especial de darles la bienvenida a los amigos, familiares y visitantes de importancia."

"Déjenme explicarles en qué consiste," continuó el joven ministro con una amplia sonrisa. "Pediré su voto para que me elijan esta noche como el *tamada,* quien es escogido por la riqueza de su léxico y por su porte. En este caso, les pediré que voten por mí, ya que soy el único georgiano presente. Me gustaría que votaran por mí. Por favor levanten las manos."

Los delegados estaban entusiasmados y votaron unánimemente por el ministro de economía como el *tamada* de la noche.

"Gracias, es un honor," continuó el ministro, quien sonrió al advertir que los delegados se estaban divirtiendo en la *supra.* "Ahora les daré una mala noticia. Fui elegido democráticamente, pero el *tamada* gobierna a sus súbditos de la cena con mano de hierro. Les pondré un tema para el brindis. Ustedes escucharán y al final de cada brindis deben beberse un vaso repleto de maravilloso vino georgiano; ¡los georgianos no bebemos el vino a sorbos! Los invitados sólo pueden replicar dos veces—se dice *alaverdi* en georgiano—a cada uno de mis brindis, pero sólo debe ser sobre el tema de mi brindis. ¿Entendido?"

Los invitados aplaudieron en señal de aprobación.

"Entonces, mi primer brindis será por la amistad, por nuestra amistad. Por la amistad entablada en este corto viaje a Georgia. Aunque ustedes sólo estarán veinticuatro horas en nuestro país, no podrán resistirse al afecto que sienten por él. Lo mismo le sucedió a Dios. Después de crear el mundo, se detuvo a cenar y descansó en los picos del Cáucaso. Bebió mucho vino y derramó en el valle una pequeña cantidad de todo lo que tenía en su plato. Fue así como Georgia fue bendecida con tantas riquezas, gracias a las sobras del plato celestial."

"En Georgia, la amistad se basa en el contacto humano. Esta amistad no puede existir por correo electrónico o por Internet, porque esos medios carecen de la calidez de una sonrisa o de la delicadeza de un apretón de manos. Las amistades necesitan comenzar a la usanza tradicional. Es probable que algunas no prosperen, pero otras lo harán, germinarán, florecerán y llegarán a mejores horizontes. Espero que así sea y les agradezco por la nueva amistad que han entablado con mi país y conmigo. Levantemos entonces las copas y brindemos por nuestra amistad."

Y así transcurrió la velada. A un brindis florido y meloso le seguía otro; por la familia, la infancia, la paz, por Georgia y por el patriotismo, por la importancia de las instituciones internacionales, por la libertad, por el respeto a los padres y a los mayores. Después de cada brindis, las vasos volvían a llenarse de vino. Georgia no es un país de vodka; los antiguos viñedos producían excelentes vinos tintos. El vino, servido en los vasos para agua y no en copas y que los delegados bebían en abundancia, los armó de valor y pronto comenzaron a contestarle al maestro de ceremonias.

La comida llegó en platos pequeños, al estilo mezze. Primero sirvieron unos pocos bocados. Poco después sirvieron zanahorias y coles encurtidas, berenjenas fritas rellenas con pasta de avellanas, caléndula en polvo y semillas de granada. Las *khachapouri*—pizzas estilo georgiano con un huevo frito encima—llegaron poco después. Y a medida que proseguían los discursos, servían más y más vino y más comida. Grandes fuentes de pollo *satsivi*—una salsa de avellanas—con enormes cucharas fueron puestas frente a cada dos delegados; cabrito y *gomi,* la versión georgiana de la polenta. Las *kinkhali*—bolas gigantes de masa rellenas con puerco y hervidas—fueron puestas en platos llanos y grandes sobre la mesa. El flujo de comida era incontrolable.

Horas después, la velada pasó del placer a las dificultades. Demasiado vino, demasiada comida y demasiadas palabras sabidas dieron al traste con la novedad. Era algo que sucedía en todas las *supras*—los invitados extranjeros se preguntaban cómo podían los georgianos soportar la monotonía repetitiva de esta fiesta.

A diferencia de muchos de sus colegas, el delegado sirio ni el pakistaní bebieron ni comieron mucho. No estaban cerca y no conversaron. Escucharon y fingieron disfrutar. Y en secreto, los dos compartieron el mismo disgusto por los excesos bestiales de la *supra*. No veían la hora de que aquello terminara.

La llegada del pastel de frutas y otros pastelillos dulces anunció que el fin de la velada estaba cerca. El ministro de Economía, que ya estaba extenuado y arrastraba las palabras, levantó la mano por última vez para pedir silencio.

"El último brindis de la noche es siempre el mismo. Está dedicado a nuestros antepasados, quienes vinieron al mundo antes que nosotros e hicieron posible que existamos, quienes crearon nuestros genes, nuestra sangre y nuestro gusto. Engendraron a nuestros padres, quienes nos dieron la vida. Y lo más importante, crearon nuestra historia y nuestra cultura. Fueron ellos quienes establecieron la costumbre que nos permite sentarnos con nuestros amigos para esta *supra*. ¡Brindo este último vaso por quienes se fueron y ya no están con nosotros!"

Los invitados se pusieron de pie y aplaudieron con frenesí. El entusiasmo se debía a una mezcla de sentimientos. Quizá el más importante era el alivio de saber que aquella velada había terminado finalmente. Pero también había una admiración contenida hacia esta tradición. Porque, cenar con georgianos y participar en la cena, beber y escuchar discursos elocuentes era presenciar un evento que reflejaba lo más primigenio de la naturaleza humana: la necesidad de celebrar la vida.

Lentamente la fiesta se fue apagando y los delegados se dispersaron. El representante tailandés buscó al de Francia para hablar del encuentro sobre los refugiados camboyanos que se celebraría próximamente en Tailandia. El embajador de los Estados Unidos y dos emisarios africanos discutieron en detalle las contribuciones futuras que haría Estados Unidos al Alto Comisionado para los Refugiados. Por tanto, nadie vio cuando el embajador pakistaní le estrechó la mano a su colega sirio.

"Sr. Al Husseini, entiendo que algunos delegados serán llevados directamente al aeropuerto y que usted será uno de los que viajarán esta noche."

Osman Samir al Husseini, el delegado de Siria para la conferencia sobre los refugiados, sonrió amablemente. "Por cierto, vamos directamente al aeropuerto. Este país tiene los horarios de salida más inusuales. Mi vuelo hacia Viena sale a las 3:30 a.m."

El Coronel miró a los ojos del sirio y le entregó una nota. "Sr. Embajador, creo que se le cayó el recibo del equipaje que dejó con el conserje. Le deseo un feliz viaje. Confío en que nos veamos de nuevo." El pakistaní sonrió y se subió al autobús.

Osman Samir al Husseini le reclamó las maletas al conserje. Éstas fueron subidas a un autobús más nuevo y pequeño que llegó poco después. El minibús llevaba a nueve delegados al aeropuerto, quienes abordarían el vuelo de Austrian Airlines.

En menos de una hora y media, el embajador sirio estaba en la sección ejecutiva del Airbus A-320 de Austrian Airlines. El avión estaba casi vacío. El embajador había consignado las dos inmensas maletas hasta Roma. El vuelo llegó a Viena a las 6:00 a.m. Tendría una hora para hacer su conexión. Una vez en Italia, su investidura diplomática lo eximiría de cualquier inspección por parte de la Aduana. Al mediodía, las maletas estarían en la embajada de Siria en Roma.

Sonrió. Hasta el momento, todo había salido de manera impecable. Muy pronto completaría lo que muchos habían intentado infructuosamente. Faltaban pocos minutos para su último trasbordo y se felicitó por el hecho de que muy pronto, treinta libras de uranio altamente enriquecido serían sacadas exitosamente de la antigua Unión Soviética.

PARTE VII:
ESTADOS UNIDOS

Despacho Oval

Washington, 4 de octubre

5:58 p.m.

Era uno de esos típicos eventos políticos que le revolvían el estómago a Nelson Cummins: irrelevante, trivial y muy limitado. Aunque se suponía que sería un encuentro donde se tomarían decisiones importantes, los participantes estarían demasiado ocupados halagándose mutuamente como para hablar o adoptar medidas importantes.

Estos eventos tenían lugar a diario en la vida del presidente de Estados Unidos. Constantemente. El día anterior, Stockman había ido a la Asociación de Productores de Maíz para una "discusión" sobre los subsidios al cereal. ¡Qué farsa! No era más que un foro para anunciar la intención de la Administración de aumentar el subsidio a los productores de este cereal. El presidente de la Asociación de Productores de Maíz, un par de congresistas de estados agrícolas y un senador de Nebraska recibieron con entusiasmo a Stockman, quien se dirigió a todos los asistentes. Era un discurso completamente protocolario—no hubo ninguna "discusión." Stockman se limitó a maullar y el público ronroneó en señal de aprobación.

Normalmente, Nelson no se molestaba tanto con estas terribles sesiones de masturbación política. Asistir a todos los eventos políticos de su jefe no era uno de los requisitos de su puesto. Él era el asesor nacional de seguridad, y coordinar la agenda del presidente era una labor que le correspondía a otra persona. Sin embargo, se enteraba al instante de todos los actos a los que asistiría el presidente, gracias a los informes electrónicos emitidos por el eficiente servicio de prensa de Allyson Bonnet.

No obstante, esta invitación era diferente. Si el presidente decidía asistir a ese evento de pacotilla, el peso recaería sobre Nelson. Se sentiría como si estuviera sepultado por innumerables sábanas mojadas. Sería un error en términos morales, un retroceso en términos políticos, y algo completamente estúpido. Había ciertas ocasiones en las que no se podían separar las políticas de la Administración de Stockman de sus antiguas convicciones personales profundamente arraigadas y, para Nelson, esta era una de dichas ocasiones.

Estaba oscureciendo. Habían llegado hacía pocos días de las Naciones Unidas, y tanto el presidente como Cummins tenían una invitación en sus manos. Decía: "La Comisión Presidencial para la Creación de una a Cuba Libre desea invitar al presidente John Stockman y a los miembros del gabinete de su Administración a la última sesión de la Comisión. El objetivo de la misma es presentar los resultados de las deliberaciones que hemos realizado por espacio de un año sobre las políticas conducentes a que Cuba sea de nuevo una nación libre con la mayor celeridad posible." Se trataba de ese tipo de cosas.

"No debería ir, jefe. Asistiré yo," dijo Nelson, estremeciéndose ante esta posibilidad.

Stockman le lanzó una sonrisa de complicidad. Ambos sabían que era una broma. Antes de su inauguración y de que todo el personal de la Casa Blanca quedara maniatado por la camisa de fuerza de Allyson Bonnet y su estricto control sobre los contactos con la prensa, Nelson Cummins había aceptado conceder una larga entrevista que publicaría la revista *Esquire* en su edición de enero. La misma había sido anunciada como "la entrevista" con la estrella de la política exterior de la Administración, y en ella Nelson se había referido a la política norteamericana hacia Cuba como "la política más absurda del planeta."

No, Nelson Cummins no era exactamente el representante que Stockman necesitaba en un encuentro de exiliados cubanos radicales.

"¿Y por qué no podría asistir?" preguntó Stockman. "Yo creé la maldita comisión. Es una buena política electoral. Saldré de nuevo en las primeras páginas de los diarios de la Florida. ¿Qué tiene de malo?"

"Yo sé que usted creó la comisión, Sr. Presidente," dijo Cummins tratando de evitar las fuertes reticencias que tenía sobre el tema. "Pero sucedió durante una época en la que muchas personas pensaban que usted necesitaría un foro para proyectar una imagen dura durante la última mitad de su gobierno. Desde entonces, hemos sido bastante firmes en muchos frentes. Así que aunque pueda ser acertada en términos políticos, es una medida funesta. Y usted no necesita entablar más batallas, señor.

"Está bien, Nelson. Entonces hablemos," dijo el presidente. "Recuérdame las recomendaciones de la comisión."

Cummins vio una oportunidad. Necesitaba hacer una buena presentación, y comenzó a realizarla lentamente.

"El principal argumento político de la comisión es que el embargo norteamericano hacia Cuba tiene que ser más fuerte, no más débil. Casi todos los comisionados creen que Castro está debilitado y que las medidas duras lo debilitarían más a él y al aparato del Partido Comunista.

"Recomiendan un número de pasos concretos para lograrlo. Primero, proponen restringir los viajes de cubanoamericanos a la isla, limitándolos a uno cada tres años. Segundo, una vez allí, la Comisión quiere reducir el monto de dinero que los ciudadanos americanos puedan gastar en Cuba y proponen que los $165 diarios actuales se reduzcan a $50. Tercero, quieren reducir drásticamente el dinero que los cubanoamericanos envían a sus familiares en la isla, y que actualmente asciende a mil millones de dólares.

Cummins miró a Stockman. ¡Mierda!, estaba tomando notas.

"Otras dos recomendaciones importantes, señor. La comisión cree que necesitamos ayudar más a las organizaciones pro democráticas de la isla. Sugieren un incremento del 400 por ciento—una parte de la ayuda sería enviada a través de terceros países con embajada en Cuba para los grupos pro democracia mejor establecidos. Por último, como los cubanos han bloqueado exitosamente las transmisiones de Radio Martí en la Florida, proponen que esta emisora realice sus transmisiones desde un avión C-130 de la Fuerza Aérea que vuele con carácter casi permanente en el límite de las aguas internacionales cubanas."

Stockman soltó su pluma y meditó un instante. Sabía la opinión que tenían Cummins y líderes como Pradilla sobre esas propuestas, y dirían que si las políticas hacia la isla no habían funcionado a lo largo de cuarenta años, ¿por qué habrían de intentar más de lo mismo?

Sin embargo, se olvidaban de la política electoral, pensó Stockman. Aproximadamente un millón de cubanos con gran poder económico vivían en la Florida, un estado cambiante en términos políticos. No sólo su dinero y apoyo político eran importantes para el presidente, quien creía firmemente que tenía una responsabilidad con ese grupo. Eran ciudadanos que tenían posiciones muy fuertes hacia Cuba y abogaban por una férrea oposición de Estados Unidos a Castro.

"Mira, es claro que la política de aislamiento hacia Cuba no ha tenido éxito en lograr su objetivo, es decir, deshacerse de Castro," dijo el presidente. "Pero, ¿cómo diablos desmontamos esa política? En una época en la que pregonamos democracia para todo el mundo, ¿cómo diablos le entregamos una rama de olivo a un dictador comunista?"

Cummins comenzó a responder, pero a Stockman le faltaba mucho para terminar.

"¿Cómo citaremos con orgullo las elecciones en Irak y al mismo tiempo decimos que está bien que Castro no haga elecciones? No soy estúpido, Nelson. Sé que la política que hemos implantado durante cuarenta años hacia Cuba no ha funcionado, pero tampoco estoy convencido de que desmontarla funcione."

"Creo que después de todo, tendremos que esperar hasta que muera Castro. Mientras tanto, es difícil objetar estas recomendaciones," dijo Stockman. "Sí, son duras, pero hay muchas personas cercanas a mí que creen firmemente que es lo que se debe hacer. Yo me inclino a compartir su opinión. Ahora déjame escuchar tu punto de vista."

"Sr. Presidente, usted sabe lo que pienso al respecto, así que tal vez haría mejor en abstenerme," replicó Nelson. Era lo más honesto que podía hacer, dadas las polémicas declaraciones que había dado sobre el tema.

"Ya basta. No te me hagas el santo. Si tienes algo qué decir, dilo."

Nelson jugó nerviosamente con sus papeles por unos instantes. La pluma azul que tenía sujetada a su libreta amarilla se desprendió y cayó en la alfombra beige del Despacho Oval. Se inclinó para recogerla y notó la mancha producida por la tinta azul que salía de la pluma. *No es una buena señal*, pensó.

"No quisiera repetir mi opinión sobre el tema. Usted ya la sabe. Creo que cuarenta años de fracasos merecen un cambio. Aislar a ese tipo no funcionó y aislarlo aún más tampoco funcionará."

"También debería agregar de paso, que fuera del sur de la Florida hay muchas personas que comparten mi opinión sobre este asunto. Sin embargo, usted decidió no incluir a ninguna de esas personas en la comisión."

Esa fue dura, pensó Stockman. Sin embargo, él mismo lo había pedido.

"Pero ciñámonos a la esencia de las recomendaciones," dijo Nelson. "Fundamentalmente, lo que me molesta es que desviaremos la atención del mundo exactamente a un tema errado. En lugar de centrar el debate en la cruel dictadura de

Castro como contraposición a una alternativa democrática, permitiremos que se convierta de nuevo en el argumento de que los Estados Unidos están intimidando a una pequeña isla. Castro representará el papel de David contra Goliat. ¿Para qué darle esa oportunidad?"

Cummins ya se estaba calentando.

"Más allá de los verdaderos beneficios políticos que obtengamos de ello, estos serán opacados por una avalancha de publicidad negativa. El daño en materia de relaciones públicas será tremendo, considerando además que estamos buscando aliados que respalden nuestras posiciones en asuntos mucho más importantes, como el de Siria. Estamos haciendo muy difícil que nuestros aliados nos respalden.

"Hablando de Siria, ¿puedo recordarle que aún tenemos relaciones diplomáticas y económicas con el gobierno sirio? ¿Cuál es el verdadero enemigo, Sr. Presidente? ¿Cuál gobierno es peor? Porque si se trata de la peligrosidad de un gobierno, entonces deberíamos levantar el embargo contra Cuba e imponérselo a Siria de manera unilateral.

"Por último—y prometo que ya voy a terminar—¿cree usted que podemos detener el flujo de personas y de capital en esta época? ¡Vamos! Son muchísimos los turistas estadounidenses que viajan a Cuba desde países como México o Canadá. Lo único que haremos será obligar a que el dinero también se desvíe y llegue a través de bancos en las Bahamas o en las Islas Caimán. Es una posición absurda."

"Dime qué sientes realmente, Cummins," le dijo el presidente. *¿Por qué rayos este tipo se exalta tanto con este tema?*, se preguntó mentalmente Stockman.

"Mira Nelson, muchas personas, y específicamente muchos de los miembros de la comisión, también se sienten igualmente exaltados y han llegado a una conclusión diametralmente opuesta. Te diré algo. ¿Por qué no te tomas un tiempo para pensar en el tema? La reunión será en mes y medio. Yo lo consultaré con la almohada."

Nelson Cummins no estaba nada contento. Miró la mancha

azul en la alfombra. Parecía más grande que antes; definitivamente era una metáfora del fracaso que acababa de sufrir. Era claro que Stockman estaba intentando aplacarlo. Eso saltaba a la vista.

"Gracias, Sr. Presidente. Aprecio su consideración para con mis opiniones," mintió. Nelson Cummins salió abatido del Despacho Oval.

En un Restaurante

Washington, 4 de octubre

7:00 p.m.

Nelson Cummins pasó de largo por su oficina y salió de la Casa Blanca. La conversación que sostuvo con el presidente sobre Cuba lo había dejado desinflado. Gracias a Dios saldría esa noche. No era un día para irse a casa a comer comida china y ver televisión. Saludó a Michael, su chofer.

"Hola, Mike. Vamos al nuevo restaurante que está en la esquina de las calles Nueve y G. Se llama Zaytinya. ¿Lo conoces?"

Esa podría ser una pregunta extraña para muchos choferes, pero no para Mike. Había trabajado como chofer de la Casa Blanca durante los últimos siete años, pero antes había sido *sous* chef de uno de los mejores maestros de comida francesa de Washington. Un día, accediendo a los pedidos constantes de su esposa, se puso a limpiar la parte exterior del segundo piso de su casa y se cayó. Sufrió una lesión muy seria en las vértebras inferiores y fue un milagro que caminara de nuevo. Sin embargo, los médicos del Hospital de la Universidad de Georgetown le dijeron que la presión en su espalda le impediría estar de pie por largos períodos y así, su carrera culinaria llegó a un abrupto final.

Sin embargo, todavía le encantaba cocinar y estaba al tanto de todos los nuevos restaurantes y de las últimas técnicas gastronómicas. El personal de la Casa Blanca le decía el *Zagat* de la casa. Se decían muchas cosas sobre Mike y sus intervenciones culinarias.

Al comienzo de la administración, Marjorie Orloff, la secretaria del presidente, cometió el error de pedir pizza a una de las grandes cadenas. Mike le mandó a decir con Nelson Cummins que en el futuro, con todo gusto le traería pizza, pero sólo si era de la Pizzería Paradiso, la mejor de Washington. A diferencia de otras, las pizzas de Paradiso eran elaboradas con queso mozzarela de búfala y con una exquisita masa delgada. Así mismo, cuando el presidente del Consejo para los Asesores Económicos quiso impresionar al presidente del Banco Central de Japón con el mejor sushi de Washington, le preguntó a Mike dónde podría conseguirlo. Mike estaba seguro que al presidente del Banco Central le encantaría el sushi de anguila de Makoto, situado en Macarthur Boulevard.

Así que no era ninguna sorpresa que Mike supiera todo lo referente a Zaytinya.

"Por supuesto. Es maravilloso. El chef ha aparecido en todas las revistas gastronómicas. La especialidad es una especie de tapas, sólo que son del otro lado del Mediterráneo. Hacen comida griega, turca y libanesa. Algunos platos son tradicionales, pero otros son ultramodernos. Es muy popular y bullicioso. ¿Es una cena de trabajo, jefe?"

"Sí, Mike. Creo que tendré que gritar." Nelson sonrió, porque sugerir una reunión en el lugar más ruidoso era típico de su compañero de cena. A diferencia de otros espías, Willy Perlman descartaba los sitios apacibles donde se escuchaban suaves murmullos, y prefería los restaurantes bulliciosos. Creía que los aparatos de grabación tendrían una mayor dificultad para descifrar conversaciones donde el volumen del ruido era similar al de un concierto de música rock.

Nelson abrió la puerta del restaurante ultramoderno e inmediatamente vio las paredes de estuco blanco y los techos desmesuradamente altos. Y justo cuando murmuraba para sus adentros que nunca había estado en un restaurante con un techo tan alto, un suave golpecito en el hombro le hizo interrumpir la inspección de los techos. Bajó la mirada y se vio frente a un hombre apuesto, delgado y vestido impecablemente al último grito de la moda.

Un hombre tan apuesto tiene que ser gay, pensó Nelson.

"Mi nombre es Raymundo y me imagino que usted es el Sr. Cummins. La lista de espera es de dos horas, pero el Sr. Perlman conoce a los propietarios, así que se salta la lista," dijo Raymundo, dejando entrever que le gustaba hacer esperar a los clientes. Estaba impresionado y al mismo tiempo molesto de que alguien hubiera eludido las vallas del restaurante.

Raymundo condujo a Nelson a través del bar, atestado de gente hermosa, hasta el otro extremo del restaurante. Allá estaba el Dr. Willy Perlman con una cerveza en la mano. Era uno de los mejores amigos de Nelson. Había sido Nelson quien lo había introducido a la CIA unos diez años atrás, y desde entonces, Willy se había convertido en una sensación. Ascendió para convertirse en el subdirector de análisis. Sin embargo, actualmente, con el director de la Agencia Central de Inteligencia enfermo de cáncer de pulmón en estado avanzado, Willy era quien llevaba las riendas.

El Dr. Willy Perlman no era un espía del montón. Era un médico epidemiólogo de gran trayectoria, que se labró un nombre en la selva africana y en los tugurios de Calcuta. Diez años atrás, había identificado una variedad letal de tuberculosis mutante y resistente a los medicamentos. Cuando se combinaba con la devastadora disminución del sistema inmunológico producida por la creciente epidemia de SIDA, la nueva variedad de tuberculosis podía convertirse rápidamente en la primera causa de muerte en el mundo.

El jefe de la CIA en Nueva Delhi quedó muy preocupado con el diagnóstico de Perlman y le pidió que fuera a Washington y le informara a la agencia, al Departamento de Estado y al Congreso acerca de esta amenaza a la salud mundial.

Nelson Cummins, entonces jefe de asesores del Comité de Inteligencia del Senado, era uno de los personajes a quienes Willy alertaría sobre la nueva variedad de tuberculosis. Fue así como se conocieron.

Desde el primer momento, a Nelson le impresionó la inteligencia de Willy, así como su prolijidad y su pasión por la investigación. Nelson, acostumbrado a los informes sobre el poderío militar, los activos de inteligencia y los presupuestos para la viglancia electrónica, quedó fascinado con el minucioso descubrimiento de la epidemiología aplicada a la salud pública. Después del informe, Nelson había invitado a Willy a beber unas copas.

"No es difícil," le había dicho el Dr. Perlman a Cummins diez años atrás. "Tienes que entender la cultura, el comportamiento, la motivación, y prestar mucha atención a los detalles. Soy como un espía de la salud pública."

Esas palabras le encendieron un bombillo mental a Nelson. *Un hombre como este debe estar en la CIA* pensó. La agencia necesitaba personas así. Pasó un año tratando de convencer a Willy para que hablara con algunos amigos suyos que trabajaban en la agencia. Willy se opuso de plano al comienzo, pero luego cedió. El resto era historia.

El Dr. Perlman ascendió rápidamente en la jerarquía de la Agencia. Era un hombre de mundo. Había crecido en varios países, hablaba seis idiomas y tenía una capacidad inusual para ponerse en el sitio de las personas de otros países con culturas diferentes. Podía hablar portugués como un surfista de Río o italiano como un político romano. Sí, entendía a los extranjeros—pero no por ello coincidía automáticamente con sus opiniones o sus políticas.

Perlman no era un relativista cultural. Era un judío devoto y tenía opiniones muy claras y definidas sobre lo que estaba bien o mal. Para él, vivir en una democracia occidental y laica era mejor y más razonable que cualquier otra cosa en el mundo.

Matthias, el padre de Willy, estuvo prisionero en el campo de concentración de Dachau y los soldados americanos le salvaron la vida. Llegó a Estados Unidos sin un centavo, pero rehizo su vida y sirvió en el cuerpo diplomático de su patria adoptiva durante treinta años.

Abogó por la causa judía en su tiempo libre. Matthias Perlman fue un hombre completamente apasionado hasta el día de su muerte. A finales de los años setenta, y a la tierna edad de ochenta años, consiguió a la fuerza una invitación para ingresar a la elegante embajada soviética en la calle 16 de Washington, y en compañía de una rubia despampanante casi sesenta años menor que él, se encadenó a la lámpara del salón de baile de la Embajada para protestar por el veto del gobierno soviético a la emigración judía.

Así era la familia de Willy Perlman—tenían opiniones y se hacían escuchar.

Perlman se levantó para saludar a su amigo. Se abrazaron fraternalmente. Nelson se sentó, pidió una copa de vino Willamette Valley, variedad Pinot Noir, y le sonrió a su amigo de la CIA.

"Mike cree que el asesor nacional de seguridad y su amigo de la CIA están locos por cenar un restaurante tan ruidoso como éste," le dijo Nelson a su amigo.

"Sí, pero recuérdale a tu chofer gourmet que él hará buenas reseñas de restaurantes, pero yo realizo operaciones de inteligencia. A él le toca decir que el restaurante es bueno y a mí me toca decir que es seguro para hablar," dijo Perlman, quien creía que Nelson debería ponerle freno a los comentarios que hacía Mike sobre todos los aspectos posibles de política, gobierno, operaciones militares y pruebas de inteligencia. *Sin embargo, es probable que Nelson lo disfrute,* pensó Willy.

"Dime, Nelson. ¿En qué está el presidente con respecto a lo de Siria?" preguntó Willy, entrando directamente en materia. Así era él. Habían programado esa cena para hablar sobre Siria, así que ese sería el tema desde el primer minuto. Por otra parte, si la cena hubiera sido definida como un acto exclusivamente social, se hubiera negado a hablar de asuntos de trabajo. Le gustaba que sus cenas fueran organizadas y claramente definidas.

"Está metido de lleno. Creemos firmemente, gracias a tus informes, que Siria continúa absteniéndose de intervenir contra los grupos terroristas que operan desde su territorio. Cada vez está más aislada. Irán ha firmado un pacto con Europa sobre armas biológicas y nucleares. Libia aceptó abandonar sus investigaciones sobre armas de destrucción masiva, pero Siria continúa siendo la oveja negra.

"Tenemos una gran variedad de recursos," siguió Nelson. "Cuando menos, creemos que el aislamiento diplomático, económico y político podría provocar un cambio en Damasco. En el peor de los casos, estaríamos dispuestos a considerar ordenarle a las unidades de infantería de la marina y del ejército que entren a Siria desde Irak. Tardarían poco más de dos días en llegar a Damasco desde la frontera iraquí."

"Cuidado con esa opción, Nelson," le aconsejó Willy. "Coincidimos en que es el momento indicado para presionar a Siria; está sola y débil. Por Dios, si cuando Bibi Netanyahu dijo que Siria era un lugar atrasado y aislado nos dio vergüenza ajena—pero no porque estuviera errado sino porque tenía razón.

"Siria está debilitada y es por eso que la ONU apoyará el incremento de las presiones diplomáticas," continuó Willy. "Pero, realmente quiero que pienses detenidamente qué podríamos obtener con una intervención militar. Si invadimos otro país árabe, terminaremos fortaleciendo a los musulmanes que creen que se trata de una guerra santa contra el cristianismo y el judaísmo. ¿Qué conseguiremos izando la bandera norteamericana en Damasco? Nada más que problemas. Siria está debilitada; debilitémosla aún más, pero no la convirtamos en *nuestro* problema."

Era por eso que Nelson apreciaba tanto a Willy. No se andaba con rodeos. Analizaba con claridad y daba buenos consejos, y todo ello antes de pedir la cena. La mayoría de los funcionarios en Washington no eran así; le daban vueltas a las cosas, hablaban sobre su propia importancia. Te obligaban a suplicarles para que luego se sintieran con derecho a pedirte favores. Willy era completamente ajeno a todo eso, y eso lo convertía en alguien fuera de serie.

"Descansa, Willy; tengo hambre. Ordenemos antes de continuar."

Llamaron al mesero y Willy hizo el pedido. Nelson sólo distinguía unos pocos nombres de la cena pastoril de siete u ocho platos que Willy se sabía a la perfección—spanakopita recién hecha, kibbes, frituras de zanahoria y durazno, una pasta pequeña de Estambul cubierta con yogur y especias llamadas manti. "¿Has comido manti?" le preguntó Willy. "Es el eslabón perdido entre el wonton chino y los ravioles italianos."

No bien se fue el mesero con el pedido, Willy volvió a abordar el tema. No había transición ni pausa. Analizó cuáles países votarían en contra y cuáles a favor de la dura posición norteamericana en la ONU. Comenzaba a analizar cómo reaccionarían los franceses cuando sintió la vibración del teléfono móvil que tenía en el bolsillo.

A Nelson siempre le había parecido muy gracioso observar a las personas que tenían teléfonos celulares con vibrador. Aunque carecían del timbre perturbador, hacían que sus propietarios realizaran contorsiones súbitas y silenciosas mientras buscaban el aparato en sus bolsillos e intentaban sacarlo. Era una escena bastante común en los restaurantes: Luego de sentir la primera vibración, las piernas se enderezan con rigidez, los brazos se sumergen en los bolsillos de los pantalones, los dedos tratan de pescar el aparato entre tarjetas de crédito y monedas sueltas y los rostros se contraen en una desesperación silenciosa. Eso era lo que hacía Willy mientras buscaba su teléfono.

"Perlman," contestó prontamente. Willy permaneció a la escucha menos de treinta segundos. En ese breve lapso, Nelson notó que sus ojos se oscurecían y adquirían una expresión más acerada.

"Entiendo," gruñó por el teléfono. "Ya voy."

"Nelson, tendremos que aplazar la cena. Tengo que regresar a Langley. Sucedió algo—puede ser un asunto muy delicado o una simple tontería. Pero no puedo hacer nada desde aquí. Discúlpame."

Willy Perlman se levantó para ponerse la chaqueta. Se dirigió a donde estaba Raymundo para explicarle la situación. El capitán del restaurante fue muy amable. Entendía que en Washington sucedía ese tipo de cosas.

Willy se acomodó la corbata y meditó sobre la cancelación de la cena con Nelson. Como disfrutaba mucho de su compañía, se le ocurrió una idea.

"Lo siento, Nelson. Ya sabes cuánto me gusta verte. Tienes una opción: disfrutar solo de las exquisiteces que pedimos o pedir una porción de kibbe y de frituras de zanahoria y comérnoslas en el auto. Ven conmigo a Langley. Supongo que tienes autorización para escuchar cualquier tipo de conversación, ¿verdad? No debería tardarme. Podremos beber algo cuando termine.

"Willy, comer contigo en el auto y conducir por una carretera oscura hacia la sede de la CIA no me parece que sea precisamente divertido, pero es mejor que quedarme solo. Vamos."

Se subieron al auto y le dijeron a Mike adónde iban. Se pasaban la caja plástica con los doce kibbes y las doce frituras entre los tres. Willy estaba bastante callado. Nelson y Willy no le preguntaron a Mike si quería comer algo ni tampoco hablaron con anterioridad para ver si compartían el pedido con él. Ambos sabían que excluir a Mike de una actividad relacionada con la comida podía tener consecuencias impensables.

Nelson se preguntó si habría hecho bien en ir con Willy. El silencio de su amigo parecía indicar que su reunión no sería nada breve y que lo más seguro es que no salieran a tomarse unas copas. Se preguntó incluso si el final tan abrupto de la cena había sido casual. ¿Realmente quería Willy llevarlo a una reunión en la sede de la CIA sin solicitar formalmente la presencia del asesor nacional de seguridad? Nunca lo sabría.

El auto avanzó rápidamente a través de los múltiples controles de seguridad que había afuera de la sede de la CIA en Langley. Sin embargo, Willy tuvo que realizar un trámite bastante riguroso para hacer pasar a su amigo cuando llegó al edificio. Aunque Nelson Cummins era el asesor nacional de seguridad del presidente, no era un empleado de la CIA. Cualquier persona que entrara al edificio tenía que suministrar la información de rigor, que era analizada cuidadosamente.

Subieron al cuarto piso y atravesaron los corredores vacíos. Eran las 8:30 p.m. y el edificio estaba desierto. Brigadas de limpieza aspiraban oficinas y vaciaban cubos de basura. Nelson se preguntó a cuántas revisiones debería someterse cada uno de esos inmigrantes centroamericanos antes de limpiar las oficinas de la Agencia Central de Inteligencia.

Willy se detuvo y entró a una oficina. La placa exterior decía, "Oficina de Proliferación Nuclear."

Willy Perlman saludó a los dos empleados que se encontraban allí y les presentó a Nelson. "Chicos, les presento a Nelson Cummins, el asesor nacional de seguridad. Es amigo mío y no ha venido para cumplir ninguna labor oficial. No se trata de una reunión formal. Nelson, ésta es Ellen O'Shehan y éste es Ruben Goldfarber.

Nelson sonrió. Dos cosas le parecían divertidas. Una era que estos importantes expertos de la CIA, que se suponía eran los encargados de seguir y rastrear el movimiento de los materiales nucleares en todo el mundo, se sorprendieran de que Willy llevara al zar de la política exterior de la Casa Blanca a esa reunión sin previo aviso. La expresión facial de los dos expertos denotó que estaban impactados de que Willy conociera a alguien con un rango tan importante, pero a la vez estaban molestos de que no les hubieran notificado la visita de este personaje tan importante.

A Nelson también le pareció divertida la apariencia física de estos dos burócratas. Eran todo aquello que no debería ser un espía. Los crespos de color castaño claro de Ellen enmarcaban un angelical rostro irlandés con unos ojos brillantes y sonrientes. Sin embargo, pesaba por lo menos 400 libras. Era enorme; su cuello, pechos, cintura, caderas, muslos, todo lo suyo era tamaño *XXL*. A su lado estaba un hombre calvo, delgado y con lentes de marco metálico. Tenía esa expresión de abatimiento que Nelson recordaba en las fotos de niños judíos en la Europa Oriental de fines del siglo diecinueve que había visto en el Museo del Holocausto. Pasaban sus días y noches estudiando la Torá y el Talmud. Les era terminantemente prohibido jugar afuera, y Ruben Goldfarber parecía como si no recibiera sol desde hacía veinte años.

Eran una pareja increíble. Nelson no podía quitarles los ojos de encima a este par de seres tan extraños. Los cuatro se sentaron en una mesa de conferencias ovalada.

Su diversión se transformo rápidamente en sorpresa, pues comunicabon sus ideas de manera muy profesional. No desperdiciaron un segundo para explicar por qué habían interrumpido la cena de Willy.

Ellen comenzó. "Lo siento por la cena. Esto es lo que tenemos. Seguimos intentando rastrear el rumor sobre el uranio. No hay nada concreto, nada creíble. No hemos llegado a ninguna parte."

Willy levantó la mano, indicándole a Ellen que hiciera una pausa y se dirigió a Nelson. "Dame quince segundos para ponerte al tanto de lo que dice Ellen. Durante los últimos cuatro o cinco días hemos escuchado rumores acerca de que alguien ha introducido uranio de contrabando a Europa. No es la primera vez que oímos este tipo de conjeturas. En realidad, recibimos noticias así muy frecuentemente. Esos grupos presumen: alguien dice tener algo que en realidad no posee, otro quiere parecer más osado de lo que es. Nosotros escuchamos y hacemos un seguimiento, que generalmente no conduce a ninguna parte.

"Le hemos prestado particular atención a este rumor porque recibimos la misma información de dos fuentes completamente distintas—nos dicen que se ha realizado un movimiento de uranio altamente enriquecido. La primera fuente fue una interceptación electrónica en Chechenia. La segunda proviene de fuentes de inteligencia de la India. Pero como ya has escuchado, parece que no tenemos nada sólido. Sigue por favor, Ellen."

"Sí," continuó la mujer, cuyo peso pareció desaparecer súbitamente gracias a su dominio y seguridad, "hemos destacado informantes, y les hemos avisado a nuestras estaciones dentro y fuera de Rusia que abran los ojos por si acaso ven algo extraño. Hace cuatro días nos enteramos del rumor, y desde entonces, no hemos sabido nada más sobre el posible movimiento de uranio. Estábamos dispuestos a archivar este caso e irnos a casa cuando Ruben se tropezó súbitamente con algo que necesitan saber."

Ruben tomó la palabra. A pesar de su aspecto gris y monótono, también sorprendió a Nelson con su elocuencia. Ruben Goldfarber se puso de pie para hablar y su encogimiento lacónico desapareció. *Estos dos expertos de la CIA son casos sorprendentes de contradicciones,* pensó Nelson.

"Como dijo Ellen, las interceptaciones electrónicas nos obligaron a decirles a nuestras cuatro estaciones alrededor de Chechenia—en Georgia, Azerbaiyán, Armenia y Moscú— que nos informaran sobre todas las actividades, y sucedió lo de siempre: recibimos informes de vigilancia, de actos públicos, reportes policiales. La información era abrumadora pero intenté trabajar minuciosamente. En el informe de Georgia, obtuvimos una copia del artículo de un periódico sobre un suicidio en una pequeña ciudad situada en la región vinícola de ese país. No le hubiera prestado atención de no haber sido por la foto del difunto que apareció en el periódico.

Ruben hizo una pausa para lograr un efecto. Willy no tenía tiempo para dramas. "Basta de teatro, Ruben. Continúa," le dijo.

"Quizá haya estado mucho tiempo en esto. ¿Quién sabe? Pero después de haber trabajado día tras día en esta oficina durante más de veinte años, me he convertido en un experto nuclear. Algunas personas ven la revista *People* y pueden identificar a todas las estrellas de cine. Otras leen la *Rolling Stone* y reconocen a todos los cantantes. Yo puedo identificar a cualquier científico nuclear de importancia que haya en el mundo."

Ruben continuó. "Y esa foto me llamó la atención. El hombre había quedado desfigurado y la foto era borrosa. Pero, la imagen era defectuosa gracias en parte a que el piso en el que estaba el cadáver era bastante oscuro, y la piel del hombre también. Cosa extraña en Georgia, ¿verdad? Los georgianos son blancos. Cuanto más miraba la foto, más conocido me parecía ese hombre. Y luego comprendí: se parecía mucho a Farooq Rahman."

"¿Quién diablos es Farooq Rahman?" preguntó Willy.

"El Dr. Rahman es uno de los tres artífices del programa nuclear pakistaní, un hombre brillante, un científico apasionado y un musulmán devoto. Se le atribuye la creación de un grupo de investigaciones nucleares durante el régimen talibán en Afganistán. Sospechamos que fue responsable de pasarles secretos nucleares a los iraníes. Se retiró una vez que los servicios de inteligencia pakistaníes fueran reestructurados luego del derrocamiento del régimen talibán.

"¿Me estás diciendo que el padre de la bomba nuclear de Pakistán ha muerto en una pequeña ciudad de Georgia al mismo tiempo que escuchamos rumores del contrabando de material nuclear?" dijo Willy, con sus ojos fijos en Ruben.

"Estoy diciendo que creo que el hombre de la foto podría ser Rahman y que eso nos preocupó lo suficiente como para llamarte cuando te disponías a cenar," dijo Ruben.

"Espera un momento. Espera," lo interrumpió Willy Perlman. "A ustedes dos los conozco demasiado bien y desde hace mucho tiempo. No hubieran interrumpido la spanakopita que iba a compartir con Nelson solamente basados en meras especulaciones. Estoy seguro de que le han dicho a nuestra gente en Tbilisi que confirmen la noticia—que consigan placas dentales, huellas digitales, ADN y todo lo que puedan."

"Sí, nos conoces bien," respondió Ellen. "Y la respuesta a tus dos suposiciones es "sí." Les pedimos a nuestros hombres que confirmaran lo de Rahman, pero desafortunadamente, también te hemos llamado basados en meras especulaciones. Nunca podremos confirmar nada."

"¿Y por qué diablos no?" demandó Willy.

"Georgia está sufriendo actualmente los embates de una intensa e inusual ola de calor otoñal," explicó Ellen. "Las presas hidroeléctricas se secaron en el verano, y como siempre, la crisis energética de Georgia se ha tornado bastante dramática. El cadáver fue encontrado hace cinco días en Telavi. La policía hizo publicar la foto en todos los periódicos del país, para ver si alguien lo identificaba, pero nadie lo hizo. La morgue está diez horas al día sin luz, y como en esa nación no hay muchos asesinatos, el laboratorio no tiene un generador de reserva. El cadáver comenzó a descomponerse y cinco días después lo cremaron y arrojaron las cenizas al río."

Ella miró a Ruben, quien asintió con gravedad. "Todo se esfumó. Nunca sabremos a ciencia cierta quién era," concluyó.

Nelson y Willy quedaron sorprendidos y en silencio. Era probable que estuvieran a un paso de descubrir una seria amenaza a la seguridad de los Estados Unidos y sus aliados. Por otra parte, no había otro indicio además de la semejanza entre un cadáver encontrado en Georgia y un científico pakistaní. El asunto parecía ser algo disparatado. ¿Cómo habría podido llegar un científico pakistaní a Georgia? ¿Qué estaría haciendo en esa pequeña ciudad? ¿Quién lo habría matado?

Nelson miró a Willy. "No quiero decirles cómo tienen que

hacer las cosas, pero no veo por qué un anciano pakistaní habría de viajar clandestinamente hasta un país que está a miles de millas de distancia del suyo, simplemente para pasar unos secretos nucleares. El cadáver debe ser de alguien que casualmente se parece a él."

"Tal vez. Es muy probable incluso," dijo Willy. "Pero no podemos dejar las cosas así. En tan sólo cuatro días hemos recibido dos informes separados acerca de movimientos ilegales de uranio 235. Uno de los informes proviene de alguien que vive en la vecina región de Chechenia, y el otro de la India, que limita con Pakistán. Es probable que la persona fallecida en Georgia sea el experto nuclear de Pakistán, así que hasta que no se compruebe lo contrario, aceptaré como cierta la sospecha de Ruben sobre la identidad del difunto."

Willy asumió el control. "Ellen, dile a nuestra gente de Karachi que investiguen en qué ha estado Farooq Rahman y dónde se encuentra. Tal vez nos digan que se dedica a cuidar a sus nietos y todo terminará ahí. Ruben, ¿podrías encargarte de Georgia? Diles a nuestros hombres que presionen a la policía para sacarles cualquier detalle que hayan podido omitir. Llama al FBI para ver si pueden encontrar una prueba forense que corresponda a la del cadáver. Por último, envíales un mensaje a todas nuestras estaciones para que busquen información sobre materiales nucleares ilegales. Es urgente."

"No, Nelson," le dijo Willy a su amigo. "Tenemos que ocuparnos de esto. Son demasiadas coincidencias en muy poco tiempo. Eso no está bien, nada bien."

Despacho Oval

Washington, 5 de octubre

11:25 a.m.

El Presidente John Stockman les dio un efusivo apretón de manos a los legisladores cuando los recibió en el Despacho Oval. Los cuatro miembros más importantes del Congreso de los Estados Unidos eran los líderes de la mayoría y de la minoría del Senado, el Presidente de la Cámara de Representantes y el líder de la minoría de este órgano. La reunión salió bien.

Invitó a los cuatro políticos a un café para informarles que su administración acudiría a ellos a fin de que aprobaran un paquete de casi $50,000 millones para solucionar algunos problemas en Irak. Varios años atrás, Estados Unidos había enviado tropas a ese país y aún seguían allá. Bueno, eso era casi un eufemismo; las fuerzas norteamericanas estaban atascadas en lo que parecía ser una guerra interminable de desgaste contra francotiradores invisibles y fabricantes de bombas anónimos.

Y ahora, a pesar de los problemas en Irak, Stockman estaba decidido a echarle el guante a Siria.

La reunión fue un primer paso para que el presidente les manifestara sus intenciones al Congreso, y todo había salido bien. Stockman dejó en claro que la intervención armada sería el último recurso, pero también los convenció de la necesidad de parecer decididos. Esa era la razón por la cual su administración había solicitado fondos adicionales a fin de "apoyar los objetivos de los Estados Unidos en Irak y donde fuera necesario." Era importante utilizar un lenguaje preciso porque de ese modo enviaría un mensaje unificado al mundo, dando a entender que los Estados Unidos estaban listos para actuar "donde fuera necesario." Los cuatro legisladores estuvieron de acuerdo.

Cerró la puerta de su oficina y miró rápidamente su reloj Omega Seamaster. Miranda se lo había regalado por su cumpleaños el mismo año de su muerte. Tenía media hora libre y sonrió ante la paradójica contradicción: El reloj de Miranda le anunciaba que tenía media hora para ponerse en contacto con otra mujer.

Durante los últimos días había pensado quién podría ayudarle a conectarse. Pero Stockman no quería que nadie de la Casa Blanca supiera lo que hacía. Sintió una extraña mezcla de sensaciones—vergüenza personal de sólo pensar en establecer contacto con ella y nerviosismo de que alguno de sus asesores se enterara y lo convenciera de que no debía hacerlo. ¡Mierda! ¡Quería hacerlo! Pero era mejor que nadie lo supiera.

Marcó el número telefónico. Sonrió al imaginar el asombro de Marjorie cuando viera la luz de la línea encendida en la oficina de afuera. Pero sabía que ella no diría nada. Escasamente recordaba la última vez que había marcado un teléfono.

Marcó un número del área 405 y contestó una adolescente somnolienta. Eran casi las ocho de la mañana en California, y su hija aún dormía. ¿No tenía clases? Stockman reprimió el deseo paternal de preguntarle por qué dormía a esa hora.

"Hola Julia, es papá," dijo Stockman con voz fuerte. Padre e hija hablaban casi todos los días, pero casi siempre por la noche. Imaginó la sorpresa de su hija al escucharlo tan temprano.

"Hola papá." Julia dijo algo más, pero un bostezo hizo que

fuera ininteligible. "Discúlpame," le dijo sonriendo. "Me acabo de despertar. ¿Por qué me llamas a esta hora? ¿No tienes reuniones o algo así?"

Stockman se rió. A Julia no la impresionaba el poder. Quizá era el resultado de haber crecido en el seno del poder.

"¿Cómo vas con tu ensayo? Me refiero al de . . . mmm . . . psicología y mercados masivos."

"Bien, tengo que entregarlo el próximo jueves. Anoche estuve en la biblioteca hasta la una de la mañana."

"¿Y cómo está Michael?" preguntó el presidente, refiriéndose al actual romance de Julia. Apenas llevaban seis semanas, así que Stockman no le prestaba mucha atención a eso—no todavía.

"Papá," prorrumpió Julia. "Son las 8:00 a.m. Me acosté muy tarde y tú eres el presidente. Me estás llamando a media mañana en Washington. No creo que sea para hablar de Michael, así que quítate tu amable máscara y dime para qué me has llamado."

El Presidente Stockman sonrió dócilmente. Concluyó que era mejor ir al grano.

"Te estoy llamando para pedirte un favor. Esperé hasta las 8:00, creo que es muy amable de mi parte, ¿verdad?"

¿Su papá la estaba llamando para pedirle un favor? Eso era algo nuevo. Julia se sentó en la cama.

"Por supuesto. ¿De qué se trata? Déjame ir por el teléfono inalámbrico. Me despertaré más rápido si me levanto de la cama."

Stockman escuchó el clic de los dos teléfonos, el uno colgándose y el otro recibiendo la llamada casi al mismo tiempo. También escuchó el sonido chispeante de un encendedor. Su hija estaba encendiendo un cigarrillo. ¡Cielos, estaba fumando! Stockman comenzó a decir algo pero lo interrumpió la amenaza de su reloj: sólo tenía veinticinco minutos. Tendría que dejar el sermón sobre el cigarrillo para otra ocasión.

"Quiero aprender a utilizar el correo electrónico. ¿Podrías enseñarme?"

Julia permaneció callada durante un segundo. "¿Qué? ¿Acaso no puedes conseguir a alguien que te de un curso relámpago?"

Las mujeres son terriblemente curiosas, pensó Stockman. Sin embargo, esperaba esa pregunta de Julia. Después de todo, era su hija de diecinueve años, no una funcionaria de la Casa Blanca. Ella podía hacerle preguntas, y él decidió decirle la verdad—bueno, no toda.

"Sí, puedo encontrar a alguien que me explique, pero no quiero una dirección electrónica de la Casa Blanca. Quiero mi propia dirección para poder escribir en privado. Para decirte la verdad, no quiero que nadie lo sepa."

Sabía que a ella le encantaría el misterio, y no se equivocó. ¿A quién no le encantaría? La máxima autoridad estaba tratando de evadir a las autoridades.

"Sí, entiendo. ¿Recuerdas cómo utilizar una computadora? Hace un par de años te enseñé algo sobre Internet, ¿te acuerdas?"

"Sí. Enciendo la computadora y hago clic en la *E* azul del Explorer, ¿verdad?" A Stockman le gustó aprender a navegar en Internet. Durante el último año lo había hecho ocasionalmente en su oficina para buscar marcadores de fútbol o discursos famosos.

"Está bien. Tienes varias opciones. Podrías sacar una cuenta en Hotmail, en Yahoo, o en MSN. Podrías incluso tener una cuenta con mensajero instantáneo." Julia ya se estaba emocionado.

"Julia," la interrumpió Stockman, impaciente. "Quiero la más fácil."

"Por favor," agregó, comprendiendo con rapidez que había sonado enfadado. "Ya me conoces—necesito algo simple o nunca lo utilizaré."

"De acuerdo," dijo ella decepcionada de que su padre no

estuviera dispuesto a esforzarse mucho. "¿Tu computadora está encendida?"

"Sí," dijo Stockman. Había oprimido el botón de encendido antes de llamar.

"Está bien. Haz doble clic en el programa Explorer. Cuando aparezca, escribe Yahoo.com en la ventana de la dirección. Dime cuando aparezca."

"Ya," respondió su padre.

"Bien, ahora, verás un ícono en la parte superior derecha que dice *correo*. Haz clic ahí." Julia le explicó a su padre cómo obtener una cuenta de correo electrónico. Respondieron todas las preguntas de Yahoo a través del correo electrónico de Julia.

"¿Cuál va a ser tu nombre de usuario y tu contraseña?"

"Mmm . . . ¿Man From Nebraska? ¿Qué te parece?"

"Bien," dijo ella. Tienes que escribirlo todo junto, papá. Ahora necesitas una contraseña que puedas recordar siempre."

"¿Cualquier cosa?"

"Sí, cualquier cosa, pero necesitas acordarte de ella."

"Bien, ¿qué tal *IloveJulia?*"

"Perfecto," se rió ella. Estaba encantada.

"Ya tienes una cuenta, papá. Ahora, déjame enseñarte a escribir y a enviar un mensaje. Estoy en mi computadora. Te enviaré un mensaje; así podrás abrirlo."

Hicieron una prueba y funcionó.

"Ahora, hagamos lo mismo utilizando el mensajero instantáneo," dijo Julia. "Es lo mejor. El MI es como el correo electrónico pero entra instantáneamente y puedes *chatear* de inmediato. No tienes que esperar a que llegue tu mensaje. Yo lo utilizo mucho para coordinar encuentros y para hablar sobre tareas de la universidad. Es un reemplazo del teléfono."

"No puedo, Julia. No tengo tiempo. Así está bien."

"Espera dos minutos, papá. Tú me llamaste. Terminemos entonces la lección." bromeó ella.

Julia le enseñó los rudimentos del mensajero instantáneo.

Él escuchó las puertas cibernéticas abrirse y cerrarse mientras se enviaban algunos mensajes de práctica. Stockman concluyó que Julia tenía razón. Era divertido y muy útil.

Estaba listo para usarlo.

"Gracias, cariño. Tengo que dejarte. Recuerda mi contraseña. ¡Es cierto!"

Ella colgó con una sonrisa que inmediatamente se transformó en risa, preguntándose qué intenciones tendría su poderoso padre.

Stockman miró su reloj. Le quedaban diez minutos.

Despacho Oval

Washington, 5 de octubre

11:48 a.m.

John Stockman desarrugó lentamente la hoja de papel con el timbre del Hotel Waldorf Astoria. Lo había guardado en su billetera a la mañana siguiente de que ella lo depositara en el bolsillo de su saco.

Escribió vacilante, oprimiendo de tecla en tecla.

PARA: ColombiaHermosa@yahoo.com
DE: ManFromNebraska@yahoo.com
ASUNTO: Encuentro

Querida Marta:

Felicitaciones. Esta es una de las primeras cosas que hago impulsivamente. Supongo que me has convencido de que es mágico confiar en nuestros instintos. Creo que vale la pena intentarlo.

Te escribo para decirte que disfruté la noche que estuvimos juntos. Fue una sorpresa. No estaba seguro de que nos fuéramos a entender.

Tengo que confesarte algo: Este es el primer correo electrónico que escribo, así que espero haber hecho todo bien y lo recibas.

Sinceramente,

J.

Stockman miró el monitor y leyó de nuevo su correo. Movió el cursor y respiró profundo. Hizo clic en Enviar.

PARA: ManFromNebraska (Respuesta)
DE: ColombiaHermosa
ASUNTO: Encuentro

Querido John:

No te preocupes; sabía que nunca habías escrito un correo electrónico. Tendrías que haber visto la cara de pánico que pusiste cuando te dije lo que decía la nota. ¿Quién te enseñó?

No presumas mucho de tus conocimientos de informática. Si alguien se entera te confiscarán la computadora. Eso fue lo que le sucedió a Bush—les envió correos electrónicos a demasiados amigos.

Yo también disfruté la velada. Y es cierto, también me sentí como si nos conociéramos desde hace mucho tiempo. Sí, es sorprendente, pues no podríamos ser más distintos.

¿Crees que podremos tomarnos una copa de nuevo? Es muy extraño que dos adultos que quieran cenar juntos probablemente nunca tengan la oportunidad de hacerlo.

Algún día me gustaría ir a tu Nebraska. Soy una de esas personas que dicen conocer bien los Estados Unidos, pero no es cierto. Conozco Nueva York, Los Angeles, San Francisco y Washington—las costas. Pero el centro es un misterio para mí. ¿Cuál es la verdadera Norteamérica?

Creo que es una buena pregunta, ¿verdad? Los hispanos ya son la minoría más numerosa y siguen aumentando día tras día. (¡Otra razón por la que deberías acercarte más a América Latina!) Es probable que en pocas décadas, la verdadera Norteamérica hable español como yo, y no tendría entonces que escribir este correo en ese idioma tan difícil. No entiendo por qué un idioma puede ser tan complicado. Por ejemplo, las palabras "caught" y "enough." ¿Por qué se escriben con "gh"? ¿Y porqué son tan truculentas? Una se pronuncia de una forma y la otra completamente diferente.

En español no ocultamos nada; lo que escuchas, eso es.

Recuérdalo,

Marta

PARA: ColombiaHermosa
DE: ManfromNebraska
ASUNTO: Encuentro

Querida Marta:

¿No te parece sorprendente lo circular que es la vida? Aquí estamos tú y yo, escribiéndonos cartas, tal como lo hacían siglos atrás. Se suponía que el teléfono las reemplazaría, pero ahora la tecnología nos trae de vuelta al comienzo. Supongo que el correo electrónico hará maravillas en los jóvenes que habían dejado de escribir cartas porque les parecía anticuado.

Sí, te llevaré a Nebraska; será un placer. Alguna vez invité a un político mexicano. ¿Sabes qué fue lo que más le impactó? No fue la tecnología lechera ni el almacenamiento de cereales ni nuestro crédito rural, que es completamente innovador. Lo que más le impactó ocurrió durante el almuerzo en casa de Jim Barr, uno de mis mejores amigos, quien tiene una biblioteca muy grande en su rancho de 960 acres, donde cría ganado. El mexicano vio libros de Carlos Fuentes, Vargas Llosa y poesía de Pablo Neruda. Miró a Jim—creyendo tal vez que en Nebraska nadie leía—y le preguntó sorprendido, "¿De verdad has leído todo esto?"

Jim sólo le respondió: "Señor, los inviernos aquí son muy largos."

¿Cuál es la verdadera Norteamérica? Sabrá Dios, pero no hay duda de que también está formada por individuos como Jim. Y sí, Marta, cada vez hay más hispanos. Me parece maravilloso, ¡fantástico! La inmigración renueva, nos hace más jóvenes, nos vigoriza. Sin embargo, no creo que les estemos haciendo un favor al permitirles que no dominen la incomodidad de la "gh." Estamos dejando que los latinos conserven su propio idioma en los Estados Unidos. ¿Crees que es una medida acertada?

Mi abuela era de Moravia, Checoslovaquia—sólo hablaba checo cuando se estableció en Nebraska. Esos inmigrantes se mantuvieron juntos, crearon pequeñas comunidades moravas y fundaron iglesias luteranas moravas. Sin embargo, hicieron que sus hijos aprendieran inglés, pues era la única forma de progresar. Lo mismo sucedió con polacos, italianos, alemanes y judíos de todas partes.

El inglés fue el vehículo común hacia el progreso.

Y tú, ¿a qué lugar de Colombia me llevarías? Háblame de Cartagena. Lo único que sé es que todos dicen que es una ciudad hermosa.

Marta, me encantaron tus historias sobre los problemas que tuviste por asuntos políticos cuando fuiste Miss Universo. Es una paradoja increíble—una reina de belleza que tiene problemas por sus fuertes opiniones.

Tengo que irme. Escríbeme.

J.

PARA: ManFromNebraska (Respuesta)
DE: ColombiaHermosa
ASUNTO: Encuentro

Querido John:

Ten cuidado con las generalizaciones. Las desavenencias entre la organización de Miss Universo y yo no se presen-

taron porque fuera un chica inteligente en un sistema estúpido. Muchas de las concursantes eran lindas, inteligentes
y tenían opiniones. Sin embargo, y a diferencia de ellas, yo
nunca seguí la corriente. No creía que ser Miss Universo
fuera motivo para dejar de expresar lo que yo sentía.

Fue una experiencia difícil. Viajé ocho meses alrededor
del mundo. Fui a Indonesia, China, Japón, Hong Kong,
Londres, París, Estocolmo, Nueva York, y a casi todas las
capitales de Suramérica. El ritmo era demoledor. Me estaban matando.

Los viajes eran una pesadilla. Me convertí en una de las
pocas personas que conoció el sucio secreto de los viajes
internacionales. Aunque volara en primer clase y esperara
en las salas VIP, la magia de los viajes despareció con rapidez. Créeme: cuando te aprendes los nombres de la tripulación del avion, es hora de preocuparse. Pero si te
descubres recitando los números de tu cuenta de viajero
frecuente y puedes aproximar el balance de las millas a tu
favor a la diezmilésima de milla más cercana, es hora de
considerar un cambio radical en tu vida.

Era un trabajo, John. Eran muchas las personas con las
que nunca hablabas realmente. Demasiados lugares que
no conocías realmente. Demasiados eventos que rayaban
en el absurdo.

Sin embargo, aprendí una lección terrible cuando era
Miss Universo. Aprendí que la violencia es propia de la
condición humana. No es colombiana, norteamericana,
rusa ni china. Cuando un niño padece los efectos de la violencia, todo el mundo se vuelve un tanto más oscuro. Es
algo que nos debería, o nos tendría que preocupar a
todos. Esa es una lección que nunca olvidaré.

Una de mis primeras escalas en mi viaje inaugural como
Miss Universo fue la más inolvidable. Fue una visita a un
salón de clases en un sector rural de Indonesia—en la isla
de Bali. Presta mucha atención: no era una escuela sino
un salón de clases—unas láminas de concreto con forma

cuadrada. Meses antes, algunos trabajadores habían levantado la estructura del suelo—un buldózer, una mezcla-
dora de cemento portátil y algunas varillas metálicas. En
menos de un mes levantaron un cubo de concreto gris
sobre el fangoso suelo de Bali, a poca distancia de la
playa.

No tenía ventanas, sólo tres huecos redondos en cada
pared, de tres pies de diámetro cada uno. Si le hubieran
puesto ventanas, las fuertes lluvias y vientos de los mon-
zones que se presentan todos los años las habrían vuelto
añicos, lo que generaría reparaciones costosas y riesgos
para los niños. Así que los constructores dejaron doce
huecos pequeños de formas circulares en las paredes
para iluminar el cuarto y para que circulara el aire.

Visité el salón en las horas de la mañana—y nunca olvidaré lo que vi al entrar. Era húmedo y oscuro. Veinte niños
estaban sentados en pequeñas bancas fabricadas con re-
siduos de madera. Los textos escolares debían haber pasado por veinte manos diferentes, pues tenían un color
amarillento y estaban pegados con cinta. Los niños y las
niñas iban bien vestidos y peinados—y estaban separados, pues eran musulmanes.

El sol matinal ya estaba lo suficientemente alto y los
rayos se colaban por entre los huecos de la pared. En la
oscuridad del salón, la luz se filtraba y reflejaba su brillo en
una niña. Era un espectáculo sorprendente, que parecía
sacado de uno de aquellos cuadros pintados por Miguel
Ángel en que Cristo recibía la divinidad de Dios. La niña
parecía transparente bajo el rayo de luz que la envolvía a
ella y a su pupitre, mientras que el resto del salón permanecía en la semioscuridad. Me sonrió.

Hablé con los niños, les dije lo que implicaba ser Miss
Universo, siempre hablaba de la importancia del estudio
para las niñas—porque el conocimiento desarrolla la
mente y mejora las condiciones de las familias.

Después de mi presentación le pregunté al profesor si

podía hablar con la estudiante iluminada por el rayo de sol. La niña, el traductor y yo nos fuimos al patio lleno de bolsas plásticas, pañales sucios y latas. Qué contraste tan marcado; adentro, el salón ordenado con los rayos solares filtrándose por entre los huecos. Afuera, el hedor, la contaminación visual de la basura y la falta de higiene del subdesarrollo permeaban todas las barreras posibles.

Intenté que la niña me hablara a través del intérprete.

Le pregunté su nombre, si le gustaba la escuela, cuáles materias le gustaban más, si hacía sus deberes escolares.

Entonces le pregunté dónde vivían sus padres.

"Vivo con mi tío," respondió.

"¿De veras?," le dije, "yo también viví muchos años con mi tío. ¿Tus padres trabajan en la ciudad?"

"No, murieron hace dos años en la guerra. Los soldados llegaron a nuestra aldea y fusilaron a todas las personas que encontraron. Mi mamá estaba preparando la cena," dijo la niña fríamente, como si estuviera repitiendo las tablas de multiplicación.

Me estremecí por dentro. Intenté alejar de mi mente las imágenes de mis padres mirando los cañones de las armas empuñadas por los terroristas que entraron intempestivamente a nuestra finca.

Allá estaba yo, en Balí. Me hallaba en el otro extremo del mundo, lejos de mi casa, conversando a través de un traductor con una niña musulmana de piel oscura y de rasgos asiáticos. Nuestros países estaban separados por la inmensidad del Océano Pacífico, y sin embargo, no había ninguna diferencia. Todo lo de esa chica se me hizo repentinamente familiar y cercano.

"¿Qué quieres ser cuando estés grande?" le pregunté.

"Quiero ser una líder," respondió la niña sin vacilar.

La tomé en mis brazos y estreché su pequeño cuerpo. Luego, la agarré de los hombros y la miré fijamente a los ojos. Nunca me olvidaré de sus ojos.

Y le dije que la entendía, pues yo quería ser eso mismo.

Es posible que actualmente esté aquí simplemente porque tenía que cumplirle la promesa a esa niña.

Creo que he escrito demasiado. Vas a pensar que soy una sensiblera. Así que ahora te toca a ti, John. Háblame de Miranda. ¿Cómo era ella? ¿Cómo era la relación entre ustedes dos? ¿Qué les gustaba hacer juntos? En español hay un proverbio que dice: "Puedes juzgar a un hombre por la mujer que tenga." Es un poco machista, pero no por ello es menos cierto. Háblame de ella.

Adiós,

Marta.

Sede de la CIA

Langley, 7 de octubre

2:03 p.m.

Habían pasado setenta y dos horas. Ellen O'Sheehan y Ruben Goldfarber llevaban tres días en la sede de la CIA prácticamente sin dormir. No habían ido a sus casas ni se habían duchado. Ellen se estaba bebiendo su decimoquinta Coca Cola dietética y su séptimo sándwich de carne y queso que le habían enviado de la cafetería. Ruben Goldfarber parecía alimentarse exclusivamente de café.

Estaban exhaustos, sobre todo físicamente, aunque también se sentían mentalmente agotados debido a la frustración. Habían pasado dos días y nada. Al igual que Willy Perlman, sabían que las probabilidades de una coincidencia eran demasiado altas. Sin embargo, las órdenes de carácter urgente que había dado Perlman a los directores de la CIA en todo el mundo solicitándoles que movilizaran informantes, contactos y fuentes de inteligencia, no les había permitido obtener más información.

Los informes no paraban de llegar, pero ninguno parecía importante. No obstante, siguieron cada pista proveniente de la fecha aproximada en que habían descubierto el cadáver en Telavi. Examinaron todo de manera exhaustiva.

La estación de la CIA en Bakú les informó que el presidente de Azerbaiyán había recibido al primer ministro de

Malasia. Ruben escribió a Bakú para que vieran quiénes figuraban en la delegación malaya.

La embajada de los Estados Unidos en Moscú informó de un encuentro de bioquímicos en San Petersburgo. Ellen ignoró el cambio horario y despertó al asistente del embajador a medianoche y le ordenó que consiguiera la lista de los participantes.

Los rebeldes chechenos hicieron estallar un autobús que transportaba soldados rusos en el centro de Grozny. Willy Perlman ordenó a los agentes de la CIA en Chechenia que confirmaran las informaciones de los rebeldes en el sentido de posibles planes para usar armas nucleares contra los rusos.

La oficina de la CIA en Georgia informó que la única información relevante en aquel país era una conferencia sobre los refugiados abjasios organizada regularmente por la ONU. Goldfarber les envió un correo electrónico solicitándoles la lista de los asistentes.

En Pakistán, la India, Afganistán, Uzbekistán y Armenia, los agentes del gobierno de los Estados Unidos estaban presionando a los informantes, pagando por información, escudriñando posibles eventos inusuales en los periódicos. Todo lo que se encontraba era enviado a Langley, que respondía solicitando más información. ¿Quién se encontró con quién? ¿Quién estaba en cada delegación? ¿Quién fue a esa conferencia? ¿Hubo movimientos inusuales?

No encontraron nada. La única noticia que parecía tener alguna importancia era la falta de información sobre Farooq Rahman. Las indagaciones realizadas por la embajada estadounidense en la Universidad de Karachi, en el gobierno pakistaní y con las agencias oficiales de inteligencia, no condujeron a ninguna parte. Nadie había visto ni sabía nada de Farooq Rahman desde hacía por lo menos dos o tres años. Willy Perlman ordenó una operación encubierta dirigida a la casa del científico.

Un secretario entró a la oficina y dejó más papeles en la mesa de reuniones de la oficina de Ellen y Ruben. Respuestas de las embajadas y de las estaciones de la CIA, más listas, más horarios, más informaciones sobre reuniones, conferencias y cumbres en lugares remotos.

"Quizá hayamos reaccionado de manera exagerada," dijo Ruben. "Es probable que no se trate de nada y que el cadáver no sea el de Rahman," concluyó, mirando la foto difusa del periódico de Georgia que estaba sujetado a la cartelera de la oficina.

"Tal vez," replicó Ellen, demasiado cansada como para hablar de ello. Tomó la hoja que estaba encima de la carpeta que habian dejado recientemente en la mesa. Lo habían enviado desde Tbilisi y se titulaba, "Informe a la sede. Asunto: Información adicional sobre la conferencia de la ONU sobre refugiados."

"Oye, Ellen, creo que tendremos que retratactarnos ante Willy," dijo Ruben. "Estoy seguro de que el cadáver que aparece en esta foto es el de Farooq Rahman, quien yace muerto en la habitación de un hotel a miles de millas de su hogar, pero si no puedo demostrarlo, si nuestra gente alrededor del mundo no puede encontrar una relación, tal vez tengamos que decirle a Willy que estamos perdidos . . .

"Ruben," dijo Ellen, pero él continuó hablando.

"Me estoy devanando los sesos en busca de algo que se nos haya podido escapar. ¿Hay algo que no hayamos preguntado? No se me ocurre, así que tenemos que ver cuándo debemos llamar a Willy y tirar la toalla. ¿Qué te parece?" Ruben siguió desvariando.

"Ruben," repitió Ellen. Al ver que Ruben seguía con su monólogo interior y derrotista, Ellen le gritó, "Cállate, Ruben."

"Esperemos que nos informen sobre la operación en la casa de Rahman. Si no hay nada concluyente, quizá tendremos que—"

"Ruben!" El estallido inusual de Ellen lo hizo callarse. La miró.

"Ruben, creo que he encontrado algo." Ellen sintió que la

sangre le pulsaba. El cansancio pareció alejarse súbitamente de su organismo. "¡Cielos, Ruben, creo que tenemos algo!"

"¿Adivina quién era el representante pakistaní en la conferencia de la ONU sobre los refugiados abjasios? El Embajador Ali Massoud Barmani, también conocido en el mundo nuclear como el Coronel. Ese individuo fue el encargado de crear el equipo que desarrolló la bomba nuclear pakistaní. Desde comienzos de los setenta hasta mediados de los ochenta, fue él quien escogió a los científicos, entregó el dinero y supervisó las pruebas. ¡Dios mío! El viejo asociado de Farooq Rahman estaba en Georgia en el mismo momento en que apareció el cadáver. ¿Tenemos que creer entonces que un agente de inteligencia que ha dedicado toda su vida a desarrollar armas nucleares sea el representante ideal a una discreta conferencia sobre refugiados? A otro perro con ese hueso."

La piel blanca y pálida de Ruben Goldfarber se sonrojó. Abrió sus ojos sorprendido. Se quitó los lentes pausadamente. "Dios mío, Ellen, teníamos razón. Que Dios nos ayude. ¿Qué está pasando?"

Se dispuso a llamar a Willy. Perlman estaba en su oficina y su línea era segura. Ruben le resumió lo que había descubierto Ellen y luego le comunicó su conclusión. "Willy, no puede haber ninguna duda. No sabemos qué hacían, ni quién mató a Rahman, pero si el Coronel estaba en Georgia al mismo tiempo que fue descubierto el cadáver, podemos afirmar con toda seguridad que se trata de Farooq Rahman."

Lo único que escuchó Ruben fue un clic. Willy Perlman colgó el teléfono sin decir una sola palabra. Ellen y Ruben permanecieron en silencio. Estaban completamente despiertos. Sus cerebros analíticos pensaron en un mar de posibilidades.

Willy Perlman tardó menos de cuarenta y cinco segundos en irrumpir en la oficina y no se molestó en llamar a la puerta.

"Repítanlo de nuevo," dijo Willy. "Pero despacio."

Examinaron las peticiones realizadas a las oficinas de la

CIA en varias ciudades. Le mostraron las respuestas a los informes iniciales, le contaron su frustración y luego la aparición repentina del correo electrónico proveniente de Tbilisi.

Examinaron con calma y minuciosamente la biografía del Coronel. No existiría ninguna bomba pakistaní de no haber sido por la Agencia de Inteligencia de Pakistán y de su director de programas nucleares. El Coronel y Farooq Rahman eran íntimos amigos. Trabajaron juntos durante varias décadas, y el hecho de que ambos se encontraran en Georgia era extraño y peligroso.

Willy Perlman hizo muchas preguntas. Pidió información detallada sobre los dos personajes. Les preguntó a Ellen y a Ruben hasta por la infancia de los dos hombres, por sus estudios, por sus vínculos con extremistas islámicos y por sus relaciones con el régimen talibán de Afganistán.

Una hora después, Ruben y Ellen seguían desmenuzando la información ante Willy. Estaban acostumbrados, respondían las preguntas en detalle, incluyendo hechos y rumores—ambos eran importantes en el mundo de la inteligencia—pero se aseguraban de poner cada cosa en su sitio.

Mientras escuchaba, Willy Perlman tomó distraídamente el importante boletín enviado por la estación de la CIA en Tbilisi, que estaba mezclado con muchos otros documentos y papeles en la mesa de conferencias de los analistas. No lo había tomado por ninguna razón específica, sino porque necesitaba jugar nerviosamente con un pedazo de papel.

Willy comprendió que se trataba de una lista de los asistentes a la conferencia sobre refugiados abjasios organizada por la CIA. Concluyó que la buena inteligencia, así como la buena labor en el campo de la salud pública, se debía a una investigación exhaustiva e incansable. Esa pequeña lista de asistentes cambiaría todo. Gracias a ella, podían confirmar con una certeza casi total que Farooq Rahman había muerto en Georgia.

Mientras los analistas continuaron con sus explicaciones, los ojos de Willy Perlman inspeccionaron la lista. No estaba leyendo con un proposito determinado. Sólo lo hacía por la vieja costumbre de mirarlo todo, como buen investigador que era. Pero sus ojos se fijaron en un nombre. Cualquier rastro de color desapareció de su cara. Dejó de escuchar a Ellen y a Ruben. Su mente comenzó a dar vueltas. Respiró profundo para recobrar la calma. Miró la lista de nuevo. Lo hizo una vez más.

Representante de la República Árabe de Siria: Embajador Osman Samir al Husseini.

No podría precisarse por cuánto tiempo Willy Perlman miró ese nombre, pero era evidente que algo había sucedido, pues Ellen y Ruben habían dejado de hablar hacía ya un minuto y lo observaban intensamente. Ellen lo llamó suavemente por su nombre algunas veces, pero decididamente, Perlman estaba en trance.

Levantó la cabeza lentamente. No había ningún motivo para que los dos expertos en proliferación nuclear reconocieran el nombre de uno de los funcionarios más despiadados del gobierno sirio. Ellen y Ruben eran los expertos más reconocidos a nivel mundial en el campo de la proliferación nuclear. Pero el nombre de Osman Samir al Husseini—o para el caso la palabra Siria—no había estado relacionada nunca antes con asuntos nucleares.

Era evidente que el gobierno sirio había descubierto los planes del gobierno de los Estados Unidos para aislar a Siria, y posiblemente para invadirla. Era claro que trataban de conseguir armas nucleares, y que la presencia de tres personas en Georgia—el científico nuclear, su asociado y el espía sirio—significaba que Siria estaba recibiendo secretos, materiales nucleares, o ambos.

Miró a Ruben y a Ellen, pero no dijo nada. Las piezas del rompecabezas se estaban armando en su cabeza, pero sus sinapsis mentales se sucedían tan estrepitosamente que todo el barullo exterior quedó a un lado. No escuchó los suaves llamados de Ellen. Simplemente dejó que su mente armara el rompecabezas.

Algo menos probable, pero fácilmente deducible, era que Siria había tenido éxito en obtener lo que estaba buscando. Solicitaría el itinerario seguido por Al Husseini, pero sospechó que el espía había cambiado de aviones para deshacer sus huellas.

Sin embargo, la pregunta más importante de todas era precisamente la que no tenía respuesta. Suponiendo que los sirios hubieran adquirido algún tipo de armamento nuclear, ¿cómo y en dónde iba a ser utilizado?

Tenía la mente más despejada. Se concentró de nuevo en Ellen y Ruben.

"Han hecho un buen trabajo. Hay otro nombre importante en la lista: el delegado de Siria. Es el principal espía sirio en los Estados Unidos. Es alguien muy importante para haber asistido a una conferencia irrelevante sobre refugiados sin que tuviera otra intención adicional. Ustedes no tenían porqué reconocer su nombre; hasta hoy, no tenía nada que ver con asuntos nucleares. Quiero que continúen buscando todo lo que puedan sobre la muerte de Rahman y sobre las últimas tres o cuatro semanas de su vida. Necesitamos comenzar a armar este rompecabezas.

"Sin embargo, tenemos las tres piezas principales frente a nosotros. La sumatoria de los tres nombres en un solo lugar es sinónimo de muy malas noticias. Desafortunadamente, hemos descubierto algo muy delicado. Nos encontramos en medio de una emergencia nacional," susurró Willy.

PARTE VIII: COLOMBIA

Restaurante Bresso

Bogotá, 10 de octubre

1:15 p.m.

La Zona Rosa de Bogotá era un hervidero los jueves por la noche. Este sector de diez manzanas localizado en el norte de la ciudad era sede de una gran cantidad de restaurantes, clubes nocturnos, bares y discotecas. Eran construcciones apretujadas, y lo cierto era que esta zona ofrecía la mejor vida nocturna de Bogotá.

Siempre impactaba a los extranjeros que la visitaban por primera vez, porque era un símbolo de la incongruente realidad de Colombia. Aunque las malas noticias ocupaban los titulares, los colombianos se resistían a dejar de vivir, de tal modo que para muchos residentes de la ciudad, la Zona Rosa era una ventana hacia lo mejor de la vida. Un buen restaurante, un bar alegre con un cuarteto de jazz, boutiques con ropas extravagantes, galerías de arte.

La elegancia y la moda saltan regularmente a los ojos en este extraño lugar. Ejecutivos conservadores se sentaban a la mesa con sensuales mujeres vestidas con lo último en moda, venido directamente de Soho. Músicos de cabello largo fumaban cigarrillos en bares llenos de humo y hablaban de arte durante horas. Los cafés eran los sitios preferidos de los intelectuales y académicos, quienes tomaban whisky y exponían teorías sociales casi hasta el amanecer.

Pero no era sólo la gente la que llenaba de vida el lugar, sino también la arquitectura y el diseño. Muchos de los restaurantes y bares de la Zona Rosa eran sobrios y modernos. Los interiores brillantes se inundaban de luz en espacios abiertos, elegantes y contemporáneos, de mesas delgadas con enormes platos de colores. Los meseros, con largos delantales blancos perfectamente almidonados, atendían a sus clientes preferidos. La escena se parecía más a Nueva York o a Milán que a un país latinoamericano en crisis.

Bresso era uno de los restaurantes preferidos por la clase política de Bogotá. La comida era francesa provenzal, sencilla, pero para nada campesina. Bresso era un lugar para ver y ser visto. Más de cien personas, atendidas por camareros que parecían modelos de Calvin Klein, bebían licores y se amontonaban en torno a su extensa barra de madera tropical con diseño serpenteante. Los clientes tenían suerte si conseguían mesa tras una hora de espera.

Naturalmente, el Senador Juan Francisco Abdoul no necesitaba esperar para que le asignaran una. Luis, el maitre, lo reconoció de inmediato y le señaló su mesa favorita del rincón, donde lo esperaba Ricardo Abdoul, su hermano menor. El senador era un cliente tan asiduo de Bresso, que el restaurante había creado un plato en su honor: el bistec Abdoulaise. Era un lomo de quince onzas con salsa bordelaise pero el chef le había agregado pequeños chiles picantes a la tradicional salsa francesa, en honor al paladar encendido y caribeño del senador.

Juan Francisco Abdoul tardó cinco minutos en llegar a su mesa, pues se detuvo en varias ocasiones mientras se dirigía hacia ella. Palmeaba espaldas y les sonreía a sus colegas, saludaba a las esposas y amigas con cálidos besos en la mejilla y, de vez en cuando, se iba con alguien al corredor del restaurante, donde entablaba conversaciones rápidas y serias en medio de susurros.

Ricardo miraba a su hermano admirado. No importa cuánto lo intentara, no era capaz de tener un tacto político tan afinado como él. Como alcalde de Barranquilla, Ricardo era un político local consumado. Despreciaba la insulsa escena nacional, llena de intrigas partidarias e imposturas. Detestaba la rígida frialdad bogotana y, a diferencia de su hermano, casi nunca usaba corbata—en la sofocante humedad de Barranquilla, si no te ponías camisa de manga corta te morías de un infarto.

Hacía dos años, Juan Francisco había convencido a su hermano para que se presentara como candidato del Partido Liberal en oposición a Marta Pradilla. Pero, a pesar de las hermosas palabras de Juan Francisco en el sentido de lo maravilloso que sería si los hermanos Abdoul controlaran las ramas ejecutiva y judicial de la vida política colombiana, Ricardo comprendió la verdadera razón por la que Juan Francisco no había presentado su candidatura a la presidencia. Se trataba de algo simple: era inelegible. Una encuesta tras otra revelaba que los colombianos lo veían como el símbolo de la vieja clase política, y de la maquinaria corrupta y obsoleta que había caído en desuso. Su hermano Ricardo, prácticamente desconocido fuera de su Barranquilla natal, más joven y apuesto, tenía una imagen menos definida. Era como un carguero vacío que Juan Francisco podía llenar con su aparato de comunicaciones.

Pero la táctica falló. Durante las primarias del Partido Liberal, que se prolongaron por espacio de un año, un creciente clamor por el cambio al interior del partido obligó a Ricardo Abdoul a tratar de encajar en un "nuevo" Partido Liberal que Pradilla pedía establecer. Ella ganó fácilmente las primarias y meses después, el electorado colombiano votó de manera abrumadora por el cambio que representaba. La gente estaba cansada de los políticos de la vieja guardia, y de sus hermanos menores también.

Ricardo viajó a Barranquilla luego de las elecciones primarias—feliz en realidad de regresar a su ciudad, a su fortuna y a su familia. Como no tenía muchas aspiraciones, vivía como un rey, disfrutando del poder político de la alcaldía y de las enormes ganancias de las actividades ilegales de su familia. Gobernaba Barranquilla sin piedad para sus opositores. Los aplastaba antes que negociar con ellos; era así como se gobernaba una ciudad de provincia.

Era feliz con lo que tenía, y su objetivo en la vida era conservarlo antes que aumentarlo.

Sin embargo, mientras Juan Francisco se acercaba ahora, pensó con preocupación que su hermano no había aceptado aún la elección de Pradilla. Las palmaditas en la espalda y las amigables conversaciones en el restaurante eran una pantalla; de hecho, la victoria política de Pradilla era como un encantamiento diabólico que lo iba destruyendo, cromosoma por cromosoma, en su interior. El menor de los Abdoul sabía que su hermano pasaba horas despotricando ante las imágenes de la presidente transmitidas por televisión. Aparecía en los programas de entrevistas en Bogotá, destilando veneno contra las ideas, nombramientos y actividades de la nueva mandataria.

Era obvio que Juan Francisco no percibía que eso era exactamente lo que Pradilla buscaba de él. En las semanas anteriores, varias informaciones filtradas del palacio presidencial anunciaron que la nueva presidente tomaría medidas drásticas para reanudar la extradición, y recientes informes periodísticos señalaban que estaba empeñada en erradicar la corrupción de la política colombiana. Todos sabían que esta no era más que una señal para retirarles la inmunidad parlamentaria a ciertos funcionarios electos, y Juan Francisco ocupaba un lugar prominente entre ellos.

Era por esto que Ricardo se preocupaba tanto con las furiosas declaraciones realizadas por su hermano en la radio y la televisión. A medida que la indignación de Juan Francisco se hacía más pública, sus críticas y acusaciones parecían más sospechosas y fabricadas. Sus ataques destilaban cada vez más envidia. Además de la preocupación por la salud mental de su hermano, Ricardo temía que este tipo de situaciones condujeran a cometer graves errores, poniendo así en peligro la fortuna de su familia. Esa era la trampa que Pradilla les estaba tendiendo.

Fue por ello que el más joven de los Abdoul decidió tomar el último vuelo de Avianca a Bogotá esa tarde, y durante la hora que duró el viaje ensayó la conversación que necesitaba entablar con su hermano esa misma noche.

Los hermanos se abrazaron cálidamente. A pesar de las diferencias, aún existía una cercanía innegable entre ellos. Juan Francisco pidió una botella de cabernet sauvignon chileno y le preguntó a Ricardo por su familia. Sin embargo, la charla amigable no duró mucho.

"¿Escuchaste lo que dijo esa hija de puta en el discurso sobre capacitación informática?" farfulló el mayor de los Abdoul. "Todavía cree que es Miss Universo. Sería divertido sino fuera porque sus ideas son tan peligrosas. Eso nos pasa por enviar a los jóvenes a estudiar a Inglaterra o a los Estados Unidos."

Ricardo deseó que el momento no hubiera llegado tan pronto, pero se prometió que esa misma noche confrontaría a Juan Francisco.

"Juan Francisco, todos estamos preocupados por tí. Te estás exponiendo demasiado. Apareces en todas partes, en la televisión, en los periódicos, en las revistas. Ella se ha convertido en el centro exclusivo de tu existencia. No te puedes dejar consumir por el odio. Pradilla cometerá errores; es sólo cuestión de esperar."

"Ricardo, no puedo creer lo que me estás diciendo. ¿Acaso no lees la prensa? ¿No has hablado con tus amigos en el Congreso? Ha decidido que la única forma de neutralizarnos será con la extradición. ¿Y sabes qué? Tiene razón. Si nosotros no la detenemos, hermanito, es muy probable que nos suban a los dos en un avión con destino a Miami, donde pasaremos el resto de nuestras vidas en una cárcel."

"Por supuesto que entiendo lo que quiere hacer con la extradición," continuó Ricardo. Pero lo cierto es que ella no irá a ningún lado. Tenemos que ser astutos. No es el momento más indicado para pelear con ella sino para consolidar nuestro poderío, nuestra fortuna y nuestras amistades. Invirtamos en nuevas alianzas. Aseguremos nuestra posición, Juan Francisco—tanto para defendernos de ella como para atacarla en cuanto muestre el menor síntoma de debilidad."

Ricardo tenía más cosas por decir, pero no tuvo la oportunidad de hacerlo.

El alargado rostro de Juan Francisco se puso verde y luego rojo. Estaba furioso. Se inclinó sobre la mesa y agarró a su hermano del brazo. No era un gesto de cariño fraternal, sino un apretón de pura furia.

"Gracias a Dios, no fuiste elegido, cobarde. Todo lo que eres se lo debes a la dura labor de nuestro padre y a la mía. No eres más que un niño apocado, perezoso y comodón. Nuestro dinero te arruinó. No entiendes lo que está pasando en este país. ¡En mi propio maldito país!

"Esta mujer acabará con nosotros si no acabamos con ella. Harías bien en creer lo que dice. Dijo que reanudará la extradición de ciudadanos colombianos. Créele. Su próxima medida será anunciar públicamente su intención de retirarles la inmunidad a ciertos funcionarios elegidos por voto popular. Créeme. Muy pronto tendremos investigadores hasta en el culo. ¿Sabes qué significa eso? Significa que a las personas como tú y yo nos subirán esposados a un avión de American Airlines."

"Juan Francisco, ella no puede hacer que el Congreso te retire la inmunidad parlamentaria sin antes probar que hayas violado la ley de manera flagrante, y eso será sumamente difícil. Pasarán varios años antes que un fiscal pueda entablar un proceso. Mientras tanto, lo que debemos hacer es expandir nuestro círculo y aumentar las influencias.

"Todavía no entiendes," dijo Juan Francisco, su cara contraída en una mueca. "¿Recuerdas cómo arrestó el gobierno norteamericano a Al Capone? No fue por asesinato ni por peculado. Lo sentenciaron a varios años de prisión por fraude postal—la más insignificante de las infracciones legales. Eso es lo que hará ella. No se va a enredar con detalles judiciales. Se aprovechará de algo—de cualquier cosa—y se valdrá de ella para despojarme de mi inmunidad. Cuando eso suceda, seré extraditado en menos de una hora."

"No, hermanito, este no es el momento para afianzar nada," continuó Juan Francisco, y su expresión se hizo más siniestra. "Es el momento de atacar, atacar y atacar sin piedad. Y sé cómo hacerlo."

Y sin otra advertencia adicional, reveló su plan. Durante los cuarenta y cinco minutos siguientes, respiró agitadamente mientras explicaba en detalle la trampa que le pondría a Pradilla. Los labios le temblaban mientras describía paso a paso su complot, que comenzaría la noche del día siguiente. No importaba lo que hiciera o cómo respondiera la presidente. El acierto de su plan consistía en que una vez que lo pusiera en marcha, ella no podría detenerlo sin antes hundirse en el proceso.

"El resultado es simple, Ricardito," concluyó. "Caerá en cuestión de semanas y, como presidente del Senado, la constitución estipula que seré yo quien asuma la presidencia."

Ricardo se puso completamente pálido. Viajó a Bogotá creyendo que su hermano necesitaba consejos políticos pero concluyó que lo que Juan Francisco necesitaba era ayuda siquiátrica; su propuesta era sencillamente descabellada. Claro, el plan era tan elaborado que podría considerarse brillante. Pero miles, e incluso millones de personas podrían morir debido a su obsesión por deshacerse de Pradilla. Juan Francisco podría pensar que él era un cobarde, un traidor o simplemente un perezoso, pero no era tonto. No quería formar parte de ese plan.

Ricardo Abdoul miró a su hermano y se puso de pie.

"Eso lo harás por tus propios medios," dijo. Lo miró fijamente por última vez y salió pausadamente del restaurante.

El Claustro

Bogotá, 11 de octubre

1:10 p.m.

Manuel Saldívar estaba sentado en una mesa de color marrón tratando desesperadamente de concentrarse. Apartó los platos blancos hacia un lado. Nadie fue a limpiar la mesa. El maitre del restaurante había ordenado a los meseros que no hicieran nada que pudiera distraer al asesor de la nueva presidente.

El Claustro era un restaurante frecuentado por ciertos estamentos bogotanos: políticos, periodistas, funcionarios del gobierno y analistas políticos. Situado en un maravilloso convento colonial detrás del palacio presidencial, compensaba su poco refinamiento gastronómico con su carácter.

La comida era puramente colombiana. Carnes asadas acompañadas con arroz y plátano llegaban desde la cocina servidas en bandejas de madera. Los carritos ofrecían pudines de arroz y flanes, y todas las comidas terminaban con un café deliciosamente fuerte. A los clientes les encantaba la sencillez del lugar.

Sin embargo, el mayor atractivo del restaurante era su arquitectura; los pórticos circulares que varios siglos atrás fueron residencia de monjas enmarcaban el bullicio y la actividad febril de las mesas. Todos se conocían. Los apretones de mano y los besos de saludo abundaban con profusión en todos los rincones del lugar. Se escuchaban voces preguntando si se había leído cierto artículo con detenimiento o si se había analizado debidamente el discurso de este político o de aquel. Era un lugar bullicioso y lleno de actividad.

Manuel llegó tarde y pidió una mesa en un rincón apartado. Era bastante inusual ver comensales solitarios en el Claustro y sólo quienes tenían una posición asegurada podían darse el lujo de ser vistos solos en una de las mesas del restaurante.

Manuel Saldívar comió rápidamente y retiró su plato a un extremo de la mesa, dejando el jugo de maracuyá a su derecha. Frente a él tenía un libro azul abierto en la página 147 y titulado *Constitución de la República de Colombia*.

Unas horas antes, los abogados del palacio le habían explicado los pasos que se requerían para retirarle la inmunidad a un senador o a un congresista. Los dos jóvenes abogados se rieron de su incapacidad para seguir sus análisis eruditos de los mandatos de la Constitución. Y era cierto; Manuel apenas si entendía una sola palabra. Uno de los abogados le sugirió que leyera las respectivas secciones por su cuenta y que luego se reunieran para discutirlas. A Manuel le pareció acertado el consejo, así que sacó de su oficina una copia de la Constitución y los abogados le señalaron las secciones.

Manuel Saldívar fue a almorzar acompañado por las leyes de la república.

Era una ardua lectura para un lego. El lenguaje legalista era retorcido y circular. Las palabras habían sido escritas para sonar pomposas, y aunque todas las frases tenían por objeto resolver situaciones muy concretas, a menudo sólo contribuían a generar más preguntas. Ese era el inconveniente de las leyes napoleónicas—trataban de abarcar todas las eventualidades posibles pero se quedaban cortas.

Manuel se concentró. Cerró los ojos y se sacudió. ¿Cómo podía escribir de ese modo una persona que estuviera en su sano juicio?

Se esforzó en leer y se concentró en el artículo 187, cláusula 9, titulada: Pérdida de investidura parlamentaria. *Un momento,* se dijo Manuel. Era lo que buscaba.

Decía: "Los funcionarios elegidos estarán exentos de ser enjuiciados y sentenciados mientras estuvieren investidos con la autoridad conferida por un cargo de carácter nacional. Los cargos delictivos o las mociones con fines persecutorios sólo podrán ser entablados contra un funcionario público si dicho individuo es despojado/a de su cargo y su inmunidad es anulada. El presidente podrá comenzar con los trámites judiciales, pero sólo el Congreso y mediante voto mayoritario, podrá retirar de su cargo a un funcionario. Los causales para la rescisión de la inmunidad son: a) uso indebido del erario público, b) manipulación ilegal de votos en el Congreso, y c) ausentismo extremado."

Leyó una vez más las tortuosas palabras. Y otra vez. Había nueve congresistas quienes, sin duda alguna, mantenían el poder por medio de un sistema de clientelismo político, financiado con dineros ilegales procedentes de la mafia. Estos hombres eran al mismo tiempo obstáculos simbólicos y reales para la modernización de Colombia. No querían que su país cambiara—sus políticas sólo podían florecer manteniendo al país tal y como estaba.

Manuel repasó cada uno de los nombres—comparó los criterios mencionados en el artículo 187, cláusula 9, con lo que sabía acerca de las actividades ilegales de aquellos políticos. De cierto modo, cada uno encajaba perfectamente en la descripción de uso indebido del erario público y de manipulación de votos, aunque estos cargos eran muy difíciles de comprobar.

Sin embargo, uno de los nombres se hizo visible debido a su continua violación al último causal de la Constitución: Juan Francisco Abdoul. Ese hijo de perra engreído nunca estaba en su puesto. El Presidente del Senado empleaba su tiempo en viajar alrededor del mundo con el pretexto de asistir a importantes eventos. Abdoul había faltado a sesiones de votación en innumerables ocasiones a lo largo de su carrera.

Recordó la llamada que le hizo a su hermana Susana algunas semanas atrás. Después de hablar con ella, Manuel se preguntó cómo podía confirmar discretamente si en realidad era la voz de Abdoul la que había escuchado Chibli en el sótano de la embajada siria. Manuel no quería que los informantes que tenía Abdoul en el gobierno se enteraran de que estaba indagando sobre su jefe.

Así que resolvió seguir un procedimiento seguro. Telefoneó al Ministerio de Relaciones Exteriores y preguntó si el Senador Juan Francisco Abdoul había registrado su reciente viaje a Roma. Manuel pensó que Abdoul quería conservar sus privilegios diplomáticos adonde quiera que viajara, pero la legislación colombiana estipulaba que cualquier funcionario oficial que viajara con pasaporte diplomático colombiano tenía que registrar el viaje en el Ministerio antes de partir.

"Por supuesto, Sr. Saldívar," le dijo el joven diplomático encargado del Departamento de pasaportes del Ministerio. "El Senador Abdoul registró un viaje de tres días a Italia para asistir a la Conferencia Interparlamentaria entre Europa y América Latina el 13 de septiembre."

Manuel leyó de nuevo las floridas palabras de la Constitución y escasamente pudo contener su emoción. El nuevo período legislativo acababa de comenzar y Abdoul andaba otra vez de viaje por el mundo. Sería muy fácil comprobar su inasistencia a votaciones importantes.

Manuel comenzó a reconsiderar las objeciones que le había hecho a Marta. Y en ese instante se preguntó si después de todo, no era ella quien había tenido razón. Esa pelea se podía ganar.

Casa de Nariño

Bogotá, 13 de octubre

6:59 a.m.

Tal como hacía todos los días, Marta Pradilla entró puntualmente al pequeño comedor de los aposentos residenciales en el tercer piso del palacio. Manuel Saldívar, jefe de gabinete y director de comunicaciones, y Héctor Carbone, el taciturno director del DAS, el organismo de seguridad del estado colombiano, la estaban esperando.

Carbone, un hombre de raza negra natural de la costa del Caribe, era un duro ex fiscal que adquirió prestigio por sus medidas enérgicas y exitosas para acabar con la corrupción. Era uno de los más antiguos partidarios de Marta Pradilla. No conocía personalmente a la candidata, pero simpatizaba con ella. Además de sus funciones como director del DAS, Carbone se desempeñaba informalmente como asesor de seguridad nacional de la nueva presidente.

Había otros comedores en el palacio presidencial, pero la Presidente Pradilla los detestaba porque eran enormes y demasiado recargados. Aquel de la parte residencial del palacio, en cambio, era pequeño pero cómodo, con capacidad para menos de diez personas y con algunos cuadros que le daban un aire acogedor. Eran retratos muy formales de los héroes de la independencia contra España: Bolívar, Santander y Miranda. A ella le hubiera encantado reemplazar esos lúgubres cuadros de generales y almirantes por pinturas de jóvenes artistas colombianos reconocidos a nivel internacional, pero Manuel Saldívar le aconsejó que se olvidara de eso.

"Algún periodista se enterará que la primera mujer presidente de Colombia está redocorando el comedor del palacio retirando los íconos de la nación y reemplazándolos con cuadros incoherentes pintados por artistas modernos de dudosa calidad. Marta, ya tenemos suficientes batallas y no queremos una más. Olvídate de redecorar," sentenció Manuel Saldívar cuando Pradilla le pidió su opinión.

Los dos hombres se levantaron cuando vieron entrar a la presidente. Pradilla sonrió y les indicó con el dedo índice que tomaran asiento de nuevo. Todos los días hacían lo mismo.

"Buenos días. Los chismes primero," dijo Pradilla poniendo una servilleta en su regazo.

Estas reuniones, que se celebraban diariamente a las 7:00 a.m., tenían un ritmo extraño. Casi no charlaban—Pradilla empezaba sus labores desde muy temprano y le gustaba pasar rápidamente de un compromiso a otro. Sin embargo, antes de que Manuel rindiera sus informes políticos y Héctor Carbone expusiera los asuntos de seguridad nacional, sus desayunos incluían una especie de limbo que la presidente denominaba "sección de chismes," que consistía en una charla informal disfrazada de informe oficial.

Héctor Carbone casi nunca participaba de esa parte de las reuniones, pues sabía que era la oportunidad para que Pradilla y su alter ego cargaran las baterías para iniciar el día. Ella necesitaba interactuar cinco minutos con Manuel, de la misma manera que un auto necesita combustible antes de tomar carretera. El intercambio nunca era íntimo en presencia de Héctor, pero sí claramente privado. Carbone sabía que aunque su presencia era tolerada, era sólo un invitado y no un participante.

Pradilla y Saldívar estaban a punto de terminar con su pasatiempo matutino.

"Una última cosa, Presidente," dijo Saldívar. "Anoche estuve en una cena en la embajada de Alemania. Después de despedirme, pasé un rato mirando el jardín de esculturas que inauguraron hace unas semanas. A través de la escultura del dios Tor y de su pararrayos vi que el embajador norteamericano se subía a su auto. Cuando el chofer le abrió la puerta al Embajador Salzer, vi que Alice Andrews estaba en el asiento trasero. Es la directora de los programas de la DEA en Colombia. Lleva siempre una pistola grande en su cartera y le gusta hablar duro. A propósito, también es muy bonita."

"Ahora bien, como la esposa del embajador viajó a Washington para asistir al nacimiento de su cuarto nieto, supongo que la Sra. Andrews no se encontraba allí a medianoche para presentar un informe relacionado con drogas. La moraleja es que hay que comportarse bien con la DEA; nos ganaremos la simpatía del embajador."

"Entiendo," respondió Pradilla con una sonrisa. Tomó nota mental para invitar a almorzar a la Agente Andrews y sonrió para sus adentros tras preguntarse cómo utilizar aquella información tan valiosa.

"Tu turno, Héctor. Procede, por favor," le dijo la presidente al asesor nacional de seguridad.

Carbone le comunicó las medidas de seguridad que se adoptarían para la visita que el presidente de Panamá haría la próxima semana a la ciudad de Bogotá. Sólo estaría un día, pero atenderían al anciano presidente centroamericano con toda la pompa y solemnidad posibles. Siempre era importante estar en buenos términos con Panamá, pues era el único vecino que Colombia tenía en el norte, y además había formado parte del país suramericano.

"Déjeme terminar con los Estados Unidos." Eso era inusual en Carbone. O bien comenzaba con los gringos o no los mencionaba durante sus informes.

"Seguimos recibiendo señales muy claras de que muy pronto, los Estados Unidos presentarán un paquete sobre Siria al Consejo de Seguridad de la ONU. Necesita tomar una decisión acerca de la posición que adoptaremos en el Consejo. Por amigos de la CIA sé que se están preparando para expandir las operaciones en el Medio Oriente."

Saldívar se inmiscuyó en la conversación. Se dirigió a Pradilla.

"En la inauguración, le pediste dos cosas a Stockman: ayuda comercial y un cambio en la política hacia Cuba. No hemos recibido siquiera la cortesía de una respuesta. Abstenernos de votar contra Siria es una forma de mostrar nuestra molestia. Deberíamos hacerle saber a Estados Unidos que no nos dejaremos manipular sin obtener nada a cambio."

"No podemos confiar en que Stockman haga algo por nosotros," continuó Manuel. "Está completamente obsesionado consigo mismo y con su guerra contra el terrorismo. Se supone que somos vecinos, pero en vez de ello somos títeres que se usan en organizaciones internacionales y luego se olvidan. Así no funcionan las cosas. El mundo se basa en el diálogo, y ellos tienen que reconocer que nosotros también existimos."

Saldívar no había terminado. "Definiste acertadamente la situación cubana," continuó Manuel. "Nos valimos de un poco de amabilidad y picardía para obligarlo a que aceptara que el encuentro con Castro había sido iniciativa suya. Así se lo confirmé a un periodista de *The New York Times*. Fue divertido escucharles decir que el encuentro con Castro había sido idea suya, pero que no había conducido a una apertura hacia Cuba por parte del gobierno estadounidense. Estoy de acuerdo con Héctor, necesitamos empezar a pensar en el voto en la ONU. También creo que deberíamos abstenernos. Deberíamos incluso pensar en votar contra las propuestas de Estados Unidos hacia Siria."

La presidente Marta Pradilla les levantó la mano a sus dos asesores para que se callaran. "Discutiremos nuestro voto en la ONU en otra ocasión. Quiero recordarles que este es un desayuno de trabajo y no una sesión de quejas. Dejen ya de llorar. ¿Algo más, Héctor?"

Ambos asintieron. No estaban acostumbrados a que Pradilla los interrumpiera. A Manuel le pareció un poco extraño que ella se hubiera irritado tanto por su andanada contra Stockman. Tendría que acordarse de preguntarle eso, aunque no ese día. Era evidente que no quería saber más del tema.

"Nada más. Eso es todo de mi parte," dijo Carbone. Iba a cerrar su carpeta cuando recordó que había olvidado mencionar algo. Abrió su carpeta de nuevo.

"Una última cosa. El embajador de Francia llamó ayer y me pidió mi opinión sobre la petición realizada por el senador Juan Francisco Abdoul, para que le concedan todas las consideraciones protocolarias y diplomáticas durante el viaje que emprenderá esta noche a Francia. Parece que hay un encuentro de Cámaras de Comercio de Europa en París en el que hablará Abdoul. De cualquier modo, les pidió a los franceses que le facilitaran un auto durante su estadía. El senador no resiste la tentación de ser tratado como corresponde a su rango."

"El embajador llamó porque conoce la opinión que usted tiene del senador. Quiere asegurarse que usted no se oponga a que el senador sea tratado con todas las formalidades diplomáticas en Francia. Fue muy amable de su parte consultarme. No queriendo parecer mezquino, le dije que no teníamos ninguna objeción al respecto."

"Está bien, Héctor," le dijo Pradilla. "Me horroriza saber que semejante criminal recibirá todas las atenciones diplomáticas, pero has optado por la decisión correcta. Sin embargo, es extraño que viaje mientras el Senado está en sesión. Manuel, ¿no estarán debatiendo lo de la seguridad social mañana y el viernes?"

Saldívar no escuchó eso. Seguía mirando a Carbone fijamente. ¡Mierda! ¿Había escuchado bien? ¿Abdoul de nuevo en Europa? Sería su segundo viaje en menos de veinte días.

Dos pensamientos divergentes pasaron por la mente de Manuel. El primero, que esta era una prueba más sobre el "ausentismo extremado" de Abdoul. Pero había otra cosa que preocupaba a Manuel. Era sumamente extraño que Abdoul viajara a Europa en medio de las sesiones legislativas. Algo no andaba bien.

"¿Manuel?" Pradilla repitió la pregunta. *¿Qué le pasará a Manuel esta mañana?* se preguntó la presidente. "Manuel, ¿no estarán debatiendo la ley de seguridad social esta semana?"

Saldívar logró controlarse. Tenía que decirle lo que pensaba al respecto, pero no delante de Carbone. Decidió resumir en sesenta segundos sus informes sobre asuntos domésticos, que usualmente duraban quince minutos.

"Sí. Discúlpame, el Senado debatirá la ley de seguridad social esta semana. Tal parece que la petición que realizamos para que aumenten las pensiones será aprobada. También es importante el anuncio de tu plan para abrir seiscientos centros de aprendizaje de alta tecnología en todo el país. Se me ocurrió algo al respecto: ¿Qué tal si realizas una conferencia de prensa por Internet? En otras palabras, recibes las preguntas y las respondes en el formato de mensajero instantáneo. Creo que eso le daría un toque moderno y agradable a un tema de alta tecnología.

"Me encanta tu idea. Adelante," dijo Pradilla. "¿Algo más?"

"No, hoy tengo mil cosas que hacer."

"Bien, muchas gracias."

Los tres se pusieron de pie y recogieron sus papeles. Carbone se despidió. Manuel no tuvo ningún reparo en dejarlo salir primero. Tan pronto lo hizo, Manuel se dio vuelta.

"¿Tenemos otro par de minutos? Necesito decirte algo importante."

Ella miró su reloj y recordó que tenía una reunión a las 8:00 a.m. Tendría que retrasarse un poco. Él podía haberla sacado de casillas minutos atrás, pero nunca le decía que no. Señaló de nuevo la silla con el dedo índice y arqueó sus cejas. Manuel entendió que tenía un momento disponible.

"Necesito decirte algo sobre Abdoul. Te daré las buenas noticias primero. Creo haber encontrado un recurso constitucional para retirarle su inmunidad que sería difícil de rebatir. Necesito consultar con los abogados, pero los dos viajes que ha hecho a Europa pueden ser todo lo que necesitamos."

Manuel le informó detalladamente sobre la prohibición estipulada por la Constitución respecto al "ausentismo extremado." Marta Pradilla sonrió ampliamente.

"Ahora, déjame decirte qué es lo que me preocupa," continuó Manuel. "Es probable que haya un problema serio con Abdoul. No sé de qué se trata exactamente, pero presiento que algo anda mal."

Saldívar le contó a la presidente lo que había sucedido tres semanas atrás en Roma. Le informó de la llamada que le hizo su hermana y el relato de Chibli sobre la presencia de un senador colombiano en el sótano de la embajada siria en la noche. También le informó que el único senador colombiano que se encontraba aquel día en Roma era Abdoul.

"Examiné todos sus comunicados de prensa y no hay ninguna referencia a Siria. Si en Barranquilla hay una importante colonia siria, ¿por qué entonces no mencionó su reunión con el embajador sirio? Le he preguntado a nuestra gente en Barranquilla y me dicen que no han escuchado que Abdoul esté planeando hacer algo con Siria en términos políticos."

"Todo es muy extraño. Si estaba planeando algo importante con los sirios, la colonia de ese país en Barranquilla ya lo hubiera sabido. Teniendo en cuenta la situación, los nexos con el mundo árabe son buenos para él. ¿Por qué tanto sigilo entonces?"

Pradilla lo miró detenidamente. "Así que lo que te preocupa ahora es este segundo viaje, ¿verdad? ¿Te intriga que haya viajado en medio de uno de los debates políticos más importantes del Senado? Ahora entiendo por qué estabas tan perdido cuando Héctor estaba dando su informe."

"Mira, Marta, ese hombre te quiere matar. Figurativa y literalmente. La historia que me contó mi hermana me dejó preocupado, pero centré mi atención en las crisis políticas que tenemos todos los días y entonces me olvidé de eso. Sin embargo, cuando supe que Abdoul viajaría esta noche a Europa, concluí que algo anda mal."

Pradilla sabía que Manuel no estaba exagerando. Juan Francisco Abdoul era un hombre peligroso. Su cargo político le había garantizado la inmunidad de la policía y de la justicia. Sus actividades criminales le habían dado el dinero para comprar cargos políticos. Era un círculo de poder concéntrico y eficiente. Abdoul había visto un futuro promisorio para él y su familia, gracias a su estrategia de lanzar a su hermano, que era mucho menos astuto, como candidato a la presidencia, pero Marta Pradilla se había atravesado en el camino.

"¿Viaja esta noche?" preguntó Pradilla. "¿Podemos decirle a Carbone y al DAS que lo sigan en Francia?"

Manuel negó con la cabeza. "Marta, el DAS no es el FBI. No pueden lanzar una operación internacional de seguimiento en menos de veinticuatro horas, y menos con este individuo. Quién sabe a cuántos funcionarios del DAS haya comprado Abdoul. Confío en Carbone, pero llevamos muy poco para saber quién está de nuestro lado y quién no."

La presidente Pradilla miró a Manuel completamente absorta. Se dio vuelta y tomó el teléfono. Los telefonistas de la Casa de Nariño contestaron de inmediato.

"Comuníqueme inmediatamente con el embajador de Francia," ordenó ella.

Manuel le iba a preguntar qué se proponía cuando repicó el teléfono. El embajador Jean Claude Pepin estaba en la otra línea.

"*Cher* Jean Claude," saludó Marta dulcemente al embajador. Lo conocía bien. El embajador había entablado amistad con Marta dos años atrás y era el diplomático extranjero más cercano a ella. A fin de cuentas, Marta había estudiado en Francia y era completamente bilingüe. El embajador la convirtió en la consentida de la prensa francesa y no fue por pura casualidad que había impactado a los periodistas y editores de su país con su cercanía a la elegante presidente de Colombia.

Ella fue al grano en un francés sin acento.

"Jean Claude, quería llamarte personalmente para agradecerte por tu delicadeza en contactar a Héctor sobre el viaje del Senador Abdoul. Tu inquietud acerca de nuestra opinión es gratificante y la apreciamos. También quisiera reiterarte lo que Héctor te dijo hoy: El Senador Abdoul es el presidente del Senado, así que merece y debe recibir todos los privilegios diplomáticos correspondientes a su investidura.

"No obstante, tengo que pedirte algo relacionado con su viaje," continuó ella. "Entiendo que sólo pasará una noche en Francia. Como él le ha pedido al gobierno francés que le facilite un auto durante su breve estadía, ¿crees que habría alguna posibilidad de que ustedes nos informen si el senador se sale de su itinerario? Sucede que recientemente nos hemos enterado de algunas actividades muy preocupantes relacionadas con él. Te lo pido porque él ya les ha pedido ayuda a ustedes, quienes . . . ¿cómo decirlo? . . . de todos modos lo custodiarán. Jean Claude, necesito saber si Abdoul realiza algún cambio en su itinerario—necesito saberlo en cuanto suceda. ¿Podrías ayudarme con eso?"

Se hizo un silencio durante una fracción de segundo. Pero, más allá de esa breve vacilación, si el Embajador Pepin quedó sorprendido, no lo denotó. "Madame Presidente, cuente con nuestra cooperación." No tenía que decirle que lo que le había pedido era bastante inusual. Pero como buen francés, era sutil y esas cosas no se mencionaban.

"Jean Claude, en caso de que necesites comunicarte conmigo durante el viaje del senador a París, puedes llamarme a mí o a Manuel Saldívar. Te agradecería si sólo nosotros tuviésemos el placer de hablar contigo sobre este tema. Jean Claude, *je te remercie infiniement*."

Colgó. Miró a Manuel con esa sonrisa que la hacía irresistible.

"La Sureté francesa seguirá a Abdoul. Son más duros incluso que el FBI. No podríamos esperar nada mejor. Si hace algo fuera de lo normal, lo sabremos."

Apartamento de Manuel Saldívar

Bogotá, 15 de octubre

1:23 a.m.

Unas cuarenta y dos horas después sonó el teléfono. Manuel Saldívar estaba profundamente dormido, pero el aparato siguió sonando. Primero abrió un ojo y después el otro. Tenía el brazo izquierdo completamente adormecido y sentía tanto hormigueo que casi no podía moverlo, así que se inclinó hacia el otro lado para tomar el teléfono con el brazo derecho. Se llevó el auricular al oído y antes de que dijera nada, escuchó un tono de marcado. El teléfono siguió sonando. Mierda, era el teléfono celular. Se despertó por completo cuando saltó de la cama para buscarlo. Lo encontró en el bolsillo de sus pantalones.

"Manuel, bon soir, c' est Jean Claude Pepin," dijo efusivamente el embajador francés, Manuel notó que su reloj despertador confirmaba la triste noticia de que lo habían despertado a la 1:23 de la madrugada.

"Siento despertarte, pero debo pedirte que transmitas un mensaje a Marta. ¿Estás despierto? Muy bien. Ayer en la mañana, el Senador Abdoul llegó a París, tomó una habitación en el Hotel George V. Unas horas más tarde fue a la Cámara de Comercio, asistio a la conferencia y dio su discurso. Por la tarde fue a una fiesta. Terminó el día con una cena temprana con una joven colombiana que trabaja en la UNESCO. Tengo su nombre, en caso de que lo necesites. Después regresó a su hotel acompañado de Mademoiselle. La muchacha salió del hotel alrededor de las tres de la mañana."

Manuel se preguntó si sería que el embajador le tenía una aversión personal de la que no tuviera conocimiento; era la 1:30 de la mañana y este sapo lo estaba obligando a escuchar el relato de las actividades políticas, gastronómicas y sexuales de Abdoul en París. Sin embargo, ya se había despertado, así que continuó escuchándolo.

"Hasta ahí no hay nada interesante, Manuel. Es por eso que no te he llamado en todo el día. No obstante, las cosas han cambiado en las últimas horas. Y los hechos son lo suficientemente inusuales como para llamarte."

Manuel reconsideró la opinión negativa que le merecía el francés.

"Son las 7:30 de la mañana en París. El senador entregó su habitación a las 6:00 a.m. de imprevisto. Antes de salir, dejó instrucciones para que el conserje hiciera dos cosas: Primero, llamar a Air France para reconfirmar su vuelo de regreso a Bogotá a las 4:00 p.m. y, segundo, que llamara al chofer puesto a su disposición por el gobierno francés y le dijera que no lo necesitaba."

"Sin embargo," continuó Pepin, "como hemos pedido que siguieran al senador, nuestros servicios tuvieron la amabilidad de colaborar, aunque el chofer oficial no estuviera presente. El Senador Abdoul tomó un taxi al Aeropuerto Charles de Gaulle y compró un pasaje de ida y vuelta a Roma en el vuelo 468 de Alitalia a las 8:15 a.m. De acuerdo con su itinerario, pasará menos de una hora y media en Roma y regresará a París a las 12:48 p.m., en el vuelo 933 de Air France. Acaba de registrarse para el vuelo a Roma. No lleva equipaje y actualmente se encuentra en la fila para pasar los controles de seguridad."

Manuel se quedó estupefacto, tanto por la noticia como por la forma en que se la habían dado. Marta Pradilla le había solicitado al embajador información inmediata. Ella había dicho que los franceses eran eficientes, ¡pero aquello era sorprendente!

"Sr. Embajador, no sé qué decirle. Obviamente, estamos muy agradecidos por la forma en que su gobierno ha podido satisfacer la petición de la presidente. Ella estará muy agradecida."

"Manuel, tienes que ir a Francia," comentó el embajador Papin. "Sabemos hacer algo más que cocinar bien. Somos muy eficientes. Te dejo. Llámame si necesitas algo más, no importa de qué se trate. Todos queremos que Marta salga adelante." El embajador colgó.

Manuel Saldívar no sabía qué hacer. ¿Debería despertar a Marta? ¿Intentar que detuvieran a Abdoul? Pero, ¿por qué? "Hola senador, queda arrestado por conducta sospechosa." ¡Si Abdoul hacía cosas sospechosas todos los días de su vida!

¿Qué démonios haría el senador durante una hora en Roma? ¿A quién vería? Pensaba en eso cuando se dio cuenta que necesitaba ir al baño.

Sin embargo, se contuvo hasta decidir un plan de acción. Era como si la necesidad de evacuar lo obligara a tomar decisiones difíciles rapidamente. No le agradaba lo que estaba pensando; iba contra todas las fibras de su ser, contra cualquier rasgo de razonamiento correcto, pero sabía que no tenía otra alternativa. Si no actuaba de inmediato, nunca sabría qué haría Abdoul en Roma.

Dejó su teléfono móvil en la cama y se estiró para tomar el fijo. Marcó los catorce números para hablar con su hermana. Probablemente iba en su auto, camino a la escuela.

El teléfono se activó al otro lado del Océano Atlántico y lo único que escuchó Manuel fue el estruendo de las bocinas, el tráfico romano, algo que había experimentado personalmente cuando había ido a visitar a su hermana. El ruido ensordecedor de las horas pico de Roma era una experiencia alucinante. Los romanos conducían sin soltar las bocinas de sus autos. Logró escuchar a su hermana gritando.

"Susana, soy Manuel. ¿Me escuchas?"

"Hola, hermanito. Sí, Chibli y yo vamos camino a la escuela. Espera. Déjame cerrar las ventanas para poderte escuchar. ¿Cómo estás? ¿Alguna novia?" Esa era la típica conversación de Susana. Siempre quería saber si su hermano tenía novia.

"Presta atención. Susana. Son las dos y media de la mañana en Colombia, creo que estamos ante un grave problema y no sabía a quién acudir."

"Espera, hermanito, voy a estacionarme. Pareces bastante preocupado. ¿En qué puedo ayudarte?"

Manuel intentó resumir la historia. Después de la conversación que tuvieron unas semanas atrás, realizó varias pesquisas pero no encontró nada. Abdoul estaba de nuevo en Europa y se dirigía a Roma para realizar una visita de una hora. Manuel necesitaba saber de qué se trataba.

"Necesito que hagas lo siguiente: que vayas al aeropuerto y esperes a que llegue el vuelo. Pero ten mucho cuidado. Mantente alejada de él: tu aspecto de colombiana podría delatarte. Ya sabes, los políticos tienen olfato para detectar a sus electores. De todos modos, ¿crees que puedes seguirlo y ver qué hace? Es evidente que se encontrará con alguien. La pregunta es con quién."

Manuel no había terminado. "Otra cosa, hermana. ¿Podrías comprar un pasaje para el vuelo 933 de Air France hacia París? Necesito que regreses en el mismo avión que él. Necesitamos saber qué hará cuando llegue a París y no tengo forma de saberlo si no es por ti."

Susana se echó a reír. "Mi hermanito quiere convertirme en James Bond. Nunca me imaginé algo así. Eres tan sobreprotector a pesar de ser menor que yo, y ahora me quieres enlistar en el Servicio Secreto de Su Majestad. Espera un momento."

Manuel escuchó una conversación en voz baja. Susana le estaba contando todo a Chibli. Manuel sabía que lo haría pero no tenía ningún reparo; era algo natural. Si tenía la osadía de involucrar a su hermana en algo peligroso, tendría que hacerlo bajo sus propios términos. Y Manuel comprendió que eso implicaba contarle todo a Chibli.

"Queremos ayudarte, Manuel. Pero Chibli me pregunta si comprendes lo obvio. Lo más probable es que Abdoul venga a reunirse con el embajador de Siria. Chibli te manda a decir que el embajador es un hombre muy influyente en Siria. Si Abdoul y Omar bin Talman están involucrados en algo, es probable que se trate de un asunto muy serio. Es decir, no tendremos ningún problema si quieres que observemos a Abdoul, pero debes entender que si el propósito de su visita es verse con Bin Talman, vas a necesitar mejor ayuda que la que te pueden ofrecer dos maestros de escuela."

Manuel sabía a qué se refería su cuñado. Era una manera diplomática de decir, "te estás metiendo en camisa de once varas." Sabía que era cierto, pero necesitaba que le ayudaran y que siguieran a Abdoul durante su estadía en Roma.

"Susana, ya sé que esto es espionaje casero y latino de arroz con frijoles. No tiene sentido pedirte que te transformes en espía. Pero soy funcionario del gobierno de un país subdesarrollado y eres todo lo que tengo por ahora. No me llames a mi teléfono móvil. Comunícate a través de los telefonistas de la Casa de Nariño; ya salgo para allá. Te quiero muchísimo." Manuel colgó.

Mierda, necesitaba orinar en ese instante. Manuel corrió al baño, estuvo más de un minuto en el sanitario, se duchó, se vistió y bajó al primer piso. Como todos los funcionarios importantes del gobierno, Manuel tenía un séquito de guardaespaldas y un chofer, pero no había nadie en ese momento, pues eran las 3:00 a.m. Se encogió de hombros. Fue al garaje y abordó su auto. No conducía desde la campaña presidencial y se preguntó si aún sabría hacerlo. Salió del garaje, giró a la izquierda y vio al policía al frente de su casa. A través del espejo retrovisor vio que el guardia entraba en pánico al constatar que Saldívar salía de su casa sin escoltas. Manuel se rió. *No se preocupe, señor guardia* pensó Manuel. *A esta hora, los guerrilleros, los criminales y los narcotraficantes están dormidos.*

Condujo a toda velocidad—no por la urgencia, sino porque le resultaba divertido. Bogotá era una ciudad muy activa durante gran parte del día y la noche, así que ir a toda velocidad hacia el palacio presidencial sin encontrarse con otro auto era un placer poco frecuente.

Llegó al estacionamiento del palacio y vio que las puertas estaban cerradas. Pensó en tocar la bocina pero concluyó que despertaría a la única residente de la casa presidencial. Optó por bajarse del auto y buscar a un guardia de seguridad. Había uno en la puerta de entrada del palacio.

"Hola, siento llegar a esta hora," le dijo Manuel al guardia somnoliento. "Le entrego las llaves del auto. Está afuera. Necesito que encuentre a alguien que lo estacione adentro antes que alguna patrulla policial crea que es un auto bomba. También necesito que les informe a los telefonistas que ya he llegado. Estoy esperando una llamada telefónica."

Manuel se sentó en su escritorio y encendió una lámpara que irradiaba una luz amarillenta. Sabía que esa noche podría cambiar su vida. Aún no sabía cómo, pero podía presentirlo. Permaneció casi inmóvil. Así pasó casi una hora en su oficina. Ya eran las 4:15 a.m. y Abdoul estaría aterrizando en Roma.

El tiempo transcurría lentamente. Intentó cerrar los ojos y dormir un poco, pero no pudo relajarse. Trató de hacer el crucigrama del periódico del día anterior, pero no pudo concentrarse. Se conectó a Internet para ver las noticias de la mañana, pero no lograba concentrarse en la lectura.

Sonó el teléfono. Miró su reloj. Eran las 5:50 a.m. en Bogotá y las 11:50 a.m. en Roma.

Dudó un instante y contestó. "Manuel, te habla Chibli. Abdoul llegó hace una hora y diez minutos. Lo esperaba un hombre a quien me tomó unos minutos reconocer. Abordaron un Mercedes 450 SL con placas diplomáticas estacionado ilegalmente. Había alguien en el asiento trasero del auto. Abdoul habló con la otra persona menos de cinco minutos y luego se bajó. El chofer abrió el baúl y sacó dos maletas que parecían pesadas. Se las entregó a Abdoul, se subió al auto y se marchó."

"¿Y qué sucedió después?" preguntó Manuel.

"Abdoul llamó a un portero que llevó las maletas al mostrador de Air France y se registró para viajar a París. Susana ya compró el pasaje para ese vuelo. Tuvimos que comprar uno en clase ejecutiva para asegurarnos que pueda bajarse del avión antes que él, pues de lo contrario, podría perderlo de vista."

"Chibli, ¿pudiste anotar la matrícula del auto?"

"No tuve necesidad de hacerlo. Reconocí el auto, y está claro con quién habló Abdoul. El hombre que lo esperaba en el aeropuerto es Hamid Tarwa, el chofer del embajador de Siria en Roma. Seguramente era el embajador, pues era su auto."

"Manuel, Osman Bin Talman no tiene escrúpulos," dijo Chibli. "Es lo peor de mi país y ahora está involucrado con lo peor del tuyo. No sigas solo en esto; deberías pedir ayuda a personas que sepan lo que hacen. De todos modos, Susana ya está en el avión y te informará sobre las andanzas de Abdoul en París. Después de eso, tú verás que puedes hacer. Consigue ayuda, Manuel. La necesitas."

Manuel se quedó en silencio. Sabía que estaba sucediendo algo sumamente grave, aunque aún no sabía de qué se trataba. Una cosa era tratar con colombianos, pero otra muy distinta era entrometerse en asuntos del Medio Oriente. Chibli tenía toda la razón. Necesitaba ayuda. Sólo que no sabía dónde encontrarla.

Casa de Nariño

Bogotá, 15 de octubre

6:02 a.m.

Manuel no dudó un minuto más. Era hora de despertar a la presidente colombiana. Diez segundos después de recibir la llamada de Chibli, se comunicó con la telefonista y le pidió que le marcara al dormitorio de la mandataria. El telefonista vaciló algunos instantes.

"Por favor hágalo," le dijo serenamente Manuel. Poco después, escuchó Marta Pradilla contestar con tono afable.

"Marta discúlpame si te llamo tan temprano. Siento haberte despertado."

"¿Qué dices, Manuel? Ya he leído todos los periódicos; ahora estoy leyendo *The New York Times* en Internet."

"Necesito verte de inmediato. ¿Puedo subir?"

"¿Subir?" preguntó Marta, claramente confundida. Eso quería decir que apenas eran las seis de la mañana y Manuel ya había llegado al Palacio. Aquello le revelo la gravedad del asunto. Ella sabía cuánto le costaba a Manuel llegar todos los días a las siete de la mañana para el desayuno de trabajo.

"Por supuesto. Pediré café. Sin embargo, tendrás que aceptarme en bata."

Manuel caminó por el corredor y oprimió el botón del ascensor. Era curioso, pensó. Los dos habían pasado por tantas cosas en los últimos meses. La campaña, la inauguración presidencial, los primeros dos meses de la presidencia. Cada día que pasaba se unían más. Pero ésta sería la primera vez que la vería en ropa de dormir. Manuel tenía un poco de curiosidad.

Era evidente que ella había informado al personal de seguridad y al de la cocina que Manuel ya había llegado, porque el guardia musculoso que estaba de turno lo saludó. Aunque los miembros de seguridad sabían muy bien cuál era su rango y la cercanía que tenía con la presidente, Manuel se preguntó si lo dejarían entrar a aquella hora sin el consentimiento de la mandataria. Llamó a la puerta del dormitorio presidencial.

Marta abrió la puerta. No llevaba una bata suelta, sino un piyama de seda azul oscura que parecía para hombre. La camisa era estilo Mao Tse Tung, sin cuello y con botones hasta arriba. Tenía su cabello castaño claro recogido y sujetado con un palillo chino. *¿Cómo hace esta mujer para verse siempre tan atractiva?*, se preguntó Manuel.

Como era su costumbre, le señaló la silla con el dedo índice, para que se sentara en el sofá del vestíbulo de su habitación. Se sentó sin vacilar—era un poco más de las 6:00 a.m. y ya estaba agotado. Expuso la historia, y se lo dijo todo sin omitir ningún detalle.

"Marta, hay algo más," concluyó Manuel. "Chibli y Susana me lo han dicho dos veces en las últimas horas. Estamos metidos en camisa de once varas. Una cosa es tratar con Abdoul; es un criminal, pero estamos familiarizados con él, lo conocemos—es colombiano. Pero ahora sabemos que está involucrado con un estado del Medio Oriente conocido por sus vínculos con grupos terroristas y que está a un paso de ser el próximo objetivo militar de los Estados Unidos. Es algo que se sale de nuestro marco de referencia."

La presidente Marta Pradilla asimiló lentamente la información y habló pausadamente.

"Quiero desglosar esta historia en varias partes, Manuel. Primero, especulemos qué pueden contener las maletas. Se trata de un político y mafioso colombiano que no tiene otra cosa que ofrecerles a los sirios salvo dinero. Así que la pregunta es, ¿qué habrá comprado? La única respuesta que se me ocurre es que ha adquirido algún material peligroso para utilizarlo contra el estado colombiano y contra mí. Podría tratarse de un equipo de espionaje para realizar grabaciones secretas, o también de materiales para fabricar bombas y volar algún objetivo importante en Bogotá. Está claro que es algo que utilizará contra nuestra administración. ¿Estás de acuerdo conmigo?"

Manuel respondió rápidamente. "Claro que sí. Lo único que el gobierno sirio podría buscar de un colombiano sería dinero, y obviamente, Abdoul está tratando de hacer todo lo que esté a su alcance para hacerte daño."

"Está bien," dijo la presidente. "Ahora la pregunta es qué podemos hacer al respecto. Él llegará a Bogotá esta noche en un vuelo de Air France, ¿verdad? ¿Podemos arrestarlo en el aeropuerto?"

"¿Bajo qué cargos?" respondió Manuel. "¿Por posesión de dos maletas? Él no ha hecho nada anormal. Sabemos que se reunió con un sirio bastante peligroso, pero es descendiente de sirios. Si decimos que sospechamos de él por el encuentro que sostuvo en Roma, la mayoría de la gente replicará que eso no tiene nada de malo. Detenerlo en el aeropuerto también tendría consecuencias políticas. ¿Qué tal si lo detenemos y no le encontramos nada? Quedaremos como unos idiotas y la prensa se ensañará con nosotros. Podría ser un golpe muy fuerte, teniendo en cuenta que son las primeras semanas de tu administración."

Manuel no había terminado. "De cualquier manera, sería ilegal detenerlo. No podemos emitir una orden de arresto en su contra si no tenemos pruebas de que ha cometido delitos."

"Sí, creo que tienes razón. Bueno, esto es lo que haremos; es hora de que participe el DAS. Tienes razón en decir que no son como el FBI ni como la Mossad, pero hacen un buen trabajo. Además, Carbone es una persona completamente confiable. Su labor como fiscal en Santa Marta fue impecable y me impresionó positivamente. Está abierto a todo tipo de preguntas—así provengan de una mujer. Ésa es una buena señal. Tenemos que correr el riesgo, Manuel.

Manuel la miró con cierta incredulidad, pero comprendió que necesitaban ayuda especializada. No tenían otra alternativa que confiar en el DAS.

"Veremos a Carbone en el desayuno de las 7:00 a.m., es decir, en menos de veinte minutos," repitió. "Le diremos que tenemos dos peticiones. La primera es que nos han informado que la familia Abdoul está planeando realizar algo anormal, probablemente contra el gobierno. Deberá ayudarnos a confirmar de qué se trata. La segunda es mucho más delicada. Tendrá que poner a Abdoul bajo algún tipo de vigilancia desde el momento en que ingrese al aeropuerto. No se trata tanto de seguirlo, sino de monitorear sus maletas. Necesitamos saber qué contienen."

"Hay una cosa que yo no haría ahora," continuó Manuel. "Decirle a Carbone sobre los vínculos de Abdoul con Siria y lo que me dijo mi hermana, pues no quiero que le abran un expediente en el DAS. Tampoco quiero que se sienta obligado a pedirles información a los italianos y norteamericanos."

Ella meditó un momento y discrepó. "No, Manuel, somos un equipo. Si no trabajamos juntos existe una gran probabilidad de que fracasemos, y esto es demasiado importante como para someternos a ese riesgo. Tenemos que confiar en Carbone. Es talentoso, profesional y está de nuestro lado."

Miró el reloj. Faltaban veinte minutos para las siete. Manuel leyó sus pensamientos; ella quería ser puntual.

Saldívar salió, tomó el ascensor para ir a su oficina y recoger sus papeles, bebió una pequeña taza de café y regresó de nuevo al tercer piso. Se dirigió al comedor privado. No tenía prisa, pues sabía que Marta llegaría tarde. Abrió la puerta y se sorprendió al ver a la presidente sentada a la mesa con Carbone. Los meseros servían el desayuno. ¿Cómo demonios podía haberse arreglado tan rápido?

"¿Una noche larga, Manuel?" le dijo Marta Pradilla en el más desenfadado de los tonos mientras le señalaba la silla con el dedo índice.

La presidente les pidió a los camareros que sirvieran de inmediato y que dejaran el café sobre la mesa, pues no quería interrupciones. Y una vez que los meseros terminaron, Manuel y Marta le contaron a Carbone todo lo que sabían.

Casa de Nariño

Bogotá, 15 de octubre

8:06 a.m.

===

"Manuel, es Susana. Esto es muy divertido, pero también está lleno de tensiones. Todo el tiempo creo que le voy a perder el rastro. Cuando me bajé del avión había tanta gente en el aeropuerto que no lo pude ver, y—"

Manuel la interrumpió. "Por favor, Susana, dime qué ha pasado."

Ella sonrió. Podría ser un funcionario muy importante, pero ella sabía que su charla siempre terminaba por sacarlo de casillas.

"Sí, no hay ningún problema. Estoy en el terminal 2F del Aeropuerto Charles De Gaulle, en la puerta del vuelo de Air France con destino a Bogotá. Abdoul está en el bar. Se bajó del avión proveniente de Roma, fue al puesto de registro para pasajeros de primera clase y se registró. Dijo que era el presidente del Senado colombiano y solicitó la presencia de un funcionario de Servicios Especiales de Air France. Una mujer amable llegó hace poco, yo estaba muy cerca y escuché todo. Abdoul le dijo que llevaba documentos gubernamentales sumamente importantes en las dos maletas, que debían tener todas las precauciones del caso con su equipaje y subirlo de inmediato al avión. Ella le pidió las etiquetas de las maletas y cinco minutos después regresó y le dijo que ya estaban en la aeronave."

"¿Ha hecho algo extraño? ¿Alguna llamada telefónica? ¿Habló con alguien?" preguntó Manuel.

"No, sólo con la empleada de Servicios Especiales . . . Espera, están anunciando el vuelo, no puedo escuchar mi propia voz."

Hubo una pausa en la línea telefónica que lentamente se llenó con los sonidos del aeropuerto parisino, primero en francés, y luego en un inglés con un fuerte acento.

"Madames et Messieurs, este es el primer anuncio para abordar el vuelo 456 de Air France con destino a Caracas, Venezuela, y luego a Bogotá, Colombia. Comenzaremos con nuestros pasajeros de primera clase y con aquellos que necesiten algún tipo de atención especial. Air France les desea un feliz vuelo."

Susana habló de nuevo.

"Bueno, te decía que no habló ni llamó a nadie. Parece tranquilo. Lo estoy viendo, está pagando el café. Esperaré a que aborde el avión y luego saldré a comprar un pasaje para regresar a Roma. No puedo hacer nada más, ¿verdad?"

Manuel estuvo de acuerdo. "Espera hasta que cierren la puerta del avión y luego te vas. Eres una hermana maravillosa. Siento haberte involucrado en esto, eres increíble. Veré qué medalla te puedo dar. Debe haber alguna que se llame algo así como la Medalla a la Ciudadana Patriótica o la Orden de la Hermandad Ideal. Ya veré," dijo Manuel riéndose.

"¡Más bien deberías pagarme este pasaje en clase ejecutiva! Recuerda que soy una profesora," bromeó Susana.

Manuel colgó, prometiendo pagarle con dinero y con abrazos fraternales. Se dirigió de inmediato al despacho presidencial sin perder tiempo. La secretaria le dijo que Marta estaba con el alcalde de Medellín, la segunda ciudad de Colombia. Pensó en esperar pero simplemente le dejó una nota. "Ya está en el avión con sus cosas. Llega esta noche."

Luego le pidió a Mabel, la secretaria de la presidente, que le entregara la nota en ese instante.

El resto de la jornada se le fue entre una cosa y otra. Ese día sólo vio una vez a la presidente Pradilla, durante el anuncio de la comisión presidencial que estudiaría los asuntos energéticos de la región andina colombiana. Las represas hidroeléctricas del altiplano escasamente tenían agua durante seis de los doce meses del año, por lo que el gobierno se veía frecuentemente obligado a racionar la electricidad. Marta Pradilla había prometido que ese sería uno de los primeros temas que trataría de solucionar y tenía todas las intenciones de hacerlo.

Ella lo miró una vez terminó su discurso. Acostumbraban hablar antes o después de todos los eventos. Todo el mundo sabía que la prensa se abalanzaría sobre ella cuando terminara de hablar. Discutieron brevemente lo que le dirían a la prensa, y se acercó a él antes de salir.

"Carbone está ocupándose del asunto. Tienes que confiar en él," le dijo Marta.

Manuel esperaba lo mismo. El Departamento Administrativo de Seguridad era una institución extraña—una mezcla de CIA, FBI y Servicio Secreto en uno solo. Estaba a disposición del presidente. El DAS era una institución confiable y estricta que contaba con más de tres mil funcionarios y no estaba sujeta a muchas de las presiones políticas y burocráticas que solían afligir al ejército y a la policía.

Este organismo no se ocupaba de robos, asesinatos ni otros delitos, sino de los delitos contra el estado—asuntos como el terrorismo, el narcotráfico, los grupos guerrilleros, la corrupción y algunos crímenes macabros. Su labor era difícil y, entre otras cosas, era la conexión colombiana de la Interpol.

El DAS protegía con celo al presidente de la República y se encargaba de las investigaciones especiales. Sus agentes no eran los únicos en realizar operaciones de inteligencia, pues tanto la policía como las Fuerzas Armadas contaban con departamentos de inteligencia. Pero mientras que estos organismos se ocupaban de muchas otras tareas, el DAS se dedicaba exclusivamente a reunir información sobre posibles amenazas de seguridad contra Colombia y su presidente. Durante la época terrorífica de Pablo Escobar, el violento capo del Cartel de Medellín, el ex presidente Gaviria y el director del DAS se convirtieron en los dos personajes más amenazados en la historia de Colombia, ya que Escobar había planeado matarlos más de cien veces.

A pesar de todo su poder, alcance y acceso a los presidentes colombianos, el DAS permanecía en la sombra. Sus directores raramente concedían declaraciones o eran vistos en público. Casi nunca expedían informes. Los directores del DAS trabajaban en privado. Durante las administraciones anteriores, solían llegar al palacio presidencial en las horas de la noche para rendirle informes al presidente al calor de una copa. Las decisiones se tomaban en la oscura privacidad de los aposentos del tercer piso de la Casa de Nariño y eran desconocidas para la mayoría, incluso para los asesores más cercanos al presidente.

Todo esto le molestaba a Manuel, pues atentaba contra su gran sentido de apertura y transparencia. Creía firmemente que una verdadera democracia no podía sustentarse en las decisiones informales y de última hora que el DAS pretendía que tomaran los presidentes. Entendía que todos los países necesitaban servicios de inteligencia eficientes para protegerse de sus enemigos internos y externos, pero el DAS era una institución oscura, sombría, y no daba explicaciones públicas.

Sin embargo, tenía que admitir que el nombramiento de Héctor Carbone había sido insólito. Normalmente, los directores del DAS eran escogidos entre un grupo de generales y comandantes retirados de la policía. Pero Marta rompió la tradición, pues quería a un civil en el cargo. Como fiscal, Carbone tenía un impresionante récord de políticos corruptos y burócratas deshonestos arrestados. Marta lo admiraba porque había combatido al *status quo*. Carbone había nacido en

Santa Marta, en la costa norte de Colombia. Aunque la mayoría de la población colombiana tenía algún grado de mestizaje, Carbone era de raza pura, ciento por ciento negro. En Santa Marta decían que era "negro como el carbón." Fue uno de los primeros hombres de raza negra en la historia de Colombia en ser nombrado para un cargo tan importante.

Manuel lo admiraba personalmente, pero poco tiempo después de haber asumido su cargo se dio cuenta de que la relación entre la presidenta y Carbone era una de las pocas instancias que le estaban vedadas. Sabía que al igual que sus predecesores, Carbone frecuentaba el palacio en las últimas horas de la noche. Manuel sabía que algunas veces, el director del DAS viajaba con la presidenta en su limosina tras regresar de algún evento, y en esas ocasiones la limosina no estaba a su disposición. Trataba de no tomárselo personalmente, pues eran asuntos de gobierno.

Así que durante el resto del día, se propuso no pensar en Abdoul, en Carbone ni en las maletas. Un cóctel a las cinco de la tarde con una reportera rubia increíblemente sexy de treinta y cinco años de la BBC le facilitaría su trabajo. Esta mujer tenía todo a su favor: un guiñar de ojos irresistible, ropas sensuales y elegantes, un cuerpo bellísimo e inteligencia en cantidades industriales. Había viajado a Colombia porque un canal británico le encargó un reportaje especial de media hora sobre la nueva presidenta, un espacio bastante generoso para un medio como aquel.

Manuel terminó por darle a Maggie James un recorrido por el palacio. Complementó sus grandes conocimientos de la historia de Colombia con detalles sobre los hábitos laborales y gastronómicos de la presidenta, así como sobre sus pasatiempos favoritos. Tal vez había hablado demasiado, pero no podía callarse. La reportera tenía ese agudo ingenio propio de los ingleses sofisticados. Pero su cuerpo esbelto y voluptuoso le confería un aspecto poco usual para los parámetros británicos.

Estaba despidiéndose de Maggie cuando recibió una llamada en su oficina. Miró su reloj, eran casi las 6:00 p.m. Respondió con rapidez y escuchó la voz de Marta.

"Ven, por favor," le ordenó y colgó de inmediato.

Acompañó a Maggie hasta la puerta y la dejó en manos de Alfonso, su chofer. Manuel prometió hacer todo lo posible para extender un poco la entrevista de treinta minutos que la reportera tendría con Marta al día siguiente. Cuando Alfonso dobló por la esquina acompañado de Maggie, Manuel se dio vuelta sobre sus talones, subió al ascensor y entró al elegante despacho presidencial.

Era un lugar con clase. En un palacio donde se alternaban el gusto exquisito y la ordinariez ofensiva, el despacho presidencial era un festín visual. Tenía paneles de caoba oscura, estaba decorado con antigüedades y era formal pero no recargado. Obras de arte de artistas clásicos y modernos colgaban de las paredes y había esculturas en varias mesas auxiliares. Eran obras de gran calidad.

Manuel notó dos cosas de inmediato. Primero, que Marta no estaba sola. Segundo, que no estaba nada contenta.

Se dio vuelta y vio a Héctor sentado en una de las sillas coloniales adosadas a la pared. No se le había pasado por la cabeza que alguien pudiera sentarse en esa silla; era una de esas antigüedades coloniales de aspecto endeble, un mueble diseñado para la observación y no para la interacción.

Le estrechó la mano al director del DAS. Carbone no se puso de pie; no era una señal de irrespeto sino de preocupación.

"Director, dígale por favor a Manuel lo que me ha dicho," le ordenó Pradilla.

"El vuelo 456 de Air France aterrizó a las 5:23 p.m. en Bogotá. Teníamos hombres apostados adentro y afuera del aeropuerto en caso de que el Senador Abdoul saliera sin pasar por los controles de inmigración, pero no estaba en el avión," dijo Carbone.

Manuel se estremeció. ¿Cómo era posible que Susana hubiera cometido un error tan grave? Le había prometido que permanecería en el aeropuerto de París hasta que cerraran las puertas del avión. Recordó una y otra vez la conversación que había tenido con su hermana. Y de repente, algo se aclaró en su mente. Recordó el estruendoso sonido de los parlantes del aeropuerto que interrumpió la conversación con su hermana. El empleado de Air France había anunciado que el vuelo en Bogotá haría escala en Caracas, Venezuela.

"¡Se bajó en Caracas!" exclamó Manuel, creyéndose un genio por haber llegado a esta conclusión.

Carbone le llevaba ya la delantera. "Sí, es correcto. Es algo que estamos confirmando, además de si efectivamente logró reclamar sus dos maletas."

No había terminado. "Si, como todos sospechamos, las respuestas a estas dos preguntas son afirmativas, estaremos en problemas. Venezuela está sumergida en un estado de confusión total. Abdoul puede entrar y salir a su antojo de ese país sin que nadie pueda seguir ni detectar su entrada a Colombia. La frontera con Venezuela tiene miles de millas de costas, llanuras y zonas montañosas. Abdoul podría entrar en una avioneta, en un campero o en un bote."

"Director, ¿qué es lo que quere decir exactamente?" preguntó la presidente.

"Digo que deberían dar por sentado que Juan Francisco Abdoul ya ingresó a Colombia con sus dos maletas. Cruzar la frontera con Venezuela no es ningún problema para un hombre tan rico y astuto como él. No sabemos en qué lugar está ni dónde encontrarlo. En este momento, no tenemos absolutamente ninguna forma de controlar sus actos," sentenció el director del DAS.

PARTE IX:
ESTADOS UNIDOS

PARA: ColombiaHermosa
DE: ManFromNebraska
ASUNTO: Otra pregunta difícil

Querida Marta:

¡Dios mío, tu descripción del día que pasaste en Bali fue sumamente conmovedora! Es obvio que esa niña te marcó de una manera increíble. Algún día, si quisieras hablar de ello, me gustaría saber cómo hiciste para sobrevivir a la muerte violenta de tus padres. Sé lo que sucedió, pero no puedo imaginarme cómo te cambió eso.

Tengo que confesar que desde que te conocí, has tenido una forma especialmente sincera de hacerme preguntas y ponerme en situaciones que requieren una gran dosis de reflexión. Eres nueva en esto, así que pronto te darás cuenta de lo difícil que es pensar cuando se ejerce este cargo. Tenemos que seguir una agenda implacable y apagar un incendio tras otro. Así que me es difícil ser coherente cuando me haces preguntas que requieren tiempo para ser respondidas.

¿Por dónde comienzo con respecto a Miranda? Fue mi

amor de adolescencia. Estudiamos juntos enlasecunda-
ria—yo iba un año más adelante. La invité a mi fiesta de
graduación. Me presenté a la Universidad de Standford
(donde actualmente estudia Julia), así como a Yale y a
John Hopkins. Me aceptaron en todas pero decidí estudiar
en la Universidad de Nebraska porque no me atreví a ale-
jarme de Miranda.

Casi no tengo recuerdos de mi vida sin ella. Era parte
de mí. Estuvo conmigo. Creía en mí sin reservas. Me
escuchaba mucho pero sus respuestas eran cortas.
Me ayudó inmensamente, pero no me daba "consejos,"
como los llamaría uno. Se limitaba con frecuencia a
escuchar mis quejas durante media hora y luego me
decía: "¿Por qué no le preguntas a fulano o fulana?" Y
siempre mencionaba la persona indicada para hablar del
asunto.

Creo que habría sido una primera dama muy diferente a
Hillary Clinton.

Era una madre fenomenal. Trató de transmitirle a Julia
muchos de los valores de la Nebraska luterana, morava y
provinciana. Allí no te dan una educación cosmopolita,
pero sí te inculcan principios sólidos.

Falleció hace tres años y la extraño mucho. Pero también he llegado a la conclusión de que dejamos muchos
asuntos sin resolver y sin hablar de ellos. Estábamos juntos porque se suponía que teníamos que estarlo, y algunas veces temo que no era porque nos hubiéramos
preguntado todos los días si estar juntos era lo mejor para
los dos. También es cierto que al final, cuando Julia era
mayor, nuestra relación no fue la más cercana.

¡Rayos!, Marta, ¡es algo muy difícil! Me cuesta admitirlo
personalmente y comentarlo con otra mujer; especialmente con una tan diferente a mi esposa.

Jamás pensé que fuera a hablar de esto, y mucho
menos contigo. Sé muy poco de tus orígenes, no he estado en tu casa, no puedo imaginar que unos terroristas

asesinen a mis padres en el cuarto contiguo. Nada de lo tuyo se parece en lo más mínimo a mis orígenes.

Sin embargo, me parece muy atractivo que no reconozcas límites ni fronteras.

Creo que es suficiente.

Pienso en ti con afecto,

J.

PARA: ManFromNebraska
DE: ColombiaHermosa
ASUNTO: Devolución de invitación.

Querido John:

Me parece extraño que cultives esa imagen de dura impenetrabilidad. ¡Tú no eres así!

La forma en que describes a Miranda es hermosa. Como mujer, no creo que haya otra cosa que me halague y me conmueva más que un hombre diga que no tiene recuerdos de su vida sin mí.

Pareces casi avergonzado de admitir que la vida también cambia y que tu relación con ella siguió el mismo rumbo. Ustedes estuvieron juntos—estaba determinado que así fuera. Pero ahora que el destino se la ha llevado, no creo que sea inadecuado preguntarte qué te hacía falta o qué es lo que quieres ahora.

Todos cambiamos, John.

Hace algunos días me preguntaste a qué parte de Colombia te llevaría. Sí, te llevaría a Cartagena. Es una ciudad hermosa, casi mágica, pero también es polvorienta, ruidosa y sucia; es todo eso y mucho más.

Detrás de las murallas de la ciudad colonial está el pueblo de casas blancas. Cartagena es la ciudad natal de mi abuela, pero supongo que es muy diferente a la organizada comunidad morava de tu abuela en Nebraska.

Cartagena es una mezcla de humanidad, actividad y vitalidad. Es un caos controlado, donde encontrarás cafés, bares, restaurantes, vendedores callejeros, tiendas elegantes que se entremezclan con la pobreza y la suciedad. Es un lugar difícil de catalogar, pero siempre escucharás música a todas horas y en todas partes.

Hablando de música, los colombianos somos melómanos y tenemos grandes músicos. Te enviaré algunos discos compactos de Carlos Vives y de Juanes. Y Shakira, una de nuestras grandes estrellas, está teniendo un éxito arrollador en los Estados Unidos. Acaba de sacar su segundo disco en inglés.

Así que ya sabes. Si vas a Cartagena conmigo, tendrás que bailar hasta la madrugada. El baile es una obsesión nacional en Colombia.

Agradezco tu invitación a Nebraska. Me encantaría asistir a una campaña presidencial en los Estados Unidos. ¿Me dejarías participar como voluntaria en Nebraska en las próximas? Pensándolo bien, eso no sería muy bien visto en mi país. Me imagino los periódicos anunciando: "El Presidente John Stockman regresó hoy a Nebraska en compañía de su nueva voluntaria, la ex Miss Universo y actual presidente de Colombia." ¿Qué te parece? No creo que eso me ayude mucho.

Hablando de ayuda, necesito pedirte algo relacionado con Cuba. Leí en la edición digital de *The New York Times* que próximamente recibirás un informe de quinientas páginas de la comisión sobre Cuba. Si bien el informe no ha sido publicado aún, todos sabemos que solicita el endurecimiento de cualquier legislación flexible que pueda haber sobre viajes, medicinas y alimentos hacia Cuba.

¿Por qué lo haces? ¿Qué puedes conseguir con eso? ¿Por qué no me pidieron a mí, al presidente Flamenco de Brasil o al presidente Granada de México ser parte de esa comisión? A fin de cuentas, también nos incumbe ese asunto, vivimos en el mismo vecindario. ¿Por qué recurres a una pequeña comunidad de la Florida y no a Latinoamérica, cuya comunidad es mucho más grande? El régimen comunista en Cuba sigue incólume después de cuatro décadas, ¿y tú pretendes derribarlo con más de lo mismo? ¿Qué hay que hacer para que entiendas que se necesita una nueva política?

Si apruebas las recomendaciones de la comisión, le darás diez años más de vida a Castro. Nos harás sentir mal a todos tus amigos, y nuestros electores te verán como a un prepotente. Todos te hemos dicho que la política hacia Cuba es un fracaso que perdura tras cuarenta años. Sólo soy la última en una larga lista, pero las opiniones de los amigos parecen no importarte. Sin embargo, quieres que te respaldemos en otras iniciativas, que apoyemos tus planes en Irak, Siria, Bosnia, y así sucesivamente; te sorprenderás cuando no lo obtengas.

John, ¿por qué es tan difícil trazar nuevos caminos en la política?

Marta

PARA: ColombiaHermosa
DE: ManFromNebraska
ASUNTO: Tu mensaje

Querida Marta:

Hoy haré dos cosas de una importancia trascendental, fundamental y vital. Primero, pienso rescindirle la ciudadanía norteamericana a Nelson Cummins, mi asesor nacional de seguridad, y luego, cancelaré tu visa. ¡Cielos! ¡Ustedes dos me van a enloquecer con Cuba!

Te contaré lo que le dije a Nelson: Lo estoy pensando. Pero ustedes dos tienen que aceptar que nada en la vida es tan claro como uno quisiera.

La mayoría de los países no pueden deshacerse de su

carga histórica simplemente porque así lo quieran. Piensa en tu país. No habría problemas de droga de no ser por Colombia. Y sin embargo, yo—y muchos otros—entendemos que es un problema que ni tú ni ningún otro líder puede cambiar de la noche a la mañana.

Fue por eso que disentí de manera tan enfática con lo que dijiste en tu discurso inaugural. Entiendo muy bien que no proponías nada concreto, pero el solo hecho de hablar sobre la legalización de las drogas es peligroso.

Marta, todos tenemos nuestras trampas políticas.

Mis mejores deseos,
John

DE: ManFromNebraska (Respuesta)
PARA: ColombiaHermosa
RE: Devolución de invitación

Querido John:

Si vamos a entablar una verdadera amistad, no podremos evitar esta discusión, así que abordémosla. Estoy segura de que volveremos sobre el tema, pues desafortunadamente las drogas son el aspecto más importante de la relación entre nuestros países.

Los Estados Unidos han gastado casi $450,000 millones de dólares en fondos federales, estatales y locales destinados a varias actividades contra las drogas durante los últimos veinte años. Sin embargo, en tu país hay casi dieciocho millones de personas mayores de doce años que consumen drogas ilegales. Han gastado mucho dinero en esta guerra pero no han obtenido mayores resultados.

Los Estados Unidos quieren aumentar la erradicación y persuadir a los campesinos para que no siembren cultivos ilícitos. Han tratado de intensificar la interdicción aérea para reducir la cantidad y la calidad de las drogas que son introducidas a los Estados Unidos. Intentaron incrementar las redadas en las fronteras norteamericanas para elevar el precio doméstico de los narcóticos. ¿Y qué han logrado? El resultado es que actualmente hay más drogas ilegales. Y son más fáciles de conseguir, más puras y baratas que a comienzos de los años ochenta.

Las cortes norteamericanas han institucionalizado una política de cero tolerancia y están imponiendo sentencias obligatorias. A los jueces se les ha exigido dictar sentencias de diez años de prisión a estudiantes sorprendidos con marihuana en su poder. Los resultados son unos niveles de encarcelamiento nunca antes vistos. Más del cincuenta por ciento de los presos federales, y el treinta por ciento de los presos estatales, está en la cárcel por delitos relacionados con drogas.

John, no estoy segura de que la solución sea la legalización. Dije eso para provocar el debate.

Pero me parece que culpar a México por el gran consumo de marihuana en EE.UU., a Myanmar por el aumento en la adicción a la heroína, o señalar a Bolivia como chivo expiatorio por el abuso de cocaína en tu país, no ayudará a solucionar el problema de drogas que hay en Norteamérica ni el tráfico mundial de narcóticos. Se necesita una postura completamente nueva.

No tengo respuestas. Pero al igual que el tema de Cuba, el problema internacional de las drogas está pidiendo a gritos una nueva solución.

Un abrazo,
Marta.

Residencia Presidencial de la Casa Blanca

Washington, 14 de octubre

9:00 p.m.

El Presidente John Stockman se retiró temprano a su habitación. Era extraño que contemplara siquiera la posibilidad de acostarse a una hora decente—las reuniones, los discursos, las cenas y los eventos de recaudación de fondos ocupaban sus noches y le impedían retirarse temprano. Pero en realidad, John Stockman no tenía ningún problema con pasar sus noches ocupado. Desde que había muerto Miranda, los dormitorios eran símbolos de soledad e introspección—dos sensaciones que le desagradaban profundamente.

Sin embargo, esa noche quería estar solo. Subió las escaleras y le pidió a Ronnie, el camarero, que le trajera una copa de coñac. Aunque éste le respondió amablemente con un "sí, señor," Stockman vio que éste miró de soslayo a Augustus Johnson, el agente del Servicio Secreto apostado en la puerta del dormitorio presidencial. John Stockman llevaba poco más de dos años como presidente, y beberse un coñac temprano en la noche era algo inusual en él.

Se acostó en su cama matrimonial con lo que Adidas denominaba "ropa deportiva"—una sudadera gris compuesta por un suéter y un pantalón. Su indumentaria informal contrastaba con las finas sábanas Ralph Lauren ya dispuestas y las almohadas mullidas recostadas en la cabecera. Pasó de un canal televisivo a otro.

Las imágenes de los programas habituales del jueves—*ER, CSI, Dateline*—se superponían entre sí; el presidente cambiaba de canales sin verlos.

Estaba inquieto y nervioso. Su mente ordenada divagaba sin rumbo y las ideas se sucedían con rapidez. Ante todo, se sentía irritado, especialmente consigo mismo, y sobre todo porque detestaba el desorden. Desde que había conocido a Marta Pradilla en Bogotá, el desorden era asunto de todos los días.

Revivía en su mente pequeños fragmentos del breve encuentro que había tenido con ella en Bogotá, de la noche que habían pasado juntos en Nueva York, y de los correos electrónicos que estaban intercambiando. Pocas personas le hablaban con tanta claridad. Podía escuchar su acento suave y sus pocos errores gramaticales. La voz de aquella mujer le retumbaba y golpeaba rítmicamente en su mente.

Dos cosas le impactaban de verdad. La primera, que ella tenía razón cuando decía que los Estados Unidos necesitaban demostrar de nuevo que tenían esperanza en el resto del mundo y no miedo de él. La segunda, que era indudable que varios temas representaban verdaderos callejones sin salida que necesitaban nuevas soluciones.

Los dos puntos de Marta Pradilla estaban conectados entre sí. Los grandes presidentes norteamericanos habían sido innovadores. Franklin Delano Roosevelt había lanzado el Nuevo Trato, su revolucionario programa; Johnson había promovido la 'Gran Sociedad'; Reagan había contribuido haciendo frente a la Unión Soviética. Estos presidentes no eran amados universalmente, pero nadie ponía en tela de juicio su valor y su visión. *Sí*, pensó John Stockman, *a menos que sientes nuevos precedentes, la historia te verá como otro presidente más*. No había nada de malo en ello—Eisenhower, Carter y Bush padre, fueron figuras de transición—hombres buenos pero no grandes.

De alguna manera, esta mujer lo había hecho mirarse al espejo de la política, aunque él se había resistido a hacerlo. Sabía que su propia obsesión psicológica por el orden, la previsibilidad y la estabilidad eran tanto una fortaleza como una debilidad. Su énfasis en la seguridad lo convertiría en el presidente de la seguridad nacional—los norteamericanos estaban seguros bajo su mirada vigilante. Había perseguido con éxito a terroristas en tierras lejanas, pero nada de esto lo convertiría en un gran presidente.

Era evidente que ella tenía razón y que se necesitaba un cambio. Pero a pesar de lo obvio, cualquier tema suponía una serie de camisas de fuerzas políticas, esposas económicas y tabúes emocionales. Los estamentos políticos y la numerosa delegación de la Florida en el Congreso congelaban cualquier cambio en la política hacia Cuba. De manera similar, un pequeño número de poderosos y millonarios intereses corporativos impedían una verdadera discusión sobre el comercio. Y no era necesario decir que admitir la derrota en la guerra contra las drogas era un suicidio político.

Sí, se necesitaba una fuerte sacudida para producir un verdadero cambio en alguno de estos temas y para ello era preciso tener muchas agallas políticas. Era por eso que John Stockman estaba tan irritado esa noche. Se sentía desafiado por una hermosa mujer y no estaba seguro de tener el valor para hacer algo realmente diferente.

Un canal tras otro. *Queer Eye. CNN with Aaron Brown.* Viejos capítulos de *Law and Order* que John Stockman no veía.

Se paseaba con impaciencia. El corazón le palpitaba con fuerza. Su rostro estaba contraído en una expresión extraña. Su cerebro pasaba desordenadamente de la política a su legado, de Castro a las drogas.

Se sentía más irritado con cada minuto que pasaba. Detestaba la duda. Despreciaba las inquietudes. Aborrecía lo impredecible. Maldita sea, no podía controlar su mente inquieta.

Seguía pasando canales. Un partido de béisbol en ESPN, una película de vaqueros con John Wayne en AMC, las noticias locales. No veía nada de eso.

De repente, a las 11:20 p.m., justo cuando el presentador de pronósticos metereológicos anunciaba una mañana inusualmente húmeda, John Stockman comprendió. Se dio cuenta de que se le había escapado el motivo que tanto lo inquietaba. Se detuvo en seco, a medio camino entre la televisión y las ventanas que daban al Jardín de Rosas. Súbitamente comprendió la causa de su agitación, aunque no por ello se calmó. Al contrario, se preocupó aún más.

John Stockman advirtió en ese instante que había sucumbido ante la bella e inteligente latinoamericana. Quizá no se tratara de amor todavía, pero era algo lo suficientemente cercano como para asustarse.

"Mierda," murmuró.

La CIA

Langley, 15 de octubre

11:15 a.m.

Willy Perlman se sentó con Ellen O'Shehan y Ruben Goldfarber en la mesa de reuniones del salón adjunto. Llevaban
cuatro días en el edificio desde que habían identificado la conexión entre los sirios y el equipo nuclear de Pakistán. Les
enviaban ropa, se duchaban en el gimnasio de la Agencia, y
ninguno de los tres vislumbraba la posibilidad de ir a casa, ni
siquiera por unas pocas horas. Todos eran conscientes de la
gravedad del problema.

Willy no era un tipo monástico. Al contrario, era bastante
gregario para un espía. Era soltero y le gustaba salir; le en-
cantaban las buenas películas, cenar con amigos y el buen
vino. Pero como todo lo suyo, tenía que ser con mesura. Le
gustaba llevar una vida organizada y perfectamente equili-
brada. Y actualmente, su vida era bastante caótica.

"Estamos jodidamente perdidos," gritó Willy.

"Discúlpame Willy, pero no estás siendo justo," dijo Ellen
O'Shehan mirándolo fríamente. "Sé que aún nos falta mucho
y que el tiempo se agota. Pero decir que estamos perdidos no
es útil ni acertado. Estamos enfrentados a una amenaza completamente nueva, y hoy sabemos mucho más de lo que sabí-
amos hace algunos días."

Conocía a Ellen O'Shehan desde hacía varios años. Nadie

sabía tanto sobre la proliferación de armas nucleares como esta mujer obesa. Había dedicado su vida a rastrear materiales radioactivos, a interpretar informes sobre plantas de procesamiento, a seguir los movimientos de los expertos nucleares en más de cien países. Hacía todo eso con una calma maravillosa. Willy nunca la había escuchado alzar la voz o contestar mal. Y ese día, Ellen había hecho ambas cosas.

Willy Perlman ignoró por completo la tensión y trató de conservar la calma. Se consideraba afortunado de contar con ella, la perdonó, y no tardó en ceder.

"Está bien. Volvamos a examinarlo todo con calma. Díganme dónde estamos, como si se lo estuvieran diciendo al presidente, porque no tardará en llamar."

Ruben Goldfarber empezó. Siempre dejaba que Ellen lo hiciera, pero ese día quería evitar cualquier tensión adicional. Así que en su tono lánguido y acongojado, resumió lo que todos sabían.

"Sabemos que Farooq Rahman llevaba tres años retirado cuando el Coronel Ali Massoud Barmani lo visitó hace aproximadamente dos meses. Sabemos esto porque su esposa le ha confirmado a la inteligencia pakistaní que su esposo recibió dicha visita. Les sirvió galletas con almendras y no escuchó nada importante.

También sabemos que el ánimo abatido y taciturno de Rahman mejoró notablemente después de la visita del coronel. Seamos claros, Farooq Rahman era devotamente anti-occidental y un musulmán fanático. Si se alegró, fue porque el Coronel le asignó una misión de su agrado. Farooq Rahman desapareció de su casa dos semanas después con una pequeña bolsa de viaje.

"Tercero, hemos presionado a nuestras fuentes en Chechenia—y después de pagarles casi un millón de dólares—hemos recibido información totalmente confiables acerca del posible objetivo de la misión de Farooq. Se enteraron de la adquisición de uranio altamente enriquecido y apto para fabricar armas hace algunas semanas. No saben nada del comprador, pero sí que la venta no se realizó en ruso sino en inglés. Esa es otra señal que apunta a Rahman—todos los miembros de la élite pakistaní hablan inglés.

Ruben bebió un trago largo de su botella de agua. Ellen no pudo resistirse y aprovechó el silencio de Ruben para poner a Willy al tanto del trasfondo de la historia.

"Parece que las advertencias que hemos realizado durante varios años son acertadas," dijo Ellen. Desde hace mucho tiempo sabemos que ciertas cantidades de uranio apto para fabricar armas desaparecieron de varias plantas soviéticas, de estaciones nucleares y de instalaciones de procesamiento poco antes del colapso de la Unión Soviética. Aunque sospechamos que desde hace un buen tiempo entraron al mercado pequeñas cantidades de este material, esta es la primera vez que tenemos noticias concretas y creíbles de la venta de uranio procedente de la antigua Unión Soviética.

"Nuestro contacto en Chechenia nos ha informado que ese material proviene de una antigua planta de enriquecimiento situada a sesenta y cinco millas al sur de Almaty, en Kazajstán," continuó Ellen. "Dos meses antes del colapso de la Unión Soviética, Mijail Gorbachev ordenó el cierre de esa planta y de otras que había en Kazajstán. Les dijo a los científicos nucleares rusos que viajaran a Rusia y llevaran consigo todo el material nuclear. Pero muchos de los científicos eran rusos que habían vivido toda su vida en Kazajstán. Sus esposas, hijos y familiares vivían en esa república. Eran rusos, pero no tenían nada qué hacer en su país de origen.

"Pidieron permiso para permanecer allí, pero Gorbachev ordenó que los repatriaran y la mayoría obedecieron. Sin embargo, dos científicos—Vladimir Prostov y Giorgy Aspartin—desaparecieron días antes de que se realizara la evacuación y se llevaron unos 100 kilogramos de uranio 235 enriquecido al 90 por ciento. Nadie se percató de esto debido al caos que siguió a la evacuación de las familias y del material. Los doctores Prostov y Aspartin, así como los materiales nucleares, nunca volvieron a ser vistos . . . hasta ahora. Ese es el uranio que creemos, vendieron a Rahman.

"¿Sabemos de qué cantidad de uranio estamos hablando?" preguntó Willy. Había hecho esa misma pregunta dos veces en las últimas veinticuatro horas. Era como si necesitara escuchar la mala noticia una y otra vez.

"Quién sabe cuál pueda ser la verdad, Willy," respondió Ruben. "Nuestras fuentes hablan de quince a treinta kilos, es decir, entre treinta y cuarenta y cinco libras. Si se detonan como es debido—cosa que no es difícil de hacer—sería mucho más que suficiente para fabricar una bomba muy poderosa."

"Bien. Continúa, Ruben," ordenó Perlman.

"Esto es casi todo lo que sabemos con certeza. No hemos podido confirmar si Rahman estuvo en Chechenia. Pero, de nuevo, la venta se hizo en inglés, así que creemos que existe una gran probabilidad de que haya sido él quien compró el uranio. Y luego aparece muerto en Georgia. Es probable que haya entrado por el Desfiladero de Pankisi, lo que implicaría una organización sorprendente. El dinero no basta para que un extranjero pase por allí."

Ruben se dispuso a rematar la conclusión.

"Y entonces, sucede que Rahman está en Georgia, en un hotel de Telavi, una ciudad de provincia, exactamente al mismo tiempo en que se está celebrando la cena de despedida de la Conferencia de la ONU sobre los refugiados en esa misma ciudad. La planificación fue extraordinaria."

"El delegado pakistaní a la conferencia de la ONU era el Coronel, que conocía y había trabajado con Rahman desde mucho tiempo atrás. Enviamos un equipo del FBI a Georgia y confirmó que el asesinato fue bastante profesional, a pesar de querer hacerlo pasar por un suicidio. Aunque no tenemos el cadáver, los informes policiales señalan que una bala entró por la sien, a poca distancia y con un silenciador. Ellen y yo creemos que fue obra del Coronel; tiene toda la experiencia necesaria para realizar este tipo de asesinatos.

"Pero, ¿por qué habría de asesinar a su viejo amigo y asociado, a un hombre con el que ha trabajado durante veinte años?" Willy también había hecho estas preguntas anteriormente. Era evidente que ensayaba la conversación que inevitablemente tendría en la Casa Blanca.

"Porque no tenía cómo sacar a Farooq de Georgia," respondió Ellen. "Hubiera sido bastante riesgoso subirlo a un avión. Claro que habría podido desandar sus pasos por el Desfiladero de Pankisi, pero el Coronel sabía muy bien que había sido casi un milagro que el profesor hubiera llegado a Georgia sin ser descubierto, y que lo más seguro fuera que lo descubrieran si se aventuraba a regresar. No tenía mayores alternativas. Tenía que matarlo."

"Termina," exclamó Willy. Ellen y Ruben se preguntaron si Willy se daba cuenta de que era él quien se mantenía interrumpiéndolos con preguntas que ya habían respondido.

"Ahora, el Coronel tiene el uranio en su poder," dijo Ruben, "aunque no por mucho tiempo. El botones recuerda claramente que puso las maletas en el autobús que iba al aeropuerto. Los georgianos informaron que el Coronel salió al día siguiente para Londres. Pero esa misma noche, el Embajador Osman Al Husseini, el delegado sirio a la conferencia, abordó el autobús que lo llevó al aeropuerto y partió a Viena en un vuelo de Austrian Airlines. No tenemos la menor duda de que los sirios tienen el uranio.

"¿En dónde?" preguntó Willy.

Había hecho esa pregunta no una ni dos veces, sino un millón de veces en los últimos días. A diferencia de otras preguntas que realizaba una y otra vez, para ésta no había una respuesta definitiva. Esa era la pregunta del millón, y la respuesta dictaría necesariamente las decisiones que tendrían que tomarse en las próximas horas. Ellen respondió.

"Osman Samir al Husseini es el principal espía de la familia Al Assad en los Estados Unidos. Es el número dos en la misión de Siria en las Naciones Unidas. Tenemos que concluir que es un buen espía, así que debemos creer que probablemente se ha enterado de que pensamos presentar una dura resolución contra su país en las Naciones Unidas. Sabe que estamos planeando adelantar una especie de operación militar y que nos disponemos a enviar nuestras tropas a la frontera con su nación."

"Por tanto, nuestra conclusión es que el uranio está en Siria y que poseen los mecanismos necesarios para detonarlo. Si las tropas norteamericanas cruzan la frontera desde Irak, utilizarán armas nucleares contra nuestros soldados. Y aunque nos preparemos para esta eventualidad e ingresemos a territorio sirio, es indudable que muchos estadounidenses morirán. También podrían morir muchos sirios, pero éstos se convertirían en héroes en el mundo árabe. Serían los primeros en lanzar un ataque nuclear exitoso contra el Ejército de los Estados Unidos."

"¿Hay otra hipótesis?" preguntó Willy.

"Sí," dijo Ruben. "La otra posibilidad es que intenten llevar el uranio a suelo norteamericano para que terroristas con el apoyo del gobierno sirio lancen un ataque nuclear. Pero francamente, esta hipótesis es poco plausible. ¿Cómo harían para entrar el uranio? ¿Quién lo entraría? Al Qaeda ha tenido éxito porque es una red de pequeñas células con estrechos vínculos entre sí. Es difícil seguirlos porque no sabemos quién pertenece a esa organización y quién no.

"Pero un ataque terrorista patrocinado por Siria es algo completamente diferente," interrumpió Ellen. "Las cosas han cambiado mucho desde el 11 de septiembre y nuestras fuentes de inteligencia en el Medio Oriente han mejorado ampliamente. Sabemos de cualquier transacción monetaria y de cualquier movimiento de sustancias. La NSA puede interceptar las conversaciones de los personajes más importantes de la región."

"Entonces, ¿no le recomendarías al presidente que aumente el nivel de alerta a naranja?" preguntó Willy, refiriéndose a los absurdos códigos de colores establecidos por el Departamento de Seguridad Doméstica para informarle al público sobre la posibilidad de un ataque terrorista.

"Willy, hace dos días, ordenamos una operación de vigilancia exhaustiva dirigida a Siria y a sus aliados," dijo Ellen. "Reorientamos nuestros satélites y ya se encuentran en órbitas geoestacionarias permanentes sobre Siria. Hemos aumentado la vigilancia de diplomáticos y funcionarios sirios en todo el mundo, especialmente en Europa. Les hemos notificado a los gobiernos donde hay bancos importantes que nos informen sobre cualquier transacción monetaria relacionada con Siria."

El teléfono móvil de Willy comenzó a vibrar. Ellen y Ruben se dieron cuenta porque Willy estiró sus piernas y su mano comenzó a moverse espasmódicamente dentro del bolsillo del pantalón. Willy abrió la tapa y escuchó. La conversación duró menos de diez segundos.

"Sí, Nelson. Estaré allá en media hora," respondió Willy y cerró el teléfono. No tuvieron que decirse nada. Era la llamada que estaban esperando de la Casa Blanca. El presidente quería un informe y pediría informaciones muy precisas. Willy se puso en pie y miró por última vez a los analistas; les pidió un consejo final.

"Sabremos si los sirios intentan mover algo en esta dirección," concluyó Ellen. "Habrá tiempo para aumentar el nivel de alerta. Nuestra mejor hipótesis en estos momentos es que los sirios tengan un arma nuclear para defender su territorio y repeler una invasión norteamericana. El presidente necesita sopesar esto si quiere considerar la posibilidad de invadir a Siria desde Irak. Creemos que los sirios no vacilarán en utilizar el uranio."

Willy asintió en señal de acuerdo. Y sin decir palabra, se dio vuelta y se marchó.

La Casa Blanca

Washington, 15 de octubre

2:45 p.m.

Pasaron sólo dos minutos desde que el auto de Willy llegó a la Casa Blanca hasta que éste llamó a la puerta de Nelson Cummins.

Había ido muchas veces allí. Tenía calculado que entre los controles de seguridad, el registro, los ascensores y la espera en la oficina del asesor nacional de seguridad, el tiempo promedio para ver a Nelson—desde que entraba a la Casa Blanca hasta el momento en que le daba la mano—era de quince a veinte minutos. Esta vez el auto recibió autorización para entrar y la secretaria lo esperaba en la puerta lateral del edificio. El ascensor tenía las puertas abiertas. Willy fue conducido a la oficina de Nelson por una puerta trasera y le dijeron que golpeara.

El único efecto que esto tuvo fue ponerlo más nervioso, porque semejante celeridad no reflejaba la confianza que le tenían en la Casa Blanca, sino una gran agitación en el interior del edificio.

Nelson se levantó para saludarlo pero no le sonrió. "Willy, tenemos cinco minutos antes de hablar con el jefe. Repasa lo que sabes."

Willy le dijo todo lo que sabía. Describió en detalle lo que sabían sobre todos los aspectos de la historia. Quería que

Nelson entendiera la diferencia entre lo que sabían, lo que sospechaban y lo que podía ser una suposición sensata.

Nelson escuchó atentamente sin dejar de mirar a Willy. Estaba completa y totalmente concentrado, y no le quitó los ojos de encima ni siquiera cuando su interlocutor terminó.

"De acuerdo," dijo Nelson. "Expondrás lo que sabes en menos de cinco minutos, y dejaremos que Stockman conduzca la conversación."

Willy estaba familiarizado con el poder. Los años que había pasado en Washington lo habían hecho inmune a los títulos pomposos, a los hombres y mujeres petulantes que poblaban aquella ciudad. Había hablado con Clinton y con Bush, pero esas conversaciones habían tenido lugar en la sede de la CIA, en reuniones de muchas personas. Era la primera vez que iba al Despacho Oval y se sorprendió de sentir que le latía el corazón.

El presidente se levantó de su escritorio cuando los vio entrar. Saludó a Perlman con un apretón de manos y le señaló uno de los dos sofás que había en el despacho.

"Gracias por venir, Dr. Perlman. Nelson me ha dicho que ustedes son amigos y que te tiene un gran respeto. Estás en la línea de fuego. A fin de cuentas, fuiste tú quien descubriste lo del material nuclear. Habla," concluyó el presidente.

"Gracias por recibirme, Sr. Presidente. Es un placer conocerlo personalmente. Seré breve y conciso, y me extenderé con gusto en los detalles que usted considere necesarios."

Perlman esperó a que el presidente asintiera. Sabía que a los poderosos les gustaba controlar todos los aspectos de una reunión—incluso sentir que controlan a quien les está dando un informe. El presidente le hizo el gesto que Willy esperaba: un leve movimiento del rostro.

Sr. Presidente, creemos que unas cuarenta libras de uranio altamente enriquecido provenientes de la antigua Unión Soviética—que son más que suficientes para fabricar una bomba poderosa—han pasado a manos del gobierno sirio o de elementos al servicio de ese gobierno. El uranio fue transportado de contrabando por un científico nuclear pakistaní que tenía conexiones con sectores extremistas musulmanes, quien le entregó el uranio a un conocido espía del gobierno sirio. Sin embargo, no sabemos dónde se encuentra actualmente este material."

Willy ignoró la nube que comenzó a envolver el rostro del presidente y continuó. "Sr. Presidente, usted ha escuchado en treinta segundos lo que sabemos. Ahora, déjeme decirle cuáles son nuestras suposiciones. Creemos que los sirios han adquirido el uranio para fabricar una bomba para repeler una posible invasión norteamericana desde la frontera con Irak. Los sirios saben que esta administración considera que el gobierno de Damasco sigue cumpliendo un papel altamente negativo en el Medio Oriente, pues acoge y patrocina a los terroristas. Si lanzamos un ataque militar contra Siria, creemos que lanzarán la bomba a nuestras tropas.

"Sr. Presidente, ellos creen que independientemente de que lleguemos o no hasta Damasco, serán considerados como héroes por haber dado muerte a varios miles de soldados norteamericanos. Si les respondemos con la misma moneda, es decir, con armas nucleares, mataremos a muchos civiles y nos ganaremos la enemistad eterna del mundo árabe por haber utilizado armas nucleares contra la población inocente. Si no utilizamos armas nucleares, Assad y sus aliados dirán que tuvieron el valor de adquirir y utilizar armas nucleares contra una Norteamérica impotente."

"Los líderes sirios se convertirán en héroes y mártires, y contarán con la protección derivada de su inmensa popularidad en el mundo árabe," concluyó Willy.

El Presidente John Stockman meditó detenidamente en lo que había escuchado. Sus planes para presionar a Siria se dificultaban y complicaban a cada minuto. Sabía que ese día tenía programado llamar a dos lideres mundiales para pedirles su apoyo en la dura resolución que presentarían contra Siria en la ONU. Sin embargo, no recordaba quiénes eran.

Nelson Cummins interrumpió con tacto.

"Señor presidente, aunque creo que el análisis de Willy es acertado en el sentido de dónde y cómo los sirios pretenden utilizar el material nuclear, creo que debemos considerar la posibilidad de aumentar el nivel de alerta en los Estados Unidos a código Naranja. Hemos perdido el rastro de cuarenta libras del material más peligroso que existe. Necesitamos estar preparados en caso de que no sepamos con certeza adónde irá ese material. Además, si algo sucede, es importante que usted demuestre que hizo todo lo que estaba a su alcance."

Stockman negó con la cabeza.

"No puedo hacer eso, Nelson. Si aumentamos el nivel de alerta, tendré que decirle a la policía y al personal de emergencia que creemos que los sirios tienen cuarenta libras de U-235 en sus bolsillos y que piensan introducirlo a los Estados Unidos. Sería un suicidio." El presidente habló más rápido. "No permitiré que mi gobierno aumente el nivel de alerta basado en rumores imprecisos. Si creemos que los sirios planean lanzar un ataque a nuestro territorio, no dudaré en aumentar el nivel de alerta y le informaré a todo el mundo por qué lo hicimos. Sin embargo no he escuchado nada semejante, ¿correcto?"

"Sí, señor presidente. Creemos que si ellos tienen armamento nuclear, tratarán de utilizarlo contra los soldados norteamericanos destacados en el Medio Oriente."

"Eso hace que sea un asunto del Pentágono," dijo Stockman dirigiéndose a su asesor nacional de seguridad. "Nelson, prepara una reunion con los jefes conjuntos. No me dejaré presionar por un estado terrorista, asi tenga armas nucleares o no. Quiero saber cuáles son nuestras opciones militares y pienso que necesitamos acelerar nuestros planes contra Siria."

El Presidente Stockman miró a Willy Perlman. "Supongo que no necesito decirles que no ahorren recursos para rastrear cualquier pista que nos lleve al uranio. Es la mayor prioridad que tiene actualmente nuestra nación."

El presidente se puso de pie. "Dr. Perlman, gracias por su buena labor. Agradezco la claridad de sus consejos."

Misión de Siria en
las Naciones Unidas

Nueva York, 15 de octubre

5:45 p.m.

Doscientas doce millas al norte de la Casa Blanca, el hombre delgado de bigote pequeño tomó el auricular y marcó el número del teléfono móvil que sabía de memoria. Aunque la línea era segura, quería ser tan breve como fuera posible.

Aunque era muy tarde en Roma, el Embajador Omar Bin Talman respondió al segundo timbre.

"Sr. Embajador, como siempre, es un placer escuchar su voz," dijo Osman Samir al Husseini.

"Hola, amigo mío. Esperaba que fueras tú. ¿Me tienes alguna noticia?"

"Sí."

"Habla entonces."

"El plan ha salido a las mil maravillas. Todos los paquetes han llegado con nuestro amigo a Latinoamérica."

"Fabuloso. Y ¿sabrán los americanos de esto?"

"La vigilancia que hemos realizado a las casas de los dos analistas de inteligencia a cargo de la proliferación nuclear, me dice que el par de funcionarios llevan varios días sin ir a sus casas. Eso indica que los americanos han descubierto la existencia de nuestro valioso material."

El Embajador Omar Bin Talman suspiró por el auricular. "Eso es lamentable, pero no letal para nuestros planes. Sin embargo la pregunta es si ellos sospechan adónde se dirige el cargamento."

"Se ha programado una reunión de militares de alto rango en la Casa Blanca para el día de mañana. Para mí, eso significa que creen que el material está en nuestro país."

Bin Talman nunca dejaba de sorprenderse por la capacidad que tenía su amigo para obtener información. ¿Cómo lo hacía? No importaba, prefería no saberlo.

"¿Quieres decir que ellos sospechan que lo utilizaremos para defender nuestro territorio en caso de un ataque?" preguntó Bin Talman.

"Así es."

"Maravilloso, mi querido amigo. El engaño es total," dijo el Embajador Omar Bin Talman con una amplia sonrisa.

"Eso significa que ahora nuestras esperanzas están depositadas en nuestro amigo latinoamericano. Es un hombre con mucha determinación. Aún así, esta noche deberíamos orar para que tenga éxito."

Osman Samir al Husseini colgó suavemente sin decir nada más.

PARTE X: COLOMBIA

PARA: ColombiaHermosa
DE: ManFromNebraska (respuesta)
ASUNTO: Tu mensaje

Querida Marta:

De acuerdo, hemos abordado el tema de las drogas. Era inevitable, como bien lo dijiste. Entiendo lo que dices; prometamos pensar juntos en nuevas direcciones.

Lo cierto es que últimamente he pensado en ti con frecuencia, y no sólo porque hayas puesto el grito en el cielo sobre Cuba o sobre el problema de las drogas. Más bien, tal parece que tu voz me ha acompañado en estos días. A veces me descubro preguntándome qué pensarías sobre algunos temas. Realmente es una tontería.

Y sin embargo, la sensación es agradable. Es difícil recordar la última vez que alguien me habló con tanta sinceridad. Parece como si no ocultaras nada. No te asusta la cercanía y de alguna manera, eso hace que yo quiera reducir la distancia que pueda haber entre nosotros. Así que aquí estoy escribiéndote sobre cosas muy íntimas, que no recuerdo haberle dicho nunca a nadie.

Nuestra amistad se ha vuelto muy importante para mí. Sabrá Dios adónde llegaremos. Creo que después de todo, no nos dejarán llegar a ninguna parte. Anoche sonreí al pensar que le decía a Allyson Bonnet, mi secretaria de prensa, que anunciara que "el presidente llamó hoy a la presidente Marta Pradilla de Colombia para invitarla a que lo acompañe a su estado natal de Nebraska." Luego agregaría: "El objetivo de la visita es estrictamente personal y no se ha programado ninguna agenda oficial. El presidente es un admirador de Pradilla y ha solicitado tener el placer de contar con su compañía durante la visita a su estado natal."

Pero la sonrisa se convirtió rápidamente en risa cuando pensé en el escándalo que estallaría. La prensa nos comería vivos. Los programas de entrevistas hablarían interminablemente sobre esto, los comentaristas radiales le pedirían al público su opinión. Los historiadores mencionarían paralelos y nos compararían con Marco Antonio y Cleopatra.

Era mejor olvidarlo, así que apagué la luz y me dormí. Espero que estés bien.

J.

PARA: ManFromNebraska
DE: ColombiaHermosa (Respuesta)
ASUNTO: Tu mensaje

Querido John:

Tu mensaje me hizo llorar de la risa. Necesitaba algo así. Estamos atravesando una grave crisis que te quiero comentar, pero es demasiado larga como para entrar en detalles ahora. Para decirlo en pocas palabras, creo que hemos descubierto un complot de mis enemigos políticos para atentar contra mi vida. Te daré más información en los próximos días.

Por favor no pienses que me he reído de lo que puedas pensar o sentir. Lo que me hizo morir de la risa fue tu descripción de la reacción a la conferencia de prensa que daría tu secretaria Bonnet. Aquí sería igual; me acusarían de ceder la soberanía de Colombia; sería enjuiciada en el Congreso bajo cargos de traición. Pero, ¿quién sabe? Los colombianos son prácticos y muchos dirían que pudiera inculcarte quizá un poco de sentido común.

No tengo respuestas para ti. No sé si estos mensajes entre nosotros dos puedan devenir en algo más. A veces desearía que fuera así y me pregunto qué sería lo mejor, aunque confieso que la sensación me sorprende. Entablar una relación contigo en estos momentos no es exactamente—como puedo decirlo de una forma delicada—lo que el médico me recetaría para mi carrera política.

Pero quiero que sepas esto, John: si la Srta. Bonnet hubiera ofrecido esa conferencia de prensa, mi director de comunicaciones hubiera dicho lo siguiente: "La Presidente Marta Pradilla aceptó en el día de hoy la generosa invitación del presidente de los Estados Unidos para que lo acompañe a Nebraska. El Presidente Stockman se ha ganado el respeto y el aprecio de su homóloga colombiana, quien está encantada de conocer el estado natal del presidente norteamericano, y espera a su vez que visite próximamente su casa materna de Cartagena."

Sería agradable, John. Me gusta el tono de esa conferencia de prensa.

Besos,
Marta.

Casa de Nariño

Bogotá, 15 de octubre

7:05 p.m.

La Presidente Marta Pradilla caminaba de un lado a otro de su oficina. Sabía que Stockman ya habría tenido que responder su mensaje. Tendría que esperar varias horas antes de poder conectarse y ver si le había escrito. Se moría por escribirle pero la pesadilla que se vivía en el palacio no se lo permitía, así que tendría que esperar.

No se había dicho una sola palabra desde que se descubrió que Juan Francisco Abdoul había escapado al seguimiento y se había escabullido del avión en cuanto aterrizó en Caracas. Héctor Carbone, Manuel Saldívar y Marta Pradilla permanecieron mirándose los unos a los otros bajo el silencio del acogedor despacho presidencial. Ella se puso de pie y comenzó a dar paseos por la habitación; el sonido de sus tacones invadió la oficina y ahogó sus pensamientos. Un enemigo implacable estaba planeando atacarlos a ellos y a su país—tenían pocas dudas en ese sentido. Había una pregunta fundamental: ¿Cómo harían para detenerlo?

Manuel habló primero.

"Marta, he preparado un borrador sobre las preguntas constitucionales que me hiciste—y lo tengo listo para que lo apruebes. Se trata de lo siguiente: Podemos despojar a Juan

Francisco Abdoul de su inmunidad parlamentaria por varias causas, pero la mayoría son difíciles y complicadas. Nos tomarían mucho tiempo. Sin embargo, he descubierto algo absolutomente maravilloso, que me ha dado muchas esperanzas."

"¿Qué es?"

"Ausentismo extremado."

"¿De qué estás hablando?" preguntó Marta.

"Sé que suena disparatado, pero escúchame por favor. Nunca podremos comprobar de manera indiscutible ninguna acusación contra Abdoul que se base en sus actividades relacionadas con el tráfico de drogas o el contrabando. Ha creado compañías ficticias que son administradas por personas de su confianza. Tratará de confundirnos, de ganar tiempo y de meternos en callejones sin salida. Podríamos tardarnos años y aún así nunca lograríamos los votos necesarios en el Congreso para su destitución por falta de pruebas concluyentes."

"¿Cómo se llama eso? ¿Extremismo qué?"

"Ausentismo extremado. Las leyes estipulan la pérdida de la inmunidad a cualquier miembro del Congreso que se haya ausentado de su trabajo—recuerda que la labor de un congresista es votar, Marta. En el último período legislativo, Abdoul faltó al cincuenta y tres por ciento de las votaciones. En los pocos meses que lleva este período parlamentario, ha faltado casi al setenta por ciento de las sesiones de votación."

Marta Pradilla permaneció en silencio. Cruzó las piernas con lentitud y se disponía a hablar, pero Manuel continuó.

"No es el recurso ideal, pues no nos permite lograr lo que queremos: denunciar que Abdoul es un criminal, un representante de la vieja maquinaria política y un símbolo del pasado. Sin embargo, lograremos nuestro objetivo y de manera rápida. Sus faltas de asistencia son indiscutibles. Puedes presionar al Congreso para que vote contra él. Abdoul no tendría cómo defenderse."

"Sí, Manuel. Tienes razón. No es el recurso ideal—pero lograremos lo que queremos y podremos extraditarlo a los Estados Unidos," dijo Marta frotándose las manos de la emoción. Empezó a contemplar la idea.

"Está bien, Manuel. Puedes hablar con el fiscal mañana. Quiero comenzar los procedimientos para retirarle la inmunidad al Senador Juan Francisco Abdoul por abandono del deber y ausentismo extremado," Marta hizo una breve pausa. Le gustaba como sonaba aquello, y mucho.

Manuel interrumpió sus pensamientos. "¿Podemos hacerlo mientras está fuera del país? ¿No necesitamos esperar a que regrese?"

"¿Estás bromeando? ¡Si se ha ausentado de nuevo! ¡Hagámoslo ya! Es el momento preciso para hacerlo. Ve preparando un comunicado de prensa y consígueme una entrevista de más de cinco minutos de duración en un noticiero de televisión. ¡Lo haremos mañana mismo!"

Héctor Carbone no había dicho una sola palabra. Mientras más hablaban Pradilla y Saldívar, más se preocupaba. Ése era el problema con los políticos; cuando se trataba de asuntos de seguridad, tenían problemas para entender las dimensiones de una amenaza potencial. Era claro que la presidente y Manuel no comprendían los peligros que enfrentaba su país.

Decidió interrumpirlos.

"Marta," dijo Carbone con suavidad.

Ella lo miró.

"Perdóname si soy irrespetuoso, pero están olvidando lo más importante."

No esperó que le respondiera; sabía que estaba molesta.

"Estamos enfrentando una grave amenaza a la seguridad nacional. Un ciudadano colombiano está en algún lugar fronterizo tratando de introducir algún tipo de armamento peligroso a nuestro país. Es evidente que tiene intenciones de utilizarlo para hacerte daño a ti y a las instituciones democráticas de la nación."

"Me temo que ya es demasiado tarde para implementar soluciones de carácter político como la extradición," continuó

Carbone. "Actualmente, el Senador Abdoul constituye una grave amenaza para la seguridad del país. Si pudiéramos atraparlo, tendríamos mucho tiempo para hablar de las opciones políticas. Sin embargo, en estos momentos lo único que podemos hacer es tratar de arrestarlo. ¿Podemos concentrarnos en eso?"

Marta y Manuel se miraron buscando algo qué decir, aunque no sabían qué. Se sentían un poco culpables porque sabían que Carbone tenía razón.

"De acuerdo, Héctor. Gracias por devolvernos a la realidad," le dijo Marta Pradilla al director del DAS, con una mirada que destilaba intensidad. "Quiero que Manuel trate de concertar una reunión con el fiscal mañana mismo, pero tienes razón en decir que debemos concentramos en lo más importante. ¿Alguna sugerencia?"

"Sólo una," dijo Carbone. "Detesto pedirles favores a los gringos, pero ellos tienen los medios para reorientar satélites que pueden rastrear comunicaciones y medios de transporte. Es algo que ya se ha hecho anteriormente, durante las labores de interdicción. ¿Por qué no les pedimos ayuda? Puede que sea una posibilidad remota, pero si queremos encontrar a Abdoul, los americanos son nuestra mejor opción."

Fue todo lo que alcanzó a decir. Marta Pradilla ya tenía el teléfono en sus manos y estaba ordenando que la comunicaran con el Embajador Morris Salzer.

Carbone pensó unos instantes. Aunque era idea suya, no quería que se actuara precipitadamente. "Presidente, creo que es mejor acudir directamente a la CIA o al Comando Sur. Todo será más rápido."

Era demasiado tarde. Marta Pradilla había logrado lo que quería; tenía al embajador de los Estados Unidos en la otra línea.

"Morris, es Marta. Necesito consultar un asunto muy urgente contigo. Discúlpame que te llame tan tarde, pero tengo que reunirme contigo ahora mismo. ¿Puedes venir? Fantástico. Gracias."

Pradilla pidió hamburguesas y papas fritas para todos. Sería una noche larga. Mejor comer ahora que podían, en una hora estarían demasiado ocupados.

Llegó la comida. Era un espectáculo completamente extraño. Las hamburguesas con queso y las papas fritas fueron enviadas desde la cocina del palacio en bandejas alemanas de cien años de antigüedad con pomposas tapas de plata que mantenían la temperatura de los alimentos, y era como si cada plato estuviera coronado con la cúpula de una Iglesia Ortodoxa Rusa. Dos meseros les entregaron los platos a los comensales y les ofrecieron jugos tropicales con sus manos cubiertas con guantes blancos. El ritual recordaba a uno de aquellos buenos restaurantes franceses calificados con tres estrellas por la guía Michelin. La comida era una versión colombiana de McDonald's.

El interfono sonó, anunciando que el embajador había llegado. La presidente ordenó que lo condujeran de inmediato a la sala de la residencia presidencial, pues eso lo haría sentirse importante.

El nombramiento de Morris Salzer como embajador en Colombia era el gran final de una brillante carrera diplomática. Era un hombre sumamente inteligente y muy conocido. Hasta ese entonces, no estaba contento con las relaciones con el nuevo gobierno colombiano y, concretamente, con la nueva presidente. Durante una reunión con el personal de alto rango de la embajada, había descrito el comportamiento de Marta Pradilla con Stockman durante el día de su posesión como "completamente infantil." Salzer creía que ella no tardaría en causarle problemas a los Estados Unidos.

Los tres colombianos salieron del ascensor y llegaron a la sala, donde el embajador bebía una copa de coñac. Un camarero entró para tomar el pedido pero Marta lo despidió. Salzer bebería solo esa noche; ella quería hacerlo sentir un poco fuera de lugar.

"Sr. Embajador, gracias por venir y perdóneme por interrumpirlo esta noche. Creo que usted conoce al Sr. Saldívar, mi jefe de gabinete, y al Sr. Carbone, el director del DAS. Tenemos que hacerle una petición urgente a los Estados Unidos."

No desperdició un solo minuto en ir al grano.

"Como usted sabe, el Senador Juan Francisco Abdoul es un enemigo declarado de mi gobierno. Usted también sabe que el negocio de narcotráfico que tiene con su hermano surte de drogas a los Estados Unidos y, en ese sentido, supongo que también es un enemigo declarado de su país.

"Creemos que el Senador Abdoul está en Venezuela, luego de regresar de un viaje sumamente sospechoso que hizo a Europa," continuó Marta. "Hace algunas horas descendió de un avión de Air France en Caracas y es probable que lleve materiales peligrosos para hacerle un daño terrible a mi gobierno. Creemos que se trata de armamento muy sofisticado, aunque no sabemos qué es con exactitud. Sin embargo, lo cierto es que le perdimos el rastro. Necesitamos ayuda técnica para monitorear las fronteras. Concretamente, necesitamos inteligencia satelital para rastrear aviones, embarcaciones y cualquier movimiento extraño entre Venezuela y Colombia."

"Esta petición es una prioridad enorme para nosotros. Estaríamos muy agradecidos si le presta la mayor atención posible. Sr. Embajador, su ayuda sólo será útil si la recibimos con rapidez. Esperaré su respuesta esta noche."

El embajador discrepó.

"Marta, entiendo la urgencia de su petición, pero no me ha dado mayor información. Necesito más detalles para realizar peticiones como ésta. Más importante aún, no creo que podamos hacerlo en el lapso de tiempo tan breve que me ha dado."

La Presidente Pradilla se puso de pie. La reunión había llegado casi a su fin. Era obvio que el embajador y la presidente sentían una aversión mutua. Desde un punto de vista protocolario, el encuentro había sido un fracaso, pero las cosas tendían a empeorar.

"Morris, no quiero que se engañe acerca de la importancia de mi petición, pues será un hito importante en el tono y la dirección de mi futura relación con la embajada de los Estados Unidos en Bogotá. Por favor, trate de hacerlo por nosotros. Le agradecería si me hiciera llegar su respuesta con el Director Carbone esta noche."

Todos se pusieron de pie. Marta Pradilla fue la última en darle la mano al embajador, y cuando lo hizo, lo miró con frialdad. Manuel reconoció esa mirada de inmediato. Era la forma en que ella miraba antes de sacar un as.

"Gracias de nuevo por venir tan rápido. Por favor, saludos de mi parte a la Sra. Alice Andrews de la DEA. La invitaré a almorzar. De mujer a mujer."

La Presidente Pradilla no le quitó los ojos de encima al embajador.

Morris Salzer la miró. Estaba furioso. ¿Cómo se había enterado de su romance con Alice? Por Dios, ¡esa mujer era capaz de hacer cualquier cosa para lograr lo que quería! El embajador no dijo nada y abandonó la sala sin decir palabra.

Héctor Carbone miró a Marta Pradilla en busca de una explicación y luego recordó lo que había dicho Manuel acerca del auto del embajador norteamericano en la embajada. Vio que Manuel no pudo evitar una inmensa sonrisa. Carbone comenzó a reírse. Su rostro agradable calentó la frialdad que el embajador había dejado en el salón.

"No puedo creer que hayas chantajeado al embajador de los Estados Unidos," le dijo Manuel a Pradilla.

"Bueno, ya veremos qué hará por nosotros. Quiero hacer algunas llamadas; me la jugué toda. Ya veremos. O nos saldrá el tiro por la culata, o todo saldrá como esperamos. Esperaré hasta medianoche. Me despiertan si saben algo. Quiero saber la respuesta."

De Nuevo en el Palacio

Bogotá, 16 de octubre

12:00 a.m.

═══════════════════════════════════════

Héctor Carbone llamó al teléfono móvil de Manuel a las 11:30 p.m. Saldívar había salido de la Casa de Nariño con la firme intención de llamar a Maggie James, la beldad de la BBC, y pasar por su hotel. Estaba seguro de que el canal público de la televisión británica sacaría un provecho adicional de las "peculiaridades" del funcionamiento del gobierno colombiano y de su nueva presidente.

Manuel sabía que su punto débil era que se enamoraba inmediatamente de las mujeres hermosas e inteligentes. ¿Debería llamarla? Cerró los ojos y se imaginó que estaba muy cerca de ella y que sentía su aliento cálido en sus mejillas, después de haber cenado. ¿Qué hace un hombre tan importante como tú trabajando a esta hora? le preguntaría ella. Organizando papeles, contestaría él. Ella se acercaría más. Dime realmente qué es lo que haces, le preguntaría ella con ese irresistible acento británico que le daba un aire completamente novedoso a la palabra más normal. Ah, diría Manuel, sólo estábamos chantajeando al embajador norteamericano para que redireccionara satélites espías y seguir así al presidente del Senado colombiano.

No. No podía ver a Maggie esa noche. Sería demasiado riesgoso.

Entonces decidió ir al sauna del gimnasio. Se dirigía a su casa, envuelto todavía en el halo con esencia de eucalipto del sauna, cuando recibió una llamada de Carbone.

"¿Cómo va todo?" preguntó Manuel.

"Mal, muy mal. Necesitamos encontrarnos con ella donde la vimos," dijo Carbone. Manuel se preguntó por qué los espías nunca hablaban con claridad. ¿Había necesidad de hablar con un tono ambiguo, sugerente y lleno de mensajes cifrados? Eso parecía sacado de una película de tercera.

"Está bien. La llamaré para concertar el encuentro. Nos vemos en quince minutos." Manuel colgó y llamó al conmutador. Le pidió al telefonista que le avisara a la mandataria que él y Carbone no tardarían en llegar a su oficina. Le dijo al chofer que virara y lo llevara al palacio.

Carbone lo estaba esperando en la puerta del elevador. Subieron juntos. Don Ignacio, el anciano ascensorista, estaba descansando y un joven policía lo reemplazaba. A los pocos segundos se hizo evidente que era la primera vez que lo hacía, pues haló la palanca hacia él y en vez de subir, el ascensor bajó.

Manuel miró a Carbone. El director del DAS no dijo nada, pero tenía tanta impaciencia que apretó los puños. Manuel se preocupó seriamente por lo que pudiera saber el director del DAS. Héctor Carbone siempre había demostrado ser un hombre calmado, aunque en ese momento parecía consumido por la preocupación.

Entraron a la sala. Marta Pradilla los estaba esperando. Llevaba puestos unos jeans, una camiseta y unas zapatillas azules marca Keds. Los saludó con una lata de Coca Cola en la mano.

Carbone no esperó a que lo autorizara a hablar.

"No tengo buenas noticias. De hecho, son muy malas."

"Los cabrones americanos," interrumpió Manuel, sin poder evitarlo. "A menos que se vean en riesgo, no moverán un dedo por nosotros ni por este país."

Marta Pradilla levantó la palma de su mano en dirección de

Manuel, imitando a un policía de tránsito en una intersección. Estaba pidiendo silencio.

"Creo que debería dejarme terminar," continuó Carbone, lanzándole una mirada de advertencia a Manuel. "El director de la CIA en Colombia me llamó. Nos hemos reunido varias veces, es una buena persona. Me dijo que el Embajador Salzer está muy interesado en ayudarnos. Llamó personalmente al Departamento de Estado, a la CIA y a la Agencia Nacional de Seguridad. Por si no lo saben, la ANS es el organismo encargado del espionaje electrónico."

Se inclinó para coger el vaso de agua que le había dejado el camarero. Estaba muy nervioso.

"Mi contacto de la CIA me dijo que todos quieren ayudarnos. Me reiteró que el gobierno de los Estados Unidos se había comprometido a ayudar a Colombia y a su nueva administración, pero que este no es el momento más adecuado."

"Me dijo que la información que iba a darme era altamente clasificada, pero que era muy importante que entendiéramos que si Estados Unidos no nos puede ayudar no es por falta de voluntad. Me informó que todos los estamentos de inteligencia de su país estaban—fueron sus palabras—en 'máxima alerta,' que todos los servicios de contraespionaje, satélites, inteligencia humana, armamento cibernético y equipos de vigilancia norteamericanos están concentrados actualmente en el Medio Oriente. El director de la Central de Inteligencia ha ordenado que no se desvíen recursos para otras operaciones."

"Verán," continuó Carbone, "mi contacto de la CIA me dijo confidencialmente que los Estados Unidos sospechan que el gobierno sirio tiene en sus manos una cantidad apreciable de uranio enriquecido en un noventa por ciento. Sin embargo, no saben dónde tienen el uranio y qué piensan hacer con él."

Era poco después de medianoche y los tres estaban agotados. Sin embargo, las palabras de Carbone retumbaron en la sala como una gran descarga eléctrica. Los hombros caídos se enderezaron de inmediato, las pulsaciones aumentaron, la pausa subsiguiente que se hizo en la sala era el silencio que se apoderaba de las personas cuando comprendían algo insólito. Las palabras del director del DAS no necesitaban traducción ni interpretación; todos estaban pensando lo mismo. Juan Francisco Abdoul estaba introduciendo material nuclear a Colombia en el preciso instante en que ellos hablaban. ¿Era posible que uno de los mayores narcotraficantes colombianos intentara desestabilizar al país por medio de una explosión nuclear?

"¿Le dijiste al hombre de la CIA que sabías que Abdoul llevaba uranio en sus maletas?" le preguntó la presidente, formulando la pregunta lenta y deliberadamente.

"No, no lo hice. Me imagino que nosotros tres tenemos la misma convicción, pero no podemos demostrar que Abdoul lleve uranio en sus maletas. Sabemos que el embajador de Siria en Roma le entregó dos maletas, y prefiero no especular hasta no saber con seguridad que hay en ellas."

Manuel miró a la presidente. Esperó que sus miradas se encontraran y tuviera toda su atención antes de hablar.

"Marta, estoy de acuerdo con Héctor. Ése es el problema que tenemos. Necesitamos confrontarlo. Primero, necesitamos confirmar si Abdoul tiene el uranio. Segundo, necesitamos encontrar esas dos maletas. Ese loco está planeando usar armas nucleares en Colombia para acabar contigo. Lo tiene sin cuidado si te mueres o no. Si mata a miles de personas en Bogotá, Medellín, Cali o Barranquilla, logrará neutralizar tu presidencia durante el resto de tu mandato. Además, no podemos contarles esto a los americanos porque creerán que Colombia está fuera de control—bajo tu presidencia.

Carbone coincidió. "Ese hombre te considera como la mayor amenaza a su familia, a su fortuna y a su propia vida. No se detendrá ante nada, y si no utiliza el uranio, podría chantajearte para que no te ocupes de él durante tu mandato. La posibilidad de que una organización criminal colombiana tenga sustancias con las que pueda fabricar una bomba nuclear me llenan de temor. Pero también es prueba del miedo

que te tienen. Necesitamos encontrar a Abdoul y a su equipaje."

"¿Y cómo lo hacemos?" preguntó Pradilla.

"Marta, tendrás que confiar en mí," dijo pausadamente
Carbone. "Si aceptas que yo investigue por mis propios medios, deberás también prometerme que no me preguntarás
cómo obtuve la información. Hay cosas que ni los presidentes pueden saber. Lo mismo vale para ti, Manuel."

Con que así son las cosas, pensó Marta Pradilla. *¡No me lo
esperaba tan rápido!* Cuando se había lanzado como candidata a la presidencia, sabía que habría ocasiones en las que el
ejercicio del poder la obligaría a tomar decisiones muy difíciles, dolorosas y hasta inescrupulosas. Cuando juró la Constitución colombiana, sabía que para dirigir una nación de ese
tamaño, con sus problemas y dificultades, se vería obligada a
firmar pactos imperdonables con el diablo. Asumió la presidencia porque sabía que con el liderazgo llegaban también
las oportunidades. Pero también sabía que eso le produciría
muchos sinsabores.

Había llegado el momento. Era su segundo mes como presidente y un hombre a quien escasamente conocía le estaba
pidiendo que aprobara algo tan horrible que se negaba a men-
cionarlo. ¡Maldita sea!

"Sí, confío en ti," le dijo tras una larga pausa.

El director del DAS se levantó sin despedirse y se dirigió
lentamente al ascensor.

..

Plaza de las Flores

Barranquilla, 16 de octubre

8:23 a.m.

Pocas horas después se levantó el sol canicular, y ya estaba calcinando la norteña ciudad de Barranquilla. Uno podía obsesionarse con el sol de esta ciudad: siempre estaba en todas partes. Pero Barranquilla parecía no darse cuenta.

El tráfico era infernal. Los policías les gritaban a los conductores de los autos que bloqueaban las intersecciones. Las bocinas rechinaban. Los autos viejos y destartalados se alineaban en tortuosas filas que se extendían por varios kilómetros. La mayoría de los vehículos eran viejos y los sistemas de aire acondicionado no podían contener el embate del sol, el calor y el tráfico, aunque tenían equipos de sonido de los que sus propietarios se enorgullecían. Los ritmos de merengue, salsa, bachata y vallenatos competían y salían con estruendo a través de las ventanas.

A nadie parecía importarle gran cosa. Los barranquilleros habían aprendido hacía mucho a reírse del ruido, del tráfico y del calor. ¿De qué otra forma podrían vivir en una ciudad con tantos problemas? A los niños les enseñaban que la ciudad tenía muchas cosas encantadoras y a olvidarse de los aspectos negativos.

A pocas cuadras del tráfico de la Avenida Miranda, unos niños con uniforme escolar jugaban un partido improvisado de fútbol en la sombreada Plaza de las Flores. Era una agradable plaza ovalada en donde confluían varias calles de una sola vía. El parque siempre estaba a la sombra, protegido por palmeras y mangos centenarios. Miles de alamandas amarillas cubrían los muros bajos de la plaza, como si fuera un Edén tropical. En el costado norte de la plaza, las monjas de Santa María Madre del Salvador recibían a los niños que llegaban para iniciar la jornada escolar. Era un colegio muy exclusivo, donde estudiaban los hijos e hijas de los ciudadanos más ricos y prominentes, pertenecientes a familias de industriales, exportadores, terratenientes y políticos.

La Hermana Francisca era la encargada de recibir a los estudiantes que llegaban en autos y furgonetas. Miró su reloj y advirtió que ya era hora de entrar. Sonó su silbato para llamar a los estudiantes que estaban a sólo cincuenta pies de distancia. Siempre se demoraban en dejar de jugar y aceptar la dura realidad de que eran los adultos quienes dirigían el mundo. Como era de esperarse, ignoraron el primer campanazo y la Hermana Francisca terminó haciéndolo sonar seis o siete veces antes de cerciorarse de que el partido de fútbol había terminado y que los estudiantes recogían sus cosas para entrar.

Convencida de ello, la hermana se concentró de nuevo en ayudar a los estudiantes a salir de los autos y sacar sus mochilas excesivamente grandes. Algunos padres llevaban a sus hijos, pero la mayoría eran llevados por los choferes de las familias.

La Hermana Francisca casi ni advirtió cuando escuchó a un adulto gritar "¡Daniel!" Pero sí escuchó el grito del niño. Levantó la cabeza y vio una furgoneta de puertas corredizas que llegaba a toda velocidad frente a ella. Vio a dos hombres enmascarados que trataron de acostar en el piso del vehículo a un niño rubio y agraciado de unos seis años. El niño gritó, y mientras el vehículo se ponia en marcha, un tercer hombre encapuchado cerró la puerta corrediza, ahogando para siempre el grito del niño.

¡Ay, Dios mío! pensó la Hermana Francisca. *Acaban de secuestrar a Daniel Abdoul, el hijo del alcalde.* El secuestro era
una epidemia en Colombia. Miles de padres e hijos eran sa-
cados de sus casas y utilizados como rehenes a cambio de dinero o de chantajes políticos. Sin embargo, alguien tenía que
estar loco para secuestrar al hijo del alcalde de Barranquilla.
Se persignó varias veces, mientras salía corriendo hacia el
colegio para llamar a la policia.

Residencia del Alcalde

Barranquilla, 16 de octubre

9:40 a.m.

Menos de una hora después, al final de una calle arbolada en el otro extremo de la ciudad, Héctor Carbone estaba sentado en un auto con aire acondicionado. No había dormido un minuto en toda la noche. Cuarenta y cinco minutos atrás había recibido un mensaje SMS de una sola palabra en su teléfono móvil: "Listo." Esperó impasible los tres cuartos de hora finales, a medida que el nivel de actividad en el interior y los alrededores de la casa pasaba de una agitación continua a una especie de frenesí. Los autos iban y venían. Los vehículos de la policía de Barranquilla custodiaban la mansión del alcalde con sus sirenas encendidas.

Ya casi era hora. Un hombre se aproximó al auto de Carbone y el conductor murmuró "Director" para que Carbone abriera los ojos. El director del DAS bajó la ventanillaa de atrás. El hombre se detuvo justo el tiempo necesario para entregarle a Carbone una pequeña caja rectangular semejante al estuche de un collar o un reloj. Carbone alzó la vista y vio la expresión de disgusto del hombre. Carbone entendió. No era una labor agradable.

"¿De dónde lo sacaste?"

"De la morgue, de una niña que ha estado allí más de una semana. Nadie la reclamo," fue la respuesta seca.

Carbone asintió y se dio vuelta hacia el chofer.

"En marcha," le ordenó. En pocos segundos, el conductor del director ya se dirigía hacia la mansión. Mientras conducía, puso una luz intermitente de la policía sobre el tablero del auto con la mano derecha y un letrero detrás de la parte derecha del parabrisas con el nombre de la agencia de seguridad.

La policía dejó pasar al auto de inmediato. A nadie le sorprendía que el DAS estuviera allí. El hijo de un político destacado acababa de ser secuestrado y el DAS quería saber si el delito estaba relacionado con un grupo guerrillero o con una amenaza al estado. Todos suspendieron sus actividades y los policías miraron boquiabiertos cuando vieron quién había bajado del auto. No era el director del DAS en Barranquilla. Era el director general—el de Bogotá. ¿Cómo habría llegado tan rápido?

Héctor Carbone pasó los múltiples cordones de seguridad. Si se sentía incómodo en el mundo de los blancos como negro que era, nunca lo demostraba. El director del DAS entró a la mansión, agotado por la falta de sueño, pero vestido de forma impecable y en control de sí mismo.

Pensó en su juventud, en el hecho de que su padre lustrara zapatos en las calles de Santa Marta y de su lucha tan dura para graduarse de abogado y alcanzar el cargo de fiscal. No se sentía orgulloso de lo que iba a hacer allí, pero estaba convencido de que un cambio radical en Colombia implicaba realizar ciertos actos desagradables. Y aquel sería uno de ellos.

Ricardo Abdoul, alcalde de Barranquilla y hermano del presidente del Senado, apareció pocos minutos después. Era mucho más apuesto que su hermano—alto, de figura atlética y con un bigote poblado.

Ricardo vivía a la sombra de su hermano, quien era mucho más famoso en el resto del país—pero no en Barranquilla. En esta ciudad, él era el más famoso de los hermanos Abdoul. Vivía con una necesidad psicológica de demostrar diariamente que era él quien mandaba, tomaba las decisiones y estaba a cargo de todo. Esto a veces implicaba hacer cumplir las órdenes imponiéndose físicamente. En Barranquilla, Ricardo Abdoul exigía obediencia.

Héctor Carbone sabía de la necesidad que tenía Ricardo de demostrar su supremacía y había decidido mucho antes de entrar a su casa que sólo una cosa podría funcionar: tomar el control total del encuentro. A Ricardo no se le podían ofrecer alternativas. Carbone tendría que dar la impresión inmediata de que la vida y la muerte estaban en el filo de una navaja—la de Carbone.

"Sr., Director," le dijo Ricardo a Carbone, "le agradezco su interés personal. Supongo que se habrá enterado de lo que le sucedió a Danielito."

Carbone respiró profundo. Se había ganado una reputación como fiscal por persuadir a hombres recios y hacerlos hablar. Les hacía creer que era más recio que ellos y siempre asumía una actitud ofensiva, enumerando un cargo tras otro, presionado a testigos y amenazando con perseguir a familiares o amigos, y siempre tenía una carnada. Creía que un sospechoso confesaba no cuando estaba asustado ni desesperado, sino cuando le ofrecían alguna posibilidad que acabara con su desesperación. Era ahí cuando los hombres se hacían más vulnerables.

Y ahora, Carbone necesitaba que el alcalde de Barranquilla cediera y delatara a su hermano. Además, necesitaba que lo hiciera rápidamente. Carbone tendría que lograr que Ricardo confesara en cinco minutos, cuando habitualmente los criminales tardaban semanas en hacerlo.

Sr. Alcalde, siéntese por favor," susurró Hector Carbone. "Por favor, escuche cuidadosamente lo que voy a decir. Usted hará la elección de su vida y tendrá muy poco tiempo para sopesar sus opciones. Hoy tendrá que traicionar a un ser querido y no podrá evitarlo."

El alcalde se puso de pie e intentó decir algo. Carbone lo interrumpió antes de que pudiera terminar la primera palabra. "Siéntese ahora mismo." La voz de Carbone pasó de un susurro a un grito.

El alcalde se sentó de nuevo.

"Sr. Alcalde, sabemos que su hermano Juan Francisco Abdoul intentará entrar uranio a Colombia. Los sirios se lo dieron y sabemos que está en Venezuela. Necesitamos saber ahora mismo por dónde entrará al país."

Ricardo Abdoul sonrió. *Así que ese era el motivo de la visita,* dijo para sí, y se preguntó cómo se habrían enterado.

"Eso es una locura," respondió Abdoul. "¿Por qué Juan Francisco habría de cometer semejante disparate?"

"Sr. Abdoul, no me trate como a un idiota." Carbone se agachó, puso su maletín en sus piernas y sacó una hachuela pequeña de carnicería, que utilizaban los carniceros para cortar pedazos de carne con huesos voluminosos.

"Si no me dice en dónde está su hermano, su hijo morirá. Ya le hemos cortado un dedo con esta hachuela. Daré órdenes para que le amputen los otros dedos, uno por uno, dentro de diez minutos. Si tengo que irme de esta casa sin la información que necesito, yo mismo me encargaré de matar a su hijo. Será una muerte dolorosa. Hable ya y su hijo se salvará."

Carbone reconoció de inmediato que había logrado su objetivo. Había visto esa misma mirada en muchos de los hombres a los que había atemorizado. Abdoul tenía la boca seca y movió su lengua para producir un poco de saliva. Los ojos podían mirar con dureza, los cuerpos podían transmitir desdén, pero cuando un hombre tenía miedo, la boca se le secaba.

Sin embargo, aquello no era suficiente. Carbone tenía que apabullarlo aún más. Deslizó por encima de la mesa el pequeño estuche que le habían dado minutos atrás en el auto. Abdoul se inclinó para cogerlo. Las manos le temblaban visiblemente.

Ricardo Abdoul lo abrió y lanzó un gemido. No había ninguna duda; era el dedo de un niño, delgado y pequeño, con la base cubierta de sangre. Cerró el estuche y miró a Carbone.

"Te mataré," dijo Abdoul.

"No lo harás. Sabes que si intentas hacerlo, tu hijo morirá y te detendrán. Será mejor que hablemos y negociemos."

Carbone dejó que pasara un minuto en silencio. Abdoul estaba considerando sus opciones. El director sabía que Ricardo ya estaba pensando si podía hacer un pacto con el diablo—su hijo por su hermano. Era el momento de completar la oferta.

"Sr. Abdoul, necesitamos saber qué está haciendo su hermano y dónde se encuentra. Ha transgredido todos los límites. Lo encontraremos—con su ayuda o sin ella—y es muy probable que pierda la vida. Todos los negocios de la familia serán suyos. Será muy agradable que su hijo crezca viendo que usted es el jefe."

Abdoul lo miró. ¿Qué estaba diciendo ese hombre? Podía recuperar a su hijo y asumir el liderazgo familiar. Sonaba interesante. Sabía que Juan Francisco había ido demasiado lejos. Comprendía que el odio que su hermano sentía por Marta Pradilla era completamente desmesurado y que había rebasado todos los límites. Y en una fracción de segundo, tomó una decisión.

"Mi hermano está consumido por el odio y ha maquinado un plan terrible. Utilizó sus conexiones con Siria para conseguir una buena cantidad de uranio 235, que traerá a Colombia."

Carbone lo interrumpió. "Eso ya lo sabemos. Sé que es un criminal, pero nunca creí que pudiera cometer un genocidio. Si fabrica una bomba y decide asesinar a Marta Pradilla, matará también a miles de colombianos. Entrar uranio a Colombia pondrá en riesgo su propia vida y la de su familia."

El más joven de los Abdoul lo miró inquisitivamente y luego soltó una risita. Ricardo Abdoul concluyó que Carbone no tenía la menor idea sobre los planes de Juan Francisco.

"Está completamente equivocado. No tiene idea de quién es Juan Francisco. Puede que no quiera a Marta Pradilla, pero ante todo es un patriota y nunca les haría daño a sus conciudadanos."

Ahora era Carbone quien estaba completamente confundido.

"Juan Francisco entrará con el uranio desde Venezuela. No sé dónde están él ni el uranio. Esa es la verdad. La ayuda que puedo ofrecerle es informarle qué está sucediendo y qué va a suceder. El uranio no se quedará en Colombia. Sesenta mulas están a la espera. Viajarán el jueves, es decir, pasado mañana. Saldrán de Cali, Barranquilla, Bogotá, Medellín y Cartagena con destino a Miami, Dallas, Atlanta, Nueva York, Newark y Los Angeles. Todos viajarán el jueves; es posible que detengan a algunos, pero los demás lograrán pasar. Cada uno llevará pequeñas cantidades de uranio en su estómago, que entregarán a agentes sirios en los Estados Unidos. Después de esto, ellos se encargarán de asesinar a millones de gringos."

Dios mío, pensó Carbone, *todo comienza a encajar.* ¿Cómo era que no había pensado antes en esta posibilidad? Estaba completamente desorientado. Los sirios no estaban intentando venderle uranio a un colombiano para ganar un dinero que no necesitaban. Pero lo que sí necesitaban era la habilidad de los narcotraficantes colombianos para introducir sustancias ilegales a los Estados Unidos.

Sólo así podrían entrar el uranio a Norteamérica, donde fabricarían un artefacto nuclear y lo detonarían. Eso causaría estragos a nivel mundial y los Estados Unidos quedarían como un tigre de papel en estado de agonía.

Juan Francisco Abdoul consideraba que de todos modos ganaría. Aún si lograran confiscar la mayoría del uranio, o si los sirios no eran capaces de fabricar una bomba, de todos modos lograría lo que quería. Lo más importante para él era llevar el material nuclear desde Colombia y dejarlo en territorio norteamericano. Su país sería acusado de ser un punto de tránsito para llevar a cabo un ataque terrorista en gran escala a los Estados Unidos. Colombia se convertiría en un paria despreciado en todo el mundo. Y con ello, la presidencia de

Marta Pradilla llegaría a su fin. Era un plan descabellado, pero totalmente brillante.

Carbone sacó su *walkie-talkie* y dio una orden. Inmediatamente entraron cinco agentes que esperaban en sus autos, les mostraron sus chapas de identificación a los policías e irrumpieron en la casa. Llegaron a la sala donde estaban Carbone y Abdoul.

"Sr. Alcalde. Estos hombres vienen a arrestarlo. Por ahora, será un arresto temporal. Les diremos a la prensa y a la policía que se encuentra en custodia protectiva porque su vida está en peligro. Será trasladado a una casa segura en Bogotá. Si lo que me dijo fuera cierto, cumpliré mi parte del pacto con respecto a su hijo, a su hermano y a su posición como líder de la familia. Pero si lo que nos ha dicho resulta ser falso, su hijo y usted se encontrarán en la otra vida."

Casa de Nariño

Bogotá, 16 de octubre

11:20 a.m.

"Tengo que decírselo a Stockman," gritó Pradilla.

Se habían conocido varios años atrás y en los dos últimos se habían vuelto muy cercanos. Nunca se levantaban la voz. Manuel Saldívar y Marta Pradilla eran compañeros del alma. Se cuidaban mutuamente para que ninguno de los dos se extraviara y se habían acostumbrado a tener la misma opinión sobre casi todas las cosas.

Pero esa no era la situación actual. Por primera vez, había una tensión clara y palpable entre la presidente y su jefe de gabinete. Desde un teléfono seguro, Carbone los puso al tanto de sus descubrimientos y los dos amigos se enfrascaron en una discusión acalorada.

"Mira, Marta. No puedes confiarles esto a los americanos. Será el fin de tu presidencia. Dejarán a un lado el menor rastro de delicadeza y nos invadirán sin compasión. Podríamos arriesgarnos a una posible invasión de nuestro país para encontrar a Abdoul o para que no volviese a ocurrir nada semejante. Sé que quieres hacer lo correcto, pero juraste proteger a Colombia, no a los americanos."

"Es lo mismo, Manuel," respondió la presidente Pradilla, con su voz alterada por la agitación. "Es mi responsabilidad como ciudadana del mundo y como jefe de estado de un país

amigo, informarle a los Estados Unidos que su seguridad en-
frenta una amenaza desde Colombia. Es responsabilidad
nuestra—no suya—producir gente como Abdoul. Ellos sólo
ayudan a que se enriquezca dándole un mercado. Ya no se
trata de un problema de narcóticos: hay millones de vida en
juego."

"Marta, por favor, piénsalo muy bien. Todos los que acu-
den a los Estados Unidos terminan mal. Mira a Goni Sánchez
de Lozada en Bolivia. Los campesinos se rebelaron en contra
suya por haberse acercado a los Estados Unidos, quienes le
pidieron que erradicara las plantas de coca y no le dieron
nada a cambio. Lozada fue derrocado. Mira a Aznar en España; era el amigo más cercano de Bush y respaldó su invasión a Irak. También cayó. Ellos no dan nada a cambio.
Pasarán por encima de ti y te verás obligada a renunciar por
haber entregado la soberanía de nuestro país."

"Explícate," le dijo ella con frialdad.

"Si les informas lo que acabamos de saber, seguramente tomarán una de estas medidas: invadirán algunas zonas del país
para encontrar a Abdoul, tomarán a nuestros aeropuertos para
detener a los narcotraficantes, o realizarán un bloqueo a nuestro país, así como lo hicieron hace cuarenta años con Cuba."

"Y si no realizan una operación militar, de todos modos ha-
brás entregado la soberanía del país porque no acabaste con
el delito en Colombia y le diste a Estados Unidos el poder
para arrestar a sesenta mulas colombianas, quienes podrían
saber o no lo que llevaban. Los gringos no serán discretos:
nuestros ciudadanos serán mostrados a la prensa como otra
prueba de su éxito en la guerra contra el terrorismo. En el
mejor de los casos, quedaremos como unos imbéciles y también como cómplices. En el peor de los casos, toda la culpa
recaerá sobre nosotros. La mayoría de los colombianos dirán
que tú deberías haber solucionado este problema y que en vez
de ello, le cediste tus poderes a Estados Unidos."

Pradilla llamó por teléfono a Carbone. "¿Puedes garantizar
que podremos detener a esta gente en Colombia?"

"No, presidente. Si queremos mantener este asunto en secreto, no tengo cómo prometerle que los podemos detener en territorio colombiano. Es probable que podamos arrestar a algunos, pero a menos que cerremos el espacio aéreo nacional, no podría prometerle nada. Es posible que Abdoul tenga mulas que viajen primero a Panamá y Ecuador, y luego a los Estados Unidos. Si queremos detenerlos aquí, tendríamos que exponer esta situación ante la opinión pública."

Manuel insistió de nuevo. "Eso es exactamente lo que quiero decir, Marta. Los americanos no guardarán silencio sobre este incidente. Stockman te odia por la jugada que le hiciste con Castro el día de tu inauguración. La maquinaria norteamericana te hará pedazos. Hagamos lo posible por detenerlos aquí y controlar las secuelas posteriores."

Marta se dirigió a Carbone. Ya casi no podía pensar en términos lineales. El cerebro le daba vueltas. "Héctor, realiza los preparativos necesarios para clausurar todos los aeropuertos colombianos y todo el espacio aéreo de nuestra nación a partir de la medianoche del día miércoles. Si decidimos no hacerlo, busquemos otro plan para examinar a todos los pasajeros colombianos que viajen el jueves."

Manuel exhaló un inmenso suspiro de alivio cuando Marta Pradilla cruzó la puerta.

Residencia Privada

Bogotá, 16 de octubre

12:37 p.m.

La presidente giró a la izquierda y se dirigió al ascensor. Sabía que cuatro congresistas la estaban esperando para discutir con ella unos contratos petrolíferos en el norte de Colombia, pero no le importó.

Cuando llegó a sus aposentos privados, dio instrucciones para que no la molestaran y tomó el teléfono. "Comuníqueme con la Casa Blanca. Quiero hablar con el presidente."

Transcurrieron diez minutos. Cuando el telefonista la llamó, la secretaria de Stockman estaba al otro lado de la línea.

"Madame Presidente, soy Marjorie Orloff. Le hemos pasado una nota a nuestro presidente y dice que suspenderá la reunión durante unos minutos para recibir su llamada. Ya viene en camino. Aquí está. Espere por favor."

Marta escuchó la voz de Stockman. "Marta," dijo con risa jocosa. "Esto es diferente. No creo que disfrutes mucho de mi compañía por vía telefónica."

"¿Cómo estás, John?" Marta Pradilla no quería perder tiempo. "Mira, necesito discutir algo contigo, pero no puede ser por teléfono. Necesito que utilicemos nuestra comunicación habitual. Sabrás a qué me refiero, pero necesito que me escribas por el mensajero."

"¿Qué es eso?," preguntó Stockman.

"El Mensajero Instantáneo. Sé que estás en una reunión. Esperaré a que te conectes. Se trata de algo muy importante, John."

"Sí, sé qué es el MI," dijo Stockman, recordando sus sesiones de práctica con Julia. "Pero dime por favor de qué se trata. Sabes que intentaré ayudarte en lo que pueda. Dame alguna señal."

"No, John. No por teléfono. Esperaré. Adiós."

El Presidente Stockman permaneció de pie con el auricular en el oído. Recordó que no le colgaban desde hacía muchos años.

En Bogotá, Marta Pradilla tenía que hacer otra llamada. Le ordenó a un telefonista de la Casa de Nariño que la comunicara con el presidente Fidel Castro en La Habana.

PARTE XI: WASHINGTON

La Casa Blanca

Washington, 16 de octubre

12:40 p.m.

Stockman daba vueltas alrededor de su escritorio. Miró su reloj. Fred Thompson, el secretario de Vivienda y Desarrollo Urbano se encontraba en el pequeño salón de reuniones al lado del Despacho Oval, esperando que el presidente terminara su conversación telefónica y regresara al almuerzo de trabajo. Stockman había dejado la mitad de su sándwich de atún y huevo.

John Stockman tomó el intercomunicador y llamó a Marjorie.

"Sucedió algo. Voy a tener que cancelar mi almuerzo con Fred. Dile que lo siento, que lo dejaremos para mañana."

Ella comenzó a objetar, pero él no tardó en colgarle. Como no era un hombre que cancelara sus compromisos de manera inesperada, Maggie concluyó preocupada que eso era sumamente extraño en un presidente tan metódico como Stockman y dedujo que algo malo había sucedido, pues nunca hacía ese tipo de cosas.

Stockman encendió su computadora con un poco de aprehensión. Aún tenía problemas con ese aparato. Tenía dificultades con el ratón, con la diferencia entre un solo clic y uno doble, con el clic a la derecha y el clic a la izquierda.

Hizo doble clic en el ícono de MI y luego buscó el signo

"más," que significaba "agrega un amigo." Escribió "Colom-biaHermosa" en el espacio en blanco.

Inmediatamente escuchó un sonido semejante al de una puerta al abrirse. Ella estaba al otro lado.

Hizo un clic en el nombre de ella y esperó que apareciera la ventanilla. Luego escribió "Hola, Marta." No sucedió nada. Esperó infructuosamente. Mierda—había olvidado oprimir "enter." Pulsó la tecla.

Súbitamente, el aparato resucitó. Escuchó una campana y vio la respuesta.

"John, soy yo."

"Bien. Recordé cómo hacerlo," escribió.

"Gracias. Necesito hablar urgentemente contigo."

"¿Por qué no lo hiciste por teléfono?"

"No puedo. Necesito verte."

Stockman se quedó paralizado. Estaba confundido. Esa mujer lo perturbaba. Sintió un extraño placer al saber que ella necesitaba verlo, pero su propuesta directa lo hizo sentir su-mamente incómodo. No estaba preparado para tener una re-lación abierta con una mujer, y mucho menos con una presidente.

"A mí también me gustaría. Yo también quiero verte," res-pondió con timidez.

"No se trata de una propuesta, John. Necesito hablar ur-gentemente contigo. Se trata de una emergencia."

Sintió cierta decepción de que no se tratara de un asunto personal sino de algo profesional. Sin embargo, estaba intri-gado. Si fuera otra persona, habría hecho gala de sus instintos defensivos de político avezado.

"¿Y cómo hacemos?" preguntó Stockman.

"Quiero que nos encontremos esta noche, a mitad de ca-mino."

"¿Esta noche? ¿A mitad de camino?"

"Sí, en Cuba. Es el único país del hemisferio Occidental donde la prensa no puede hacer un escándalo. Nadie nos verá. No habrá ninguna noticia. En cualquier otro lugar estaremos expuestos. Ya lo consulté con Castro."

Stockman quedó atónito, aunque sería mucho más exacto decir que estaba furioso. "Marta, no me reuniré contigo en La Habana. Eso es ridículo."

La computadora hizo una pausa. Stockman podía percibir la indecisión de su interlocutora. Sabía que Marta estaría decepcionada. Pero la respuesta de una palabra que vio en la pantalla era completamente inesperada y lo sacudió hasta los tuétanos.

"Siria."

"¿Qué?"

"John, sé que tu gobierno está buscando algo sumamente peligroso. Puedo ayudarte, pero no puedo hacerlo en público. Necesito discreción absoluta. La Habana es el único lugar que puede ofrecérmela. Castro lo controlará todo. Ya me ha ofrecido garantías."

Stockman no sabía qué hacer. ¿Cómo era posible que esta mujer supiera del uranio? ¿Cómo podría viajar a La Habana? Los pensamientos se arremolinaron en su cabeza. La campana de la computadora sonó de nuevo.

"Confía en mí, John. Estás en peligro y yo puedo ayudarte."

"Necesito pensarlo."

"No. No te arrepentirás. Te veré hoy a medianoche. En una hora salgo para el aeropuerto."

Stockman necesitaba tiempo. Estaba a punto de repetir que necesitaba pensarlo cuando escuchó un sonido seco. Su "puerta" se había cerrado. Marta se había desconectado. Adiós. Stockman quedó solo.

Despacho Oval

Washington, 16 de octubre

2:10 p.m.

Casi una hora después, Nelson Cummings abrió la puerta del Despacho Oval. Vio al presidente sentado en su escritorio con la mirada perdida en el horizonte. Era extraño verlo así. Cummins se preparó.

"Disculpe, Sr. Presidente. Me dijeron que me necesitaba. Estaba tomando un café." El presidente se puso de pie y caminó alrededor de su gran silla de nogal. Se sentó en una de las elegantes sillas y le señaló un sofá a Nelson. Inmediatamente Cummins presintió algo. Se habían acomodado de una manera muy inusual, pues el presidente solía sentarse en el sofá y dejaba las sillas para sus subalternos. Algo andaba mal.

"Acabo de tener una conversación muy interesante con Marta Pradilla," dijo Stockman.

"¿Es oportuno sostener una conversación informal con esa mujer? No nos trató precisamente bien en Bogotá," señaló Cummins.

A Stockman le había impactado que el Servicio Secreto guardara una confidencialidad absoluta sobre el encuentro nocturno que había sostenido con Pradilla en Nueva York. El presidente no estaba dispuesto a confesar que se había visto con ella en Nueva York y que durante las últimas semanas habían intercambiado frecuentes correos electrónicos. Así que el mandatario respondió con exactitud pero no con total honradez.

"No sé."

"¿Qué quería?" preguntó Cummins. Era evidente que no estaba nada contento. Allyson Bonnet, la secretaria de prensa de la Casa Blanca, había sido la primera en llamar la atención sobre el hecho de que era probable que Stockman estuviera enamorado de su colega colombiana, sospecha que ahora se hacía completamente evidente.

"Quiere que nos encontremos esta noche en La Habana." Stockman sabía perfectamente que lo que acababa de decir era completamente insólito. Corrección: sabía perfectamente que lo que había dicho era totalmente descabellado, pero aún así, le sorprendió la reacción de Cummins.

"¿Qué?" gritó Cummins sacudiendo el sofá. "¿Usted quiere ir a La Habana para tener una velada romántica?" Cummins se arrepintió de lo que dijo ni bien había terminado, pero no pudo evitarlo. Siempre había criticado al presidente por ser un político inteligente pero insensible. Y ahora que revelaba un punto débil en términos sentimentales, lo odiaba por eso. No podía explicarlo.

Stockman miró a Cummins. Ningún subalterno le había hablado en esos términos. En circunstancias normales, aquello habría bastado para despedirlo, pero las circunstancias distaban mucho de ser las normales. Esperó a que la molestia de Cummins se calmara.

"Siéntate, Nelson. No he terminado. Ella quiere reunirse conmigo porque tiene información sobre el uranio sirio. Es una información que no tenemos."

Nelson Cummins tuvo dificultades para poner sus pensamientos en orden. Ese tipo de encuentros sólo sucedían una vez en la vida. Y justo cuando creyó haber escuchado algo insólito, escuchó algo más increíble aún. Comprendió que estaba boquiabierto. Un minuto atrás, su jefe le había anunciado que iría a Cuba a encontrarse con la hermosa presidente colombiana. Y ahora le había dicho que ella tenía información que ni siquiera tenía la CIA.

Nelson intentó cerrar su boca pero no pudo. Buscó palabras, pero no le salieron. ¿Cómo se habría enterado ella de los sirios? ¿Qué información podría tener sobre el uranio? ¿Por qué no había seguido los canales habituales?

Como Nelson tenía dificultades para hablar, el presidente continuó.

"Me dijo que estamos en peligro, que es urgente que nos reunamos. Escogió a Cuba porque allí la prensa está controlada y nadie nos verá. Ya consultó con Castro, quien le prometió que mantendría el encuentro en secreto total."

Nelson habló de nuevo. "¿Consultó con Castro? ¿Prometió guardar el secreto? ¿Cómo se atreve a hablar con Castro sin antes consultarnos? Está loca. No puede ir, Sr. Presidente."

"Siéntate, Nelson. No te insistiré más. ¿Por qué dices que no puedo ir?" Stockman sabía la respuesta, pero quería escucharla en voz alta.

"¿Ha perdido la razón, Sr. Presidente? Le diré por qué no puede ir. Imagine lo que pasaría si se llegara a saber. En pocas palabras, esto es lo que sucedería: un día, sus oficiales de inteligencia le informan que Siria tiene cantidades letales de uranio altamente enriquecido y usted hace dos cosas: primero, decide no advertirles a los americanos acerca del peligro. Segundo, viaja a un país enemigo para sostener una reunión a medianoche con la presidente más hermosa del planeta. Sr. Presidente, yo sé que no son sus intenciones, pero es así como lo interpretarán. Y nunca le perdonarán."

Era cierto. Si su viaje se llegaba a descubrir, sería un suicidio político. Lo enjuiciarían. Ninguna explicación serviría. Aún más, Estados Unidos tendría una cuenta pendiente con Fidel Castro, quien podría amenazar con revelar el secreto cuando así lo quisiera. Puede que no hubiera libertad de prensa en Cuba, pero muchos agentes estatales andaban con cámaras. Stockman se desinfló.

"Llámela y dígale que usted me enviará a mí a Bogotá. Puede decirle que estoy en camino, sugirió Nelson.

"Eso no funcionaría. Ella sólo quiere hablar conmigo. La conozco."

¡Santo cielo! O ese hombre estaba completamente enamorado y otorgándole cualidades a una mujer que escasamente conocía, o el presidente se había guardado algo más. ¿Cómo, por el amor de Dios, podía decir que la conocía? La había visto una sola vez en la vida y por muy poco tiempo. ¿Habrían estado en contacto clandestinamente?

El silencio envolvió el cuarto. Cummins estaba completamente preocupado. Era la primera vez en todos los años que habían trabajado juntos que veía al presidente vacilar ante una decisión. Tomaba decisiones difíciles continuamente. Stockman transmitía la sensación de escuchar a todas las partes, pero generalmente se inclinaba fuertemente hacia un lado o hacia el otro. Esta situación era enteramente nueva. El presidente de los Estados Unidos no sabía qué hacer.

Pasaron varios minutos en silencio. Cummins decidió guardar silencio. Conocía bien a su jefe. Acudiría a su temperamento conservador y reticente a los riesgos para tomar la decisión apropiada. John Stockman nunca pondría en juego su carrera política de toda una vida tomando una decisión arriesgada. Era mejor dejarlo que llegara a esa conclusión por sus propios medios.

Después de lo que pareció una eternidad, el presidente de los Estados Unidos se puso de pie. "Juré proteger a este país sin importar los riesgos ni las consecuencias. La presidente Pradilla tiene que decirme algo urgente acerca de un peligro sumamente grave para nuestro país. Anteriormente, la norma para los demás paises era estar de nuestro lado, pero actualmente, la mayoría de nuestros antiguos aliados han cambiado de parecer. Tengo que admitir que Pradilla es algo extraña, pero es valiente y confío en ella."

Stockman miró a Nelson a los ojos. Las preguntas que habían nublado previamente el juicio del presidente se evaporaron. De nuevo, era el Stockman obstinado y seguro de sí mismo; sólo que con una decisión potencialmente descabellada. Nelson no pudo creer lo que escuchó.

"Iré a Cuba. Encárgate de los preparativos, Nelson."

PARTE XII:
CUBA

Avión Presidencial Colombiano

Sobrevolando el Mar Caribe, 16 de octubre
8:30 p.m.

El avión colombiano 737 se desplazaba serenamente a 39,000 pies de altura sobre el Mar Caribe. Sin embargo, la atmósfera era tensa en el interior del avión.

Hacía cuatro horas atrás Manuel Saldívar había creído ganar la discusión sostenida con Marta Pradilla, quien le pidió a Héctor Carbone que pondrá en práctica un plan para cerrar el espacio aéreo colombiano a partir del miércoles por la noche. Manuel estaba seguro de haberla convencido de que era posible arrestar a la mayoría de las mulas en los aeropuertos colombianos. De ese modo, le evitarían cualquier peligro a los Estados Unidos, a la vez que preservarían la dignidad y la soberanía de Colombia.

Y ahora se encontraba en el avión presidencial con la mandataria colombiana rumbo a Cuba, a fin de sostener un encuentro con el presidente de los Estados Unidos, quien ni siquiera había confirmado su asistencia. Por primera vez en su vida, sintió que no podía confiar en que Marta Pradilla tomara la decisión adecuada. La presidente colombiana iba a decirle al jefe de estado gringo que Colombia era la fuente de una grave amenaza a la seguridad de los Estados Unidos, sin consultarle a él ni a ninguno otro asesor, y sin negociar previamente con los norteamericanos.

A Stockman le tendría sin cuidado que Colombia fuera una escala más por donde pasara el uranio y que los contrabandistas fueran unos criminales y enemigos de la sociedad colombiana. Tampoco le importaría que el gobierno colombiano estuviera dispuesto a ayudarle. Lo único que les importaba a los americanos era que una amenaza seria e inminente se estaba gestando desde Colombia. No habría espacio para delicadezas ni para la comprensión, no habría deseo de cooperación. Su respuesta sería brutal y abrumadora.

Ambos estaban exhaustos. Los lánguidos combates verbales intercalados con un silencio de piedra eran el común denominador del vuelo en las últimas dos horas. Al comienzo, Manuel creyó que ella entendería el peligro en que estaba poniendo su futuro político y a su país. Se armó de paciencia y le explicó de nuevo los riesgos, enumerándolos uno a uno y aclarando que no eran mutuamente exclusivos.

Manuel expuso inicialmente las posibles reacciones militares norteamericanas. Una vez que Stockman lo supiera, pasarían pocas horas para que el Comando Sur norteamericano estacionado en Panamá se movilizara e invadiera a Colombia en menos de un día. Las unidades de operaciones especiales Delta Force lanzarían paracaidistas sobre todos los aeropuertos colombianos. Los aviones caza de la Fuerza Aérea de los Estados Unidos derribarían cualquier aeronave que saliera del espacio aéreo colombiano. Los acorazados de la Marina norteamericana bloquearían los puertos colombianos e interceptarían cualquier embarcación que saliera de los puertos nacionales.

Luego mencionó las medidas políticas. Si los americanos capturaban a alguno de los pobres diablos que trataban de introducir uranio a los Estados Unidos, podrían utilizarlo como propaganda barata que demostrara la determinación de Norteamérica en su guerra contra el terrorismo. El gobierno americano podía culpar a Colombia de poner su seguridad en peligro y suspender también la ayuda económica y militar al país suramericano. Peor aún, podía castigar a Colombia mediante el bloqueo a las exportaciones de flores, café, petróleo y mariscos. Podía arruinar la economía colombiana en cuestión de horas.

¿Por qué no entendía Pradilla que los riesgos que corrían si les informaban a los norteamericanos sobre el uranio eran mucho mayores que cualquier tipo de beneficios posibles? ¿Cómo era que no entendía que Colombia tenía los medios para arrestar a los culpables e impedir el ataque a los Estados Unidos sin ayuda de nadie? Diablos, ella había sido elegida como presidente para proteger a Colombia, no para ser una buena ciudadana universal.

Era allí donde yacía el problema. A medida que el tiempo transcurría y el avión sobrevolaba los picos nevados de la cordillera de los Andes rumbo a las oscuras aguas del Mar Caribe y a las Islas de Barlovento, Manuel Saldívar se estremeció al advertir que Pradilla entendía todo aquello, que comprendía perfectamente todos los peligros, tanto los de su país como los de su carrera política. No se le había escapado un solo detalle.

Sin embargo, ahí estaban, aproximándose hacia el desastre nocturno. Faltaba una hora para el aterrizaje. Habían pasado quince minutos en silencio. Manuel estalló en cólera.

"¿Quién eres tú? Creía que te conocía. Millones de colombianos depositaron su confianza en ti y ahora les das la espalda. En un comienzo supuse que no habías analizado esto, pero ahora me doy cuenta de que sabes muy bien cuáles son los riesgos. Sabes lo que puede suceder y sin embargo estás decidida. ¿Quién te ha dado el derecho para hacerlo?"

"Le estamos dando vueltas al asunto, Manuel. Yo fui elegida por mis compatriotas y ésta es mi decisión. En todas partes hay riesgos, pero el mayor de todos es que la primera bomba nuclear después de las de Hiroshima y Nagasaki podría proceder de mi país y matar a millones de personas inocentes en los Estados Unidos. Y no hay un peligro mayor que éste."

"¡Pero lo más seguro es que podamos controlar la situación

por nuestros propios medios!" dijo Manuel en tono quejum-
broso.

"¿Y qué pasa si no lo logramos? ¿Cómo te sentirías de no
haberles dicho a los americanos mientras entierran millones
de cadáveres? Yo no sería capaz de soportarlo."

"Héctor Carbone dice que lo más seguro es que el DAS
pueda detener a la mayoría de las mulas. Deberíamos intentarlo; si vemos que no tenemos éxito, podemos informarles a
los americanos. Marta, toma la decisión correcta. Regrese-
mos a Colombia."

"No, Manuel," respondió Marta con calma. "No regresaré.
Entiendo que te opongas fuertemente y que creas que estoy
equivocada. Vas a poder elegir cuando aterricemos. Podrás
permanecer en el avión o venir conmigo, aunque creas que
estoy errada."

Marta no había terminado.

"Esa es la diferencia entre la política y el periodismo. En el
periodismo se puede mantener cierta distancia y convencerte
a tí mismo de que tienes la virtud de ser un observador impar-
cial, mientras que en la política, tú expones tus argumentos,
pero se supone sin embargo que seas leal al presidente y a tu
partido, incluso si crees que estoy completamente errada. Sí,
Manuel, sigo confiando en que te bajarás del avión y me
acompañarás."

Él la miró con dureza. No podía creer lo que había escuchado. Hacía pocas horas eran los mejores amigos, pero
ahora iban en el mismo avión y un abismo amenazaba con
terminar su amistad. Algo así era lo que querían decir las personas cuando meneaban la cabeza en señal de disgusto y
murmuraban "¡qué sucia es la política!" Marta Pradilla estaba dispuesta a sacrificar todo lo que había construido junto
a él sólo porque creía tercamente que tenía la razón.

Manuel sintió un gran dolor. No estaba enamorado de ella
pero la quería como amiga, como compañera del alma y
como una líder valiente que representaba una gran esperanza
para Colombia. Sus ojos se nublaron con lágrimas de rabia y

de dolor tras comprender que era perfectamente capaz de prescindir de él. Marta quería que estuviera allí con ella, pero su decisión de viajar a Cuba estaba por encima de todo.

Un sonido mecánico se escuchó por los parlantes: "Aterrizaremos en treinta minutos, Presidente. Por favor, abrocharse los cinturones de seguridad."

Manuel Saldívar miró a Marta Pradilla y asintió. Entendió que tenía media hora para cruzar el abismo o alejarse para siempre.

Air Force One

Cerca de la Península de la Florida, 16 de octubre
9:00 p.m.

Nelson Cummins cerró los ojos. El Air Force One había sobrevolado las playas de Cape Fear, en Carolina del Norte una
hora atrás y se dirigía al Océano Atlántico. Debían estar a
medio camino entre Gainsville y Miami.

Cansancio no era la palabra. Desde que habían despegado
una hora atrás, su mente discurría en una y en otra dirección.
Sopesó todos los argumentos y razones con los que podría
persuadir al Presidente Stockman de no cometer semejante locura. Los escribió tal como los expondría verbalmente, los ordenó según el nivel de importancia y practicó su exposición.
Se pondría de pie y en pocos minutos se dirigiría a la suite
presidencial del Boeing 747. Lo intentaría por última vez.

En la Casa Blanca se desató un caos total cuando el presidente anunció su viaje a Cuba. Nelson hizo cuatro llamadas
telefónicas y en cuestión de minutos comenzaron a llegar
personas a su oficina.

Nelson esperó que se reuniera el cuarteto de siempre: Marjorie, la antigua y cercana asistente del presidente; Tim Ordway, el jefe del Servicio Secreto; el Coronel Nicholas
Markoff, el enlace militar con la Casa Blanca y Allyson Bon-

net, la secretaria de prensa de la Casa Blanca—todos desfilaron por su oficina con pocos segundos de diferencia. No se molestó en ofrecerles una silla, pues de todos modos se habrían puesto de pie al cabo de pocos segundos.

"No creerán lo que les voy a decir," comenzó Nelson. Trató de mantener un aire de neutralidad e imparcialidad, aunque sabía muy bien que lo que iba a pedirles era algo así como si el papa les dijera a algunos miembros de la Curia que lo acompañaran a un burdel. Aquello no tenía el más mínimo precedente—era algo prácticamente imposible. Sin embargo, dejó su malestar a un lado y tomó impulso.

"El presidente quiere salir en una misión ultra secreta dentro de una hora," anunció. "La misión consiste en encontrarse esta noche con Marta Pradilla, la presidente de Colombia, quien tiene información urgente y confidencial sobre la seguridad de los Estados Unidos. A solicitud de la Presidente Pradilla, el encuentró se realizará en La Habana, Cuba, porque, como ese país es un estado policial, es el lugar más seguro del hemisferio para ocultarse de la prensa y de cualquier intruso. Permaneceremos el menor tiempo posible en territorio cubano."

Acertó al no ofrecerles un asiento, pues los visitantes estallaron en un alboroto descomunal. Todos hablaban simultáneamente o, para ser más exactos, gritaban al unísono. Nelson logró entender muy poco entre aquel mar de voces confusas, pero no tuvo problemas para deducir que se trataba de una reacción negativa.

"Ya basta," gritó. Fue inútil.

"Maldita sea, cállense ya," intentó de nuevo.

Los cuatro hicieron silencio. Nelson los miró uno a uno.

"Pueden hablar, pero en orden. Cada uno tiene un minuto para decir por qué cree que es una mala idea, aunque yo ya le he dicho todo eso y mucho más a nuestro jefe. Cuando se les acabe el tiempo, necesito que me digan cómo cumplimos las órdenes del presidente. Comienza tú, Nick."

El Coronel Markoff era alto y atlético. No llevaba puesto su uniforme, pero cualquiera sabría que era militar, pues siempre hablaba parado en atención.

"Esto es una locura, Nelson. Es cierto que la tripulación siempre está lista, pero no tenemos un plan de vuelo. Llegaremos a un país con el que no tenemos relaciones diplomáticas. ¿Cómo haremos para saber que nos dejarán entrar siquiera a su espacio aéreo? Pero incluso si nos autorizan a ingresar, no estaremos seguros en territorio cubano. No necesito todo el minuto. Es una razón más que suficiente para decirte que no debemos ir."

"Desafortunadamente, el presidente es perfectamente consciente de eso. ¿Qué sucedería entonces si nos vemos en la necesidad de viajar?" interpeló Nelson.

Markoff lo pensó durante un minuto. No quería dignificar la pregunta con una respuesta, pero era un militar y, por lo tanto, leal a la cadena de mando. Las preguntas del asesor nacional de seguridad del comandante en jefe ameritaban una respuesta.

"Podemos despegar dentro de una hora. Recomiendo que llevemos un comando de operaciones especiales que pueda permanecer en la aeronave, y que esté preparado para entrar en acción si llegara a suceder algo. Nos pondremos en contacto con los controladores aéreos cubanos una hora antes de aterrizar en La Habana. La ventaja es que estaremos en espacio aéreo norteamericano hasta que nos alejemos de Cayo Hueso, a unas noventa millas de La Habana, es decir, a menos de veinte minutos de aterrizar. Los cubanos sólo nos darán permiso para ingresar si saben que vamos en camino. Si no nos autorizan, regresaremos.

"Y por último," dijo Markoff, "solicitaría a la Base Aérea de Homestead, en la Florida, que envíe un escuadrón de aviones F-16 que patrullen permanentemente por el límites del espacio aéreo cubano mientras estemos allá. También le notificaremos a Guantánamo para que estén en máxima alerta."

A Nelson siempre le impresionaba la actitud confiada de

los militares. Podrían estar decididamente en contra de algo, pero no obstante, estaban listos para actuar.

"Haz los preparativos, Nick. ¿Vamos a Andrews en helicópteros?

"Por supuesto. Ya mismo los consigo," Nick Markoff salió de la oficina.

"Es tu turno, Marjorie," sentenció Nelson.

Estaba perpleja. En los veinte años que llevaba con John Stockman había visto que casi nunca tomaba decisiones improvisadas. A él le gustaban las situaciones controlables y predecibles. Seguía su rutina religiosamente, pero durante esos veinte años, también había aprendido que una vez que tomaba una decisión, no había nada que lo hiciera retractarse.

"Me imagino que has hecho todo lo imaginable para que entienda que esto es una locura, así que no trataré de disuadirte. El primer evento público de mañana será a las tres de la tarde. Hablará ante la Asociación Nacional de Gobernadores. Mientras tanto, el secretario de Vivienda y Desarrollo Urbano, a quien tuvo la amabilidad de dejar plantado, vendrá a las 8:00 a.m. y recibirá a los Jefes del Estado Mayor Conjunto y al secretario de Defensa a las 9:00 a.m. Recibirá llamadas entre las 11:00 y las 12:00. Todo eso se puede postergar. Almorzará a las doce con el Senador Carles, pero también se puede aplazar esa cita, pues son amigos. El discurso ante los gobernadores tendrá lugar en el National Building Museum. Nelson, tenlo allí a las 2:55 p.m. y quizás podamos seguir siendo amigos."

Nelson sonrió. Aquella mujer tenía un aire intolerante y desagradable, pero era leal hasta la muerte.

Miró al agente del Servicio Secreto. "¿Tim?"

"Nelson, no me preocupan los problemas de seguridad imprevistos. Cuba es un país comunista, una dictadura. Allá no hay locos sueltos con armas, pero tienen un sicópata de presidente. Si aterrizamos y se les ocurre secuestrar a nuestro presidente, no podré hacer absolutamente nada. Necesitaría cientos de agentes para proteger al presidente de cincuenta soldados apuntándonos con fusiles AK-47. Hemos sido enemigos acérrimos durante más de cuarenta años y no descartaría la posibilidad de que intenten retenernos."

Nelson no había pensado en esa posibilidad de que los soldados cubanos pudieran retener al presidente en la isla contra su voluntad. Se estremeció ante esa idea.

"Pediré lo siguiente," continuó Tim Ordway. "Quiero ir con diez agentes. El presidente esperará tres minutos en el avión mientras bajo y doy una mirada. Si hay algo que no me gusta, subiré de nuevo, cerraremos las puertas y regresaremos a casa. ¿Entendido?"

Nelson asintió en señal de aprobación. Marjorie y Tim permanecían callados y el silencio se hizo abrumador. Al cabo de algunos minutos, fue obvio que Nelson quería hablar a solas con Allyson. Los demás se dieron vuelta y salieron. Nadie se despidió; todos estaban demasiado confundidos para detenerse en despedidas cordiales. Cerraron la puerta. Nelson miró a Allyson durante un minuto largo. Sus presentimientos acerca de Marta Pradilla habían resultado ser ciertos.

"No sé, Allyson, pero ellos dos han tenido que estar en contacto. El presidente habla de ella como si la conociera. Dice cosas como 'confío en ella' y 'la conozco.' Al comienzo creí que estaba desvariando, pero luego entendí que han estado en contacto por un medio que desconocemos."

"¿Necesito saber qué tipo de información le dará al presidente," señaló Allyson.

"Todavía no, Allyson. Lo cierto es que le dijo la palabra mágica para hacerlo viajar: Siria. Dice que su información es vital para la seguridad de los Estados Unidos."

"Te dije que esa mujer era cosa seria. Jugó con ustedes en Bogotá como si fueran marionetas, y luego encuentra la forma de establecer una relación clandestina con el presidente. Y ahora dice tener noticias secretas que sólo puede dárselas a él, y nada más ni nada menos que en Cuba. Esa mujer es increíble."

Nelson sabía que Allyson no había terminado.

"Le creo, Nelson. Es el instinto femenino. He tenido razón hasta ahora. Esa mujer quiere que Stockman modifique su opinión sobre algunos temas. Ese fue el objetivo del encuentro con Castro en Bogotá. Ella no se ciñe a las reglas, pero tampoco es mentirosa. Le creo."

Nelson quedó desconcertado. Allyson, que era la mujer más cínica que había conocido, acababa de describir a Pradilla como a una muchachita sincera que quería hacer lo correcto. ¿Cómo demonios podía ella saber eso?

"Ponte en su lugar," dijo Allyson. "Si realmente sabe algo, está tomando el riesgo de decírselo al jefe. Por Dios, somos bastante impopulares en su país. Y la reunión en Cuba es simplemente brillante. Nadie sabrá lo que sucedió. Es cierto que Castro tendrá algo sobre nosotros, pero no desperdiciará la oportunidad haciéndonos pasar una vergüenza ante los medios informativos sino que la utilizará para negociar con discreción. Ha estado cuatro décadas en el poder—es muy astuto para manipular a las personas.

"¿Y si nos descubre la prensa?" preguntó Nelson.

Allyson sonrió. "Eso, amigo mío, sería una historia diferente. Si eso llega a suceder, estamos completamente jodidos."

Esas eran las palabras que le martillaban en la cabeza mientras el Boeing 747 sobrevolaba velozmente el Océano Atlántico, en dirección sur. Estamos completamente jodidos, estamos completamente jodidos.

El suave timbre del teléfono en el brazo de su silla lo alejó intempestivamente de su trance pesimista. Debía ser Stockman, y durante un instante, se alegró ante la posibilidad de que el presidente hubiera recuperado el juicio. ¡Seguramente estaba llamando para decir que regresaban!

No era el presidente, sino el Coronel Jeffrey Swan, quien comandaba el Air Force One.

"Pensé que querrías un informe acerca de nuestro progreso, Nelson. Hemos sobrevolado tres cuartas partes de la península de la Florida. En pocos minutos llamaremos a La Habana. Veremos si tienen alguna idea de nuestra llegada," dijo Swan.

Nelson le dijo al capitán que ya iba. Subió las escaleras del 747 y llegó a la cabina de mando. El Coronel Swan le entregó unos audífonos y le señaló una silla auxiliar en el pasillo.

Ajustó los audífonos y activó el micrófono. "Puede probar, Coronel. Esperemos que no tengan la menor idea y podamos regresar a casa.

Jeff Swan cambió las frecuencias de su radio UHF.

"Atención, Habana. Este es un avión del gobierno de los Estados Unidos . . . volando a nivel tres nueve cero," anunció el Coronel Swan. Tim Ordway y el Coronel habían acordado previamente no identificarse como el Air Force One. Y aunque generalmente el avión utilizaba frecuencias militares y confidenciales para comunicarse, ahora lo hacía con los controladores aéreos de un aeropuerto comercial. Todo el mundo los podía escuchar. Pasaron unos pocos segundos.

"Atención, aeronave del gobierno de los Estados Unidos. Les habla La Habana, por favor pasen a la frecuencia 118.23. Es más segura."

El Coronel Swan miró a Nelson. ¿Era una buena o una mala noticia? El primer indicio de comunicación concisa era inescrutable. Jeff Swan cambió de frecuencia e intentó de nuevo.

"Atención, La Habana. Este es un avión del gobierno de los Estados Unidos . . . volando a nivel tres nueve cero," dijo repitiendo exactamente las mismas palabras que antes.

"Avión del gobierno de los Estados Unidos, esta es La Habana hablando por una frecuencia segura. Por favor, especifique su identificación."

El Coronel miró a Nelson. Sus ojos verdes y claros hicieron solo una pregunta silenciosa: ¿Se la decimos?

Nelson respiró profundo y asintió.

"Atención, La Habana, el avión del gobierno de los Estados Unidos es un Boeing 747. Nuestra identificación es Air Force One."

La respuesta no tardó en llegar.

"Air Force One, les habla el controlor de llegadas de La Habana. Están autorizados para aterrizar en la pista 27 del Aeropuerto Internacional José Martí, vía la intersección aérea de Varadero. Tengan la amabilidad de informarnos cuando comiencen el descenso en Cayo Hueso. Permanezcan sólo en esta frecuencia."

Swan adquirió ahora un tono puramente profesional y repitió las instrucciones. "Autorizados para aterrizar en La Habana, vía Varadero. Llamaremos por esta misma frecuencia cuando lleguemos a Cayo Hueso. Air Force One."

Miró a Nelson.

"Bueno, no nos recibieron con bandas marciales ni con un desfile triunfal. Pero tú también lo escuchaste—no hay ninguna duda que sabían que estábamos en camino."

Allyson Bonnet tenía razón. Marta Pradilla era increíble. Que un controlador aéreo cubano estuviera dándole las coordenadas de aterrizaje al Air Force One era algo fuera de lo común. No era el resultado de delicadas negociaciones gubernamentales ni el final de una persuasión discreta y laboriosa por parte de algún Premio Nobel de la Paz. Pradilla había coordinado el aterrizaje del avión presidencial de los Estados Unidos en territorio enemigo en menos de una tarde. ¿Cómo lo había logrado?

En ese preciso instante, Nelson desistió de convencer al presidente para no aterrizar en La Habana. Sabía que era inútil; Stockman ya había llegado hasta allá y jamás le ordenaría al piloto que diera marcha atrás. Se dio cuenta de que los tópicos de discusión que había escrito con tanta furia sólo tenían por objeto satisfacerlo a él mismo. Los había escrito porque quería que Stockman supiera cuál era su opinión. El presidente lo sabía y no necesitaba que se lo repitieran.

Nelson agradeció al Coronel por dejarlo escuchar. Giró a la izquierda, salió de la cabina y bajó lentamente la escalera de caracol. Se dirigió a la suite presidencial para informarle al presidente que el último obstáculo estaba superado.

Llegó a la puerta cerrada de la suite y no pudo evitar que las palabras de Allyson martillaran repetidamente en su cabeza. Estamos completamente jodidos.

Aeropuerto Internacional José Martí

La Habana, 16 de octubre

10:43 p.m.

El Coronel Jeff Swan aterrizó el enorme avión en la pista 27 sin ninguna novedad. Nadie dijo una palabra cuando el 747 tocó pavimento. Nadie respiró. Todos los que iban a bordo sabían muy bien que el presidente de los Estados Unidos no aterrizaba en Cuba todos los días.

El avión recibió las instrucciones de la torre de control para que atravesara el terminal de pasajeros y se dirigiera a un extremo de la pista reservado a las Fuerzas Armadas Cubanas. Los helicópteros militares y los antiguos MIG 21 fabricados en Rusia estaban perfectamente alineados. El avión presidencial fue estacionado junto a un Boeing 757 con una bandera grande de Colombia pintada en la deriva.

Cuando los motores se apagaron, Tim Ordway se levantó y fue donde Nelson.

"Tres agentes escoltan al presidente. No le permitirán descender hasta que yo lo ordene. Recuerda nuestro pacto."

Nelson asintió y Tim se dirigió a la puerta mientras la tripulación del Air Force One levantaba los pulgares al personal del aeropuerto para pedirles que abrieran las puertas. Tim Ordway bajó las escaleras.

Nelson miró por la ventana y vio a un hombre elegante y de baja estatura, con abrigo y corbata, estrechándole la mano al agente del Servicio Secreto. Lo reconoció de inmediato; era Esteban Montealegre, el ministro cubano de relaciones exteriores. Tim Ordway también lo reconoció.

"Sr. Ministro, soy Tim Ordway, agente del Servicio Secreto de los Estados Unidos. Estoy encargado de la seguridad de nuestro presidente. He solicitado autorización para realizar una inspección, pues mi labor consiste en evaluar las posibles amenazas contra mi jefe. ¿Hay algo que quiera decirme?"

"Bienvenido a Cuba, Agente Ordway," dijo Montealegre en un inglés prácticamente sin acento. "Sí, venga conmigo y déjeme ponerlo al tanto. El aeropuerto está cerrado. El primer avión en aterrizar lo hará mañana a las 7:30 a.m. Suponemos que ustedes ya se habrán ido cuando el aeropuerto reinicie operaciones, así que no hemos informado sobre el cierre del aeropuerto."

Todo va bien hasta ahora, pensó Tim.

"Hemos rodeado el aeropuerto y sus rutas de acceso con más de mil hombres del ejército cubano," continuó el ministro. "Están al otro lado de la cerca y tienen instrucciones de permanecer de espaldas al aeropuerto—atentos a cualquier amenaza exterior. Sabemos que esto puede inquietarlo, Sr. Ordway, pero por otra parte, no podemos arriesgarnos a que ocurra ningún accidente durante su estadía."

"No permitimos que ocurran accidentes en Cuba," agregó el ministro.

Tim Ordway miró y vio a muchos hombres en traje de campaña al otro lado de la cerca. Estaban de espaldas a él. Tim se estremeció. "¿Adónde irá nuestro presidente?" preguntó.

"A la sala VIP del aeropuerto," señaló Montealegre. La terminal estaba a menos de cincuenta pies de distancia. "Hemos habilitado tres salas para ustedes."

Tim se quedó pensando algunos segundos. La terminal estaba muy cerca, y eso era reconfortante. Podría llevar rápidamente al presidente de nuevo al avión si fuera necesario. Por otra parte, no sabía si había tropas cubanas en el aeropuerto que no hubiera mencionado el ministro cubano.

"Sr. Ministro, tenemos un comando de operaciones especiales conformado por veinticinco hombres. Agradecería si usted los autoriza para que desciendan y custodien el avión. Están armados. Sé que eso puede parecer extraño, pero esta misión también lo es. Espero que entienda. Su propósito es puramente defensivo. Me ofrecerán ayuda si tenemos que salir de emergencia."

El ministro asintió. Esperaba algo así.

"Ingresaré a la terminal con el presidente y llevaré a tres agentes conmigo," continuó Ordway. "Y por último, señor, necesito decirle que tenemos un escuadrón de aviones F-16 que estarán patrullando en el límite de las aguas internacionales cubanas mientras estemos aquí y que les pediremos ayuda si llegara a sucedernos algo."

Montealegre sonrió. Los americanos no tenían remedio. No podían dejar de presumir. Era como si se les hubieran alterado los cromosomas de la sutileza varias generaciones atrás. Lo que dijo el agente del Servicio Secreto era algo que podía imaginar un niño de diez años. Por supuesto que tenían aviones dispuestos a rescatar al presidente. Por otra parte, ¿realmente pensaban que el gobierno cubano era tan estúpido como para hacerle daño al mandatario norteamericano? *Definitivamente, los americanos son como niños,* murmuró Montealegre para sus adentros.

"Gracias por decírmelo, Agente Ordway. A su presidente no le pasará nada mientras esté aquí. El Presidente Fidel Castro ha suministrado un sitio confidencial para que se reúna con la presidente Pradilla. Para él—es decir, para nosotros— es un gusto."

Tim asintió en señal de acuerdo y levantó su mano para hablar por el pequeño micrófono que tenía en la manga de su chaqueta. "Adelante," ordenó.

En cuestión de minutos, John Stockman descendió del

avión y sintió la cálida brisa caribeña de La Habana. Le siguió Nelson Cummins. Un agente iba al frente y otros dos custodiaban la retaguardia. El presidente bajó las escaleras y se aproximó a Esteban Montealegre, quien estaba esperándolo.

"Sr. Presidente, soy Esteban Montealegre, ministro de relaciones exteriores. Su visita será mantenida en absoluta confidencialidad. Pero espero que algún día podamos darle una bienvenida pública."

Stockman miró al ministro. Apreciaba la franqueza de Montealegre y se comportó de igual manera.

"Sr. Ministro, estamos agradecidos que hayan aceptado que nos reunamos acá. Fue idea de la Presidente Pradilla. Es claro que me siento incómodo aquí. Si se dan las condiciones adecuadas, espero también que algún día podamos ser buenos vecinos."

Montealegre asintió. Eso era todo lo que le diría Stockman—un político tan conservador no iba a flexibilizar la política norteamericana hacia Cuba. Ambos lo sabían. Esteban le pidió al presidente que lo siguiera.

Entraron al aeropuerto a través de un corredor mal iluminado. Encima de la entrada, las palabras *"Bienvenidos a Cuba. Viva la Revolución"* estaban esculpidas en concreto. Todos los miembros de la delegación americana sintieron una sensación inquietante.

Una vez adentro, un hombre con una guayabera blanca abrió la puerta que daba a un salón. Era un espacio agradable, amoblado con sofás y mesas de centro. Libros de gran formato con los atractivos naturales de la isla estaban desordenados sobre cada una de las mesas. En el centro del salón había una mesa con platos que contenían carnes frías, así como tres hieleras metálicas con refrescos, vino blanco y cerveza.

Stockman no vio nada de esto. En el mismo instante que entró al salón, sus ojos se desplazaron frenéticamente hacia todos los rincones. Quería verla.

Allá estaba. La yuxtaposición entre los dos presidentes era sorprendente. El mandatario norteamericano estaba vestido con un monótono traje de paño azul, camisa blanca y corbata roja y azul. Iba rodeado por agentes de seguridad y acompañado por un asesor. Stockman expresaba el epítome del poder y la seguridad, aunque estaba nervioso e inseguro de sí mismo.

Por otra parte, ella estaba sola, sonreía y tenía un aire desenfadado. Llevaba tacones medianos, jeans, camisa blanca de botones y un collar de lapislázuli en su elegante cuello. Con su mano derecha sostenía un vaso que contenía lo mismo de siempre—un whisky en las rocas. Tenía el cabello diferente, sujetado atrás en cola de caballo y que dejaba al descubierto su rostro radiante. Lucía más espectacular de lo que él recordaba.

Sintió una ola de calor cuando ella avanzó para saludarlo. Quiso darle un fuerte abrazo. Nunca se había sentido así, ni siquiera cuando comenzó su relación con Miranda. Esa mujer le producía un efecto magnético; era como si no pudiera resistir su magia.

Sin embargo, resistió. Avanzó hacia ella con lentitud. La miró a los ojos con una intensidad descomunal. Necesitaba saber en ese instante que se trataba de algo auténtico. No podía ser otro de sus juegos. Ella se acercó a él con una sonrisa y dejó que Stockman escrutara su mente y sus intenciones con la mirada. Nunca dejó de mirarlo mientras cruzó el salón. Permaneció frente a él durante algunos segundos y sus miradas se encontraron.

"Hola John, gracias por venir. Sé que fue difícil."

Él asintió y extendió su mano para saludarla. Ella no le dio la suya y más bien se inclinó y le dio un beso amigable en la mejilla. Stockman sintió un intenso calor en su cara. Ella se rió.

"No se comporte de manera tan formal conmigo, Sr. Presidente. Soy latina y nosotros no nos damos la mano. Nos saludamos con un beso o con un abrazo, pero no con un apretón de manos."

Stockman le presentó a su asesor de seguridad nacional y a los agentes del Servicio Secreto. Ella reconoció a Nelson Cummins, a quien había visto el día de su toma de posesión. Un silencio incómodo se apoderó del salón. Ahí estaban, tomando whiskey en un encuentro secreto a medianoche en La Habana, Cuba. No había ninguna agenda ni protocolo. Demonios, nadie sabía por dónde comenzar.

"John, ¿puedo hablar a solas contigo en el salón de al lado?" preguntó Pradilla con suavidad.

Dos agentes saltaron frente al presidente para impedirle que se moviera, mientras Ordway se disponía a echar una mirada en el salón adyacente. Stockman los apartó.

"No es necesario, Tim," le dijo Stockman.

Siguió a Pradilla, quien abrió la puerta. Era un salón mucho más pequeño, con sólo dos sillas de mimbre y una pequeña mesa de centro en el medio. En las paredes había dos pésimos cuadros de campesinos arando campos lejanos.

Cerraron la puerta y se sentaron. Ella sonrió y puso su mano sobre la de él por unos pocos segundos. Se miraron.

"John, no tenemos mucho tiempo. Quiero comenzar diciendo que hay algo entre nosotros. Ambos somos adultos y podemos sentirlo. Eres viudo y yo soy soltera empedernida. No habría nada más natural que entabláramos una relación, salvo por el hecho de que tú eres el presidente de los Estados Unidos y yo soy la presidente de Colombia. Las circunstancias están en contra de nosotros. ¿Quién sabe si algún día podamos ser más abiertos? Puedo decirte que durante las últimas horas he sabido que las personas en las que más confío no quieren que así suceda."

Stockman sonrió. ¿Cómo rayos podía ser tan directa? ¿Sería a causa de la diferencia de edad? Sabía que Julia era mucho más sincera acerca de sus sentimientos que él. ¿Era algo cultural? Stockman no creía que los latinoamericanos, que eran tan católicos, fueran tan abiertos. Era algo terrorífico y refrescante a la vez. Trataría de responderle con la misma dosis de intimidad.

"Marta, he pasado gran parte de mi vida adulta sin preguntarme cómo deberían ser las cosas. He vivido así toda mi vida. Tú me has hecho pensar de un modo diferente. Cielos, aquí estoy, en La Habana. No creo que habría hecho esto por otra persona. Casi no te conozco, pero sé que has tocado mi vida como pocas personas."

"Pero, ¿no crees que existe una forma de hacer que esto funcione?" preguntó ella con tristeza. Era una afirmación antes que una pregunta.

La presencia de Marta llenaba el pequeño y desagradable salón que para ellos era su mundo durante esos pocos minutos. Él quiso agarrarla. Sintió deseos de atraerla hacia él y besarla. Quería que los labios sus labios tocaran los suyos. Era tan increíblemente hermosa. El deseo que sentía por ella era casi doloroso. La miró fijamente a los ojos.

"Probablemente no," susurró.

Ella asintió tristemente con sus ojos. "Sí, es cierto. Ya perdí a mi mejor amigo sólo para llegar hasta aquí. Está en el avión. Se negó a acompañarme. Me imagino lo que perdería si fuéramos un poco más lejos."

"¿Por qué lo hizo?"

"Porque no confía en tí, aunque no se trata tanto de ti como de los Estados Unidos en general. Cree que a tí y a tus colegas no les importa el resto del mundo, que tú pasarás por encima de cualquiera y que romperás todos los puentes sin el menor rastro de lealtad—para lograr lo que quieres. Me dijo que eso me harás tú a mí y a Colombia cuando te diga lo que sé."

¿Qué puede saber ella? se preguntó Stockman. *¿Qué puede decirme que sea tan terrible? ¿Qué tiene que ver Siria con esto?*

Stockman la dejó hablar sin interrupción.

"Te lo diré todo, John. Esta tarde logré juntar todas las piezas. No dejaré ningún detalle fuera. Hago esto porque es lo correcto y porque confío en que también procederás de igual forma. Quiero decirte que cuentas con toda nuestra cooperación. Pero te pido que me demuestres ahora mismo que ser amigo de los Estados Unidos no equivale a una misión suicida."

Respiró profundo. No quería ni esperaba una respuesta a su petición. Sabía que cualquier cosa que Stockman dijera en ese instante carecería de valor. Lo único que importaba ahora eran los hechos. Los días siguientes le demostrarían si había valido la pena haber tomado ese riesgo.

"Los Estados Unidos se encuentran ante un grave peligro. Los sirios han conseguido una cantidad apreciable de uranio 235. Supongo que sabrás eso. Lo que probablemente no sepas es que el uranio tratará de ser introducido a los Estados Unidos desde Colombia."

Stockman retrocedió instintivamente y comenzó a especular de inmediato. Santo cielo, la CIA estaba completamente equivocada. Los sirios no estaban buscando armas para repeler una invasión americana. Estaban planeando introducir el uranio a los Estados Unidos y detonar una bomba en una ciudad importante. ¡Y él había decidido no aumentar el nivel de alerta!

Stockman necesitaba distancia. Tenía que salir un momento.

Ella lo notó de inmediato. Se trataba de esa desconfianza que sentían Stockman y los norteamericanos hacia los extranjeros, de su convicción de que podrían hacer mejor las cosas, de la creencia instintiva de que no necesitaban de nadie. Tendría que convencerlo en ese instante.

Marta le tocó el antebrazo y no retiró su mano mientras habló.

"Escúchame, John. No comiences a imponer obstáculos. No puedes hacer esto sin mí. En este momento no hay nadie en tu gobierno, en tus servicios de inteligencia ni en tu aparato militar que pueda ayudarte más que yo. Tendrás que confiar en mí, aunque no sea norteamericana. Hazle caso a los mismos cabrones instintos que te trajeron hasta aquí."

Stockman relajó los hombros. Sí, había llegado a esa instancia y necesitaba escuchar el resto.

Ella le contó toda la historia. Le informó sobre las conexiones que tenía Juan Francisco Abdoul con los sirios, cómo lo habían seguido y descubierto que los sirios le habían entregado dos maletas. Le contó cómo se habían enterado del uranio gracias a los contactos del DAS con la CIA y cómo unas cuantas horas atrás, habían concluido que el material nuclear estaba en las maletas de Abdoul. Le dijo que el hermano de Juan Francisco había confirmado la existencia de un complot contra los Estados Unidos, y que los narcotraficantes introducirían el uranio a ese país el día jueves. Por último, le confesó que Abdoul había desaparecido con el uranio en algún lugar de Venezuela y que le habían perdido el rastro.

Estaba agotada. Había tardado treinta minutos en describir la historia paso a paso. Mientras más pensaba en ello, más se angustiaba Stockman. Su país estaba ante un peligro letal.

Tuvo sentimientos encontrados hacia Marta. Estaba furioso de que su país pudiera participar en un acto tan diabólico. ¿Cómo era posible que Colombia pudiera producir personas tan opuestas como Marta Pradilla y Juan Francisco Abdoul? Pero ante todo, tenía una cosa en claro; había tomado la decisión correcta al viajar a Cuba. Por una vez, se había arriesgado en confiar ciegamente y había valido la pena. Ese momento en particular, a solas con ella en la sala VIP de un aeropuerto, sería probablemente el más importante de su vida.

No había mucho más de qué hablar. Tenía que irse pronto. Marta sabía que en las cuarenta y ocho horas siguientes sería él quien impondría las condiciones, y que los americanos rechazarían cualquier ofrecimiento de ayuda. No podían darse el lujo de confiar que los colombianos detectaran el uranio por sus propios medios. Miró a Stockman y entendió que él nunca aceptaría poner el destino de su país en manos de otros.

Marta intentó sonreír. Aún había magia, pero había quedado sola. Ambos entendieron que lo que se había dicho probablemente los separaría para siempre. Sus ojos perfectos se ensombrecieron y quedaron cubiertos por la tristeza opaca de la pérdida inminente. No había nada más qué decir.

Él tenía una pregunta.

"¿Marta, qué quieres tú?"

"Déjame decirte primero lo que no quiero," dijo ella. Sus ojos destilaban ira. "No quiero a tu ejército cerca de mi país. No quiero que nos señales como conspiradores terroristas porque no lo somos. Estamos luchando contra nuestros propios fantasmas y Abdoul es uno de ellos. No quiero que nuestro nombre se hunda en el fango por lo que ha hecho Abdoul. No quiero que ustedes se regodeen a costa de nuestra miseria."

"Quiero lo imposible," le dijo lanzándole una mirada fulminante. "Quiero que Colombia sea dejada al margen de esto. Quiero que Colombia y los colombianos sean más respetados, no menos por lo que he hecho aquí."

Las últimas palabras retumbaron en la sala. Era realmente sorprendente. A pesar de todo y de enfrentar la ruina política, aún exigía respeto para su país.

John Stockman se puso de pie y miró por última vez a la hermosa mandataria, quien había entrado a su vida como un remolino de aire fresco, y quien saldría de igual manera.

Asintió con gravedad. Sin decir otra palabra, se dio vuelta y se marchó. Marta quedó sola en la pequeña sala, y lo último que escuchó fue la voz de Stockman ordenando a sus agentes que se marcharan.

"Vamos, Tim. Necesitamos regresar rápido."

PARTE XIII: COLOMBIA

De Regreso en Colombia

Urabá, 17 de octubre

6:40 p.m.

El sol estaba saliendo aquel miércoles por la mañana en la región de Urabá y el Darién, al noroccidente de Colombia. Cuando la mayoría de las personas cultas y educadas se imaginan los sitios más recónditos del planeta, casi siempre piensan en el Sahara africano o en el desierto de Gobi, en Mongolia. Pero esos parajes no son nada comparados con Urabá, que es el verdadero fin del mundo.

No es tanto porque esta región sea pobre y aislada, que lo es. Muchos lugares en muchas partes del mundo también lo son. Lo que sucede es que Urabá vive en otra realidad. Está aislada geográfica y psicológicamente del resto del planeta. De hecho, la carretera panamericana, construida hace varios años para unir a Texas en el norte con Chile en el sur, sólo tiene una interrupción en todas sus decenas de miles de millas de asfalto. La carretera atraviesa el desierto mexicano de Sonora, cruza las montañas volcánicas de los majestuosos Andes y llega hasta Santiago de Chile. Sólo un lugar se resiste a dejarse conquistar por los ingenieros civiles: Urabá.

Esta franja inmensa, localizada al sur de la frontera de Panamá con Colombia, es imposible de acceder. Y es imposible de entender. Es una región selvática e impenetrable donde llueve constantemente. La lluvia opresiva que cae todos los días arrastra algo más que el asfalto de las carreteras. Afloja los tornillos de la mente y del alma.

El aislamiento de Urabá convierte a esta región en un paraíso de malvados. No hay forma de que las leyes de un estado democrático lleguen a Urabá, de tal forma que los burócratas de Bogotá han terminado por olvidarse de esta región, dejándola a su merced. Ellos creen que hay cosas más importantes por hacer que tratar de solucionar los problemas de Urabá.

Esta región ha sido asolada desde hace mucho tiempo por guerrilleros y paramilitares de extrema derecha. Los narcotraficantes la utilizaron para camuflar sus laboratorios y como ruta de tránsito. Las mafias rivales dominan varios sectores de esta región, imponiendo una justicia personal y despiadada sobre la escasa población de Urabá. Un grupo masacra a otro. Las matanzas suceden todos los días y a todas horas. Nadie se molesta siquiera en tratar de entender y la barbarie sigue su curso inalterable.

Cuando se está en Urabá, es casi imposible salir de allí. Pocos años atrás, un antiguo grupo guerrillero llamado Ejército Popular de Liberación, o EPL, se hastió de la violencia y de los asesinatos. Emitió un comunicado declarando de manera solemne su intención de deponer las armas, de reintegrarse a la sociedad civil y transformarse en un partido político. "Ya basta," declaró el EPL. En pocos meses, grupos rivales tanto de izquierda como de derecha asesinaron a todos los líderes de este movimiento. Era imposible salir de Urabá.

Sus "cualidades" hacían que fuera el lugar ideal para el ataque final que lanzaría el Senador Juan Francisco Abdoul contra Marta Pradilla. El senador ingresó con su valioso cargamento a Colombia en un bote. Fue muy fácil hacerlo.

Había aterrizado dos días atrás en el Aeropuerto Internacional de Maiquetía, en el vuelo de Air France procedente de París. Se dirigió tranquilamente a reclamar su equipaje y encontró sus dos maletas en la banda giratoria, al lado de cientos de otras maletas descargadas del jumbo francés. Sonrió al pensar en la ironía del contenido letal de sus dos maletas al lado de maletas inofensivas llenas de ropa interior, jeans y regalos de familias que llegaban a su país.

Mostró su pasaporte diplomático, pasó la aduana y giró a la derecha para ingresar de nuevo al aeropuerto. Se dirigió al discreto mostrador de Aeropostal, una aerolínea local venezolana, e hizo fila junto a varios turistas sonrientes y con shorts para abordar el vuelo hacia Aruba. Esta isla caribeña, que estaba a menos de una hora de vuelo de Venezuela, era uno de los lugares preferidos por los venezolanos para pasar sus vacaciones. Abdoul bromeó amistosamente con la empleada que le dio la tarjeta de embarque, haciéndole un comentario sobre su playa preferida de la isla. "Que tenga unas felices vacaciones," le dijo ella.

Aruba es técnicamente una isla holandesa. Pertenece a los Países Bajos, pero cuenta con un gobierno local que recibe millones por concepto de turismo y de los generosos subsidios del estado benefactor europeo. Un dato adicional: Aruba también recibe mucho dinero porque es un paraíso del contrabando. Todos los días, decenas de barcos zarpan hacia Colombia con cargamentos ilícitos de cigarrillos, DVD's, videos y cajas y más cajas de whiskey.

Curiosamente, la mayoría del whiskey es marca Old Parr. Quince años atrás, cuando Juan Francisco invirtió por primera vez en diez pequeños barcos de carga que compró a un naviero griego en bancarrota, sus nuevas adquisiciones jugaron un papel protagónico en el contrabando entre Aruba y la costa caribe de Colombia. En ese entonces, Abdoul contrabandeaba toda clase de licores, pero ninguno se vendía como el Old Parr. Ni el Chivas Reagal ni el Johnny Walker. Sólo Dios sabe por qué el Old Parr era tan popular en esa zona. A Abdoul no dejaba de parecerle muy divertido que el más elemental de los whiskeys escoceses fuera el pilar del contrabando que traía de Aruba.

El Capitán Antonio Sierra, un antiguo y leal empleado de la familia, esperaba a Juan Francisco a la salida del aeropuerto. Tomaron el hermoso camino hacia el puerto, a sólo cinco minutos de distancia. El *Patmos,* uno de las primeras embarcaciones de Abdoul, levó anclas y zarpó sin dilación. El Capitán Sierra pidió que le trajeran un whiskey a su jefe— Old Parr, claro está—quien se sentó a su lado. Fijó el timonel en 210 grados—en dirección sur-suroeste que marcaba la brújula—hacia la península de La Guajira. Sierra conocía cada caleta, cada vía fluvial y cada pulgada de la costa de aquella península. No había un capitán más avezado que él. Llevaba once años como contrabandista y nunca lo habían capturado.

Diez horas después de abordar el *Patmos,* Abdoul desembarcó en territorio colombiano. El capitán Sierra tomó el *walkie-talkie* y ordenó a sus hombres que escogieran un punto de desembarque. Parte de la virtud de Sierra era que nunca le decía a nadie en dónde desembarcaría la mercancía sino hasta el último momento. Y ese día, Sierra no alteró su rutina. Después de todo, llevaba a su jefe a bordo.

Todo era muy sencillo desde la Guajira. Los subalternos condujeron a Abdoul a una avioneta Piper Aztec con los tanques llenos de combustible y esperaron en un pequeño desembarcadero cercano. Había miles de desembarcaderos en la Guajira. Hay que recordar que los cientos de cajas de Old Parr que llegaban diariamente tenían que ser distribuidas con rapidez a lo largo y ancho del país. Tres horas después de despegar, la avioneta para seis pasajeros que llevaba a Juan Francisco Abdoul aterrizó en Urabá.

El senador descendió y le complació ver otras nueve avionetas estacionadas bajo una inmensa cubierta camuflada de color verde, que evitaba que las naves fueran detectadas por las fotografías aéreas. Era la flotilla de la familia Abdoul. El senador saludó a Alfred Villas, el jefe de finanzas de la familia Abdoul. Puede que el cargo tuviera un nombre un tanto oficial, pero también demostraba cuánto lo estimaba Abdoul. Villas había construido ese imperio. Había organizado las actividades de contrabando, monitoreado el movimiento de narcóticos, lavado el dinero y pagado las cuentas. Sin Villas, el brillante organizador, los Abdoul no habrían llegado a ninguna parte.

"Veo que estamos listos, Alfred," dijo Abdoul. Era tanto una pregunta como una afirmación.

Los dos hombres subieron hacia la casa que estaba a unos pocos cientos de pies de distancia, para ultimar los detalles finales.

"Senador, estamos completamente listos. Sin embargo, se ha presentado un pequeño problema," dijo Villas con alguna vacilación. "Su hermano fue detenido ayer. Las noticias dicen que el DAS lo arrestó como una medida preventiva para asegurar su integridad, pero eso es muy anormal. A su sobrino Daniel lo secuestraron en el colegio y en menos de una hora, el DAS capturó a Ricardo. Los dos hechos están relacionados entre sí; tienen que estarlo. Creo que el DAS secuestró a Daniel para detener a Ricardo."

Abdoul pensó durante un largo minuto. Eso no era nada bueno.

"¿Qué piensas de eso, Alfred?"

"Nuestras fuentes de la policía nos dicen que usted no tiene ninguna orden de arresto, pero estoy seguro de que el arresto de Ricardo está relacionado con esta misión. Sospechan algo, pero no saben de qué se trata. Y Pradilla no tiene el valor para perseguirlo a usted públicamente. De cualquier modo, como no lo pueden capturar, arrestaron a Ricardo."

"¿Y eso cambia algo?" preguntó Abdoul.

"Sólo si usted lo decide, senador. Aunque su hermano les informe de nuestro plan, no conoce la logística, ni siquiera usted. Sólo yo estoy al tanto de ella. Nada de lo que él les diga podrá detener el plan. Sin embargo, y dadas las circunstancias, yo entendería perfectamente si usted decidiera no continuar."

Villas es tan profesional, pensó Abdoul. Pero, ¿y si Ricardo les pasaba suficiente información y ellos acudieran a los americanos?

Villas le leyó el pensamiento.

"Aún si Ricardo confiesa el esquema básico de nuestro proyecto, no tienen cómo seguir ni detectar a sesenta personas que están en tan diversos lugares. Pradilla no podrá encontrar el uranio y tampoco podrá acudir a los americanos."

"¿Por qué no?" preguntó Juan Francisco. Se detuvo en la puerta de la casa. Sabía la respuesta pero quería escucharla de nuevo, porque esa era la mejor parte de todas.

"Porque sería su final. Los americanos reaccionarían con violencia. Seguramente enviarían fuerzas a Colombia para tratar de impedir el envío de uranio y ella no podría sobrevivir políticamente a esa situación. Imagínese, la primera mujer colombiana en llegar a la presidencia desencadena una invasión a nuestro país sesenta días después de su posesión. Aún si no nos invaden, derribarán todas las aeronaves que crucen nuestras fronteras. Y si no hacen esto, arrestarán de manera abierta y violenta a miles de colombianos inocentes que lleguen a los Estados Unidos. Podrían incluso detectar el uranio."

"Pero el resultado sería el mismo," continuó Alfred. Villas le tocó el hombro a su jefe, le sonrió y trató de tranquilizarlo. "Todos los políticos de este país protestarán y dirán que los Estados Unidos tratan a los colombianos como cerdos gracias a la debilidad de Pradilla. Ella no resistirá ni un nanosegundo de presión."

Abdoul asintió. Era mejor olvidarse momentáneamente de Ricardo. Pradilla tendría que renunciar y la sucesión iría inevitablemente a la presidencia del Senado. Ricardo recobraría la libertad cuando Juan Francisco jurara como presidente de Colombia luego de la renuncia de Marta Pradilla. Eso era lo maravilloso del plan. A él no le importaba si los sirios recibían el uranio, o si lograban detonar o no una bomba nuclear. De cualquier forma, Colombia se convertiría en un paria mundial y en el enemigo público número uno de los Estados Unidos. Sería la ruina de Pradilla. Villas tenía razón y lo había expresado a la perfección. Ella no resistiría ni un nanosegundo.

"De acuerdo," dijo finalmente Abdoul. "Procedamos con la revisión final." Entraron a la casa. Una empleada doméstica les sirvió dos pequeñas tazas de café. Se sentaron en unos bancos en la rudimentaria cocina. Abdoul no sabía en qué casa estaba. Se trataba de alguna de las propiedades de Villas.

Villas asintió. "Cada semana enviamos unas cuarenta mulas a los Estados Unidos y esta noche tendremos que enviar noventa. No sólo hay más personas, sino que la mitad de ellas viajarán a un tercer país antes de abordar vuelos internacionales hacia los Estados Unidos. Es algo inusual de nuestra parte, pues usted sabe muy bien que nuestras mulas viajan sin hacer escalas.

"En las últimas tres semanas he mandado menos mulas. Así que todas están impacientes. Necesitan dinero, están ansiosas por llevar mercancía. Las hemos llamado esta mañana y les dijimos que saldrían esta noche. Salvo tres, todas aceptaron. El efecto que tiene una sequía de algunas semanas en su deseo de trabajar es asombroso.

"Las diez avionetas que ve afuera despegarán cuando usted lo ordene," continuó Alfred. Se dirigirán a todas las ciudades donde tenemos gente. Normalmente dejamos que las mulas empaquen la mercancía y que se la traguen por sus propios medios. Esta vez procederemos de un modo diferente. Primero, empacaremos el uranio en látex antes de salir de aquí. No quiero que me pregunten de qué sustancia se trata. Segundo, nuestros distribuidores recogerán el uranio, se lo entregarán a las mulas y constatarán que se lo traguen. No quiero que nadie desista a última hora.

"El resto se reduce a trámites de vuelo y eso ya está listo," concluyó Alfred. "Algunos viajarán por las rutas habituales. Otros irán a Panamá, Venezuela, Ecuador, México y Costa Rica para realizar el trasbordo. Llegarán a varios aeropuertos norteamericanos, pues no quiero que todos lleguen al mismo destino. El jueves por la noche, el uranio estará en Dallas, Houston, Miami, Fort Lauderdale, Nueva York, Newark, Chicago y Los Angeles. Será recogido en hoteles previamente establecidos por nuestros contactos en ese país y lo enviarán en paquetes por UPS, con destino a una tienda de repuestos para vehículos en Newark, cuyo propietario es Rashid Sarqawi. Usted sabe que así lo pidieron nuestros clientes sirios."

Abdoul miró a Alfred. No había la menor duda de que el plan era completamente brillante. No era complicado, pero requería una sofisticación logística que sólo Villas podía lograr. Alfred miró a su jefe.

"El viernes por la tarde, los sirios deberán recibir lo que necesitan para fabricar una bomba. Lo que harán con ella dejará de ser asunto nuestro," proclamó el jefe de finanzas.

Casa de Nariño

Bogotá, 17 de octubre

9:46 a.m.

Marta Pradilla estaba sentada frente a Carbone. Sus ojos irradiaban una mezcla de tristeza y de dureza. Acababa de beber su cuarta taza de café. Juan Francisco Abdoul todavía estaba desaparecido y no había el menor indicio de su paradero.

"Héctor, sólo el destino dictará lo que harán los americanos. Pero si el destino tiene sus propios métodos, yo no esperaré. Tengo la convicción de que no encontraremos a Abdoul. ¿Qué haremos para detener a las mulas?"

"Presidente, yo no he desistido de encontrarlo. Pero usted tiene razón, tenemos que cambiar de dirección y concentramos en neutralizar esa operación. Haremos lo que esté a nuestro alcance para que el uranio no salga de aquí."

"¿Cómo?"

"Le he ordenado a todo el personal del DAS y de la Policía que se ocupen de ello. He declarado máxima alerta. No habrá vacaciones ni días de permiso. Sabemos que eso alertará a Abdoul. Tiene gente infiltrada, pero no importa."

Carbone describió su plan. "Solicité que redoblaran la vigilancia en todos los aeropuertos y para todos los vuelos. Los pasajeros no verán ningún cambio cuando entren a los aeropuertos, pues no quiero que se asusten. Recibirán sus tarjetas de embarque y pasarán por los mismos controles de siempre—pasaporte, documentos, preguntas—no verán nada nuevo."

Marta escuchaba atentamente.

"Cuando les revisen el pasaporte y pasen los puestos de seguridad habituales donde el equipaje es inspeccionado con rayos X, los pasajeros se encontrarán en los corredores que conducen a las puertas de embarque. Allá encontrarán los nuevos puestos de control que instalarán el DAS y la Policía, y ningún pasajero podrá dar marcha atrás ni salir del aeropuerto. Se verán obligados a someterse a una segunda inspección."

"Eso suena bien, Héctor. ¿Podremos capturarlos a todos?"

Carbone miró hacia abajo. Sabía que le harían esa pregunta y no tenía otra alternativa que decirle la verdad.

"No. No podemos. Es probable que la mayoría logre pasar sin ser detectada. Casi todos nuestros hombres son leales y confiables. Pero seguramente hay algunos agentes corruptos. Algunos de los contrabandistas pasarán gracias a ellos. Otros lograrán pasar porque no tenemos el número suficiente de personal para interrogar exhaustivamente a cada uno de los miles de pasajeros que saldrán de Colombia. De cualquier manera, si no sometemos a cada uno de los pasajeros a rayos X, no tendremos forma de saber quién lleva uranio."

"¿Y qué pasa si cerramos el espacio aéreo? ¿No estaríamos garantizando así que no salga nadie?"

"Si, Marta. Pero si hacemos eso, lo intentarán después, sin saber cuándo. Eso nos pone en una posición aún más difícil. Por lo menos ahora sabemos con seguridad que todo el uranio saldrá mañana de Colombia. Ya sé que esto no es nada alentador. Pero tienes mi palabra de que haremos todo lo posible," dijo el director del DAS con un ligero temblor de labios.

Marta Pradilla se cubrió la cara con ambas manos. Estaba exhausta. Sintió que la energía se le agotaba poco a poco hasta desaparecer por completo.

Dios mío, ni siquiera alcancé a comenzar, pensó Marta. Era obvio que su breve mandato se acercaba a un fin prematuro.

PARTE XIV:
ESTADOS UNIDOS

En la Sala del Gabinete

Washington, 17 de octubre

10:00 a.m.

De regreso en Washington, John Stockman dirigió una reunión de emergencia del Consejo de Seguridad Nacional en las primeras horas de la mañana.

El viaje de regreso fue inquietante. Nelson vio a John Stockman subir al avión y no tardó en notar que el presidente parecía un fantasma. Le impactó ver la expresión abatida de su jefe. ¿Qué noticias habría recibido?

Después de despegar, Stockman llamó a Nelson y le contó toda la historia. Repitió palabra por palabra lo que le dijo Pradilla, expresando dosificadamente los motivos de su horror. Los Estados Unidos iban a sufrir un ataque. Cantidades dispersas de uranio iban rumbo a su país, donde serían reunidas para crear una poderosa bomba nuclear.

El terrible enigma comenzaba a tomar forma. La CIA había estado completamente desorientada. Stockman y Nelson ya sabían la macabra verdad. Sabían quiénes eran los culpables, por qué lo hacían, sabían cuándo sucedería, pero desconocían lo que probablemente era el aspecto más importante de la información. No sabían qué hacer porque aún no sabían dónde estaba el uranio.

Los dos hablaron por espacio de una hora y se dieron

cuenta de que estaban estancados. Eran las 2:00 a.m. y seguramente pasarían los dos días siguientes en blanco.

"Tenemos que tratar de dormir, Nelson. Las cuarenta y ocho horas que nos esperan serán infernales. Y después de eso, es probable que nos encontremos con el mayor desastre que hayamos sufrido hasta ahora. Haz lo siguiente antes de dormir: convoca a una reunión de emergencia del Consejo Nacional de Seguridad—la CIA, al FBI, al Departamento de Defensa y a todos los que necesiten asistir. No podrá haber mucha gente; esta información no se puede filtrar."

Una vez dijo esto, Stockman se puso de pie y sin decir palabra, se dirigió a la habitación presidencial y cerró la puerta. Cummins se quedó solo con aquella terrible noticia. Y mientras iba a la oficina de comunicaciones del avión presidencial, pensó en Pradilla.

La presidente de Colombia se había convertido en el personaje principal de una gran tragedia shakespeareana. Se había lucido. La desconfianza que Nelson tenía sobre sus posibles motivos había demostrado ser completamente infundada. Haber viajado a Cuba para encontrarse con ella bien podría significar la salvación de millones de vidas.

Sin embargo, en el preciso instante en que se hizo la mejor y más confiable amiga de los Estados Unidos, también se convirtió en su blanco y en su enemiga. Nelson no veía ninguna forma de evitar una acción militar contra Colombia. Ninguna labor policial podría garantizar que el uranio fuera detectado antes de llegar a los Estados Unidos. Eso significaba que las Fuerzas Armadas de los Estados Unidos tendrían que detener todo lo que llegara de Colombia. Todo el movimiento, todo el tráfico, todos los productos.

Y ese proceso, la destruiría.

Nelson entró a la sofisticada y super moderna oficina de comunicaciones del jumbo. Dos oficiales estaban de turno; podían comunicarse con cualquier persona del mundo.

Nelson dejó a un lado sus funestos pensamientos mientras redactaba rápidamente un lacónico mensaje en el que citaba a los miembros más importantes del aparato de seguridad nacional del gobierno de los Estados Unidos al Despacho Oval.

Contra la voluntad del presidente, llamó a una persona cuyo futuro estaba destinado al fracaso luego de la información suministrada por Pradilla: Willy. Su querido y viejo amigo no iba a sobrevivir a esta crisis. Willy había "metido la pata" con el presidente de los Estados Unidos. Le había dicho sin la menor vacilación que su conclusión era que el uranio estaba en Siria y que sólo sería utilizado para repeler una invasión norteamericana. Se había equivocado.

Nelson lo llamó y le contó todo lo que sabía. El médico convertido en espía sería la única persona ajena a la Casa Blanca en saber de la relación que tenía Stockman con Pradilla, del viaje nocturno a Cuba y de lo que les había informado Pradilla. Se aventuró incluso a exponer que sospechaba que el presidente sentía algo por ella. Willy tendría una ventaja en la reunión que se celebraría al día siguiente en la Casa Blanca. Era lo mínimo que podía hacer Nelson por su viejo amigo, pero nada podía salvarlo.

Consejo de Seguridad Nacional

Washington, 17 de octubre

10:15 a.m.

"Esto es lo que sé," dijo el presidente John Stockman a su equipo de Seguridad Nacional mientras se sentaban en las sillas ejecutivas del salón ministerial de la casa Blanca. Los asistentes eran Averell Georges, secretario de Defensa, el general John Jackson, jefe del Estado Mayor Conjunto, David Epstein, secretario de Estado, y Frederick Carver, director del FBI. Willy iba en representación de la CIA. Nelson Cummins y Allyson Bonnet estaban al lado del presidente.

"Los Estados Unidos se encuentran en un grave peligro," continuó Stockman. Todos lo escuchaban con mucha atención. "Como ustedes saben, durante los últimos días hemos seguido pistas muy preocupantes que indican que es muy probable que el gobierno de Siria haya comprado ilegalmente una cantidad de uranio enriquecido suficiente para fabricar una bomba nuclear. La teoría más plausible que teníamos por parte de la CIA era que el uranio estaba en Siria y que lo utilizarían en caso de una invasión nuestra desde Irak. Basados en esta información, los Jefes del Estado Mayor Conjuntos recibieron órdenes ayer de realizar recomendaciones sobre las medidas que debería tomar el Ejército de los Estados Unidos ante esta nueva arma en poder de las Fuerzas Armadas de Siria."

"Desafortunadamente, las conclusiones de la CIA eran erradas y ahora estamos enfrentados a una situación más funesta. Gracias a la amistad que la presidente de Colombia Marta Pradilla ha demostrado hacia los Estados Unidos, supimos que el uranio está en Colombia y será introducido mañana por poderosos narcotraficantes que tienen un conocido y exitoso historial de introducción de sustancias ilegales a esta nación."

Willy se estremeció. Sabía que saldría mal parado de esa reunión y Nelson ya se lo había advertido, pero no esperaba semejante golpe ni mucho menos tan rápido. No importaba; Willy comprendía perfectamente que su carrera había terminado.

El Presidente Stockman continuó. No mencionó ningún detalle sobre el encuentro personal que había sostenido con Marta Pradilla en Cuba, ni tampoco se refirió a lo que sentía por ella. Nelson no estaba sorprendido. Sus ojos se encontraron con los de Allyson Bonnet. Ella sabía lo que estaba pensando. Era inevitable. Pradilla estaba siendo arrojada a los lobos.

Cuando Stockman terminó, reinó un sorpresivo silencio en el salón. Lentamente, el secretario de Defensa levantó su mano para pedir la palabra. Antes de llegar al Pentágono, Averell Georges era considerado como uno de los principales exponentes del movimiento neoconservador y había escrito innumerables libros sobre la necesidad de reafirmar el poderío militar estadounidense desde su posición en la conservadora American Traditions Foundation. Todo el mundo sabía lo que diría a continuación.

"Sr. Presidente, lo que nos ha dicho es uno de los mensajes más terribles que he escuchado durante los cuarenta años de mi carrera. Es indudable que necesitamos actuar o reaccionar de inmediato. Propongo que el General Jackson regrese en pocas horas con un plan para realizar un bloqueo total contra Colombia. Debemos informarle a este país en las primeras horas de la noche que haga aterrizar a todas las aeronaves,

que intercepte todas las embarcaciones y que no permita que
ningún vehículo salga de su territorio. Debemos ser claros en
decirle al gobierno colombiano que no vacilaremos en dispa-
rarle a quien se atreva a desobedecer esta orden. Necesitamos
bloquear y aislar a Colombia del resto del mundo hasta que
encontremos el uranio. Nuestra Marina y Fuerza Aérea se encargarán del bloqueo, y si los colombianos no son capaces de
encontrar el uranio, nuestro Ejército necesita estar preparado
para entrar a ese país y buscarlo."

John Stockman respiró profundo. No había dormido en
toda la noche pensando en este momento. Sabía muy bien lo
que sentía por Pradilla. En el viaje de regreso, mientras estaba solo, lo reconoció finalmente y por completo. Pasó toda
la noche evaluando las diferentes opciones y, a excepción de
una, todas le parecieron callejones sin salida. Sólo había una
forma de tener éxito y Averell Georges la había mencionado
en detalle. No podía dar marcha atrás en ese instante.

"¿Podríamos hacerlo, general?" preguntó Stockman.

"Sr. Presidente, me acabo de enterar de todo esto. No
puedo darle una respuesta definitiva acerca de cómo podríamos realizar esta misión que acaba de exponer el secretario
de Defensa. Necesito dos horas para elaborar un plan. Pero
en términos generales, creo que podemos hacerlo. Debemos
hacerlo."

Stockman asintió. "De acuerdo, general puede retirarse.
Nos veremos en dos horas. Gracias."

El presidente miró a su secretario de Defensa. "¿Necesitamos hacer algo más, David?" David Epstein era la última esperanza. Era un hombre brillante, creativo e incisivo, y
siempre estaba en desacuerdo con Averell Georges. Eran algo
más que rivales ante el presidente. Los dos se despreciaban
mutuamente. "Sr. Presidente, las acciones militares obstacu-
lizarán nuestros esfuerzos para erradicar la violencia y las
drogas de Colombia. También afectará seriamente nuestras
relaciones con la presidente Marta Pradilla. Usted comenzó
esta reunión con una declaración de gratitud hacia ella por su

amistad para con los Estados Unidos. Usted necesita estar completamente consciente de que el plan elaborado por el Secretario Georges para bloquear a Colombia es en esencia un acto de guerra y es muy probable que la presidente Pradilla caiga en el proceso."

Stockman sintió que el corazón comenzó a latirle con mayor rapidez. ¿Se le habría escapado algo? ¿Podría Epstein ofrecer una mejor solución? Lo miró esperanzado.

"Habiendo dicho esto, Sr. Presidente, me veo obligado a coincidir con el Secretario Georges en que no tenemos otras opciones," continuó el secretario de Estado. "No tenemos otra alternativa que actuar con contundencia absoluta ante semejante amenaza. No podemos confiarles esto a la policía colombiana—aunque los aparatos de seguridad de ese país han mejorado notablemente durante los últimos años, no estoy seguro que de que los oficiales claves sean incorruptibles."

"No, señor. Al plan sugerido por el secretario de Defensa le agregaría que hagamos un llamado para que todos los países vecinos de Colombia colaboren y aíslen a Colombia. Es decir, que Panamá, Venezuela, Brasil, Perú y Ecuador cierren sus fronteras y pongan a sus ejércitos en estado de alerta. Será incómodo hacerle esto a una nación vecina, pero ante la gravedad de los hechos, estoy seguro que entenderán la urgencia de nuestra petición."

¡Mierda! Marta no contará siquiera con un poco de apoyo a nivel local, pensó Stockman. Los Estados Unidos se disponían a arrinconar a Colombia en términos militares, diplomáticos y económicos. *Santo Dios, eso es lo que queríamos hacerle a Siria, y aquí estoy, a un paso de hacérselo a un país amigo y a una mujer responsable de haber salvado a los Estados Unidos,* pensó Stockman. Le dolía realmente.

Stockman se dio cuenta de que estaba conteniendo las lágrimas. No sabía si era debido al cansancio, a la rabia o a un gran sentido de culpabilidad hacia una mujer que había arriesgado tantas cosas para decirle la verdad. El próximo asunto en su agenda era una discusión para coordinar la seguridad doméstica con el FBI, pero eso podía esperar un poco. Necesitaba salir un momento.

"Tomémonos cinco minutos," dijo Stockman. Se levantó y desapareció. Y cuando salió, el bullicio se apoderó del salón. Se formaron pequeños grupos para discutir posibles planes de acción. Gritaban acerca de lo que se debería hacer en primera instancia. ¿A quién tenían que llamar? ¿Y qué del nivel de alerta? ¿Deberíamos notificarles a las autoridades de salud pública?

Willy miró a Nelson y a Allyson, y les pidió hablar a solas. Abandonaron el salón y fueron a la oficina de Nelson.

"Gracias por el adelanto de anoche, Nelson. Sé que soy hombre muerto," dijo Willy.

¡Mierda!, pensó Nelson. Deseó que Allyson no hubiera escuchado. La miró. Si ella estaba en desacuerdo, lo cierto fue que no lo expresó.

Willy continuó. "No dormí anoche, ni siquiera cerré los ojos, y no porque mi carrera haya terminado. Ese es un hecho que tengo que aceptar, y así lo haré. No dormí porque estuve pensando en lo que hizo esa mujer. Es algo realmente excepcional. Y me niego a creer que ayudar a los Estados Unidos termine necesariamente en una tragedia. No podemos hacerle esto a alguien que, bajo todo punto de vista, es una amiga de nuestro país."

"El presidente y los Estados Unidos necesitan amigos como ella. Nos estamos quedando sin aliados." Willy estaba gritando.

Allyson lo miró de reojo. ¿Cuáles eran sus intenciones? Todos estaban de acuerdo con Epstein en que sacrificar las relaciones con un país aliado como Colombia era un grave error. Pero todos estaban también de acuerdo en que no había otra salida. Sin embargo, Willy estaba hablando en términos altamente personales. ¿Le habría contado Nelson algo acerca de lo que sentía Stockman por Pradilla?

"¿Qué estás diciendo, Willy?" le dijo Nelson.

"Recuerda que era médico antes de ser espía. Si salgo de la

CIA, volveré a practicar la medicina. Y lo primero que aprendí en epidemiología es que la labor del gobierno es proteger la salud pública de los ciudadanos, así que se me ocurrió algo."

En tres minutos exactos, Willy describió su plan. Era completamente simple y revolucionario, pero también tenía la racionalidad y la metodología características de Willy. El plan tenía una respuesta para todo. Miró a Allyson, quien sonreía. Sí, Willy podría tener razón. Nelson llamó a Stockman y le dijo a que tenía que verlo antes de la reunión.

"Pasaré por allá de camino al salón del gabinete," dijo Stockman.

La situación no era ideal. Nelson no quería que el presidente escuchara el plan por primera vez de labios de Willy, pues Stockman pensaba que el Dr. Perlman ya no era la fuente más creíble. Nelson iba a sugerirle a Willy que los esperara afuera, pero Allyson lo interrumpió. Había descifrado los pensamientos del asesor.

"Nelson, de todos modos Willy tendrá que defender su plan. ¿Por qué no se lo explica al jefe de una vez?"

Stockman entró al salón. Se veía muy afectado. Sus líneas faciales estaban profundamente marcadas en la piel. Sus ojos azules claros, que generalmente tenían una expresión fuerte y rebosante de vida, estaban desprovistos de cualquier sentimiento y emoción. El presidente de los Estados Unidos parecía un hombre derrotado.

Vio a Willy y lo miró por un instante. Lo único que recibió Willy fue un asentimiento. Allyson asumió el control. Por alguna razón, las mujeres tenían una mayor capacidad para distensionar el ambiente.

"Sr. Presidente, reconozco que usted está decepcionado por la información y las recomendaciones de la CIA. Todos lo estamos. Sin embargo, creo que debería escuchar algo antes de regresar al salón del gabinete y tomar una decisión final."

Willy expuso su idea una vez más. Mientras hablaba, Allyson Bonnet notó un cambio radical en la apariencia física del presidente. Recobraba su compostura a medida que escuchaba. Sus ojos comenzaron a aclararse y su mirada se hizo más nítida. Sus labios parecían más firmes. Cuando Willy terminó, el presidente lo miró por lo que pareció ser toda una eternidad.

"¿De dónde sacaste esa idea? ¿Cómo hiciste para inventarla?"

"¿Inventarla? La saqué de algunos libros de historia que consulté cuando escribí mi tesis sobre enfermedades contagiosas. Miles de personas tuvieron que pasar por esto a comienzos del siglo veinte, siete días a la semana. ¡Si hubiera visto las salas de cuarentena del Centro de Inmigración en Roosevelt Island! Las familias eran separadas y los enfermos eran confinados en cuartos deprimentes. Era algo bárbaro pero se creía que era lo correcto. Y si cometimos ese error en 1900, ¿por qué no habríamos de cometerlo de nuevo ahora?"

John Stockman lo miró y le preguntó directamente.

"Quiero ser claro. ¿Estás dispuesto a asumir la responsabilidad por este error si decidimos cometerlo intencionalmente?"

"Así es," respondió Willy. "Tengo que asumir cierta responsabilidad, bien sea por el error que cometí ayer o por el que cometeré mañana. No hay ninguna diferencia."

Stockman miró a sus dos colaboradores más cercanos. Sabía que eran muy amigos y que ambos estaban perplejos por su relación con Marta. Sin embargo, en ese momento y en aquel salón, sus asesores dejaron la confusión a un lado. Con una sonrisa y un movimiento de cabeza, aprobaron un plan que podría ser la salvación de todos.

"Tenemos que venderles esta idea a ellos, dijo Stockman señalando en dirección al salón del gabinete. "Será toda una batalla. Necesitamos convencer a Epstein. Olvidémonos de Georges."

Stockman echó su cabeza hacia atrás y asintió. Era como si cuanto más lo pensara, más se convenciera a sí mismo. Decidió decirle a Allyson y a Nelson lo que sentía. No recordaba cuándo fue la última vez que le habló a alguien sobre sus emociones. Willy también estaba ahí pero, bueno, nunca hay un momento perfecto.

"Me gusta la idea por dos razones," sentenció el presidente. "Primero, porque encontraremos el uranio. Una acción militar podría impedir un ataque, pero no nos permitiría conseguir el material radioactivo. De cierta forma, a Willy se le ha ocurrido una solución más conservadora."

Los tres escucharon y esperaron un segundo.

"La segunda razón es que Pradilla quedará satisfecha. Me pidió que no acusáramos a Colombia y quiero ayudarla. Se lo merece."

Stockman creyó que el grupo iba a asombrarse por su confesión abierta. No entendía que si bien le parecía difícil comunicar sus emociones, a los demás les parecía tan sólo una muestra de amistad expresada lánguidamente. Sólo Allyson Bonnet, la más cínica de todos los allí presentes, entendió la profundidad de sentimientos que encerraba aquella declaración.

Le tocó el hombro con la mano.

"Ambas son, sin lugar a dudas, muy buenas razones, Sr. Presidente.

De nuevo en la Sala del Gabinete

Washington, 17 de octubre

11:30 a.m.

Regresaron a la Sala del Gabinete y el presidente hizo un llamado al orden. El secretario de Defensa Averell Georges tomó la palabra de inmediato.

"Sr. Presidente, tengo noticias de los Jefes del Estado Mayor Conjunto," dijo Georges.

"Averell, le pido que espere un minuto. Creo que hay algo que merece una discusión. Es una idea del Dr. Perlman y sinceramente, me parece muy atractiva."

"Sr. Presidente, no tenemos tiempo para debatir otras ideas. Nos queda menos de un día para aterrizar un plan y ejecutarlo.

"Averell, siempre habrá tiempo para debatir ideas, y particularmente las que me gustan. Dr. Perlman, tenga la amabilidad de exponer los lineamientos generales."

Bueno, por lo menos estoy comenzando a salir del fondo del barril, pensó Willy. Presentó su idea convincentemente por tercera vez en la última media hora. Concluyó exactamente donde el presidente quería que terminara.

"Hay dos razones para hacer esto. Primero, es una solución más conservadora, pues básicamente tiene como fin encontrar el uranio. Una acción militar podría impedir un ataque, pero no nos permitirá encontrar el material radioactivo. La segunda razón es que nos evita el prospecto de una declaración de guerra contra un país amigo y contra una presidente que lo ha arriesgado todo para ayudarnos. En los últimos veinte años, miles o quizá decenas de miles de soldados, jueces, periodistas, activistas por los derechos humanos y policías colombianos han muerto como consecuencia de una guerra creada por nuestros drogadictos. Colombia merece más respeto . . . y la presidente Pradilla también."

Lo primero que notó Willy es que no sucedió como en las películas. Nadie quedó estupefacto. No hubo un silencio embarazoso llenado con música patriótica ni ojos llenos de lágrimas cuando aceptaron el punto de vista del presidente. No, no sucedía así en la vida real.

"Sr. Presidente, estamos sentados en el salón del gabinete hablando sobre una emergencia nacional. ¿Sería tan amable de restringir las deliberaciones a los miembros del gabinete?" exigió Averell Georges. "Lamento profundamente la enfermedad del director de la Agencia Central de Inteligencia, pero no sé por qué tenemos que escuchar a un funcionario de segundo nivel."

"Un momento," interrumpió David Epstein, el secretario de Estado. "Escucharé a cualquier persona que tenga una buena idea que nos ahorre una intervención militar. Y creo que acabo de escuchar una idea excelente. Quiero escucharla de nuevo. Con todo el respeto, Averell, existen otras formas de lograr objetivos que no apelen necesariamente al uso del poderío militar. No se me había ocurrido ninguna hasta ahora, pero ésta me parece excelente."

Sí, ahora sí hemos vuelto a la realidad, pensó Stockman. *Los dos hombres están agarrados de nuevo.* El mundo estaba otra vez en equilibrio.

"Willy, a mí también me gustaría escuchar tu idea de nuevo y que nos expusieras un plan de acción," pidió Stockman.

Así, Willy expuso su plan por cuarta vez, rematándolo de un modo diferente.

"Así que, Sr. Presidente, el plan de acción sería aproximadamente así: a las 10:00 p.m., usted les informa al Servicio de Inmigración y Naturalización y a la Aduana de los Estados Unidos que nos enfrentamos ante un problema potencial y que necesitamos instalar equipos en diez aeropuertos. Llegaremos a las 11:30 p.m. Nuestra labor consistirá en hacer un poco de tiempo; terminaremos al amanecer. Allyson hará un anuncio público mañana a las 10:00 a.m. No puede ser más temprano, pues no queremos darles ninguna pista. En pocas palabras, ese sería el plan, señor."

"Sr. Presidente, no creo que esté de acuerdo con esto," dijo Averell Georges. "Estamos enfrentados a la amenaza más grave a nuestra población civil desde el once de septiembre, ¿y usted permitirá que la CIA realice simulacros? Esto es una locura, Sr. Presidente."

John Stockman era el mismo de antes, había recobrado todas sus fuerzas. El presidente de los Estados Unidos asistió a esa reunión con una decisión en su cabeza. Como de costumbre, dejaba que todos expusieran sus opiniones, pero no permitía que nadie cuestionara su autoridad.

"Averell, no cuestiones mis opiniones ni razones. Y mucho cuidado con decir que se trata de una locura. Ya lo he decidido y firmaré una Orden Ejecutiva Ultra Secreta para autorizar esta operación. Tú serás testigo de ella. Si se llega a saber algo de esto, sabré dónde buscar una posible filtración. Recuerda lo que dijo *The New York Times* sobre mí: estoy obsesionado con las filtraciones."

Todos escucharon la amenaza presidencial. Si había algo que Stockman detestara, eran las filtraciones. En el pasado, el presidente le había ordenado al Fiscal General que destinara varios millones de dólares para realizar siete investigaciones referentes a filtraciones de los debates internos de la administración sobre todos los temas, desde el aborto al Medio Oriente. Algunas veces, la División de Investigaciones del Departamento de Justicia encontraba al culpable, pero la mayoría de las veces el resultado era infructuoso. Sin embargo, eso no importaba mucho, ya que la persona investigada quedaba en la ruina política y financiera luego de las astronó-micas sumas que tenía que destinar para su defensa. Nadie quería ser objeto de las investigaciones sobre posibles filtra-ciones adelantadas por Stockman.

"Sr. Secretario de Defensa, ordeno que los Jefes del Estado Mayor Conjunto le presenten un plan para su ejecución mili-tar. Quiero verlo una vez lo reciba. Sin embargo, usted no está autorizado para ir más allá del plan."

Stockman se dio vuelta con lentitud y levantó el dedo en di-rección a Willy. Era un gesto semejante al que hace un padre para reprimir a su hijo. No eran necesarias las palabras. El mensaje era: "No la cagues por segunda vez." Le abrió los ojos a Willy.

"Dr. Perlman, ejecute su plan," dijo finalmente el presi-dente.

Aduana de los Estados Unidos

Miami, 18 de octubre

3:46 a.m.

Desde la medianoche hasta las cinco de la mañana, Augustus Johnson siempre disfrutaba de paz y tranquilidad en la sala de la Aduana del Aeropuerto Internacional de Miami. Era el funcionario superior de la Aduana en la dura jornada nocturna cinco días a la semana. No le pesaba trabajar en el turno de la noche: sus hijos estaban en la universidad y su esposa trabajaba hasta tarde como secretaria legal en una importante firma de abogados en el centro de la ciudad. De cualquier modo, nadie estaba en casa.

Él y otros dos funcionarios de Aduanas del turno de la noche se encargaban ocasionalmente de algún vuelo retrasado procedente de América Latina o Europa, pero casi siempre no había otra cosa qué hacer aparte de beber Coca Cola dietética, charlar sobre los partidos de la noche con sus dos colegas y dormir. Sin embargo, esa noche sucedió algo diferente.

Eran casi las 4:00 a.m. y el funcionario de Aduana Johnson no había podido pegar los ojos. Hacía cuatro horas, Bill Stevenson, su jefe y director de Aduana del aeropuerto, había llamado para decirle que había una gran emergencia sanitaria en América Latina que requería la instalación inmediata de un inmenso equipo de alta tecnología.

"¿Podrías decirlo otra vez?" le pidió el Funcionario Johnson a su jefe.

"Augustus, no sé más que tú. Recibí una llamada de Washington y me dijeron algo así como que la CIA estaba en pánico por el brote de una enfermedad sumamente contagiosa en América Latina y que debemos examinar todos los vuelos que lleguen a partir de mañana. Emitieron la misma orden a otros diez aeropuertos."

Diez minutos después de la llamada telefónica, llegaron seis médicos a la oficina de Aduanas. Augustus no pudo recordar sus nombres; el Dr. Zutano y el Dr. Perano, o algo así. Llevaban computadoras portátiles, seis paneles grandes, planos y blancos que parecían tableros, así como un número similar de máquinas que parecían ser cámaras. Dijeron que eran equipos de rayos X portátiles.

Instalaron los equipos durante las horas siguientes en un extremo de la amplia sala de Aduanas. Augustus trató de obtener una explicación, pero no tenían intenciones de darla. Los médicos estaban particularmente silenciosos. Trabajaban sin decir palabra.

Desde hacía una hora, la sala de Aduanas se había convertido en un hervidero. Llegaron cuatro hombres más; le dijeron a Augustus que eran parte del equipo médico que instalaría la máquina de los rayos X. Sin embargo, no eran médicos; pertenecían a una cuadrilla de construcción.

Para ese entonces, el Funcionario de Aduana Augustus Johnson estaba bastante irritado, pues no le gustaba que hubieran interrumpido su rutina nocturna.

"Doctor, tiene que decirme qué está sucediendo," le dijo Johnson al médico más veterano. Augustus no sabía quién estaba al mando de la operación, pero se dirigió al hombre más canoso.

"Sr. Johnson, todos los pasajeros que lleguen esta mañana tendrán que pasar por aquí. Estos hombres instalarán unos cubículos provisionales con cortinas. Vamos a habilitar una máquina de rayos X en cada uno de los cubículos. Tendremos que tomarles una placa a todos los pasajeros que lleguen a Miami."

"¿Qué?" exclamó Johnson. "¿Saben el problema que armaremos? Cada día, llegan 76,000 pasajeros a este aeropuerto. En un buen día, la mitad de ellos pasan por esta sala. Eso significa que 35,000 pasajeros pasan por acá en un solo día. ¡Si hacemos eso, los aviones se amontonarán en la pista y las filas llegarán hasta las puertas de desembarque!"

"Sí, me temo que así será," coincidió el veterano doctor. Sin embargo, no parecía importarle mucho. Se dio vuelta tras asentirle a Johnson sin decirle una palabra adicional, y regresó para dedicarse a las labores de instalación.

¡Mierda! Gracias a Dios que mi turno finaliza a las 8:00 a.m., pensó Johnson. No quería estar allí cuando la situación estallara. Santo Dios, aquello iba a ser el desastre absoluto. Y, sobraba decirlo, luego dada la perspectiva de una pavorosa enfermedad esparciéndose por los pasillos del aeropuerto, quería estar tan lejos como fuera posible.

Los primeros vuelos procedentes de Argentina, Chile y Brasil llegarían a las 6:00 a.m. Faltaba menos de una hora. Era el acto inicial de la actividad que tenía lugar diariamente en el aeropuerto. Vuelos del cono sur, la zona más alejada de Suramérica, partían en la noche y llegaban a Miami ocho o nueve horas después. Augustus pasó junto a los hombres que trabajaban laboriosamente.

"¿Ustedes saben que en menos de una hora aterrizarán once vuelos procedentes de Brasil, Argentina y Chile?"

"Sí, señor. Ya casi terminamos."

Y así fue. Johnson se sorprendió de lo que podían hacer un puñado de hombres en un par de horas. Ya habían instalado seis cubículos, y cada uno contaba con una máquina de rayos X, una computadora portátil y aquellos paneles grandes y planos. Los cubículos eran pequeños, pero había espacio suficiente para un pasajero y un técnico que realizaría el trabajo. Los albañiles fijaban una cuerda que conduciría a cada uno de los pasajeros hacia uno de los cubículos, una vez que salieran de Inmigración.

"Así será el procedimiento, Sr. Johnson. Primero, a todo el personal de Inmigración, Aduanas y aerolíneas que trabaje en áreas restringidas se le dará máscaras quirúrgicas."

Johnson vio a un hombre con delantal de laboratorio abrir la cremallera de una gran bolsa de lana gruesa con miles de máscaras quirúrgicas empacadas en bolsas plásticas. Los técnicos médicos le dieron una a Johnson.

El funcionario de Aduanas ya estaba bastante preocupado. Durante los últimos diez años, él y sus colegas se habían acostumbrado a utilizar guantes de látex en el trabajo, pues todos los días debían revisar miles de maletas sospechosas. Pero una cosa era usar guantes y otra muy distinta era usar máscaras.

El médico principal ignoró la expresión atribulada de Johnson.

"Segundo, después de que los pasajeros pasen por Inmigración, vendran por la escalera eléctrica a la sala de Aduanas, donde serán conducidos a las máquinas de rayos X. Nos tardaremos entre un minuto y medio y dos con cada pasajero. Si concluimos que no tienen problemas médicos, podrán recoger sus equipajes y pasar a la Aduana. Una vez que nosotros terminemos con ellos, ustedes deberán tratarlos como a cualquier otro pasajero.

"Tercero, en cualquier momento llegarán agentes federales. Es de esperar que haya un gran número de protestas y quejas. Desgraciadamente, los pasajeros no tendrán otra opción que someterse a los rayos X, pues de lo contrario, serán deportados. Los agentes federales se encargarán de ofrecer ayuda a los pasajeros de la tercera edad y a quienes tengan problemas de salud. Todos hablan español y portugués, y les explicarán la situación a los pasajeros que están en fila."

Johnson estaba impresionado. Era evidente que se trataba de algo serio e inesperado y habían adoptado la mejor solución teniendo en cuenta el poco tiempo que tenían. De hecho, se sentía orgulloso de que las autoridades norteamericanas pudieran movilizarse con tanta rapidez a fin de proteger al país contra enfermedades letales. Pero, ¿de qué demonios se trataría?

Johnson regresó a su escritorio y vio que el botón de mensajes estaba encendido. Cogió el auricular y marcó.

"Malas noticias, Johnson," dijo Bill Stevenson, el director de Aduanas. "Necesito que te quedes. Estoy llamando a todo el personal, nadie podrá irse a casa. Infórmales a tus compañeros de turno. Hoy el aeropuerto se va a convertir en una pesadilla."

¡Mierda! se dijo por segunda vez Johnson esa noche. Ahora estaba atrapado en el aeropuerto, amenazado por una enfermedad devastadora. Pero el sonido de su radio dispersó cualquier otro pensamiento.

"El vuelo 963 de American Airlines procedente de Sao Paulo acaba de aterrizar," anunció la voz impersonal.

Los médicos fueron a sus sitios. Los empleados de las aerolíneas que entraban por primera vez ese día a la sala de Aduanas quedaron asombraron cuando les pidieron que se pusieran las máscaras. Johnson y sus colegas hicieron lo mismo. Uno de los hombres de delantal blanco bajó las escaleras y les ordenó a todos los empleados de Inmigración que se pusieran las máscaras también.

¡Mierda! se dijo Johnson por tercera vez. ¿Qué pensarán los pasajeros cuando suban al segundo piso y vean con máscaras a los quince funcionarios que revisan los pasaportes? Quedarán petrificados.

Quince minutos después, los primeros pasajeros del vuelo de American Airlines procedente de Brasil bajaron las escaleras. Quedaron atónitos cuando les informaron que no les permitirían recoger su equipaje hasta que se sometieran a un examen médico.

Como lo habían prometido, los técnicos de delantales blancos comenzaron a dar instrucciones y explicaciones en inglés, español y portugués. "Damas y caballeros, nos han informado sobre una grave enfermedad proveniente de América Latina. Los Estados Unidos han ordenado una cuarentena médica para todos los vuelos procedentes de esta región. Ustedes deberán pasar por una máquina de rayos X antes de entrar a los Estados Unidos. Gracias por su colaboración."

Johnson constató de inmediato que sus predicciones sobre el caos que se desataría resultaron ser completamente acertadas. En pocos minutos estalló la algarabía. Los padres preguntaban si los rayos eran dañinos para los niños. Jóvenes brasileños, furiosos con los Estados Unidos porque les tomaban huellas cuando entraban a ese país, se indignaron ante esta nueva bofetada de las autoridades norteamericanas. Habían personas que necesitaban ir al baño. Los familiares esperaban afuera.

Sin embargo, lentamente, el personal médico realizó su inspección y los pasajeros fueron pasando. Era un procedimiento desordenado, rudo y desagradable, pero funcionaba. Uno por uno, los pasajeros fueron sometidos a rayos X. Salían furiosos a recoger su equipaje y se dirigían a la Aduana. Johnson les hizo un gesto con la mano a sus compañeros, quienes asintieron.

"Con calma," era lo que quería decir el gesto de Johnson.

Aeropuerto Internacional de Miami

Miami, 18 de octubre

9:51 a.m.

Aún no eran las diez de la mañana y Augustus Johnson ya estaba completamente exhausto. Se sentó, con su máscara quirúrgica colgando de su cuello y su cuarta taza de café en lo que iba del día, e inspeccionó la situación.

La sala de Aduanas estaba casi vacía. Desde el tumulto inicial de los vuelos que habían aterrizado, el aeropuerto había procesado a más de 3,000 pasajeros, la mayoría de ellos procedentes de los rincones más australes y lejanos de Suramérica. Sin embargo, la calma que reinaba en los pasillos sólo fue una ilusión pasajera. Siempre había un paréntesis entre los vuelos del Cono Sur que llegaban en las primeras horas de la mañana y los vuelos procedentes de otras regiones de Suramérica, Centroamérica y del Caribe que comenzaban a llegar sobre las once de la mañana.

Las inspecciones médicas de los primeros vuelos fueron caóticas, pero se llevaron a cabo. Si los médicos y el personal que operaban los equipos de rayos X estaban cansados, escasamente lo reflejaban. Aprovecharon el receso para afinar y calibrar de nuevo sus equipos. *No saben lo que está por venir,* pensó Johnson. Procesar a los pasajeros de los primeros vuelos de la mañana era un asunto de poca monta comparado con lo que seguiría.

El aeropuerto entraría de nuevo en acción con la llegada del vuelo de TACA procedente de San Salvador, a las 10:49. A las 10:50 llegaba un vuelo de BWIA, de Barbados; a las 10:53 llegaba el vuelo de Montego Bay, de Air Jamaica. A las 10:54 el de American, de Panamá, a las 10:55 otro vuelo de American, de Tegucigalpa; a las 10:56 el de COPA, de San José de Costa Rica; a las 11:00 el de American, de Caracas, y la lista seguía: vuelos de Bogotá, Barranquilla, Maracaibo, Quito, Guayaquil, Ciudad de México, Managua, Guatemala, Lima, Cartagena, La Paz, etcétera.

Gracias a Dios que era temporada baja de otoño en el Caribe, pues los veinte vuelos adicionales de esas pequeñas islas estarían menos llenos que durante el resto del año.

Augustus Johnson se asustó ante lo que se avecinaba, pero se puso aún más nervioso tras advertir que nadie en el aeropuerto sabía exactamente lo que sucedía. Sí, era evidente que en Washington estaban preocupados por una enfermedad contagiosa. Pero, ¿cuál era? Mientras los compañeros de Augustus cambiaban de posición, monitorearon la radio y la TV, pero no vieron nada.

Johnson entendía por qué aquello aún no se había convertido en una noticia titular. Los periodistas eran conocidos por levantarse tarde, y todo sucedía en un sector del aeropuerto invisible para el público. La ausencia de reporteros revoloteando por todas partes no le molestó; pronto llegarían, cuando se esparciera el rumor. Lo que le incomodaba era que no se había emitido una sola palabra oficial al respecto. Era como si la emergencia estuviera restringida a las diez salas de Aduana de los principales aeropuertos de los Estados Unidos.

Estaba terminando de elaborar sus ideas, cuando lo llamó Rita Omera, una de sus más antiguas colegas.

"Auggie, ven y mira esto," le dijo.

Tres agentes se apretujaban alrededor del televisor de la oficina principal del Servicio de Aduanas. Habian sintonizado a CNN.

"Damas y caballeros," dijo Michaela Urquell quien como de costumbre, estaba muy elegante. Iremos directamente a la Sala de Prensa de la Casa Blanca, donde Allyson Bonnet, la secretaria de prensa, emitirá un comunicado urgente. John Davidson está en la Casa Blanca. ¿Sabes de qué se trata, John?"

"Michaela, todo lo que sabemos es que la Casa Blanca convocó a una reunión urgente relacionada con un asunto de salud pública," dijo John Davidson, el reportero de CNN en la Casa Blanca. "Estamos esperando a la Secretaria de Prensa de la Casa Blanca Allyson Bonnet . . . aquí está, Michaela, escuchemos?"

La cámara enfocó a una mujer alta y de cabello entre rubio y rojizo, quien se dirigía resueltamente al podio. Los servicios de prensa apostados en el salón admiraban sus informes diarios sobre el terrorismo y la situación en Irak. Defendía con tenacidad al presidente, pero nunca engañaba a los periodistas. Los medios informativos de Washington, que eran bastante críticos, admitían a regañadientes que era una mujer fuerte, talentosa y dura.

"Buenos días," dijo Allyson Bonnet. "Tengo un anuncio relacionado con un importante tópico de salud. Les diré todo lo que sabemos, que no es mucho. No aceptaré preguntas por el momento, pues la situación evoluciona continuamente, pero les daré actualizaciones a lo largo del día.

"La CIA nos informó ayer sobre una amenaza potencial a la salud de este país. Durante el transcurso de sus rutinarias interdicciones de narcóticos y labores contra el terrorismo en América Latina, la Agencia ha llegado a la conclusión de que es probable que se esté gestando en Latinoamérica un fuerte brote de una modalidad de tuberculosis resistente a varios medicamentos. Se trata de una modalidad altamente contagiosa y sumamente peligrosa.

"La tuberculosis es una enfermedad que ha matado a millones de personas en todo el mundo a través de los siglos. Aunque es prácticamente desconocida en nuestro país, es la enfermedad más letal del mundo. Durante los últimos años, los científicos de la Organización Mundial de la Salud han informado que en África y en Asia, la tuberculosis ha mutado en cepas resistentes a los tratamientos médicos habituales. Hasta ahora, no creíamos que estas cepas pudieran existir en el hemisferio Occidental."

Allyson Bonnet cogió su vaso de agua y bebió un trago.

"Aunque la CIA no es el organismo habitual encargado de alertar sobre asuntos sanitarios, el Presidente John Stockman ha tomado el informe con mucha seriedad. Como pueden imaginar, la CIA realiza operaciones de inteligencia discretas pero exhaustivas en Latinoamérica. Esta información nos dice que la cepa de tuberculosis fue identificada en la región andina y en Centroamérica."

"El Dr. Perlman es el director de análisis de la CIA. Antes de su labor en el organismo de inteligencia, era uno de los epidemiólogos más respetados del mundo, especializado en enfermedades contagiosas, y específicamente, en tuberculosis. Sus investigaciones permitieron la identificación de las cepas resistentes a los medicamentos. El presidente considera que es un privilegio contar con la asesoría del Dr. Perlman.

"Quiero repetir que creemos que la información sobre la tuberculosis es seria, pero de carácter preliminar. La CIA estará brindándoles información a los Centros para el Control de Enfermedades de Atlanta, a los Institutos Nacionales de Salud y al Departamento de Salud y de Servicios Humanos. Evaluaremos conjuntamente el alcance de la amenaza y emitiremos una respuesta unificada.

"Entre tanto, el presidente ha autorizado la federalización de todos los aeropuertos adonde lleguen los vuelos procedentes de América Latina y el Caribe. Desde las primeras horas de esta mañana, todos los pasajeros procedentes de dicha región están siendo sometidos a una placa de rayos X en la zona pectoral, a fin de identificar la existencia de tuberculosis. Aunque consideramos que esta enfermedad pueda limitarse a ciertas regiones de América Latina, quiero repetir una vez más que todos los pasajeros procedentes de esta región, así como del Caribe, serán sometidos a una prueba contra la tuberculosis sin importar su nacionalidad.

"Eso es todo lo que sabemos por ahora. El presidente hace un llamado para que todos los estadounidenses conserven la calma. Estamos haciendo todo lo necesario para proteger a nuestra población. Les daré otra nota informativa en las horas de la tarde."

Allyson abandonó el podio y un gran revuelo estalló en el salón. Los periodistas le hicieron preguntas a gritos. ¿Cuáles eran los síntomas? ¿Cuándo tuvieron noticia de esto? ¿Han alertado a las autoridades internacionales? ¿Están colaborando los países latinoamericanos?

Allyson Bonnet salió del salón sin responder a una sola de las preguntas.

La Casa Blanca

Washington, 18 de octubre

10:20 a.m.

Nelson se encontraba en el otro extremo cuando Allyson cruzó la puerta. Esperó hasta que cerraran la puerta de la Sala de Prensa para bajar la guardia. Cuando se sintió segura en el corredor de la Casa Blanca, sus manos comenzaron a temblar y sus hombros flaquearon. Por poco se lanza a los brazos de Nelson.

"Llevo veinte años haciendo esto para congresistas, senadores, miembros del gabinete y ahora para el presidente, pero nunca antes había mentido deliberadamente," dijo ella. "Ojalá funcione, porque de lo contrario, volveré a Madison, Wisconsin a vender autos usados."

Nelson le dio un abrazo fraternal. Sonrió pero también se sentía extremadamente nervioso.

"Necesitamos prolongar la situación seis horas más. Sí, tenderá a empeorar antes que mejore, pero sólo necesitamos seis horas. Hasta ahora ha funcionado. Willy me dijo que no hay filtraciones sobre los vuelos que llegaron en las primeras horas de la mañana. Hemos esperado lo suficiente como para que aterricen casi todos los aviones procedentes de América Latina."

Nelson se permitió una sonrisa. "Allyson, esos hijos de

perra están en el aire y ya no pueden regresar. Van camino a las trampas."

Allyson meneó su cabeza en señal de resignación. "Ojalá funcíone," repitió.

Caminaron por el corredor y entraron a la oficina de Allyson. El presidente los esperaba. No estaba sonriendo pero tenía una expresión amable.

"Allyson, sé que fue algo difícil. Estamos haciendo lo correcto y quiero que lo sepas," le dijo Stockman, dándole palmaditas en los hombros.

"No sé si soné convincente. Lo único que dije con alguna convicción fue la parte sobre la inspección a pasajeros de todas las nacionalidades, sin importar su origen. Espero haberlo hecho bien."

Stockman sonrió en señal de asentimiento.

"Discúlpeme, Sr. Presidente, ¿ha tenido noticias de . . ." Allysón interrumpió la pregunta. No debía hacerla.

Stockman se rió entre dientes. A pesar de la crisis, ella era increíblemente curiosa, una típica cazadora de noticias.

"No, Allyson, no he sabido nada de la presidente Pradilla."

Nelson había viajado a Cuba y había visto a los dos mandatarios reunidos. Ahora era un admirador involuntario de Pradilla. Aprobaba lo que estaban haciendo ese día—proteger a la nación y a un aliado al mismo tiempo. Pero nada de esto le hacía aprobar la posibilidad de que el presidente de los Estados Unidos sintiera algo por esa mujer. El hecho de que el grupo más cercano a Stockman estuviera comentándolo no contribuía a mejorar las cosas sino a empeorarlas. ¡Allá los sicólogos si hablaban de expresar los sentimientos! Decidió cambiar de tema.

"En pocos minutos comenzaremos a recibir llamadas. Sabrá Dios cómo hemos logrado llegar a este punto—las inspecciones de rayos X que hemos establecido en diez aeropuertos han ocasionado algo cercano al colapso. De cualquier modo, sospecho que las primeras llamadas serán las de la Secretaria Simonsen, de Salud y Servicios Humanos, la del Dr. Frangiotti, director de los Institutos Nacionales de Salud. Pero la peor será la del Dr. Gayle Amar, de los Centros para el Control de Enfermedades de Atlanta."

Allyson estaba sumamente nerviosa. Nelson pensó que el sentirse nerviosa debía ser una experiencia única en la vida de aquella mujer.

"Esos funcionarios de la salud pública van a derribar nuestras puertas," dijo Allyson. "Abrirán tres frentes de ataque contra nosotros. Primero, preguntarán cómo diablos fue que el presidente declaró una emergencia médica sin consultarles. Segundo, van a exigir una prueba científica de la tuberculosis. Tercero, solicitarán una reunión para manifestar su disgusto y salvar su pellejo."

"Correcto," dijo Stockman. "Las dos primeras preguntas serán las más difíciles. Pero nuestro secreto para evadirlas está en la tercera pregunta."

Los tres asintieron. Habían discutido eso cincuenta veces en las últimas doce horas. Y ahora que estaban en el ojo del huracán, los tres necesitaban examinar rápidamente su plan.

Stockman continuó. "Iré a mi oficina ahora mismo. Y antes que esperar a que me llamen, los llamaré personalmente. Les pediré que vengan al Despacho Oval para una reunión de emergencia que será conducida por el Dr. Perlman, en la que se formularán otras medidas. Obviamente, mi última llamada será a Gayle. Les diré a todos que necesitamos reunirnos a la mayor brevedad posible, pero que la presencia de Gayle es indispensable. El Centro para el Control de Enfermedades es demasiado importante en este caso, así que tendremos que esperar a Gayle. Coordinaré la reunión para las 3:00 p.m., aquí, en la Casa Blanca."

Nelson cerró los ojos, en parte para rezar, pero también por el cansancio.

"Eso nos dará otras cinco horas. Willy dice que serán suficientes," dijo Nelson.

"¿Y qué si se equivoca?" preguntó Allyson.

Nadie dijo nada. Esta vez, Willy no podía equivocarse.

Las cinco horas siguientes fueron un infierno para los funcionarios de la Casa Blanca. Todos los canales locales de televisión de las diez ciudades en cuyos aeropuertos se estaban realizando las inspecciones tenían equipos apostados en las puertas de salida. Las entrevistas a los pasajeros que salían del terminal aéreo eran conmovedoras. Habían tenido que esperar entre tres y cuatro horas para entrar a los cubículos de los rayos X. La histeria se apoderaba de los niños. No había agua, alimentos, ni asientos. Los pasajeros gritaban ofendidos frente a las cámaras que la inspección violaba sus derechos. Ocasionalmente, alguna persona imperturbable decía que el sacrificio era razonable, dados los peligros que suponía una emergencia médica tan delicada.

Los canales de cable realizaban una cobertura exhaustiva. Varios expertos médicos fueron contratados para explicar la gravedad de la tuberculosis. Los historiadores comentaban que a comienzos del siglo veinte, los inmigrantes tuberculosos eran separados de sus familias en Ellis Island, donde permanecían varios meses en cuarentena. El tema de las máscaras quirúrgicas recibió un cubrimiento extensivo. Los reporteros que estaban en diversos hospitales informaban sobre pacientes que visitaban las salas de emergencia en masa debido a la tos, y que estaban muy preocupados de haber contraído la enfermedad.

Canales como Fox, CNN y MSNBC realizaron mesas redondas en las que se analizaba que en los aviones no hay mucho aire, y que el sistema de circulación de aire podía ser el caldo de cultivo perfecto para la propagación de la enfermedad infecciosa. Los productores de televisión desenterraron a expertos de la Organización Mundial de la Salud, quienes señalaron cuáles eran los medicamentos más eficaces para combatir la tuberculosis. Lo más preocupante de todo eran las crecientes filtraciones de "fuentes del Gobierno de los Estados Unidos" que decían que los principales organismos médicos y de salud pública estaban furiosos con el presidente y con la Casa Blanca por haber adoptado medidas tan drásticas basándose exclusivamente en información suministrada por la CIA, el único organismo que había detectado problemas de salud en Latinoamérica.

A las 12:30 p.m., Allyson Bonnet envió un comunicado de prensa donde se decía que el presidente había convocado a una cumbre sobre una emergencia médica con los Centros para el Control de Enfermedades, los Institutos Nacionales de Salud y el Departamento de Salud y Servicios Humanos a las 3:00 p.m. A la 1 p.m. los funcionarios de la Casa Blanca encargados de la campaña informativa notaron un aumento sustancial de cámaras y periodistas alrededor del edificio.

Allyson se cubrió la cara con las manos y recordó que hacía pocas horas, Nelson había cerrado los ojos como si estuviera rezando. Ella hizo lo mismo. Estaba petrificada, pero también tenía que admitir que se sentía excitada. Por una vez, esta Administración no reaccionaba de una forma egoísta y le decía al resto del mundo que se jodiera. *Pradilla merecía un trato respetuoso,* pensó.

Pasaron los minutos. Allyson fue a la oficina de Nelson. Vio al asesor nacional de seguridad mirando la pared que tenía enfrente. No pretendía hacer otra cosa. Nadie disimulaba su angustia.

"¿Has sabido algo de Willy?" le preguntó Allyson.

Nelson negó con la cabeza.

"Me pidió que no lo llamara y he respetado su petición. De todos modos estará acá en cuarenta y cinco minutos."

A las 2:35 p.m., la secretaria de Nelson entró para avisarles que el Dr. Perlman había llegado. Su auto pasó los controles de seguridad y llegó a la entrada principal de la mansión. Esta vez, no lo esperaba ninguna secretaria. Dos agentes uniformados del Servicio Secreto custodiaban la entrada principal para escoltarlo hasta el segundo piso. Willy lanzó una sonrisa compungida al bajar del auto.

Tal como acostumbraba hacer debido a su carácter metódico, había cronometrado la entrada al edificio más poderoso de la Tierra. Teniendo en cuenta la distancia que había hasta los ascensores y el tiempo que necesitaba para llegar al segundo piso, calculó que tardaría alrededor de un minuto en llegar a la oficina de Nelson. *No puedo pedir más,* pensó Willy, aunque sabía que era la última vez que entraría en la Casa Blanca.

La Casa Blanca

Washington, 18 de octubre

2:50 p.m.

Willy salió del ascensor custodiado por agentes uniformados y se dirigió a la oficina de Nelson. Lamentaba que las cosas hubieran salido así, pero no se arrepentía de su decisión. Había hecho lo correcto y punto.

Washington era una ciudad en la que pocas personas pagaban un precio por sus errores. Las políticas desacertadas, las fallas operativas y las decisiones erradas casi nunca cobraban un precio en la vasta burocracia. Quienes cometían errores nunca eran despedidos o regresaban con un nuevo uniforme. ¿Cuándo fue la última vez que alguien renunció después de cometer un error? Ningún funcionario de la CIA ni del FBI pagó precio alguno por la tragedia del 11 de septiembre. Ningún empleado del Departamento de Energía renunció después del mal manejo de desechos tóxicos. Irak era un callejón sin salida. El Ejército no había sabido cómo explicar las torturas en Abu Ghraib.

La lista era extensa.

Willy creía que esto no tenía nada que ver con los démocratas o los republicanos, sino que era una cuestión moral. Recordaba a su padre con lágrimas en los ojos en el día sagrado del Yom Kippur, mientras el rabino repetía una y otra vez los preceptos del Torá: "Arrepiéntete de los pecados que has cometido contra el Señor y Dios te perdonará. Sin embargo, Él no tiene perdón para los pecados cometidos contra tu prójimo, y deberás pedirles perdón a quienes has ofendido." Los creyentes judíos confesaban sus pecados y errores, asumían la responsabilidad y eso los acercaba a Dios.

Willy cortó el hilo de sus pensamientos al llegar a la oficina de Nelson. La puerta nunca estaba abierta. Willy entró y se sorprendió al ver al presidente, a Nelson y a Allyson Bonnet.

Dr. Perlman, dijo el presidente. "Ha sido un día lleno de ansiedad."

¡Cielos!, pensó Willy, era el eufemismo del siglo. Todos estamos histéricos. Hemos declarado una falsa emergencia médica, un grupo de narcotraficantes tratará de introducir uranio altamente enriquecido a Estados Unidos y la Administración está expuesta a un descomunal ataque político. Era mucho más que *ansiedad.* Willy Perlman se mesó los pelos de su barba roja y descuidada y los miró. *Son buenas personas. No merecen sufrir más,* pensó y esbozó una gran sonrisa.

"Las autoridades colombianas detuvieron a once personas antes de abordar vuelos con destino a este país. Nuestros amigos colombianos nos han dado a entender que estas personas fueron examinadas y todas llevaban sustancias altamente sospechosas.

"En cuanto a nosotros," continuó, "a las 2:00 p.m. habíamos inspeccionado a casi once mil pasajeros procedentes de Latinoamérica. Hemos detenido a cuarenta y dos personas con bastante discreción. Todos llevaban una sustancia metálica en sus entrañas. Hasta ahora—¿cómo decirlo con sutileza?—sólo una de esas personas, una mujer, ha evacuado la sustancia y hemos confirmado que se trata de uranio 235. No tengo dudas de que los demás detenidos también llevan lo mismo, lo que significa que en total tenemos unas veintiséis libras de uranio."

Nelson lo miró de inmediato. Esa cantidad no era suficiente.

"Eso no es todo, Willy. Dijiste que podrían ser trenta y cinco libras."

"Sí, Nelson, eso creo. Desde este instante hasta las 5:30 p.m. aterrizarán dieciocho aviones. Se trata de una operación sumamente sofisticada. Nunca habríamos podido capturarlos de no ser por los rayos X. Hay cincuenta y tres personas detenidas aquí y en Colombia, y estamos convencidos de que los que faltan correrán la misma suerte. Probablemente sean entre diez y quince traficantes, y pronto llegarán a nuestro territorio. Los arrestaremos."

Un alivio indescriptible descendió sobre el salón. Stockman cerró los ojos y murmuró algo para sus adentros. Allyson le sonrió al presidente. En diferentes momentos del día, Nelson, el presidente y Allyson misma habían rezado con los ojos cerrados. Todo eso era algo inusual en la Casa Blanca. Las palabras silenciosas de Stockman no eran plegarias de esperanza, sino de agradecimiento.

No obstante, era una escena extraña, pues a pesar de la fuerte sensación de alivio al saber que estaban a un paso de evitar una gran tragedia, nadie se atrevió a celebrar. Era un truinfo agridulce. Todos sabían que ese momento de alegría sería empañado por una tragedia personal. En menos de cinco minutos, el Dr. Willy Perlman sería ofrecido como chivo expiatorio a los buitres de la burocracia, así que nadie sonrió.

Willy Perlman miró su reloj; eran las 2:55 p.m. "Estoy listo, Sr. Presidente."

Stockman asintió. Tres oficiales de la salud pública esperaban bastante disgustados al presidente en el Salón del Gabinete. Sí, los buitres estaban listos para abatirse sobre su presa.

"Adelante, Dr. Perlman," le dijo el presidente. Al cruzar la puerta, sintió que Stockman le apretó los hombros en un gesto inusual de apreciación.

Una hora después, la Casa Blanca les avisó a los medios que la secretaria de prensa haría un anuncio importante en quince minutos. De ese modo, las cadenas nacionales, locales y por cable tendrían tiempo suficiente para interrumpir su programación.

Exctamente a las 4:15 p.m., Allyson Bonnet se acercó al podio. La sala de prensa estaba llena. No sólo había gente de pie, sino que escasamente se podía respirar. Reporteros, fotógrafos y cámaras abarrotaban la sala. Después de todo, desde la amenaza del SARS y las advertencias sobre la gripa aviar, los medios eran perfectamente conscientes de la gran importancia que tenían las emergencias de salud pública, y esta epidemia de tuberculosis resistente a los medicamentos era una amenaza potencialmente mucho más peligrosa para la salud pública que todas las anteriores. Nadie se iba a perder esa noticia.

"Buenas tardes," comenzó Allyson. "Otra vez les tengo una declaración y luego responderé a sus preguntas."

"Después de consultar con los principales expertos en salud pública, el Presidente Stockman tiene la alegría de anunciar a la nación que cancelará la emergencia de salud pública que se declaró ayer. El presidente ya no cree que la tuberculosis resistente a los medicamentos constituya una amenaza inminente para los estadounidenses."

Allyson ignoró el gran barullo causado por los periodistas, quienes veían cómo la primicia se desinflaba ante sus propios ojos. La funcionaria continuó.

"La emergencia decretada por el presidente se basó en lo que ahora parece ser información incompleta suministrada por la CIA. Las pruebas iniciales que señalaban la existencia de una virulenta cepa de tuberculosis resistente a los medicamentos en la región andina y en Centroamérica resultaron ser inconcluyentes, y creemos que se trató de una falsa alarma."

"El presidente, junto al asesor nacional de seguridad, el director de los Centros para el Control de Enfermedades, el director de los Institutos Nacionales de Salud y la secretaria de los Servicios Humanos y de Salud, solicitó hoy, recibió y aceptó de inmediato la renuncia del Dr. Willy Perlman, director en funciones de la Agencia Central de Inteligencia y director del departamento de análisis. El presidente honra y agradece el servicio que durante tantos años le ha prestado el Dr. Perlman a la nación como oficial de inteligencia y especialista en la epidemiología de esta peligrosa enfermedad. Aunque el Dr. Perlman actuó creyendo que lo hacía por el bien del país, lo cierto es que el anuncio de la emergencia de salud estuvo basada en lo que ahora parecen ser informes de inteligencia un tanto imprecisos.

"El presidente reconoce que mucha gente se preocupó enormemente por el anuncio de esta mañana. También entiende que miles de personas que llegaron a diferentes aeropuertos del país padecieron serios inconvenientes y ofrece disculpas por ello. Adicionalmente, el mandatario ha ordenado que las inspecciones concluyan hoy a las 6:00 p.m.

"El presidente también quiere expresar de manera pública que lamenta profundamente que nuestros vecinos de América Latina y el Caribe hayan sido señalados como responsables de una alarma que era infundada. El presidente llamará a muchos de sus colegas alrededor del hemisferio para ofrecerles personalmente sus disculpas por someter a tantos latinoamericanos a exámenes médicos en nuestros aeropuertos en el día de hoy.

"Por último, el presidente quisiera aclarar que aunque esta alarma ha resultado ser falsa, no retrocederá un ápice cuando se trate de proteger a nuestra nación y a nuestros ciudadanos. Nuestro mandatario fue elegido para actuar enérgicamente y con decisión en nombre de los ciudadanos americanos y así continuará haciéndolo.

"Gracias," concluyó Allyson.

Miró alrededor de la sala. Era capaz de percibir al instante el efecto de sus palabras entre los miembros de la prensa y le gustó lo que vio. Una jugosa noticia de salud pública que hubiera podido durar varios días y hasta semanas, se redujo súbitamente a un simple error de la CIA y a una venganza ejercida por las burocracias rivales de Washington. La historia se limitaría casi exclusivamente a los medios escritos. No había nada para la televisión y Allyson se deleitó al ver que los productores les decían a sus hombres que empacaran.

Allyson respondió preguntas por espacio de veinte minutos. Willy Perlman salió por la puerta de visitantes de la Casa Blanca y abordó su auto. Su Blackberry sonó y leyó el mensaje que le enviaron de su oficina; sólo contenía cinco palabras: Hasta el momento van 58." Faltaban muy pocos. Había derrotado a los traficantes.

Su auto negro salió de la Casa Blanca y él se recostó en el asiento de atrás. Se había equivocado. El uranio no había ido a parar a Siria y había estado a punto de entrar a su país. Tenía que pagar un precio por su error y no le molestaba en absoluto. "Pediras perdón directamente por los pecados y errores cometidos contra tu prójimo," decía la Torá.

He cumplido, pensó Willy.

PARTE XV: COLOMBIA

Casa de Nariño

Bogotá, 18 de octubre

3:45 p.m.

Sentada tras su escritorio, Marta Pradilla no quitaba sus ojos del televisor sintonizado en CNN. Había escuchado cada palabra pronunciada por Allyson Bonnet en su conferencia de prensa, y a cada palabra que decía, el rostro de la mandataria colombiana se iluminaba con una creciente sonrisa. No habría ninguna invasión, ni bloqueo aéreo ni marítimo. Lo más importante de todo, Colombia no sería objeto de ataques ni recriminaciones.

Sabía que había hecho lo correcto. Habría sentido algo muy diferente si las tropas americanas hubieran lanzado paracaidistas sobre el aeropuerto de El Dorado. *Seguramente,* concluyó. Pero eso ya no tenía importancia.

Marta Pradilla siempre había confiado en sus instintos. Había apostado por ellos al confiar en John Stockman y había valido la pena. En una fugaz sucesión de pensamientos, vio a un hombre luchando contra las cadenas de los convencionalismos. Era quizá la única persona que había sabido ver un aspecto distinto de Stockman. Sabía que si podía ayudarla y ayudar a Colombia, lo haría. Y ahora, la transmisión de CNN en vivo y en directo le demostraba que no se había equivocado.

Marta tenía una gran capacidad para analizar y penetrar el alma de las personas, lo que le resultaba muy cómodo, pues no le daba tiempo para mirar la suya. No le gustaba mirarse a sí misma, pero después de lo que Stockman había hecho por ella, tenía que preguntarse lo que sentía por él. Se sentía atraída por él, por supuesto. Sí, era un hombre intrigante pero, ¿en qué terminaría todo?

El teléfono le evitó este tipo de sufrimientos. Dejó que repicara un poco. Sólo había dos llamadas que querría recibir. Marta apartó un cabello de su rostro. Tomó el auricular.

"Presidente, es Héctor Carbone."

Era una de las dos llamadas que esperaba con ansiedad.

"Héctor, ¿viste las noticias de CNN?"

"Sí. Sentí un gran placer." Era una frase clásica de Carbone. Todo un eufemismo.

"Presidente, tengo algo que decirle," continuó Carbone. "El DAS ha descubierto una pista de aterrizaje clandestina en una hacienda de Urabá. Gracias a la ayuda de los americanos, pudimos identificar los números de serie de dos aeronaves, que figuran a nombre de una compañía de Alfred Villas. Este individuo es el administrador de los negocios de la familia Abdoul. Los satélites detectaron la presencia de dos personas en la hacienda. Se trata de Villas y del Senador Abdoul."

"Ya veo," dijo Pradilla. Estaba tomándose su tiempo para sacar conclusiones. "Héctor, ordénale al personal del DAS que los arresten. Sin embargo, te agradecería si te tardaras un poco en traerlos a Bogotá."

"¿Tardarme?" preguntó Carbone.

"Sí," dijo Pradilla, esbozando una sonrisa con sus labios. "Urabá está lejos de aquí, ¿verdad? Tráelos en un automóvil para que lleguen en dos días, y entretanto, yo arreglo algunos asuntos aquí."

"¿En automóvil? Tardaría—" Carbone se detuvo a media frase. Había entendido. Se rió entre dientes. "Sí, Marta, nos tardaremos unos días en automóvil."

Ella le agradeció y colgó. Escuchó que alguien abría suavemente la puerta de su oficina. No se atrevió a mirar. Esperaba que fuera él; era la única persona que podía entrar sin llamar.

Ella saludó sin levantar la vista y él respondió con parquedad.

"¡Qué día, Marta! Escuché que Héctor localizó a Abdoul."

Pradilla había esperado su llamada. Ahora, Manuel Saldívar estaba en su oficina y eso la llenaba de alegría. Cruzó lentamente el escritorio y lo abrazó. Permanecieron un buen tiempo abrazados. Por primera vez en todos esos días tan tensos, ella se abandonó a sus brazos y sintió que sus ojos se llenaban de lágrimas.

Se sentaron en el sofá. Hablaron largo rato, como lo hacían en las interminables noches de la campaña. Hablaron de su país, que tenía tantos problemas y tantas esperanzas. Recordaron cómo lograron capitalizar y utilizar esa esperanza a favor de su gobierno.

"Sangre nueva," había pedido Pradilla tras su elección. Y así había comenzado el proceso de búsqueda de una nueva estirpe de servidores públicos. Era difícil, ya que los más capacitados para el servicio público pocas veces se sentían atraídos a prestarlo. El "kinder," como algunos críticos mordaces llamaba a los jóvenes integrantes de su gabinete, representaba ahora el optimismo sobre el futuro de Colombia.

"Manuel," dijo la presidente regresando a la realidad, "¿hablaste con el fiscal?"

"Creí que ya me habías despedido."

"No he recibido tu carta de renuncia," le dijo Marta con una gran sonrisa. "De todos modos te conozco muy bien. No dejarías escapar una buena idea ni permanecerías de brazos cruzados. ¿Hablaste entonces con el fiscal?"

"Sí."

"¿Y qué te dijo?"

"Que nuestra interpretación de los requerimientos constitucionales para retirarle la inmunidad a un miembro del Congreso es totalmente correcta. Puedes someter la petición para retirarle la inmunidad parlamentaria a Abdoul por 'ausentismo extremado' esta misma tarde. He preparado un comunicado de prensa y te he conseguido una entrevista a las 3:00 p.m."

"Está bien, Manuel. Ultima los detalles," le dijo Marta. "Sólo falta una cosa para que todo salga bien. Quisiera reunirme con el Embajador Salzer y con la Sra. Andrews, su amiga de la DEA. Necesito que el gobierno de los Estados Unidos solicite la extradición inmediata del Senador Abdoul."

Manuel se rió. "Morris nos ayudará. Lo más probable es que lamente que la opinión inicial que tenía de ti haya resultado ser errada."

Se sorprendió al constatar la rapidez con la que sucumbía al optimismo y a la energía de Marta. Era una mujer hermosa, pero no se trataba de eso; era diferente a todas las personas que conocía. Creía que todo podía mejorar y contagiaba a los demás con la misma certeza.

Finalmente, hubo una pausa en la conversación. *En algún momento tendré que preguntarle. Este es tan bueno como cualquier otro,* pensó Marta.

"Manuel, han sido solo unas pocas horas y ya te extrañaba. ¿Te quedarás?"

"Tuve una larga conversación con mi hermana y con su novio Chibli por teléfono."

"¿Y qué te dijeron?"

"Susana me dice que después de lo que sucedió en la embajada de Siria, intentó separarse de él, pues la culpabilidad de que lo hubieran torturado la estaba desgarrando. Estaba convencida de que lo sucedido había sido su culpa, pues ella le insitió para que publicara los artículos en los que lanzaba fuertes críticas al gobierno sirio. Le dijo a Chibli que no era capaz de vivir con la culpa de haberlo puesto en la mira de los servicios de inteligencia del gobierno sirio."

"¿Y qué le dijo él?"

"Fue muy claro en decirle que no podía abandonarlo, que

todos los seres humanos eligen su destino, que cada persona decide qué límites quiere traspasar. Algunos transgreden los límites de la ley y se sumergen en el pecado y el crimen, mientras que otros traspasan los límites de las opiniones convencionales. La mayoría de esas personas son locas, pero uno nunca puede estar seguro, porque de vez en cuando te cruzas con alguien que traza un camino diferente, alguien que mira un poco más allá del recodo y sabe cómo debería ser el camino.

"Insistió en que ella no podía abandonarlo antes de comprobar si él si era un tonto o un visionario. Dijo que no podía dejarlo antes de que terminara la función."

"Ajá. Eso es hermoso. Me imagino que Susana se conmovió. ¿Seguirá con él?"

Manuel sonrió. "Por supuesto."

Se quedó mirándola largo rato.

"De modo que, para quedarme hasta el final, necesito saber algo de ese camino tan particular que tomaste. Quiero preguntarte dos cosas," dijo Manuel.

Ella asintió.

"¿Estás enamorada de él?" le preguntó Manuel.

Marta dejó escapar una sonrisa extraña, una mezcla de alegría y de tristeza. Contestó con seis palabras, que suponían un gran enigma. Dijo la verdad.

"No lo sé, pero es posible."

Él se mordió los labios, pero no en señal de decepción. Se armó de valor para hacerle la otra pregunta.

"Marta, necesito saber algo. ¿Fuiste hasta Cuba para encontrarte con Stockman y le dijiste todo porque estás enamorada de él?"

Marta sonrió abiertamente esta vez. Era una pregunta fácil.

"No, Manuel," dijo la Presidente Marta Pradilla. "Era lo que había que hacer."

PARTE XVI:
ESTADOS UNIDOS

Misión de Siria ante las Naciones Unidas

Nueva York, 31 de octubre

11:00 a.m.

Osman Samir al Husseini no pudo evitar que sus manos le temblaran cuando oprimió el botón del primer piso en el viejo ascensor del edificio de la ONU.

Habían pasado casi dos semanas desde el fracaso de la operación. Un golpe terrible y sin previo aviso. Se había acostado convencido de que tendrían éxito y se despertó al día siguiente para ver en las noticias una cobertura minuto a minuto sobre la amenaza de tuberculosis. Unos pocos segundos de transmisión le bastaron a Al Husseini para comprender que su plan había sido desmantelado.

Lo que más le preocupó al diplomático sirio fue el silencio subsiguiente. El gobierno de los Estados Unidos, que siempre señalaba al culpable en público y evaluaba los daños con rapidez, no ofreció ninguna declaración. Al Husseini investigó en los medios informativos y movilizó a sus informantes, pero por ninguna parte se mencionó el complot terrorista. Era como si nunca hubiera sucedido.

Al Husseini y Omar Bin Talman habían hablado día y noche durante los últimos trece días. La oleada inicial de pánico de que el descubrimiento de un complot terrorista desencadenara una acción militar contra Siria dio paso poco a poco, a otro punto de vista, a una consideración diferente.

Los dos coincidieron en que el gobierno de Estados Unidos no haría nada. La confiscación del uranio era una operación de inteligencia que nunca sería revelada. Y si no lo era, nunca podría ser utilizada contra su patria.

Y así, los dos se sumergieron en una calma reconfortante.

Hasta el día anterior. A las 11:00 a.m., hora de Nueva York, sucedieron dos cosas—casi de manera simultánea—que horrorizaron a los sirios. Omar bin Talman fue el primero en ver las noticias y en llamar a Nueva York.

"Enciende la maldita televisión," le ordenó a Osman Samir al Husseini tan pronto contestó.

Primero, el corresponsal de CNN en Bogotá presentó un largo reportaje sobre la extradición de un destacado político colombiano a los Estados Unidos por cargos que iban desde narcotráfico hasta crimen organizado. Las imágenes mostraron al ex senador Juan Francisco Abdoul esposado y con grilletes, abordando un vuelo de American Airlines con destino a Miami.

El reportero de CNN terminó su informe con una breve entrevista al embajador norteamericano en Bogotá, en la que Salzer elogiaba el nuevo clima de cooperación entre Colombia y los Estados Unidos. Cuando le pidieron su opinión sobre la nueva mandataria colombiana, describió a Marta Pradilla como "una mujer de un valor y una determinación admirables."

Poco después vieron el segundo informe noticioso, que los dejó aún más aterrorizados.

"En exclusiva, CNN ha recibido información de que el Presidente John Stockman viajará mañana a Nueva York para representar personalmente a su país en la esperada sesión sobre Siria que sostendrá el Consejo de Seguridad. Es claro que los Estados Unidos quieren aprovechar esta oportunidad para aumentar su presión sobre Siria. Les daremos más detalles cuando recibamos nueva información."

"¡Dios mío!" gruñó Osman Samir al Husseini, rompiendo el silencio que había envuelto la llamada internacional.

SERVICIO DE NOTICIAS DE REUTERS
EL PRESIDENTE NORTEAMERICANO SUELTA UN BOMBAZO EN EL CONSEJO DE SEGURIDAD DE LA ONU

Nueva York, 1 de noviembre. Dos semanas después del fiasco de la supuesta emergencia sobre la tuberculosis, John Stockman, presidente de los Estados Unidos, reasumió la ofensiva política tras sorprender a los participantes en el debate sobre Siria realizado en el Consejo de Seguridad de las Naciones Unidas al anunciar que Estados Unidos ha decidido suspender unilateralmente el embargo a Cuba que data de varias décadas.

"He concluído que no podemos esperar que el mundo sea consciente de lo que realmente sucede en el Medio Oriente, mientras los Estados Unidos sigan prisioneros de sus propios espejismos," dijo Stockman. "Me es imposible solicitar ante este órgano un embargo político y económico contra Siria sin antes hablar sobre el embargo político y económico contra Cuba. En esta época de terrorismo y zozobra, no basta con que nos disguste un gobierno para buscar la censura de la comunidad internacional."

El presidente de los Estados Unidos propuso básicamente un replanteamiento del uso de las sanciones internacionales como un arma política, y afirmó que el terrorismo debe sustituir a la ideología como factor decisivo a la hora de aplicar dichas sanciones.

El mandatario norteamericano fue enfático en proponer una línea dura contra Siria.

"Actualmente, el gobierno sirio acoge a los líderes de Hamas, una organización que planea y ejecuta asesinatos de civiles en autobuses urbanos, y les permite a los terroristas utilizar su territorio para orquestar la desestabilización de Irak. Adicionalmente, el gobierno sirio está intentando adquirir armas de destrucción masiva, no para defender su territorio, sino para utilizarlas en otros países," dijo Stockman.

"Las sanciones internacionales deben ser efectivas, basarse en las realidades de la vida moderna, y ser respaldadas por la fuerza política de la condena mundial," continuó.

"Nunca podremos sancionar a Siria mientras los Estados Unidos impongan sanciones contra un país vecino, cuya falta principal es tener un líder desagradable. Es probable que las sanciones hacia Cuba tuvieran sentido en una época, pero actualmente son una distracción, pues existen peligros mucho mayores."

El presidente agregó, "Nunca he cruzado una sola palabra con Fidel Castro. Estoy convencido que es un dinosaurio, pero así mismo me he convencido que nuestra política hacia Cuba también pertenece a la era mesozoica. Y eso terminará hoy mismo."

Recordando el fracasado debate en la ONU sobre Irak pocos años atrás, el Presidente Stockman finalizó su discurso solicitando con urgencia que los miembros del Consejo de Seguridad discutieran el asunto sirio a nivel de jefes de estado.

"Los Estados Unidos han tomado medidas en el día de hoy para darle un nuevo significado al alcance de las sanciones internacionales. Le pido a este consejo que convoque a una reunión urgente e inmediata de sus miembros para que discutan las medidas que se deben tomar contra estados terroristas como Siria. No puede ser una reunión de subalternos, ministros ni viceministros. Esta reunión requiere una participación de primer nivel; no espero nada menos que la presencia de los jefes de estado," concluyó Stockman.

-Fin del cable-

La Casa Blanca

Washington, 31 de octubre

8:00 p.m.

Más tarde esa noche, el Presidente John Stockman se sentó en el Despacho Oval con un vaso de whiskey en la mano. Allyson Bonnet acababa de salir, luego de evaluar la reacción de los medios a la petición que Stockman había realizado en la ONU. Los conservadores se opusieron enérgicamente, algo que era de esperarse. A los liberales en cambio les había encantado, y esto también era predecible.

A Stockman no le importaba ni lo uno ni lo otro. Una medida controvertida como la que acababa de tomar hacia Cuba seguramente daría paso a dos bandos antagónicos que debatirían las ventajas y desventajas de la misma. Lo que le llamó la atención fueron los análisis de los expertos sobre su liderazgo.

"Revolucionario," "ha retomado la iniciativa," "voluntad clara," "deseo de explorar nuevas alternativas," fueron algunas de las descripciones que aparecieron en los editoriales de los periódicos. El incisivo editorial del *Chicago Sun* señaló: "Este fue un discurso audaz pronunciado por un hombre que, hasta ahora, era visto simplemente como un defensor del *status quo.*"

"Allyson, ¿realmente soy 'simplemente un defensor del *status quo?*'" le preguntó Stockman mientras ella organizaba sus documentos.

Allyson hacía honor a su fama; era sincera.

"Sr. Presidente, el pueblo no lo eligió porque fuera original. Votaron por usted porque era una opción segura."

"Pero, Allyson, he comprendido que no quiero que la historia me califique como una opción segura. ¿Quién recuerda las opciones seguras?"

Ambos meditaron en silencio.

Stockman rompió el silencio con una voz muy baja, como si hablara consigo mismo.

"De cierta manera, ella la ha tenido más difícil. La eligieron porque era diferente y original. Así lo demuestra la cruz que tiene que cargar. Es un gran reto, mientras que yo sólo tengo que hacer un pequeño cambio para que los titulares digan cosas como revolucionario.' Fue realmente fácil."

Allyson no sabía qué decir. Todo era cierto. Las expectativas sobre una líder como Pradilla eran mucho mayores. Menos se esperaba de Stockman, pero hoy su país había recibido de él más de lo que esperaban. ¿Quién sabe si era el comienzo de algo muy diferente?

Por una vez, Allyson concluyó que no podía decir nada al respecto, así que se puso de pie, le sonrió al presidente y le deseó buenas noches. El presidente sólo le respondió con un gesto de asentimiento.

Stockman bebió el último trago de whisky y chupó un pequeño cubo de hielo. Se incorporó para salir del Despacho Oval e irse a sus recintos privados. Un agente del Servicio Secreto le abrió la puerta. *¿Cómo diablos saben que me voy a retirar?*, se preguntó irritado.

Cambió de opinión en ese instante. Miró al agente y le hizo un gesto para que cerrara de nuevo la puerta.

Se sentó en el escritorio y miró la pantalla. No pudo resistir el deseo de saber si ella estaba allí. Hizo clic en explorador de Internet y entró al Mensajero Instantáneo de Yahoo. Ahí estaba.

Se preguntó por dónde empezar. ¿Qué le diría? El sonido

de la computadora dispersó sus dudas. ColombiaHermosa apareció en la pantalla.

"Buen discurso."

"Gracias, ¿lo viste?"

"De principio a fin. ¡Fue muy atrevido!"

"Hace poco, una amiga me enseñó que no podemos dejar de hacer cosas atrevidas. ¿Estás queriendo decir que se trata de algo inusual en mí?"

"Tal vez un poco. ¿Cómo te sientes?"

"No me sentí nervioso en lo más mínimo."

"No, te pregunté cómo te sientes ahora."

"Emocionado, eufórico. Es algo controvertido y correcto al mismo tiempo. Es agresivamente generoso. No estamos pidiendo nada a cambio. Significa una posición diferente para mí."

"John."

"¿Sí?"

"Estoy sumamente agradecida por lo que hiciste. No fue a mí a quien protegiste, sino a mi país. No sabes lo que se siente al ser un paria, así luchemos todos los días para derribar los estereotipos. Colombia merece una oportunidad y tú nos la has dado."

"No, Marta, se necesita mucho valor para hacer lo que hiciste. Sólo nos comportamos con astucia."

Las computadora zumbaron casi en silencio. Por un breve intervalo, no sucedió nada.

"John."

"¿Sí?"

"¿Qué es eso de que sólo deberán asistir jefes de estado al Consejo de Seguridad? ¿Realmente quisiste decir eso?"

"Por supuesto. ¿Por qué me lo preguntas?"

"¡Porque es la invitación más extraña que haya recibido para una cita!"

El Presidente John Stockman giró en su silla y se rió a carcajadas.